GW01607798

EL ASUNTO

LEE CHILD

EL ASUNTO

TRADUCCIÓN DE ALDO GIACOMETTI

blatt & ríos

1ª edición: septiembre de 2023
Título original: *The Affair*

Diseño de cubierta: Iñaki Jankowski | www.jij.com.ar
Fotografía de cubierta: Todd Trapani
Revisión y adaptación de la traducción: Erea Fernández

blatt-rios.com.ar
/blattyrios_esp

ISBN: 978-84-126059-0-7
DEPÓSITO LEGAL: M-22422-2023

Impreso en España / Printed in Spain

Dedicado a la memoria de
David Thompson, 1971-2010.
Librero lúcido y buen amigo

UNO

El Pentágono es el edificio de oficinas más grande del mundo, seiscientos mil metros cuadrados, treinta mil personas y más de veintisiete kilómetros de pasillos, pero lo construyeron solo con tres puertas a la calle, a través de las cuales se accede a un vestíbulo peatonal vigilado por guardias de seguridad. Elegí la opción sudeste, la entrada principal, la más cercana al metro y a la estación de autobuses, porque era la más concurrida y la más transitada por trabajadores civiles, y yo quería que hubiese muchos trabajadores civiles a mi alrededor, a ser posible una larga e incesante fila de personas, por motivos de seguridad, sobre todo para que no me pudieran disparar nada más verme. Los arrestos siempre salen mal, a veces sin querer y a veces a propósito, así que quería que hubiese testigos. Quería miradas independientes fijándose en mí, al menos en los primeros momentos. Me acuerdo de la fecha, por supuesto. Fue el jueves 11 de marzo de 1997, y fue el último día que entré en ese edificio como empleado legal de quienes lo construyeron.

Hace mucho tiempo.

Casualmente, el 11 de marzo de 1997 faltaban justo cuatro años y medio para ese martes del futuro en el que cambió el mundo, y por eso, como tantas otras cosas en aquellos tiempos, la seguridad de la entrada principal era seria sin ser histérica. No es que yo incitara a la histeria. No desde lejos. Llevaba mi uniforme de gala, limpio y planchado, pulido y abrillantado, cubierto con trece años de medallas, distintivos, insignias y distinciones. Tenía treinta y seis años, caminaba recto y erguido, era a todos los efectos lo que se espera de un comandante de la Policía Militar del Ejército de los Estados Unidos, salvo porque tenía el pelo demasiado largo y hacía cinco días que no me afeitaba.

Por aquel entonces la seguridad del Pentágono estaba a cargo del Servicio de Protección de Defensa. A cuarenta metros de distancia, vi a diez de sus hombres en el vestíbulo, lo que me pareció exagerado e hizo que me preguntara si todos eran del Servicio de Protección o si en realidad había algunos de los nuestros, infiltrados, esperándome. La mayoría de nuestro trabajo especializado lo llevan a cabo oficiales técnicos, muchas veces haciéndose pasar por otra persona. Se hacen pasar por coroneles, generales y reclutas, o por cualquiera por el que se tengan que hacer pasar, y son buenos en ello. Ponerse un uniforme del Servicio de Protección de Defensa y esperar a su objetivo es una parte importante de su trabajo. A treinta metros no logré reconocer a ninguno, pero el ejército es una institución muy grande y probablemente hubieran seleccionado a hombres que yo nunca había visto.

Seguí avanzando en medio de un gran grupo de gente que se dirigía a la puerta principal. Algunos hombres y algunas mujeres iban de uniforme, bien de gala, como el mío, bien de combate, con el viejo estampado de camuflaje que llevábamos entonces. Otros hombres y mujeres, obviamente militares pero sin uniforme, vestían de traje o con ropa de trabajo. Algunos eran evidentemente civiles. En cada una de esas categorías algunos llevaban bolsos, carteras o paquetes, y todos, sin importar su categoría, aminoraban el paso, se esquivaban y avanzaban lentamente a medida que el gran grupo de gente se iba estrechando hasta formar una cuña compacta y después se estrechaba aún más, hasta quedar en una fila de uno o de dos, según se preparaban para entrar. Me puse en la fila con ellos, por mi cuenta, solo, detrás de una mujer de manos blancas y muy poco curtidas y delante de un hombre con un traje de vestir que había abrillantado hasta los codos. Ambos civiles, trabajadores de oficina, probablemente analistas de algún tipo: justo lo que yo quería. Miradas independientes. Era casi mediodía. Hacía sol y un poco de calor en el aire de marzo. Primavera en Virginia. Al otro lado del río los cerezos estaban a punto de despertar. La famosa floración iba a ocurrir. En cualquier casa de esta inocente nación billetes de avión y cámaras réflex esperaban sobre los recibidores, listos para una excursión turística a la capital.

Esperé en la fila. Mucho más adelante que yo, los del Servicio de Protección de Defensa hacían lo que hace cualquier personal de seguridad. Cuatro se ocupaban de tareas específicas: dos atendían el mostrador de recepción y dos inspeccionaban a los que llevaban identificación oficial y los hacían pasar por un torno abierto. Dos estaban de pie inmediatamente detrás del cristal, pasada la puerta, mirando hacia fuera con la cabeza alta y la mirada al frente, examinando el caudal de gente que se acercaba. Cuatro estaban más atrás, en la sombra, al otro lado de los tornos, agrupados, dándole a la lengua. Los diez estaban armados.

A mí me preocupaban los cuatro al otro lado de los tornos. No cabe duda de que en 1997 el Departamento de Defensa estaba seriamente inflado y sobrecargado en relación con las amenazas que entonces enfrentábamos, pero aun así era inusual ver a cuatro oficiales de servicio sin absolutamente nada que hacer. La mayoría de los mandos se encargaba de que su personal excedente por lo menos pareciera ocupado. Pero estos cuatro no cumplían ninguna función evidente. Me estiré y miré hacia delante para intentar verles los zapatos. Se puede aprender mucho de unos zapatos. Los disfraces de infiltrado no suelen llegar tan lejos, especialmente en un ambiente uniformado. El Servicio de Protección de Defensa desempeñaba básicamente la función de un policía de guardia, por lo que, hasta donde pudieran elegir, los del Servicio se inclinarían por zapatos de policía, un calzado grande y cómodo, apropiado para caminar y estar de pie todo el día. Un oficial técnico de la Policía Militar trabajando de infiltrado podría llevar sus propios zapatos, que serían sutilmente distintos.

Pero no pude verles los zapatos. Dentro estaba demasiado oscuro, y estaban demasiado lejos.

La fila avanzaba a un ritmo aceptable para los tiempos previos al 11-S. Sin impaciencias incómodas, sin frustraciones, sin miedo. Solo una rutina al viejo estilo. La mujer que estaba delante de mí llevaba perfume. Podía olerlo en su nuca. Me gustó.

Los dos hombres detrás del cristal me vieron cuando me faltaban unos diez metros para llegar. Su mirada pasó de la mujer a mí. Se detuvo en mí un poco más de lo necesario y después se dirigió a la persona que tenía detrás.

Después volvió. Los dos hombres me miraron abiertamente, de arriba abajo y de un lado a otro durante cuatro o cinco segundos, después yo avancé y su atención avanzó conmigo. No se dijeron nada. Tampoco le dijeron nada a nadie más. Ningún aviso, ninguna advertencia. Había dos interpretaciones posibles. En la primera, el mejor de los casos, yo sería simplemente alguien a quien nunca habían visto. O quizás destacaba por ser más alto y corpulento que cualquier otra persona en un radio de cien metros. O porque llevaba las hojas de roble doradas que indican el rango de comandante y las cintas de algunas medallas importantes, incluida una Estrella de Plata, lo que hacía de mí un tipo ejemplar, pero mi pelo y mi barba hacían que pareciera un verdadero cavernícola, y esa disonancia visual podría haber sido motivo suficiente para la larga segunda mirada: puro interés. Las tareas de guardia pueden ser muy aburridas, y ver algo distinto es siempre bienvenido.

En la segunda, el peor de los casos, estarían confirmando que el acontecimiento que esperaban había ocurrido, y que todo sucedía de acuerdo con lo planeado. Como si se hubiesen preparado, hubiesen estudiado fotos y se dijesen a sí mismos: *Vale, ya está aquí, justo a tiempo, ahora solo tenemos que esperar dos minutos a que entre, y entonces lo derribamos.*

Porque me esperaban, y yo había llegado justo a tiempo. Tenía una reunión a las doce y algunos asuntos que tratar con un coronel en un despacho del tercer piso en el anillo C, y estaba seguro de que nunca llegaría a mi destino. Ir de frente hacia un arresto es una táctica bastante contundente, pero a veces la única manera de saber si la estufa está caliente es tocarla.

El hombre que estaba delante de la mujer que estaba delante de mí entró y enseñó una placa que llevaba colgada del cuello con un cordón. Lo hicieron pasar. La mujer que estaba delante de mí avanzó y después se detuvo, porque justo en ese momento los dos guardias del Servicio de Protección de Defensa decidieron salir de detrás del cristal. La mujer se quedó quieta en su sitio y luego se hizo a un lado para que pasaran por delante de ella, a contracorriente. Después reanudó su avance y entró, y los dos guardias se detuvieron exactamente en el mismo lugar en el que había estado ella, pero mirando en la dirección contraria, hacia donde estaba yo, no hacia el otro lado.

Estaban bloqueando la puerta. Me miraban directamente. Yo estaba bastante seguro de que eran auténticos agentes del Servicio de Protección. Llevaban zapatos de policía, y sus uniformes se habían alisado, estirado y amoldado a sus cuerpos durante mucho tiempo. No eran disfraces que hubieran sacado de una taquilla y se hubieran puesto por primera vez esa mañana. Miré más allá de ellos, dentro, a sus cuatro compañeros que no hacían nada, y traté de juzgar comparativamente el ajuste de su ropa. Era difícil de adivinar.

Delante de mí, el que estaba a mi derecha dijo:

—Señor, ¿podemos ayudarle en algo?

—¿En qué? —pregunté yo.

—¿Adónde se dirige hoy?

—¿Tengo que decírselo?

—No, señor, en absoluto —respondió—. Pero podríamos ayudarle a llegar un poco más rápido, si quiere.

Probablemente a través de una discreta puerta que lleva a una pequeña habitación cerrada, pensé. Supuse que ellos también contaban con los testigos civiles, igual que yo. Dije:

—Puedo esperar mi turno sin problema. Ya casi he llegado.

Los agentes no respondieron a ese comentario. Punto muerto. Momento de aficionados. Intentar empezar el arresto fuera era una estupidez. Yo podía empujarles, arremeter contra ellos, dar la vuelta y correr hasta perderme entre la gente en un abrir y cerrar de ojos. Y no dispararían. No ahí fuera. Había demasiada gente en esa entrada. Demasiados daños colaterales. Recordad que estábamos en 1997. 11 de marzo. Cuatro años y medio antes de las nuevas reglas. Era mucho mejor esperar a que entrara en el vestíbulo. Esos dos lacayos podían cerrar las puertas a mis espaldas y plantarse allí hombro con hombro mientras me daban las malas noticias en el mostrador. En teoría, en ese momento yo todavía podía volver atrás y tratar de abrirme paso de nuevo, pero eso me llevaría un segundo o dos, y en ese segundo o dos los cuatro tipos sin nada que hacer podían dispararme por la espalda unas mil veces.

Y si me lanzaba hacia delante me podían disparar de frente. Y además, ¿adónde iba a ir? Escaparse del Pentágono no era una buena idea. El edificio de oficinas más grande del mundo. Treinta mil personas. Cinco pisos. Dos sótanos. Veintisiete kilómetros de pasillos. Tiene diez pasillos radiales entre los anillos, y dicen que una persona puede recorrer el espacio que separa dos puntos cualquiera en un máximo de siete minutos, algo que probablemente se calculó tomando como referencia el ritmo de marcha rápida oficial del ejército, que es de seis kilómetros por hora, lo que implica que, si corría rápido, llegaría a cualquier parte más o menos en tres minutos. ¿Pero adónde? Podía encontrar un cuarto de limpieza, robar raciones de comida y aguantar un día o dos, pero eso sería todo. O podía retener a algunos rehenes y tratar de defender mi causa, pero nunca había visto que algo así funcionara.

Así que esperé.

El oficial del Servicio de Protección de Defensa que estaba a mi derecha dijo:

—Que tenga un buen día, señor.

Después pasó por mi lado y su compañero hizo lo mismo al otro lado, ambos caminando despacio, dos hombres contentos de estar al aire libre, patrullando, cambiando su punto de vista. Quizás no fueran tan estúpidos después de todo. Estaban haciendo su trabajo y siguiendo su plan. Habían intentado engañarme para dejarme encerrado en una pequeña habitación, pero no lo habían conseguido, y como no hay mal que por bien no venga, ahora pasaban al plan B. Esperarían hasta que yo estuviera dentro y las puertas estuvieran cerradas, y después pasarían de inmediato al modo de control de multitudes, dispersando a la gente que llegaba, manteniéndola a salvo en caso de que fuera necesario abrir fuego. Supuse que el cristal del vestíbulo sería a prueba de balas, pero un experto jamás apostaría a que el Servicio de Defensa hubiese recibido exactamente el producto por el que había pagado.

Tenía la puerta justo enfrente. Estaba abierta. Respiré hondo y entré en el vestíbulo. *A veces la única manera de saber si la estufa está caliente es tocarla.*

DOS

La mujer del perfume y las manos pálidas ya desaparecía en el pasillo al otro lado del torno abierto. La habían hecho pasar. Justo enfrente de mí estaba el mostrador de recepción con dos hombres. A mi izquierda estaban los otros dos que comprobaban las identificaciones. El torno abierto estaba entre sus caderas. Los cuatro tipos extra seguían al otro lado sin hacer nada. Permanecían los cuatro juntos, callados y atentos, como si fueran un equipo independiente. Yo seguía sin poder verles los zapatos.

Respiré hondo de nuevo y me acerqué al mostrador.

Como un cordero que se dirige hacia el matadero.

El recepcionista de la izquierda me miró y dijo: "Sí, señor", con la voz llena de cansancio y resignación. Una respuesta, no una pregunta, como si yo ya hubiese hablado. Parecía joven y razonablemente inteligente. Un auténtico agente del Servicio de Protección, probablemente. Los oficiales técnicos de la Policía Militar aprenden rápido, pero no los pondrían a cargo de la recepción del Pentágono, por muy infiltrados que estuvieran.

El del mostrador volvió a mirarme, expectante, y yo dije:

—Tengo una reunión a las doce.

—¿Con quién?

—Con el coronel Frazer —respondí.

Él actuó como si no reconociera el nombre. El edificio de oficinas más grande del mundo. Treinta mil personas. Hojeó un libro del tamaño de una guía telefónica y preguntó:

—¿El coronel John James Frazer? ¿El enlace con el Senado?

—Sí —dije.

O: *Culpable de los cargos.*

Más lejos a mi izquierda los cuatro tipos extra me observaban. Pero no se movían. Aún.

El hombre del mostrador no preguntó mi nombre. En parte porque, probablemente, habría recibido instrucciones y le habrían enseñado fotos, y en parte porque mi uniforme de gala incluía mi nombre sobre una placa, colocada reglamentariamente en la solapa del bolsillo derecho del pecho, perfectamente centrada, con el borde superior justo setenta y cinco milímetros por debajo de la costura superior.

Siete letras: *REACHER*.

O catorce: *Arrésteme ahora*.

El de recepción dijo:

—El coronel John James Frazer está en el 3C315. ¿Sabe cómo llegar hasta allí?

—Sí —respondí.

Tercer piso, anillo C, el más cercano al pasillo radial número tres, sector quince. Esa era la versión del Pentágono de un mapa de coordenadas, que resulta necesaria, dado que abarca doce hectáreas enteras de superficie.

El tipo dijo:

—Que tenga muy buen día, señor. —Y su mirada inocente pasó de mí a la persona que tenía detrás en la fila.

Me quedé quieto un momento. Le estaban poniendo el lazo. Lo estaban dejando perfecto. La prueba legal general que se aplica para establecer la culpabilidad de un crimen se expresa con la frase en latín *actus non facit reum nisi mens sit rea*, que significa, aproximadamente, que hacer una cosa no tiene por qué causarte problemas si no tuviste la intención de hacerla. Una norma es acción más intención. Ellos estaban esperando a que yo demostrara mi intención. Estaban esperando a que cruzara el torno y me perdiera en el laberinto. Lo cual explicaba por qué los cuatro tipos extra estaban en su lado de la entrada, y no en el mío. En cuanto cruzara la línea se haría real. Quizás había problemas de jurisdicción. Quizás habían consultado abogados. Sin duda, Frazer quería eliminarme, pero también quería cubrirse el culo.

Respiré hondo de nuevo, crucé la línea y lo hice real. Pasé entre los dos hombres que comprobaban las identificaciones y me deslicé entre los fríos flancos metálicos del torno. La barra estaba recogida. No había nada que golpear con los muslos. Salí por otro lado y me detuve. Los cuatro tipos extra estaban a mi derecha. Miré sus zapatos. El reglamento del ejército es sorprendentemente vago con respecto a los zapatos. Oxford negros lisos con cordones o equivalentes, tradicionales, sin ornamentos, con un mínimo de tres ojales, punta afilada y cinco centímetros de tacón como máximo. Eso es todo lo que dice la letra pequeña. Los cuatro de mi derecha cumplían con los requisitos, pero no llevaban zapatos de policía. No como los dos de fuera, que lucían cuatro variantes del mismo tema clásico. Muy limpios, con los cordones bien atados y algunas marcas de uso aquí y allá. Quizás eran auténticos guardias del Servicio de Protección de Defensa. Quizás no. No había manera de saberlo. No en ese momento.

Yo los miraba y ellos me miraban a mí, pero nadie dijo nada. Los rodeé y me dirigí al interior del edificio. Recorrí el anillo E en sentido contrario a las agujas del reloj y giré a la izquierda en el primer pasillo radial.

Los cuatro tipos también.

Se mantenían a unos veinte metros de mí, lo bastante cerca para no perderme de vista, lo bastante lejos para no agobiarme. Un máximo de siete minutos entre dos puntos cualquiera. Yo era el jamón de un bocadillo. Supuse que habría otra dotación esperando en la puerta del 3C315, o tan cerca como me dejaran llegar. Iba directamente hacia ellos. No podía escapar ni podía esconderme.

Subí dos tramos de escaleras en el anillo D, hasta el tercer piso. Empecé a caminar en el sentido de las agujas del reloj solo por diversión, y crucé el pasillo radial número cinco y después el cuatro. El anillo D estaba bastante concurrido. La gente iba de un lado al otro con los brazos repletos de carpetas de papel marrón. Hombres y mujeres, de uniforme y con la mirada perdida, se movían deprisa. El lugar estaba hasta arriba. Yo esquivaba y seguía avanzando. La gente me miraba durante todo el recorrido. El pelo, la barba. Me detuve en un grifo, me agaché y bebí un poco de agua. Pasaban a mi lado. Veinte metros detrás de mí, ni rastro de los cuatro extras del

Servicio de Protección. Pero es cierto que no tenían necesidad de seguirme. Sabían a dónde iba, y sabían a qué hora tenía que llegar.

Me incorporé, empecé a caminar de nuevo y giré a la derecha en el radial número tres. Llegué al anillo C. El aire olía a lana de uniforme, a friegasuelos y muy sutilmente a cigarro. La pintura de las paredes era gruesa e institucional. Miré a derecha e izquierda. Había gente en el pasillo, pero ningún grupo grande en la puerta del sector quince. Quizás me estaban esperando dentro. Ya llegaba cinco minutos tarde.

No giré. Me quedé en el radial tres, crucé el anillo B y llegué hasta el A. El centro del edificio, donde terminan todos los pasillos radiales. O donde empiezan, dependiendo del rango y la perspectiva. Más allá del anillo A solo hay un espacio abierto, pentagonal, de dos hectáreas, que parece el agujero de un donuts angulado. En otros tiempos se lo llamaba Zona Cero, porque suponían que el mejor misil de los soviéticos, el más grande, estaba apuntando permanentemente hacia allí, como si fuera el centro de un blanco enorme. Yo creo que estaban equivocados. Yo creo que los cinco mejores misiles de los soviéticos, los cinco más grandes, estaban apuntando hacia allí, por si los primeros cuatro lanzamientos no funcionaban. Los expertos dicen que los soviéticos tampoco recibían siempre los productos por los que pagaban.

Esperé en el anillo A hasta diez minutos pasada la hora acordada. Era mejor mantenerlos en la espera. Quizás ya me estaban buscando. Quizás a los cuatro tipos extra ya les estaban abroncando por haberme perdido. Respiré muy hondo de nuevo, salí de la pared y recorrí otra vez el radial tres, cruzando el anillo B, hasta llegar al C. Giré sin romper el paso y me dirigí al sector quince.

TRES

No había nadie esperando en la puerta del sector quince. Ninguna dotación especial. Absolutamente nadie. El pasillo también estaba totalmente vacío, en ambas direcciones, hasta donde alcanzaba la vista. Y silencioso. Supuse que el resto de las personas ya estaban donde querían estar. Las reuniones de las doce en punto ya estaban en marcha.

La puerta del sector quince estaba abierta. Golpeé una vez, a modo de cortesía, a modo de anuncio, a modo de advertencia, y después entré. Originalmente, la mayor parte del espacio de oficina del Pentágono era diáfana, dividida por archivadores y por los muebles que conformaban los distintos sectores (de ahí el nombre), pero con los años habían levantado tabiques para crear espacios privados. El despacho de Frazer en el 3C315 era bastante normal. Era un espacio pequeño y cuadrado, con una ventana sin vistas, una alfombra en el suelo, fotos en las paredes, un escritorio de metal del Departamento de Defensa, una silla con apoyabrazos y dos sin ellos, una cómoda y un mueble de almacenamiento doble.

Y era un espacio pequeño y cuadrado completamente privado de gente, aparte del propio Frazer, en la silla detrás del escritorio. Levantó la vista, me miró y sonrió.

—Hola, Reacher —dijo.

Miré a derecha e izquierda. No había nadie. Absolutamente nadie. No había baño privado. Tampoco un armario grande. Ninguna otra puerta de ningún tipo. Detrás de mí, el pasillo estaba vacío. El gigantesco edificio estaba en silencio.

—Cierre la puerta —dijo Frazer.

Cerré la puerta.

—Siéntese, si quiere —dijo Frazer.

Me senté.

—Llega tarde —dijo Frazer.

—Le pido disculpas —respondí—. Me quedé atascado.

Frazer asintió:

—A las doce de la mañana este lugar es una pesadilla. Pausas para comer, cambios de turno, lo que sea. Es un zoológico. Nunca hago planes que me obliguen a moverme a las doce. Me quedo aquí.

Frazer medía casi un metro ochenta, pesaba unos noventa kilos, era ancho de hombros, robusto de pecho, tenía la cara roja y pelo negro, y rondaba los cuarenta y cinco años. Había mucha vieja sangre escocesa en sus venas, filtrada a través de la tierra fértil de Tennessee, que era donde había nacido. Había estado en Vietnam de adolescente y en el Golfo ya de adulto. Tenía distinciones de combate por todas partes, como si fueran un sarpullido. Era un guerrero a la antigua, pero, desafortunadamente para él, hablaba y sonreía tan bien como luchaba, así que le habían destinado a la Oficina de Intermediación con el Senado, porque los que administraban el dinero eran ahora el verdadero enemigo.

—Entonces, ¿qué es lo que tiene para mí? —dijo.

Yo no dije nada. No tenía nada que decir. No esperaba llegar tan lejos.

—Buenas noticias, espero —continuó.

—No tengo ninguna noticia —dije yo.

—¿Nada?

Asentí:

—Nada.

—Me dijo que tenía el nombre de la persona. Eso es lo que decía su mensaje.

—No lo tengo.

—¿Y por qué lo dijo? ¿Para qué ha solicitado verme?

Hice una pausa.

—Era un atajo —respondí.

—¿En qué sentido?

—Hice circular la noticia de que tenía el nombre. Me preguntaba quién saldría de su escondite para hacerme callar.

—¿Y no salió nadie?

—De momento no. Pero hace diez minutos pensaba que la historia era distinta. Había cuatro hombres extra en el vestíbulo. Con uniforme del Servicio de Protección de Defensa. Me siguieron. Pensé que eran un equipo de arresto.

—¿Lo siguieron adónde?

—Por el anillo E hasta el D. Después desaparecieron en la escalera.

Frazer sonrió de nuevo.

—Está paranoico —dijo—. No desaparecieron. Le dije que a las doce se cambiaban los turnos. Vienen en el metro como todos los demás, se quedan charlando unos minutos al llegar, y después se dirigen a su sector, que está en el anillo B. No lo estaban siguiendo.

Me quedé callado.

Él dijo:

—Siempre hay grupos del Servicio dando vueltas. Siempre hay grupos de todo dando vueltas. Nos sobra mucho personal. Va a haber que hacer algo. Es inevitable. Es lo único de lo que oigo hablar en el Capitolio, todo el día, todos los días. No hay nada que podamos hacer para detenerlo. Todos deberíamos tenerlo presente. Especialmente la gente como usted.

—¿Como yo? —pregunté.

—Hay muchos comandantes en este ejército. Demasiados, probablemente.

—También hay muchos coroneles —dije.

—Hay menos coroneles que comandantes.

Me quedé callado.

Él preguntó:

—¿Yo estaba en la lista de cosas que podrían salir de su escondite?

Tú eras la lista, pensé.

—¿Estaba? —insistió.

—No —mentí.

Sonrió de nuevo:

—Buena respuesta. Si tuviese un problema con usted, habría hecho que lo mataran en Mississippi. Quizás hubiese ido para encargarme de ello yo mismo.

Me quedé callado. Él me miró durante un momento, después empezó a formársele una sonrisa en la cara y la sonrisa se convirtió en una carcajada que intentó contener por todos los medios, pero no lo consiguió. Le salió como un ladrido, como un estornudo, y tuvo que echarse hacia atrás y mirar hacia el techo.

—¿Qué? —pregunté.

Su mirada volvió a nivelarse. Seguía sonriendo. Dijo:

—Lo lamento. Estaba pensando en esa frase que usa la gente. Esa que dice: ¿Ese tipo? No podría conseguir ni que le arrestaran.

Me quedé callado.

Él dijo:

—Tiene muy mal aspecto. Sabe que aquí hay peluquerías, ¿no? Debería ir.

—No puedo —dije—. Tengo el aspecto que debo tener.

Cinco días antes mi pelo solo estaba cinco días más corto, pero por lo visto aún no lo bastante largo como para llamar la atención. Leon Garber, que en ese momento volvía a ser mi superior, me citó en su despacho, y porque su mensaje decía en parte *sin, repito, sin atender ninguna cuestión de aseo personal,* supuse que quería aprovechar la ocasión e increparme allí mismo, mientras la prueba todavía estuviera presente en mi cabeza. Y fue exactamente así como empezó la reunión. Me preguntó:

—¿Qué resolución del ejército regula el aspecto personal de un soldado?

Viniendo de él, la pregunta me pareció bastante sarcástica. Garber era sin duda el oficial más desaliñado que yo había visto jamás. Podía retirar un abrigo de gala a estrenar de los almacenes de intendencia y una hora más tarde ya parecía que había peleado dos guerras, que había dormido con él y que había sobrevivido a tres peleas en bares sin quitárselo.

—No recuerdo qué resolución regula el aspecto personal de un soldado —respondí.

—Yo tampoco —dijo él—. Pero me suena que, sea cual sea, la norma que recoge la longitud del pelo y las uñas y las políticas

de aseo está en el capítulo uno, apartado ocho. Puedo verlo con bastante claridad, ahí en la página. ¿Recuerda qué dice?

—No —respondí.

—Dice que las normas del aseo capilar son necesarias para mantener la uniformidad en una comunidad militar.

—Entendido.

—Establece que se cumplan esas normas. ¿Sabe cuáles son?

—Estuve muy ocupado —dije—. Acabo de volver de Corea.

—Había oído Japón.

—Hice escala allí.

—¿De cuánto tiempo?

—Doce horas.

—¿Hay peluqueros en Japón?

—Seguro que sí.

—¿Los peluqueros japoneses tardan más de doce horas en cortarle el pelo a un hombre?

—Seguro que no.

—Capítulo uno, apartado ocho, párrafo dos, ahí dice que en la parte alta de la cabeza el pelo debe estar cuidadosamente peinado, y que su largo y su volumen no pueden ser excesivos ni presentar un aspecto andrajoso, descuidado o extremo. Dice, en cambio, que el pelo debe exhibir un aspecto adecuado.

—No estoy seguro de lo que significa eso —dije.

—Dice que un pelo adecuado es aquel en el que el contorno del pelo del soldado se ajusta a la forma de su cabeza, curvándose hacia dentro hasta llegar a su terminación natural en la base del cuello.

—Me ocuparé de ello.

—Como usted sabe, son requisitos. No sugerencias.

—Vale —dije.

—El apartado dos dice que cuando el pelo esté peinado, *no llegará* a las orejas ni a las cejas, y *no tocará* el cuello del uniforme.

—Vale —dije de nuevo.

—¿Describiría su peinado actual como andrajoso, descuidado o extremo?

—¿Comparado con qué?

—¿Y en qué situación se encuentra con respecto al peine, las orejas y las cejas, y el cuello del uniforme?

—Haré que alguien se ocupe de ello —dije.

Después Garber sonrió y el tono de la reunión cambió por completo. Preguntó:

—¿Cómo de rápido le crece el pelo, de todos modos?

—No lo sé —dije—. A una velocidad normal, supongo. Probablemente igual que a cualquiera. ¿Por qué?

—Tenemos un problema —dijo—. En Mississippi.

CUATRO

Garber dijo que el problema en Mississippi estaba relacionado con una mujer de veintisiete años llamada Janice May Chapman. Era un problema porque estaba muerta. La habían asesinado a una manzana de la calle principal de un pueblo llamado Carter Crossing.

—¿Era una de los nuestros? —pregunté.

—No —dijo Garber—. Era una civil.

—¿Y entonces por qué es un problema?

—Ya llegaremos a eso —dijo Garber—. Primero debe conocer la historia. Ese lugar está en el medio de la nada. En la esquina noreste del estado, cerca de la frontera con Alabama y Tennessee. Hay una línea de tren norte-sur y una carretera de tierra pequeña y aislada que la cruza en dirección este-oeste cerca de un manantial. Los trenes se detenían allí para cargar agua, y los pasajeros bajaban a comer, así que el pueblo creció. Pero tras la Segunda Guerra Mundial solo pasan dos trenes al día, ambos de carga, sin pasajeros, por lo que el pueblo decayó de nuevo.

—¿Hasta?

—Hasta el gasto público federal. Usted sabe cómo fue. Washington no podía permitir que extensas áreas del sur se convirtieran en el Tercer Mundo, por lo que invertimos algo de dinero allí. Mucho dinero, de hecho. ¿Te has dado cuenta de que la gente que más critica a los gobiernos proteccionistas parece vivir en los estados con mayores subsidios? Un gobierno no proteccionista los mataría irremediablemente.

—¿Qué recibió Carter Crossing? —pregunté.

—Carter Crossing recibió una base del ejército que se llama Fort Kelham —respondió Garber.

—Vale —dije—. He oído hablar de Kelham. Nunca supe dónde estaba exactamente.

—Antes era inmensa —dijo Garber—. Se inauguró en 1950, creo. Podría haber sido tan grande como Fort Hood, pero estaba demasiado al este de la I-55 y demasiado al oeste de la I-65 como para resultar útil. Había que conducir un largo camino por carreteras pequeñas para llegar hasta allí. O quizás los políticos de Texas tenían más peso que los políticos de Mississippi. En cualquier caso, Hood acaparó toda la atención y Kelham se marchitó. Siguió funcionando a duras penas hasta que terminó la Guerra de Vietnam, y después la convirtieron en una escuela de rangers. Y eso es lo que sigue siendo hoy.

—Pensé que el entrenamiento de los rangers se hacía en Benning.

—El regimiento 75 manda a sus mejores hombres a Kelham durante un tiempo. No está lejos. Algo relacionado con el terreno.

—El 75 es un regimiento de operaciones especiales.

—Eso dicen.

—¿Hay suficientes rangers de operaciones especiales entrenando como para hacer que funcione un pueblo entero?

—Casi —dijo Garber—. No es un pueblo muy grande.

—¿Entonces qué estamos diciendo? ¿Que un ranger del ejército mató a Janice May Chapman?

—Lo dudo —dijo Garber—. Probablemente haya sido algún paleto local.

—¿Hay paletos en Mississippi? ¿Hay palas, siquiera?

—Algo entre pueblerinos, entonces, gente del monte. Montes hay seguro, muchos, llenos de árboles.

—Sea como sea, ¿por qué estamos hablando de eso?

En ese momento Garber se levantó, salió de detrás de su escritorio, cruzó la habitación y cerró la puerta. Tenía más años que yo, naturalmente, y era más bajo pero más o menos igual de ancho. Y estaba preocupado. Era raro que cerrara la puerta de su despacho, y más raro aún que pasaran más de cinco minutos sin que pronunciara una pequeña y tortuosa homilía, un aforismo o un eslogan diseñado para resumir su punto de vista de modo que fuera fácil de recordar. Volvió a su sitio, el cojín de su silla silbó al sentarse y preguntó:

—¿Ha oído hablar alguna vez de un lugar llamado Kosovo?

—Está en los Balcanes —respondí—. Como Serbia y Croacia.

—Va a haber una guerra ahí. Al parecer nosotros vamos a tratar de impedirla. Al parecer es probable que fracasemos y que en lugar de eso terminemos bombardeándolo todo, a un lado o al otro.

—Vale —dije—. Siempre es bueno tener un plan B.

—El asunto serbo-croata fue un desastre. Igual que Ruanda. Una infamia total. Estamos en el siglo veinte, por el amor de Dios.

—A mí me pareció que se ajustaba bien al siglo veinte.

—Se supone que las cosas deberían ser diferentes.

—Espere al siglo veintiuno. Ese es mi consejo.

—No vamos a esperar nada. Vamos a tratar de hacer las cosas bien en Kosovo.

—Bueno, suerte con eso. No me pidan ayuda a mí. Solo soy un policía.

—Ya tenemos gente. Ya sabe, de manera intermitente, entrando y saliendo.

—¿Quiénes? —pregunté.

—Fuerzas de paz.

—¿Cómo? ¿Naciones Unidas?

—No exactamente. Solo a los nuestros.

—No lo sabía.

—No lo sabía porque se supone que nadie lo puede saber.

—¿Cuánto tiempo lleva sucediendo esto?

—Doce meses.

—¿Hemos estado desplegando secretamente tropas de infantería en los Balcanes durante todo un año? —pregunté.

—No es para tanto —respondió Garber—. Muchas de ellas son misiones de reconocimiento. Por si fuera a pasar algo más adelante. Pero se trata sobre todo de calmar las cosas. Allí hay muchas facciones. Si alguien pregunta, siempre decimos que nos invitó la otra. Así todos piensan que los demás tienen nuestro apoyo. Son acciones disuasorias.

—¿A quién mandamos? —insistí.

—A rangers del ejército —dijo Garber.

Garber me contó que Fort Kelham seguía funcionando como una escuela oficial de entrenamiento para rangers, pero que además estaban usando la base para alojar a dos compañías completas de rangers ya formados, ambas cuidadosamente seleccionadas del Regimiento Ranger 75 y designadas como Compañía Alfa y Compañía Bravo, que se desplegaban en Kosovo de encubierto de manera rotativa, un mes cada una. El relativo aislamiento de Kelham hacía que fuera el lugar clandestino perfecto. No es que sintiéramos la necesidad de ocultar nada, dijo Garber. Había muy poco personal implicado y se trataba de una misión humanitaria movida por las razones más puras. Pero Washington era Washington, y había cosas que era mejor no decir.

—¿Carter Crossing tiene departamento de policía? —pregunté.

—Sí —dijo Garber.

—Entonces déjeme adivinar. Como no están llegando a ninguna parte con la investigación del homicidio, quieren ir de pesca. Quieren añadir algunos miembros de la plantilla de Kelham a su estanque de sospechosos.

—Sí, eso es lo que quieren hacer —dijo Garber.

—Los miembros de la Compañía Alfa y de la Compañía Bravo incluidos.

—Sí —dijo Garber.

—Quieren hacerles todo tipo de preguntas.

—Sí.

—Pero no podemos permitir que le hagan ninguna pregunta a nadie, porque tenemos que mantener ocultas todas las idas y venidas de infiltrados.

—Correcto.

—¿Tenemos una causa probable?

Esperaba que Garber respondiera que no, pero en cambio dijo:

—Ligeramente circunstancial.

—¿Ligeramente? —pregunté.

—El momento es desafortunado. Janice May Chapman fue asesinada tres días después de que la Compañía Bravo regresara de su último viaje a Kosovo. Vuelan directamente desde el otro lado del Atlántico. Kelham tiene pista de aterrizaje. Ya se lo dije, es un sitio bastante grande. Aterrizan en la oscuridad para mantener el secreto. Después la compañía que regresa se pasa dos días encerrada transmitiendo informes.

—¿Y después?

—Al tercer día la compañía que regresa tiene una semana de permiso.

—Y todos salen por el pueblo.

—Por lo general sí.

—También por la calle principal y las manzanas cercanas.

—Ahí es donde están los bares.

—Y en los bares es donde conocen a las mujeres locales.

—Como siempre.

—Y Janice May Chapman era una mujer local.

—Y conocida por ser amigable.

—Estupendo —dije.

—La violaron y la mutilaron —dijo Garber.

—¿Cómo la mutilaron?

—No pregunté. No quise saber. Tenía veintisiete años. Jodie también tiene veintisiete años.

Su única hija. Su única descendencia, en general. Muy querida.

—¿Cómo está? —pregunté.

—Está bien.

—¿Dónde está ahora?

—Es abogada —dijo, como si eso fuera un lugar y no una profesión. Después él me preguntó a mí—: ¿Cómo está su hermano?

—Bien, que yo sepa —dije.

—¿Sigue en el Departamento del Tesoro?

—Que yo sepa, sí.

—Era un buen hombre —dijo Garber, como si irse del Ejército fuera morir.

No dije nada.

Garber preguntó:

—¿Entonces usted qué haría, allí en Mississippi?

Recordad que era 1997. Dije:

—No podemos dejar fuera al departamento de policía local. No en esas circunstancias. Pero tampoco podemos asumir que son expertos o que tienen recursos. Así que deberíamos ofrecerles ayuda. Deberíamos enviar a alguien. Podemos hacer todo el trabajo en la base. Si lo hizo algún tipo de Kelham, se lo entregaremos en bandeja. De esa manera se hará justicia, pero podremos esconder lo que necesitemos esconder.

—No es tan fácil —dijo Garber—. La cosa se complica.

—¿Cómo?

—El comandante de la Compañía Bravo es alguien llamado Reed Riley. ¿Lo conoce?

—Su nombre me suena.

—Y debería sonarle. Es el hijo de Carlton Riley.

—Mierda —dije.

Garber asintió:

—El senador. El presidente del Comité de Servicios Armados. Alguien a punto de ser nuestro mejor amigo o nuestro peor enemigo, dependiendo de hacia dónde sople el viento. Y usted ya sabe cómo son las cosas con las personas así. Un hijo que es capitán de infantería equivale a un millón de votos para él. Un hijo que es un héroe equivale al doble. No quiero imaginarme lo que pasaría si uno de los hombres de Reed resulta ser un asesino.

—Necesitamos alguien en Kelham ahora mismo —dije.

—Por eso usted y yo estamos teniendo esta reunión —dijo Garber.

—¿Cuándo me quiere allí?

—No lo quiero allí —dijo Garber.

CINCO

Garber me dijo que su primera opción para el trabajo en Kelham no era yo. Era un comandante de la Policía Militar recientemente ascendido que se llamaba Duncan Munro. Familia militar, Estrella de Plata, Corazón Púrpura, etcétera, etcétera. Recientemente había realizado un gran trabajo en Corea, y en ese momento llevaba a cabo un gran trabajo en Alemania. Tenía cinco años menos que yo, y por lo que estaba escuchando era exactamente lo que yo había sido hace cinco años. Todavía no lo conocía.

—Ahora mismo está en un avión —dijo Garber—. Volando directamente hacia nosotros. Su hora estimada de llegada es mañana a última hora de la mañana.

—Usted decide —dije—. Supongo.

—Es una situación delicada —dijo.

—Evidentemente —contesté—. Demasiado delicada para mí, en todo caso.

—No se lo tome tan a pecho. Lo necesito para otra cosa. Algo que espero que considere igual de importante.

—¿Para qué?

—Trabajo de infiltrado —dijo—. Por eso estoy contento con su pelo. Andrajoso y descuidado. Hay dos cosas que hacemos muy mal cuando estamos trabajando de infiltrado. El pelo y los zapatos. Zapatos pueden comprarse en una tienda de segunda mano. Pero un pelo desarreglado no se puede comprar en cualquier momento.

—¿De infiltrado dónde?

—En Carter Crossing, por supuesto. En Mississippi. Fuera de la base. Va a aparecer por el pueblo como una especie de exmilitar vagabundo que viaja sin rumbo fijo. Conoce la clase de personas a las que me refiero. Va a ser uno de esos tipos que se sienten como en casa en esos lugares, porque es la clase de entorno al que están acostumbrados. Por lo que va a quedarse allí durante un rato. Va a entablar una relación con las fuerzas de seguridad locales y va a usar esa relación de manera clandestina para asegurarse de que tanto ellos como Munro estén haciendo todo bien.

—¿Quiere que me haga pasar por un civil?

—No es tan difícil. Todos pertenecemos a la misma especie, más o menos. Ya verá.

—¿Investigaré de manera activa?

—No. Estará allí solo para observar e informar. Como una evaluación de entrenamiento. Ya ha hecho esto antes. Quiero que sea mis ojos y mis oídos. Esto se tiene que hacer bien.

—De acuerdo —dije.

—¿Alguna otra pregunta?

—¿Cuándo salgo hacia allí?

—Mañana por la mañana, en el primer vuelo.

—¿Y qué entiende usted por hacer esto bien?

Garber hizo una pausa, se acomodó en la silla y no respondió a la pregunta.

Volví a mi cuartel y me di una ducha, pero no me afeité. Estar infiltrado es como ser actor de método. Y Garber tenía razón. Conocía a esa clase de personas. Cualquier militar las conoce. Los pueblos que están cerca de una base están llenos de tipos a los que largaron por un motivo u otro y que nunca fueron capaces de alejarse más de dos kilómetros. Algunos se quedan allí y a otros los obligan a irse, pero los que se van terminan en otro pueblo cerca de otra base. Lo mismo, pero distinto. Es lo que conocen. Es lo que les hace sentir cómodos. Conservan cierta disciplina militar que tienen incorporada de fondo, como una vieja costumbre, como hebras de ADN, pero abandonan el aseo regular. El párrafo dos del apartado ocho del capítulo uno ya no gobierna sus vidas. Así que no me afeité ni tampoco me peiné. Solo dejé que mi pelo se secara al aire.

Después dejé las cosas sobre la cama. No necesitaba ir a una tienda de segunda mano a comprar zapatos. Tenía unos que podían servir. Hacía unos doce años había estado en Reino Unido y me había comprado unos zapatos brogue marrones en una tienda de caballeros como las de antes en un pueblo completamente apartado. Eran grandes, pesados, robustos. Estaban bien cuidados, pero tenían marcas de uso. Estaban desgastados, literalmente.

Los apoyé en la cama y ahí quedaron, solos. No tenía otra prenda personal. Nada. Ni siquiera medias. Encontré en un cajón una vieja camiseta del ejército, verde oliva, de algodón, originalmente gruesa, ahora desteñida y desgastada de tantos lavados. Me imaginé que era algo que uno de estos tipos podría llegar a conservar. La puse junto a los zapatos. Después fui caminando hasta la proveeduría militar y revisé los pasillos que por lo general no frecuento. Encontré un pantalón de tela marrón y una camisa de manga larga que era esencialmente color granate, pero que la habían prelavado y eso había hecho que las costuras se destiñeran y ahora fueran más bien rosas. No me entusiasmaba demasiado, pero era la única opción que había en mi talle. Tenía el precio rebajado, lo cual para mí tenía sentido, y parecía esencialmente civil. Había visto gente usando cosas peores. Y era versátil. No estaba seguro de qué temperatura iba a hacer en marzo en el rincón noreste de Mississippi. Si hacía calor, podía arremangarme. Si hacía frío, podía desarremangarme.

Elegí unos calzoncillos blancos y calcetines color caqui, y después me detuve en la sección de aseo personal y encontré una especie de cepillo de dientes plegable. Me gustó. La parte de las cerdas estaba dentro de un estuche de plástico transparente, que se sacaba, se le daba la vuelta y se volvía a poner por el otro lado para que el cepillo tuviese la longitud adecuada para ser usado. Obviamente, estaba diseñado para un bolsillo. Era fácil de llevar y las cerdas se conservaban limpias. Una buena idea.

Mandé la ropa directamente a la lavandería, para envejecerla un poco. Nada envejece más las cosas que las lavanderías que hay en las instalaciones militares. Después caminé hasta una hamburguesería que había fuera de la base para que me sirvieran una comida tardía. Allí me encontré con un viejo amigo, un colega de la Policía Militar llamado Stan Lowrey. Habíamos trabajado juntos muchas veces. Estaba sentado delante de una bandeja con los restos de una hamburguesa de doscientos gramos y unas patatas fritas. Cogí mi comida y me deslicé frente a él. Me dijo:

—He oído que te vas a Mississippi.

—¿Dónde lo has oído? —pregunté.

—Mi sargento lo supo por un sargento del despacho de Garber.

—¿Cuándo?

—Hace más o menos dos horas.

—Estupendo —dije—. Hace dos horas ni siquiera lo sabía yo. Se acabó el secreto.

—Mi sargento dice que vas de segundón.

—Tu sargento tiene razón.

—Mi sargento dice que el investigador principal es un chaval.

Asentí:

—Voy de niñero.

—Esto huele mal, Reacher. Huele muy mal.

—Solo si el chico hace las cosas bien.

—Y podría hacerlas bien.

Le di un mordisco a mi hamburguesa y bebí un poco de café. Dije:

—De hecho, no sé si alguien podría hacer las cosas bien en este caso. Hay muchas sensibilidades en juego. Puede que no haya ninguna forma de hacerlo bien. Puede que Garber me esté protegiendo a mí y sacrificando al chico.

—Sigue soñando, amigo mío —dijo Lowrey—. Eres un caballo viejo y Garber te está reemplazando para que batee otro al final de la novena entrada con todas las bases llenas. Va a nacer una nueva estrella. Eres historia.

—Entonces tú también —respondí—. Si yo soy un caballo viejo, tú estás esperando en la puerta de la fábrica de pegamento.

—Exacto —dijo Lowrey—. Eso es lo que me preocupa. Esta misma noche empiezo a mirar ofertas de empleo.

El resto de la tarde no pasó gran cosa. Recogí la ropa de la lavandería, un poco descolorida y maltrecha por las máquinas gigantes. Estaba planchada a vapor, pero eso se corregía con un día de viaje. La dejé en el suelo, cuidadosamente apilada sobre mis zapatos. Entonces sonó el teléfono, un operador me transfirió una llamada del Pentágono y me vi hablando con un coronel llamado John James Frazer. Me dijo que trabajaba en la Oficina de Intermediación con el Senado, pero precedió ese embarazoso anuncio con toda su biografía de combate, como para que no lo juzgara de imbécil. Después dijo:

—Necesito saber inmediatamente si hay la más mínima alusión o rumor respecto a alguien de la Compañía Bravo. Inmediatamente, ¿me entiende? A la hora que sea.

—Y yo necesito saber por qué la policía local está al corriente de que la Compañía Bravo tiene su base en Kelham. Creí que debía ser un secreto.

—Entran y salen en C-5. Son aviones ruidosos.

—En medio de la noche. Así que podrían ser suministros. Armas y comida.

—Hubo un problema climático hace un mes. Tormentas en el Atlántico. Se retrasaron. Llegaron tras el amanecer. Los vieron. Y es un pueblo que convive con la base, de todos modos. Usted sabe cómo funciona. La gente del lugar reconoce los patrones. Las caras que conocen: un mes están y al siguiente no. La gente no es tonta.

—Ya hay indicios y rumores —dije—. El momento es complicado. Como usted dijo, la gente no es tonta.

—El momento podría perfectamente ser una coincidencia.

—Podría ser —dije—. Esperemos que así sea.

Frazer dijo:

—Necesito saber inmediatamente si hay algo que el capitán Riley pudo o debió saber o podría o debería haber sabido. Lo que sea, ¿de acuerdo? Cuanto antes.

—¿Es una orden?

—Es una petición de un oficial superior. ¿Hay alguna diferencia?

—¿Usted está a en mi cadena de mando?

—Considere que sí.

—De acuerdo —respondí.

—Lo que sea —repitió—. A mí, inmediatamente y de manera personal. Solo para mis oídos. A la hora que sea.

—De acuerdo —dije de nuevo.

—Hay mucho en juego. ¿Comprende? Las apuestas son muy altas.

—De acuerdo —respondí, por tercera vez.

Después Frazer dijo:

—Pero no quiero que haga nada que lo haga sentir incómodo.

Me fui a la cama temprano, con el pelo aplastado y la cara sin afeitar áspera contra la almohada, y mi reloj mental me despertó a las cinco, dos horas antes del amanecer, el viernes 7 de marzo de 1997. El primer día del resto de mi vida.

SEIS

Me duché y me vestí a oscuras, calcetines, calzoncillos, pantalón, mi camiseta vieja, mi camisa nueva. Me até los zapatos y guardé el cepillo de dientes en el bolsillo con un paquete de chicles y un fajo de billetes. Dejé todo lo demás. Ni DNI, ni cartera, ni reloj, ni nada. Actor de método. Me imaginé que si lo hiciera de verdad lo haría exactamente así.

Después salí. Subí la calle principal de la base, llegué hasta la caseta de vigilancia y Garber salió a recibirme. Me estaba esperando. Eran las seis de la mañana. Aún no había amanecido. Garber llevaba el uniforme de combate, presumiblemente desde hacía menos de una hora, pero parecía que hubiese pasado toda esa hora revolcándose por la tierra en una granja. Estábamos de pie bajo el resplandor amarillo de una luz de vapor. El aire era muy frío.

Garber dijo:

—¿No lleva bolso?

—¿Por qué tendría que llevarlo? —le pregunté.

—La gente lleva bolsos.

—¿Para qué?

—Para la ropa de repuesto.

—No tengo ropa de repuesto. Tuve que comprar estas prendas específicamente.

—¿Usted *eligió* esa camisa?

—¿Qué tiene de malo?

—Es rosa.

—Solo en algunas partes.

—Se va a Mississippi. Van a pensar que es maricón. Lo van a moler a palos.

—Lo dudo mucho —dije.

—¿Qué va a hacer cuando esa ropa esté sucia?

—No lo sé. Comprar otra, supongo.

—¿Cómo planea llegar a Kelham?

—Pensé en ir caminando hasta el pueblo y coger un autobús Greyhound hasta Memphis. Después, autostop el resto del camino. Supongo que así es como se hacen estas cosas.

—¿Ha desayunado?

—Estoy seguro de que encontraré una cafetería.

Garber hizo una pausa y preguntó:

—¿John James Frazer le ha llamado por teléfono ayer? ¿Desde la Oficina de Intermediación con el Senado?

—Sí, ha llamado —respondí.

—¿Qué impresión le dio?

—La de que estamos en graves problemas a no ser que a Janice May Chapman la haya matado un civil.

—Esperemos que sea así.

—¿Frazer está en mi cadena de mando?

—Probablemente sea más seguro asumir que sí.

—¿Qué clase de persona es?

—Una que ahora mismo está sometida a mucha presión. Su trabajo de cinco años podría irse al traste, justo cuando resulta más importante.

—Me dijo que no hiciera nada que me haga sentir incómodo.

—Tonterías —replicó Garber—. No está en el ejército para sentirse cómodo.

—Lo que alguien hace estando de permiso después de emborracharse en un bar no es culpa del comandante de la compañía —dije.

—Solo en el mundo real —respondió él—. Pero estamos hablando de política. —Después se quedó callado, solo un momento, como si tuviera muchas más cosas que decir y estuviese tratando de decidir por cuál de ellas empezar. Pero al final lo único que dijo fue—: Bueno, que tenga un buen viaje, Reacher. Manténgase en contacto, ¿de acuerdo?

El paseo hasta la estación de Greyhound fue largo pero no difícil. Solo había que poner un pie delante del otro. Me adelantaron algunos vehículos. Ninguno se detuvo para ofrecerse a llevarme. Quizás lo hubieran hecho si yo fuera de uniforme. En el corazón de Estados Unidos, los ciudadanos que viven cerca de una base por lo general tienen buena predisposición hacia sus vecinos militares. Tomé su desatención como muestra de que mi disfraz de civil era convincente. Me alegró pasar la prueba. No había intentado parecer un civil nunca. Era un territorio desconocido, algo nuevo para mí. Ni siquiera había sido nunca un civil. Supongo que técnicamente sí, durante los dieciocho años que separan mi nacimiento de West Point, pero había pasado esos años en medio de un amasijo de bases del Cuerpo de Marines, una tras otra, por la carrera de mi padre, y vivir en una base como parte de una familia militar no tenía nada que ver con la vida civil. Absolutamente nada. Así que ese paseo matutino fue para mí fresco y experimental. El sol salió detrás de mí, el aire se volvió más cálido y húmedo y se levantó una neblina desde el suelo que me llegaba hasta las rodillas. Avancé a través de ella y pensé en mi viejo colega Stan Lowrey, allí en la base. Me pregunté si habría mirado las ofertas de empleo. Me pregunté si tendría que hacerlo. Me pregunté si también yo tendría que hacerlo.

Un kilómetro antes de llegar al centro del pueblo vi una cafetería y paré a desayunar. Pedí café, por supuesto, y huevos revueltos. Sentí que me integraba bastante bien, por mi aspecto y por mi comportamiento. Había otros seis clientes. Todos civiles, todos hombres, todos sucios y descuidados para los estándares que mantenían la uniformidad en una población militar. Los seis llevaban sombrero. Seis gorras, impresas con los nombres de lo que asumí que eran fabricantes de maquinaria agrícola o proveedores de semillas. Me pregunté si debía llevar una gorra como esas. No lo había pensado, y no había visto ninguna en la tienda militar.

Terminé de comer, le pagué a la camarera y caminé sin gorra hasta el lugar donde llegaban y salían los Greyhound. Compré un billete, me senté en un banco y treinta minutos más tarde estaba en la parte de atrás de un autobús, dirigiéndome hacia el suroeste.

SIETE

El viaje en autobús fue increíble, a su manera. No era una distancia extrema, no era más que una pequeña porción del gigantesco continente, no eran más que tres centímetros en un mapa de una página, pero tardamos seis horas. Al otro lado de la ventanilla las vistas cambiaban tan despacio que parecían no cambiar en absoluto, pero aun así el paisaje al final del recorrido era muy distinto al del principio. Memphis era una gran ciudad, plagada de calles mojadas, rodeada de edificios bajos pintados de apagados tonos pastel, ajetreada y bulliciosa debido a una actividad furtiva y oscura. Me bajé en la estación y me quedé de pie un momento, en la tarde brillante, escuchando los sonidos y latidos de la gente concentrada en el trabajo o en el juego. Después mantuve el sol sobre mi hombro derecho y caminé en dirección sureste. La primera prioridad era encontrar la desembocadura de una carretera ancha que saliera de la ciudad, y la segunda era encontrar algo de comer.

Aparecí en un barrio urbanizado e insalubre lleno de casas de empeño, sex shops y oficinas de fianzas, y supuse que en un lugar así conseguir que alguien me llevara iba a ser casi imposible. Incluso los conductores capaces de detenerse en plena carretera nunca lo harían en esa parte de la ciudad. Así que puse mi segunda prioridad en primer lugar, paré a comer en un bar mugriento y me resigné a una larga caminata después de eso. Buscaba una esquina con una señal de tráfico, un rectángulo grande y verde con una flecha y que dijera *Oxford* o *Tupelo* o *Columbus*. Según mi experiencia, alguien de pie al lado de un cartel así y con el pulgar levantado no dejaba ninguna duda en cuanto a qué quería y hacia dónde se dirigía. No hacían falta explicaciones. No era necesario que el conductor parara a preguntar, lo cual ayudaba mucho. A la gente le cuesta decir que no a la cara. A menudo seguían de largo, simplemente, para evitar ese momento. Siempre es mejor reducir la confusión.

Encontré una esquina y una señal así al final de un paseo de media hora, en el límite de lo que yo consideraba un barrio residencial, lo que significaba que el noventa por ciento de los que condujeran por allí serían respetables madres de familia volviendo a casa, lo que significaba que me ignorarían completamente. Ninguna madre respetable se detendría ante un extraño, y nadie que tuviera solo un kilómetro de viaje por delante se ofrecería a llevarme. Pero seguir caminando habría sido un avance ilusorio. Un falso ahorro. Mejor perder tiempo quieto en un lugar que hacerlo caminando y quemando energía. Incluso si nueve de cada diez coches pasaban de largo, calculé que en una hora ya estaría en viaje.

Y así fue. Menos de veinte minutos después una vieja pick-up frenó a mi lado y su conductor me dijo que se dirigía a un almacén de madera más allá de Germantown. Debía de estar claro que yo no entendía la geografía local, porque el tipo me dijo que si iba con él acabaría fuera de la zona urbana, solo con un camino recto hacia el noreste de Mississippi por delante. Así que me subí y otros veinte minutos más tarde estaba solo otra vez, en el arcén de una carretera polvorienta de una sola vía que avanzaba inequívocamente en la dirección hacia la que yo quería ir. Me recogió un tipo en un Buick destartalado, cruzamos juntos la frontera estatal y recorrimos sesenta kilómetros hacia el este. Después otro, en una furgoneta Chevy muy vieja pero impecable, me llevó treinta kilómetros hacia el sur por una carretera secundaria y me dejó en la que según él era la salida que yo estaba buscando. Para entonces ya era la última hora de la tarde y el sol se movía muy rápido hacia el horizonte lejano. La carretera que tenía ante mí era completamente recta, con bosques bajos a ambos lados y a lo lejos solo se veía oscuridad. Supuse que Carter Crossing se extendía a ambos lados de esa carretera, tal vez cincuenta o sesenta kilómetros hacia el este, lo cual me acercaba a cumplir la primera parte de mi misión, que consistía sencillamente en llegar hasta allí. La segunda parte consistía en ponerme en contacto con los policías locales, lo que podía resultar más difícil. No había ninguna razón convincente para que un vagabundo de paso se hiciera amigo de gente con uniforme de policía. Tampoco había ninguna forma lógica de hacerlo, más allá de ser arrestado, lo que supondría empezar la relación con mal pie.

Pero al final los dos objetivos se lograron en un solo movimiento, porque el primer coche que pasó con dirección al este fue un coche patrulla que volvía a casa. Yo estaba haciendo autostop, y el conductor se detuvo. Él hablaba y yo lo escuchaba, y en pocos minutos descubrí que parte de lo que Garber me había dicho era falso.

OCHO

El policía se llamaba Pellegrino, como el agua con gas, aunque él no dijo eso. Me dio la impresión de que en esa parte de Mississippi la gente bebía agua del grifo. Pensándolo bien no me sorprendió que me recogiera. A los policías de pueblo siempre les interesan los forasteros misteriosos que se dirigen hacia su territorio. La manera más fácil de averiguar quiénes son es, simplemente, preguntar, y eso fue lo que hizo, enseguida. Le di mi nombre y le conté mi tapadera en un minuto. Le dije que era un militar recién retirado y que iba a Carter Crossing en busca de un amigo que podría estar viviendo allí. Le dije que el último destino de mi amigo había sido Kelham y que podría haberse quedado por la zona. Pellegrino no tuvo nada que decir al respecto. Solo desvió su mirada de la carretera vacía durante un segundo y me miró de arriba abajo, calibrando, y después asintió y miró otra vez hacia delante. Era más o menos bajo y tenía mucho sobrepeso, quizás de origen francés o italiano, con el pelo negro muy corto, la piel aceitunada y varices a ambos lados de la nariz. Tenía entre treinta y cuarenta años, y supuse que si no dejaba de comer y beber no pasaría de los cincuenta o sesenta.

Terminé de recitar mi parte y empezó a hablar él, y lo primero que descubrí fue que no era un policía de pueblo. Garber estaba técnicamente equivocado. Carter Crossing no tenía departamento de policía. Carter Crossing formaba parte del condado de Carter, y el condado de Carter tenía un Departamento del Sheriff del Condado, que tenía jurisdicción sobre todo lo que estuviera en un área de cerca de mil trescientos kilómetros cuadrados. Pero en esos mil trescientos kilómetros cuadrados no había mucho más que Fort Kelham y el pueblo, que era donde estaba la sede del Departamento del Sheriff, lo que, en cierto sentido, le devolvía la razón a Garber. Pero Pellegrino era indiscutiblemente un ayudante del sheriff, no un agente de policía, y parecía estar muy orgulloso de la diferencia.

—¿Cómo de grande es su departamento? —le pregunté.

—No muy grande —respondió Pellegrino—. Está el sheriff, al que llamamos jefe, el detective del sheriff, yo y otro ayudante de uniforme, también hay un civil que trabaja en la recepción, una mujer que se encarga del teléfono. Pero el detective está ausente indefinidamente porque está enfermo de los riñones, por lo que en realidad somos solo nosotros tres.

—¿Cuántas personas viven en el condado de Carter? —le pregunté.

—Alrededor de mil doscientas —respondió.

Me pareció mucho para tres policías. Comparativamente, sería como vigilar la ciudad de Nueva York con la mitad del Departamento de Policía de Nueva York. Pregunté:

—¿Eso incluye a Fort Kelham?

—No, ellos están separados —dijo—. Y tienen sus propios policías.

—Aun así deben tener bastante trabajo —dije—. Estamos hablando de mil doscientos habitantes y de mil trescientos kilómetros cuadrados.

—Ahora mismo tenemos mucho trabajo —dijo, pero no mencionó a Janice May Chapman.

En vez de eso habló sobre un suceso más reciente. El día anterior por la noche, al amparo de la oscuridad, alguien había aparcado un coche en las vías del tren. Garber se había vuelto a equivocar. Él pensaba que pasaban dos trenes al día, pero Pellegrino me dijo que en realidad era uno solo. Exactamente a medianoche, el pueblo se estremecía al paso de un gigantesco tren de carga de un kilómetro y medio de largo en dirección norte desde Biloxi, en la costa del golfo. El tren había arrollado al vehículo, lo había dejado totalmente destruido, lo había hecho volar por los aires muchísimos metros y lo había estrellado en el bosque. No se detuvo. Hasta donde sabían ni siquiera disminuyó la velocidad. Lo que quería decir que el maquinista ni lo había notado. Estaba obligado a parar si chocaba con algo en las vías. Era la política ferroviaria. Pellegrino creía que era posible que el tipo no se hubiera dado cuenta. Yo también. Miles de toneladas contra una, a gran velocidad, no había discusión. Pellegrino parecía estar fascinado por el sinsentido de todo el asunto. Dijo:

—O sea, ¿quién haría algo así? ¿Quién aparcaría un coche en la vía del tren? ¿Y por qué?

—¿Niños? —tanteé—. ¿Para divertirse?

—Nunca ha pasado antes. Y siempre ha habido niños aquí.

—¿No había nadie en el coche?

—No, gracias a Dios. Como dije, hasta donde sabemos solo estaba ahí aparcado.

—¿Era un coche robado?

—Aún no lo sabemos. No quedó mucho de él. Creemos que puede haber sido azul. Ardió en llamas. También quemó algunos árboles.

—¿Nadie llamó para denunciar un coche desaparecido?

—Todavía no.

—¿En qué otras cosas están trabajando? —pregunté.

Y en ese momento Pellegrino se quedó callado y no contestó, y yo me pregunté si no me habría excedido. Pero repasé mentalmente nuestro intercambio y me pareció que era una pregunta razonable. Era solo una conversación. Si una persona dice que tiene mucho trabajo pero solo menciona un coche destrozado, la otra persona tiene derecho a pedir más, ¿no? Sobre todo si viajan al atardecer de manera amigable.

Pero resultó que la vacilación de Pellegrino estaba puramente basada en una vieja cuestión de cortesía y hospitalidad sureña. Solo eso. Dijo:

—Bueno, no quiero darte una mala impresión porque es la primera vez que estás aquí. Pero han asesinado a una mujer.

—¿En serio? —pregunté.

—Hace dos días —respondió.

—¿Cómo la mataron?

Y resultó que la información de Garber era imprecisa de nuevo. A Janice May Chapman no la habían mutilado. La habían degollado, eso era todo. Y una herida mortal no es lo mismo que mutilación. No es para nada lo mismo. Ni siquiera está cerca.

—De oreja a oreja —dijo Pellegrino—. Muy profundo. Un solo tajo. Muy feo.

—Lo has visto, supongo —dije.

—Muy de cerca. Se le veían los huesos dentro del cuello. Estaba totalmente desangrada. Una mujer atractiva, muy guapa, vestida para salir, impecable, ahí en el suelo boca arriba en medio de un charco de sangre. Horrible.

No dije nada, por respeto a algo que pareció exigir el tono de Pellegrino.

—También la violaron —dijo—. El médico lo descubrió cuando le quitó la ropa y analizó el cuerpo en la camilla. A no ser que hubiese estado lo suficientemente entregada al asunto como para tirarse al suelo y rasparse el culo contra la grava. Lo que dudo mucho.

—¿La conocíais?

—La veíamos por el pueblo.

—¿Quién la mató? —pregunté.

—No sabemos —dijo—. Uno de la base. Eso pensamos.

—¿Por qué?

—Porque pasaba tiempo con ellos.

—Si su detective está de baja, ¿quién está llevando el caso? —pregunté.

—El jefe del departamento —respondió Pellegrino.

—¿Y el jefe del departamento tiene experiencia en homicidios?

—En realidad es la jefa del departamento —dijo Pellegrino—. Es una mujer.

—¿En serio?

—Es un cargo electo. La votaron a ella. —Lo dijo con un tono un tanto resignado. El tono que usa alguien cuando su equipo perdió un partido importante. *Es lo que hay.*

—¿Te presentaste al puesto? —pregunté.

—Nos presentamos todos —respondió—. Salvo el detective. Ya estaba mal de los riñones.

No dije nada. El coche se bamboleaba de un lado al otro. Los neumáticos de Pellegrino parecían gastados y blandos. Producían un ruido sordo de barítono sobre el asfalto. Sus faros delanteros iluminaban hasta cincuenta metros. Más allá de eso estaba todo oscuro. La carretera era recta, como un túnel entre los árboles. Los árboles estaban torcidos de manera oportunista, como hierbajos compitiendo por la luz, el aire y los minerales, como si se hubieran sembrado a sí mismos cien años antes en una tierra de cultivo abandonada. A medida que los íbamos pasando brillaban en el haz de luz, como si quedaran congelados en medio de un movimiento. Vi un cartel de hojalata en el arcén, torcido y descolorido, con agujeros oxidados del tamaño de monedas donde el esmalte se había desprendido. Anunciaba un hotel que se llamaba Toussaint's. Prometía las ventajas de una ubicación en la calle principal y habitaciones de la más alta calidad.

—La eligieron por el apellido —dijo Pellegrino.

—¿A la sheriff?

—Estábamos hablando de ella.

—¿Por qué? ¿Cómo se llama?

—Elizabeth Deveraux —respondió.

—Bonito apellido —dije—. Pero no mejor que Pellegrino, por ejemplo.

—Su padre fue sheriff antes que ella. Era un hombre muy querido en algunos distritos. Creemos que hubo gente que votó por lealtad. O que quizás pensaban que estaban votando al viejo. Quizás no sabían que había muerto. En algunos distritos, hay cosas que llevan su tiempo.

—¿Carter Crossing es lo suficientemente grande como para tener distritos? —pregunté.

—Más bien mitades, supongo —dijo Pellegrino—. Al oeste o al este de la vía del tren.

—¿Lado bueno, lado malo?

—Como en todas partes.

—¿De qué lado está Kelham?

—Del lado este. A cinco kilómetros. Cruzando el lado malo.

—¿De qué lado está el hotel Toussaint's?

—¿No te vas a quedar en casa de tu amigo?

—Cuando lo encuentre. Si lo encuentro. Antes necesito otro sitio.

—El Toussaint's está bien —dijo Pellegrino—. Te dejaré allí.

Y así lo hizo. Salimos del túnel de árboles y el camino se ensanchó y el bosque se redujo a unos pequeños árboles atrofiados a derecha e izquierda, atrapados en medio de hierbajos y basura. La carretera se transformó en una cinta de asfalto que cruzaba una ancha zona de tierra del tamaño de un campo de fútbol. Llevaba hasta una curva a la derecha que daba a una calle recta entre edificios bajos. La calle principal, presumiblemente. No había planificación arquitectónica alguna. Solo construcciones, muchas viejas, la mayoría de madera, con algo de piedra en los cimientos. Pasamos por delante de un edificio en el que ponía Departamento del Sheriff del Condado de Carter, después por delante de un terreno vacío y de una cafetería de carretera, y después llegamos al hotel Toussaint's. En algún momento había sido un sitio elegante. Estaba pintado de verde y tenía adornos, molduras y barandillas de hierro en los balcones de la planta alta. Parecía copiado de un diseño de Nueva Orleans. Tenía un letrero descolorido con su nombre y una hilera de lámparas tenues que alumbraban la fachada, tres de las cuales no funcionaban.

Pellegrino detuvo el coche patrulla y yo le agradecí por haberme llevado hasta allí y me bajé. Hizo un amplio giro en U a mis espaldas y regresó por donde habíamos venido, presumiblemente para aparcar en la explanada del Departamento del Sheriff. Subí unos escalones de madera podrida, crucé un porche de madera blanda, empujé la puerta y entré en el hotel.

NUEVE

Ya en el hotel encontré un vestíbulo pequeño y cuadrado y una recepción vacía. El suelo era de tablones de madera gastados parcialmente cubiertos con alfombras de diseño oriental bastante raídas. La recepción era un mostrador de madera maciza pulido y brillante por los años de uso y trabajo. Detrás había una matriz de pequeños casilleros en la pared. Cuatro de alto, siete de ancho. Veintiocho habitaciones. Veintisiete de los casilleros tenían la llave colgando. En ninguno había cartas, notas o alguna otra clase de comunicado.

En el mostrador había un timbre, un pequeño objeto de latón que se estaba enverdeciendo por los bordes. Llamé dos veces y un amable *ring ring* resonó en la sala durante un momento, pero no produjo ningún resultado. Nada. No apareció nadie. Al lado de los casilleros había una puerta cerrada, que permaneció cerrada. Un despacho, supuse. Probablemente vacío. No se me ocurrió ninguna razón para que el dueño de un hotel evitara deliberadamente duplicar su tasa de ocupación.

Me quedé allí un momento y después probé con una puerta que estaba a la izquierda del vestíbulo. Se abrió a un salón con las luces apagadas que olía a polvo, humedad y moho. En la oscuridad se veían unas siluetas abultadas que asumí que serían sillones. Ninguna actividad. Ninguna persona. Regresé a la recepción y llamé de nuevo al timbre.

No hubo respuesta.

—¿Hola? —dije en voz alta.

No hubo respuesta.

Así que desistí por el momento y volví a salir, crucé la temblorosa galería, bajé los escalones desgastados y me detuve en

una sombra sobre la acera bajo una de las lámparas rotas. No había mucho que ver. Al otro lado de la calle principal había una hilera de edificios bajos. Tiendas, probablemente. Estaban todas a oscuras. Más allá de las tiendas estaba todo negro. El aire de la noche era claro, seco y ligeramente cálido. Marzo en Mississippi. Meteorológicamente hablando podría estar en cualquier lugar. Se oía el sonido de la brisa en las hojas distantes, y también se oían unos pequeños ruidos granulares, como polvo en el viento o termitas comiendo madera. También oía el ventilador de un extractor en la pared de la cafetería de al lado. Aparte de eso, nada. Ningún sonido humano. Ninguna voz. Ni gente divirtiéndose, ni tráfico, ni música.

Un jueves por la noche en las proximidades de una base del Ejército.

No era normal.

No había comido nada desde mi almuerzo en Memphis, así que me dirigí hacia la cafetería. Era un edificio estrecho pero profundo, con la fachada hacia la calle principal. La entrada de la cocina probablemente estaba en la manzana de atrás. Pasada la puerta frontal había un teléfono público en la pared, una caja registradora y una mesa de recepción. Pasado todo eso había un pasillo largo y recto con mesas para cuatro a la izquierda y mesas para dos a la derecha. Mesas, no cabinas, con sillas separadas. Como en los bares. Los únicos clientes que había eran una pareja que me doblaba la edad. Estaban frente a frente en una mesa para cuatro. El hombre tenía un periódico y la mujer un libro. Estaban acomodados, como si disfrutaran de alargar la comida. El único personal a la vista era una sola camarera. Estaba cerca de la puerta batiente que, al fondo, llevaba a la cocina. Me vio entrar y recorrió deprisa el largo del pasillo para recibirme. Me ubicó en una mesa para dos, más o menos en la mitad de la sala. Me senté mirando al frente, dando la espalda a la cocina. No había manera de mirar las dos entradas al mismo tiempo, que es lo que yo habría elegido.

—¿Algo para beber? —me preguntó ella.

—Café solo —respondí—. Por favor.

Se fue y volvió con una taza de café y un menú.

—Una noche tranquila —dije.

Ella asintió, triste, probablemente preocupada por su propina.

—Cerraron la base —dijo.

—¿Kelham? —pregunté—. ¿La cerraron?

Ella asintió de nuevo:

—Desde esta tarde no dejan salir a nadie. Ahora están todos ahí, cenando la comida del ejército.

—¿Pasa muy a menudo?

—No había pasado nunca.

—Lo lamento —dije—. ¿Qué me recomiendas?

—¿De qué?

—De comer.

—¿Aquí? Todo está rico.

—Una hamburguesa con queso —pedí.

—Cinco minutos —dijo ella.

Se fue y yo cogí mi café y me dirigí otra vez hacia la entrada pasando junto a la mesa de recepción hasta llegar al teléfono público. Revolví en mi bolsillo y encontré tres monedas de veinticinco centavos de la vuelta de mi almuerzo, que me llegaban para una conversación breve, que era la clase de conversación que a mí me gustaba. Marqué el número del despacho de Garber, un teniente de guardia me lo pasó y él me dijo:

—¿Ya ha llegado?

—Sí —respondí.

—¿El viaje ha ido bien?

—Ha estado bien.

—¿Tiene dónde quedarse?

—No se preocupe por mí. Me quedan setenta y cinco centavos y cuatro minutos antes de comer. Necesito hacerle una pregunta.

—Pregunte.

—¿Quién le informó de todo esto?

Garber hizo una pausa.

—No se lo puedo decir —respondió.

—Bueno, sea quien sea, los detalles que maneja son un poco borrosos.

—Puede pasar.

—Y cerraron Kelham. Nadie puede salir.

—Por orden de Munro, fue lo primero que hizo cuando llegó.

—¿Por qué?

—Ya sabe cómo es. Hay riesgo de resentimiento entre el pueblo y la base. Fue una cuestión de sentido común.

—Fue un reconocimiento de culpa.

—Bueno, quizás Munro sabe algo que usted no sabe. No se preocupe por él. Lo único que tiene que hacer usted es obtener información de los policías locales.

—Estoy en ello. Uno me trajo hasta aquí.

—¿Se creyó que era un civil?

—Eso me pareció.

—Bien. Si se enteran de que usted está conectado no van a decir ni una palabra.

—Necesito que averigüe si alguien de la Compañía Bravo tiene un coche azul.

—¿Por qué?

—El policía me dijo que alguien aparcó un coche azul en las vías del tren. El tren de medianoche lo arrolló. Pudo haber sido un intento de ocultar pruebas.

—Seguramente lo habría quemado.

—Quizás era la clase de prueba que no se puede esconder con un incendio. Quizás una gran abolladura en el guardabarros o algo así.

—¿Eso cómo se relacionaría con una mujer mutilada en un callejón?

—No la mutilaron. La degollaron. Solo eso. Un corte ancho y profundo. De una sola vez, probablemente. El policía con el que hablé me dijo que se le veía hasta el hueso.

Garber hizo una pausa.

—Así les enseñan a hacerlo a los rangers —dijo.

No dije nada.

—¿Pero qué relación tiene eso con un coche? —preguntó.

—No lo sé. Quizás no está relacionado. Pero vamos a averiguarlo, ¿de acuerdo?

—Hay doscientos hombres en la Compañía Bravo. Estadísticamente habría alrededor de cincuenta coches azules.

—Y los cincuenta deberían estar aparcados en la base. Averigüemos si falta uno.

—Probablemente era un vehículo civil.

—Esperemos que sí. Trabajaré en ese sentido. Pero de cualquier forma necesito saberlo.

—Esta investigación es de Munro —dijo Garber—. No suya.

—Y necesitamos saber si alguien tiene marcas de grava en el cuerpo —continué—. Manos, rodillas y codos, quizás. De la violación. El policía dijo que Chapman presentaba lesiones de ese tipo.

—Esta investigación es de Munro —repitió Garber.

No contesté. Vi que la camarera salía de la cocina. Llevaba un plato con una hamburguesa enorme entre dos panes y una maraña de patatas fritas largas y delgadas tan grande y desordenada como el nido de una ardilla.

—Me tengo que ir, jefe. Mañana le llamo —dije. Colgué y me llevé el café a la mesa.

La camarera apoyó el plato con cierta ceremonia. La comida tenía buena pinta y olía bien.

—Gracias —dije.

—¿Puedo ofrecerle algo más?

—Puede hablarme del hotel —dije—. Necesito una habitación, pero no encontré a nadie.

La camarera se giró a medias y yo seguí su mirada en dirección a la pareja mayor acomodada en su mesa para cuatro. Seguían leyendo. La camarera dijo:

—Normalmente se quedan aquí un rato y después regresan. Ese sería el mejor momento para pillarles.

Después se marchó y me dejó solo. Comí despacio y disfruté cada bocado. La pareja no se movió de allí. Leían. La mujer le daba la vuelta a una página cada par de minutos. Con una frecuencia mucho menor, el hombre hacía un gran gesto cada vez que sacudía el pliegue de su periódico y lo doblaba de nuevo, listo para la siguiente sección. Lo examinaba atentamente. Lo leía prácticamente palabra por palabra.

Un poco después, la camarera volvió, recogió mi plato y me ofreció un postre. Dijo que tenía unas tartas muy buenas.

—Voy a ir a dar una vuelta —dije yo—. Volveré a pasarme, y si esos dos siguen aquí, entraré a comer una tarta. Asumo que no tienen ninguna prisa.

—Normalmente no —dijo la camarera.

Pagué la hamburguesa y el café y le dejé una propina que no era comparable con la que dejaría una habitación llena de rangers hambrientos, pero que fue suficiente para hacerla sonreír un poco. Después volví a salir a la calle. La noche se estaba poniendo fría y había un poco de niebla. Giré a la derecha y pasé por delante del terreno vacío y del edificio del Departamento del Sheriff. El coche de Pellegrino estaba aparcado allí y había luz en una ventana, lo que sugería que había alguien en una de las habitaciones. Seguí avanzando y llegué a la T en la que habíamos girado. A la izquierda estaba el camino por el que me había traído Pellegrino, cruzando el bosque. A la derecha la carretera continuaba hacia el este en medio de la oscuridad. Presumiblemente cruzaba la vía del tren y después seguía por el lado malo del pueblo hacia Kelham. Garber había descrito esa calle como un camino de tierra, y puede que alguna vez lo haya sido. Ahora era una típica carretera rural, con una superficie pedregosa cubierta de asfalto. Era totalmente recta y no estaba iluminada. Tenía unas profundas cunetas a ambos lados. Había una luna delgada en el cielo y una luz muy escasa permitía ver. Giré a la derecha y me adentré en la oscuridad.

DIEZ

Dos minutos y doscientos metros después encontré las vías del tren. Primero vi la señal de advertencia a un lado de la carretera, dos rectángulos atornillados en aspa a noventa grados, uno con la palabra *FERROCARRIL* y el otro con la palabra *CRUCE*. El poste tenía también unas luces rojas y en algún sitio por detrás habría un timbre eléctrico dentro de una caja. Veinte metros más adelante, las cunetas terminaban abruptamente, y la propia vía se subía a un montículo, brillando débilmente a la luz de la luna, dos raíles paralelos que avanzaban no muy nivelados y no del todo rectos hacia el norte y hacia el sur, dando la impresión de estar viejos, desgastados y con escaso mantenimiento. El suelo de grava era tosco y compacto. Le crecían hierbas por todas partes. Me detuve sobre donde se empataban los raíles a un lado y al otro. Veinte metros al norte, a la izquierda, se veía la silueta sombría de una vieja torre de agua en ruinas, que todavía conservaba una manguera ancha y blanda, como la trompa de un elefante, que debió de estar conectada a la red de agua de Carter Crossing en algún momento y que en algún momento debió de servir para recargar las ávidas locomotoras de vapor que paraban allí.

Giré 360 grados en la oscuridad. Había una quietud y un silencio absoluto por todas partes. Sentí un olor a carbón en el aire nocturno, quizás desde el lugar donde el coche azul había quemado los árboles al norte. Sentí también un ligero olor a carne asada que venía del este, donde supuse que estaba el resto del municipio, en el lado malo de las vías. Pero en esa dirección todo estaba oscuro. Solo parecía sugerirse un hueco en el bosque, por donde pasaba la carretera, nada más.

Cuando estaba desandando lo andado, con la dura carretera bajo mis pies y pensando en un trozo de tarta, vi unas luces a lo lejos. Era un coche grande o una pequeña furgoneta que venía directamente hacia mí, avanzando despacio. Por un momento tuve la impresión de que iba a girar hacia la calle principal, pero luego pareció cambiar de opinión. Quizás me había visto. Se enderezó de nuevo y siguió avanzando. Yo continué caminando. Era una pick-up de morro corto. Se hundía y bamboleaba en los desniveles de la carretera. Sus luces subían y bajaban entre la niebla. Yo escuchaba el borboteo húmedo de un motor V-8 muy usado.

Se acercó por el carril contrario, frenó a seis metros de mí y se quedó allí con el motor en marcha. Yo no podía ver quién había dentro. Por el resplandor. Seguí caminando. No iba a meterme entre la hierba, y el arcén se estrechaba demasiado por la cuneta que había a mi derecha, así que mantuve un rumbo que me haría pasar al lado de la puerta del conductor. El conductor vio que me acercaba, y cuando estaba a tres metros de él, bajó su ventanilla y apoyó la muñeca izquierda en la puerta con su codo interrumpiendo mi camino. Entonces ya había luz suficiente como para poder distinguirlo. Era un civil, blanco, robusto, con una camiseta remangada sobre un brazo grande, peludo y cubierto de tinta. Tenía el pelo largo y hacía por lo menos una semana que no se lo lavaba.

Tenía tres opciones.

La primera: detenerme y hablar con él.

La segunda: avanzar por la hierba entre el asfalto y la cuneta y pasar de largo.

La tercera: romperle el brazo.

Elegí la primera opción. Me detuve. Pero no dije nada. No inmediatamente. Simplemente me quedé allí.

En el asiento del pasajero había otro hombre. De la misma clase. Peludo, tatuado, con pelo largo, mugre y grasa. Pero no eran idénticos. Era un primo, quizás, y no un hermano. Los dos me miraban fijamente, con la insolencia engreída y de bajo voltaje que ciertos forasteros reciben en ciertos bares. Yo los miré fijamente a ellos. No soy ese tipo de forastero.

—¿Quién eres y adónde vas? —preguntó el conductor.

Yo me quedé callado. Soy bueno callando. No me gusta hablar. Si tuviera que hacerlo, podría pasar el resto de mi vida sin decir una sola palabra más.

—Te he hecho una pregunta —insistió el conductor.

Yo pensé: *dos preguntas, de hecho*. Pero no dije nada. No quería tener que pegarle. No con mis manos. No soy un maniático de la higiene, pero ante un tipo como aquel iba a sentir la necesidad de lavarme bien, a conciencia, con buen jabón, sobre todo si una tarta me estaba esperando. Así que, en vez de eso, decidí darle una patada. Vi los movimientos en mi mente: abre la puerta, baja, rodea la puerta para acercarse hacia mí, y después cae, vomitando y retorciéndose con la mano en la entrepierna.

Nada complicado.

—¿Hablas inglés? —preguntó.

No dije nada.

El del asiento del acompañante dijo:

—Quizás es mexicano.

—¿Eres mexicano? —volvió a preguntar el conductor.

No respondí.

—No parece mexicano. Es demasiado grande —dijo.

Lo que a grandes rasgos era cierto, aunque yo había oído hablar de un mexicano llamado José Calderón Torres que medía dos metros treinta, es decir, treinta centímetros más que yo. Y me acordaba de otro, José Garcés, que en las Olimpíadas de Los Ángeles había levantado más de ciento noventa kilos en dos tiempos, lo que probablemente equivalía al peso de los dos tipos del camión juntos.

—¿Vienes de Kelham? —preguntó el conductor.

Hay riesgo de resentimiento entre el pueblo y la base, había dicho Garber. A la hora de la verdad, la gente es siempre tribal. Quizás esos tipos conocían a Janice May Chapman. Quizás no entendían por qué había salido con militares y no con ellos. Quizás nunca se habían mirado al espejo.

No dije nada. Pero no seguí caminando. No quería dejar a la camioneta libre a mis espaldas. No en un lugar aislado, no en una oscura carretera rural. Me quedé allí, mirándoles fijamente a los ojos, primero a uno y después al otro, con poco más que franqueza, escepticismo y algo de diversión en mi cara. Es una mirada que normalmente funciona. En ciertas personas, normalmente, provoca algo.

Primero provocó al acompañante.

Bajó la ventanilla y se asomó casi por completo, hasta la cintura, girando el torso e inclinándose hacia delante para mirarme de frente por encima del capot. Se agarró fuerte al pilar con una mano y empezó a mover la otra trazando un arco rápido y violento, como si hiciera sonar un látigo o me estuviera tirando algo. Dijo:

—Estamos *hablando* contigo, gilipollas.

No dije nada.

—¿Se te ocurre alguna razón para que no me baje de aquí y te muela a palos? —gritó.

—Se me ocurren doscientas seis razones —respondí yo.

—¿Qué? —dijo él.

—Es la cantidad de huesos que tienes en el cuerpo. Podría rompértelos todos antes de que me pongas un dedo encima.

Eso hizo que su compañero reaccionara. Su instinto lo empujó a salir en defensa de su amigo y asumir el desafío. Se asomó todavía más por su ventanilla y dijo:

—¿Tú crees?

—¿En mí? Normalmente todo el rato —respondí—. Es una buena costumbre.

Lo cual lo dejó con la boca cerrada, mientras trataba de entender qué había querido decir con eso. Repasó mentalmente la conversación. Moviendo los labios.

—Sigamos cada uno a lo suyo y dejémonos en paz —dije—. ¿Vosotros dónde dormís?

Ahora era yo el que hacía las preguntas y ellos los que no las contestaban.

—Me dio la impresión de que estuvisteis a punto de girar hacia la calle principal —dije—. ¿Es vuestro camino a casa?

No hubo respuesta.

—¿Qué? ¿No tenéis casa? —pregunté.

—Tenemos una —respondió el conductor.

—¿Dónde?

—Un kilómetro y medio más allá de la calle principal.

—Pues entonces volved allí. Encended la tele, bebed cerveza. No os preocupéis por mí.

—¿Eres de Kelham?

—No —dije—. No soy de Kelham.

Los tipos se quedaron callados, se desinflaron como los globos gigantes de los desfiles y volvieron a entrar en el coche por las ventanillas, de vuelta a la cabina, de vuelta a sus asientos. Oí cómo la palanca de cambios de la camioneta arrancaba marcha atrás a toda velocidad, derrapando y sacudiéndose, girando 180 grados, levantando polvo y haciendo chirriar los neumáticos, y cómo finalmente se alejaba, frenaba en seco y giraba en la calle principal. Cómo después se perdía de vista tras el Departamento del Sheriff. Exhalé y empecé a caminar de nuevo. No hubo daños. *Las mejores peleas son las que no se tienen*, me dijo una vez alguien muy sabio. No siempre seguía su consejo, pero aquella vez me alegré de irme con las manos limpias, literal y metafóricamente.

Entonces vi que otro coche se acercaba. Hizo lo mismo que había hecho la camioneta. Parecía que iba a girar pero, tras una pausa, enderezó el rumbo y se dirigió hacia mí. Era un coche de policía. Lo reconocí por la forma y por el tamaño, y porque podía ver la silueta de la barra luminosa en el techo. Al principio supuse que sería Pellegrino patrullando, pero cuando el coche se acercó, apagó las luces y vi que iba una mujer al volante, Mississippi se volvió de repente mucho más interesante.

ONCE

El coche se acercó por el carril contrario y se detuvo a mi lado. Era un viejo Chevy Caprice de patrulla con los colores del Departamento del Sheriff del Condado de Carter. La mujer que iba al volante tenía una masa rebelde de pelo oscuro, entre ondulado y rizado, recogido hacia atrás en algo que se parecía a una coleta. Tenía una cara blanca y perfecta. Estaba muy hundida en el asiento, lo que podía significar que ella era baja o que el asiento estaba vencido por los años de uso. Resolví que el asiento estaba vencido, porque sus brazos eran largos y sus hombros no parecían los de alguien bajito. Calculé que tendría alrededor de treinta y cinco años, lo suficientemente mayor como para haber recorrido muchos kilómetros, lo suficientemente joven como para seguir encontrando algo de diversión en el mundo. Sonreía levemente, y la sonrisa llegaba hasta sus ojos, que eran grandes, oscuros, líquidos y parecían tener cierto brillo. Aunque podía ser el reflejo de la luz sobre el cuadro de mandos del Chevy.

Bajó la ventanilla y me miró de frente, primero a la cara, después de arriba abajo y de un lado al otro, cuidadosamente, como evaluándome, desde los zapatos hasta el pelo, con una mirada que solo mostraba franqueza. Me acerqué para que pudiera verme mejor y también para verla mejor. Era más que perfecta. Era espectacular. Llevaba un revólver en una funda en la cadera derecha, y a su lado tenía una escopeta con el cañón hacia abajo en otra funda más grande montada entre los asientos. En el asiento del copiloto había un gran equipo de radio colgado del salpicadero y un micrófono con un cable en espiral sujeto a un gancho cerca del volante. El coche estaba viejo y gastado, y casi con toda seguridad se lo habían comprado de segunda mano a un municipio con más presupuesto.

—Tú eres el tipo que trajo Pellegrino —dijo.

Su voz era tranquila pero clara, cálida pero no suave, y su acento parecía de la zona.

—Sí, señora, soy yo —respondí.

—Reacher, ¿no? —pregunté.

—Sí, señora, soy yo —repetí.

—Elizabeth Deveraux. Soy la sheriff —dijo.

—Encantado de conocerte —dije yo.

Hizo una pequeña pausa y añadió:

—¿Ya has cenado?

Asentí.

—Pero no tomé postre —dije—. De hecho, ahora mismo estaba yendo a la cafetería a comerme un trozo de tarta.

—¿Sueles salir a pasear entre un plato y otro?

—Estaba esperando a los dueños del hotel. No parecían tener mucha prisa.

—¿Vas a pasar la noche ahí? ¿En el hotel?

—Eso espero.

—¿No vas a quedarte en casa del amigo que has venido a buscar?

—Todavía no lo he encontrado.

Asintió.

—Necesito hablar contigo —dijo—. Búscame en la cafetería. En cinco minutos, ¿vale?

En su voz había autoridad pero no amenaza. No tenía nada planeado. Solo era esa clase de mando natural que supuse le venía de ser, primero, hija de sheriff, y después sheriff ella misma.

—Vale —respondí—. En cinco minutos.

Subió la ventanilla, dio marcha atrás y dio media vuelta con una versión más lenta de la misma maniobra que habían hecho los tipos de la camioneta. Encendió los faros delanteros de nuevo y se alejó. Vi brillar las luces rojas de freno y la vi girar en la calle principal. Yo seguí a pie, sobre la hierba, entre el asfalto y la cuneta.

Llegué a la cafetería mucho antes de los cinco minutos que me habían dado y vi el coche patrulla de Elizabeth Deveraux aparcado en la puerta. Ella estaba en la misma mesa que había ocupado yo. La pareja del hotel ya había levantado su campamento. Más allá de Deveraux y de la camarera, el local estaba vacío.

Entré. Deveraux no dijo nada pero por debajo de la mesa empujó un poco hacia fuera con el pie la silla que tenía enfrente. Era una invitación. Casi una orden. La camarera entendió el mensaje. No trató de sentarme en otro lugar. Claramente Deveraux ya había pedido. Yo le dije a la camarera que me trajera un trozo de la mejor tarta y otro café. Se fue a la cocina y el silencio se apoderó de la sala.

De cerca y en persona, tenía que admitir que Elizabeth Deveraux era una mujer muy atractiva. Realmente hermosa. Fuera del coche era relativamente alta y tenía un pelo increíble. Solo la coleta debía pesar dos kilos. Tenía las facciones adecuadas en proporciones adecuadas. El uniforme le quedaba muy bien. Bueno, a mí me gustaban las mujeres de uniforme, posiblemente porque había conocido muy pocas que no lo llevaran. Pero lo mejor de todo era su boca. Y sus ojos. Las dos cosas juntas le daban a su cara una vivacidad incisiva y graciosa, como si tuviese la capacidad de permanecer fría, tranquila y serena en cualquier situación, pasara lo que pasara, y después la capacidad de encontrar en ella algún elemento que le hiciera sonreír. Sus ojos seguían estando iluminados. No era por el cuadro de mandos del Chevy.

—Pellegrino me dijo que has estado en el Ejército —soltó.

Hice una pausa. El trabajo de infiltrado se basa en mentir, y no me había importado mentirle a Pellegrino. Pero por algún motivo que desconocía no quería mentirle a Deveraux. Así que le dije:

—Hace seis semanas estaba en el Ejército.

Lo cual era técnicamente cierto.

—¿En qué rama?

—Principalmente en el 110 —respondí. También era verdad.

—¿Infantería?

—Era una unidad especial. Operaciones combinadas, básicamente.

Lo que era técnicamente verdad.

—¿Quién es el amigo al que buscas?

—Se llama Hayder —dije.

Una completa invención.

—Debe haber sido de infantería —dijo Deveraux—. En Kelham todos lo son.

Asentí.

—Regimiento Ranger 75 —dije.

—¿Era instructor? —preguntó.

—Sí —respondí.

Ella asintió:

—Son los únicos que están aquí el tiempo suficiente como para querer quedarse después.

No dije nada.

Ella dijo:

—Nunca he oído hablar de él.

—Entonces tal vez se mudó de nuevo.

—¿Cuándo podría haberse ido?

—No estoy seguro. ¿Hace cuánto que eres sheriff?

—Dos años —dijo—. El tiempo suficiente como para conocer a la gente del lugar.

—Pellegrino dijo que habías estado toda tu vida aquí. Quiero decir, por lo de conocer a la gente del lugar.

—No es verdad —respondió—. No he estado aquí toda mi vida. Estuve aquí de niña y estoy aquí ahora. Pero pasaron años entre una cosa y otra.

Su tono sonó un poco nostálgico. *Pasaron años entre una cosa y otra.* Le pregunté:

—¿Qué hiciste en esos años?

—Tenía un tío rico —me dijo—. Recorrí el mundo a su costa.

Y en ese momento sospeché que estaba metido en problemas. En ese momento sospeché que mi misión estaba a punto de fracasar. Porque había oído antes esa respuesta.

DOCE

La camarera trajo mi postre y el plato principal de Elizabeth Deveraux. Deveraux había pedido lo mismo que yo, la gran hamburguesa con queso y el nido de patatas fritas. La tarta era de melocotón y el trozo que me trajo la camarera tenía un tamaño similar al de un *home plate* de las Grandes Ligas. Era más grande que el plato en el que me la había servido. El café me lo trajo en una taza grande de cerámica. A Deveraux le trajo agua en un vaso cascado por el borde.

Es mejor dejar que se enfríe una tarta que una hamburguesa con queso, por lo que asumí que yo tenía la posibilidad de hablar mientras que a Deveraux no le quedaba más remedio que comer, escuchar y hacer algunos comentarios. Así que empecé:

—Pellegrino me ha dicho que tenéis mucho trabajo.

Deveraux asintió mientras masticaba.

—Un coche destrozado y una mujer muerta —continué.

Asintió de nuevo y con la punta del dedo meñique condujo una gota de mayonesa de nuevo dentro de la boca. Un gesto elegante para una acción que no lo es tanto. Tenía las uñas cortas, limpias y bien cuidadas. Sus manos eran delgadas y fibrosas, y estaban un poco morenas. Buena piel. Sin anillos. Ninguno. Tampoco en el dedo anular.

—¿Algún avance en algo de eso? —pregunté.

Tragó, sonrió y levantó la mano como un policía de tráfico. *Stop. Frena.* Dijo:

—Dame un minuto, ¿sí? No hables más.

Así que me puse con mi tarta, que estaba rica. La masa era dulce y los melocotones estaban frescos. Probablemente eran productos de la zona. O quizás de Georgia. No sabía mucho sobre cultivo de frutas. Ella comía, con la hamburguesa en la mano derecha y cogiendo las patatas fritas una a una con la mano izquierda, con sus ojos fijos en los míos durante la mayor parte del tiempo. La grasa de la carne hacía que le brillaran los labios. Era delgada. Debía de tener el metabolismo de un reactor nuclear. De vez en cuando tomaba largos tragos de agua. Yo vacié mi taza. El café estaba bueno, pero no tan rico como la tarta.

—¿El café no te mantiene despierto? —preguntó.

Asentí:

—Hasta que tengo ganas de dormir. Para eso está.

Bebió un último trago de agua y dejó un borde de pan y seis o siete patatas fritas en el plato. Se limpió la boca con la servilleta y después las manos. Luego la dobló y la dejó al lado de su plato. Había terminado la cena.

—¿Entonces estáis avanzando? —insistí.

Sonrió como para sus adentros, se inclinó hacia un lado alejándose un poco de la mesa, ayudándose con las manos para aumentar el ángulo, y me miró de nuevo, despacio, trazando un recorrido sinuoso desde mis pies en la sombra hasta mi cabeza. Me dijo:

—Eres bastante bueno. Nada de lo que avergonzarse, en serio. No es tu culpa.

—¿Qué no es mi culpa? —pregunté.

Se inclinó hacia atrás en su silla. Su mirada seguía fija en la mía. Dijo:

—Mi padre fue sheriff aquí antes que yo. Desde que nací, de hecho. Ganó cerca de veinte elecciones consecutivas. Era firme, pero justo. Y honesto. Sin miedos ni preferencias. Era un buen funcionario público.

—No me cabe duda —dije.

—Pero a mí no me gustaba mucho el pueblo. De niña. O sea, ¿te imaginas? Está en medio de la nada. Los libros nos llegaban por correo. Yo sabía que había un mundo ahí fuera. Por lo que me tenía que ir.

—No te culpo —dije.

—Pero hay ideas que se te meten en la cabeza —continuó—. Como el servicio público. Como las fuerzas de seguridad. Uno empieza a sentir que es un negocio familiar, como cualquier otro.

Asentí. Tenía razón. En lo que respecta a las fuerzas de seguridad, los hijos siguen los pasos de sus padres mucho más que en el resto de las profesiones. Salvo el béisbol. Es ochocientas veces más probable que el hijo de un jugador de béisbol profesional llegue a las Grandes Ligas a que lo haga cualquier otro chico.

—Así que míralo desde mi punto de vista —dijo—. ¿Qué crees que hice cuando cumplí dieciocho años?

—No lo sé —respondí.

Aunque para entonces estaba bastante seguro de que sí lo sabía, más o menos, y no me hacía ninguna gracia.

—Me fui a Carolina del Sur y me alisté en el Cuerpo de Marines —dijo.

Yo asentí. Era peor de lo que esperaba. Por algún motivo había pensado en las Fuerzas Aéreas.

—¿Cuánto tiempo? —le pregunté.

—Dieciséis años.

De lo que resultaba que tenía treinta y seis. Dieciocho años en la casa familiar, dieciséis como infante de marina y dos como sheriff del condado de Carter. La misma edad que yo.

—¿En qué rama del Cuerpo de Marines? —le pregunté.

—En la oficina del capitán preboste.

Miré hacia otro lado.

—Fuiste policía militar —dije.

—Servicio público y fuerzas de seguridad —dijo—. Maté dos pájaros de un tiro.

La miré de nuevo, vencido.

—¿Con qué rango te retiraste? —le pregunté.

—Oficial técnico jefe de grado 5 —respondió.

Oficial técnico jefe de grado 5. Alguien experto en un campo específico especializado. El lugar ideal, en el que se lleva a cabo el verdadero trabajo.

—¿Por qué lo dejaste? —le pregunté.

—Rumores —respondió—. Los soviéticos se habían ido, planeaban reducir los efectivos. Supuse que me sentiría mejor yéndome de manera voluntaria que si me echaban. Además mi padre murió, y no podía permitir que el pueblo quedara a cargo de un imbécil como Pellegrino.

—¿Dónde estuviste destinada? —le pregunté.

—En todas partes —dijo—. Mi tío rico era el Tío Sam. Me llevó a recorrer el mundo. A algunos lugares mereció la pena ir y a otros no.

No dije nada. La camarera regresó y retiró nuestros platos vacíos.

—De cualquier forma —continuó Deveraux—. Te estaba esperando. Para serte sincera, esto es exactamente lo que nosotros hubiésemos hecho, de estar en las mismas circunstancias. ¿Un homicidio a la salida de un bar cerca de una base? ¿Una especie de gran secreto o de sensibilidad *en* la base? Habríamos puesto un investigador en la base y habríamos mandado a otro al pueblo, infiltrado.

Me quedé callado.

Ella dijo:

—La idea hubiese sido, por supuesto, que el agente infiltrado se mantuviese bien atento a lo que pasaba y que luego interviniese para impedir que la gente del pueblo avergonzara al Cuerpo. Es decir, que interviniese si era estrictamente necesario. Esa era una política que yo apoyaba entonces, naturalmente. Pero ahora yo *soy* la gente del pueblo, por lo que ya no la puedo apoyar.

No dije nada.

—No te sientas mal —continuó—. Lo estabas haciendo mejor de lo que lo hacían algunos de los nuestros. Me encantan los zapatos, por ejemplo. Y el pelo. Eres bastante convincente. Tuviste un poco de mala suerte, eso es todo, siendo yo quien soy. Aunque el momento no era el más indicado, ¿no crees? Pero bueno, nunca es el momento indicado. No veo cómo podría serlo. Y, para ser honesta, no eres muy bueno mintiendo. No deberías haber dicho el 110. Conozco el 110, por supuesto. Eran casi tan buenos como nosotros. Pero en serio, ¿*Hayder*? Es un apellido demasiado raro. Y los calcetines caqui son un error. Es obvio que son de la tienda militar. Es probable que los hayas comprado ayer. Yo uso los mismos.

—No quería mentir —dije—. No me pareció correcto. Mi padre era marine. Quizás percibí que tú también.

—¿Él era marine y tú te alistaste en el Ejército? ¿Fue un acto de rebeldía?

—No sé lo que fue —respondí—. Pero en ese momento sentí que era lo correcto.

—¿Y ahora cómo te sientes?

—¿Justo ahora? No demasiado bien.

—No te sientas mal —repitió—. Fue un buen intento.

Me quedé callado.

—¿Cuál es tu rango? —preguntó ella.

—Comandante —dije yo.

—¿Debería hacer el saludo militar?

—Solo si quieres.

—¿Sigues en el 110?

—Temporalmente. Mi base ahora mismo es la del 396 de la Policía Militar. La División de Investigación Criminal.

—¿Hace cuántos años que estás ahí?

—Trece. Más West Point.

—Es un honor. Quizás sí *debería* hacer el saludo militar. ¿A quién mandaron a Kelham?

—A un tipo que se llama Munro. Del mismo rango que yo.

—Eso es confuso —dijo.

—¿Están avanzando? —pregunté.

—No te rindes, ¿verdad? —dijo.

—Rendirse no era uno de los objetivos de la misión. Ya sabes cómo es esto.

—Vale, negociaré —dijo—. Una respuesta por otra. Y luego te largas. Te vas con la primera luz del día. De hecho, haré que Pellegrino te lleve de nuevo hasta el lugar en el que te montaste en su coche. ¿Trato hecho?

¿Qué alternativa tenía?

—Trato hecho —acepté.

—No —dijo—. No estamos avanzando. Ni lo más mínimo.

—Vale —dije—. Gracias. Te toca.

—Obviamente, me ayudaría saber si tú eres la estrella o si la estrella es el tipo que enviaron a Kelham. Es decir, respecto a lo que piensan ahora en el ejército. Respecto al reparto de probabilidades, ¿creen que el problema está de puertas para dentro o puertas para fuera? Así que, ¿tú eres el jefazo? ¿O es el otro?

—¿Quieres una respuesta sincera?

—Eso es lo que esperaría del hijo de un marine.

—La respuesta sincera es que no lo sé —dije.

TRECE

Elizabeth Deveraux pagó su hamburguesa, mi tarta y mi café, lo que me pareció un detalle, así que yo dejé la propina, lo que hizo sonreír de nuevo a la camarera. Salimos juntos a la acera y nos quedamos un momento de pie junto al viejo Caprice. La luna se había vuelto más brillante. La capa de nubes altas y finas se había retirado. Se veían las estrellas.

—¿Te puedo hacer otra pregunta? —le dije.

Deveraux se puso inmediatamente en guardia:

—¿Sobre qué?

—Sobre el pelo —dije—. Se supone que el nuestro debe ajustarse a la forma de la cabeza. Adecuado, lo llaman. Curvándose hacia dentro hasta su terminación natural en la base del cuello. ¿Qué pasa con el vuestro?

—Llevé la cabeza rapada durante quince años —dijo—. Me empecé a dejar crecer el pelo cuando supe que iba a renunciar.

La miré a la luz de la luna y del brillo del cristal de la cafetería. Me la imaginé con la cabeza rapada. Debía de estar espectacular. Le dije:

—Es útil saberlo. Gracias.

—Desde el principio supe que no tenía opción —dijo—. La resolución para las mujeres en el Cuerpo de Marines exige lo que llaman un estilo no excéntrico. El pelo puede llegarte al borde superior del cuello del uniforme, pero no puede superar el borde inferior. Permitían que lo llevaras recogido, pero si yo hacía eso no me podía poner la gorra.

—Sacrificios —dije.

—Mereció la pena —dijo—. Me encantaba ser marine.

—Lo sigues siendo —dije—. Si fuiste marine una vez, lo eres para siempre.

—¿Eso era lo que decía tu padre?

—Nunca tuvo la oportunidad. Murió antes de retirarse.

—¿Tu madre está viva? —preguntó.

—Murió unos años después.

—La mía murió durante mi reclutamiento. De cáncer.

—¿En serio? La mía también. También murió de cáncer, quiero decir. No durante mi reclutamiento.

—Lo siento.

—No te preocupes —dije automáticamente—. Estaba en París.

—Yo también. Bueno, en Parris Island. ¿Se trasladó allí?

—Era francesa.

—¿Sabes francés?

—*Un peu, mais doucement* —respondí.

—¿Qué significa eso?

—Un poco, pero despacio.

Asintió y apoyó la mano en la puerta del Caprice. Capté la indirecta y dije:

—Bueno, buenas noches, jefa Deveraux. Ha sido un placer conocerte.

Ella solamente sonrió.

Giré a la izquierda y me dirigí al hotel. Escuché cómo arrancaba el motor del Chevy y cómo empezaban a moverse sus neumáticos, después el coche pasó despacio a mi lado y luego dio una vuelta en U a lo ancho de la calle y se detuvo de nuevo, justo delante de mí, frente a mí, pegado a la acera, en la puerta del hotel Toussaint's. Seguí caminando y llegué allí justo cuando Deveraux abría la puerta y bajaba. Naturalmente, asumí que tenía algo más que decirme, por lo que dejé de caminar y esperé amablemente.

—Vivo aquí —dijo—. Buenas noches.

Cuando entré en el vestíbulo ella ya había subido las escaleras. El hombre que había visto en la cafetería estaba al otro lado del mostrador de recepción. El negocio estaba abierto. Me di cuenta de que le extrañó que no llevara equipaje, pero la pasta es la pasta: recibió dieciocho dólares de mi parte y a cambio me dio la llave de la habitación número veintiuno. Me dijo que estaba en el segundo piso, en la parte delantera del edificio y con vistas a la calle, y que según él era más tranquila que las habitaciones de la parte de atrás, lo que me pareció un sinsentido hasta que recordé las vías del tren.

En el segundo piso la escalera terminaba en el medio de un pasillo largo con dirección norte-sur, sin moqueta y apenas iluminado por cuatro lamparitas miserables y mezquinas. Tenía ocho puertas hacia la parte trasera y nueve puertas hacia la calle. A través de la rendija debajo de la puerta de la habitación diecisiete, que daba a la calle, se veía una delgada línea de luz amarilla y brillante. Probablemente fuera Deveraux, preparándose para acostarse. Mi habitación estaba cuatro puertas más al norte. Abrí con la llave, entré, encendí la luz y me encontré el tipo de aire estancado y frío polvoriento que indica una prolongada falta de uso. Era un espacio rectangular con el techo alto y unas proporciones que habrían sido agradables si no fuera porque en algún momento de la última década le habían metido con calzador un baño en un rincón. La ventana estaba formada por un par de puertas de cristal que daban al balcón de hierro que había visto desde la calle. Había una cama, una silla, un tocador y una alfombra persa en el suelo, raída y completamente desgastada por el uso y el ajetreo.

Cerré las cortinas y deshice mi equipaje, lo que consistió exclusivamente en coger mi cepillo de dientes nuevo y apoyarlo verticalmente en un vaso opaco que había sobre el estante del baño. No tenía pasta de dientes, pero siempre había dudado de que la pasta de dientes no fuera algo más que un lubricante de sabor agradable. Un dentista del Ejército al que había conocido juraba que la acción mecánica de las cerdas del cepillo era lo único necesario para una perfecta salud bucal. Y tenía chicles para el aliento. Y todavía tenía todos los dientes, exceptuando una muela superior que me había arrancado un puño afortunado en una pelea callejera en Cleveland, Ohio.

Mi reloj mental marcaba las once y veinte. Me quedé un rato sentado en la cama. Me había levantado temprano y estaba un poco cansado, pero no agotado. Tenía cosas que hacer y no tanto tiempo para hacerlas, así que esperé lo suficiente como para que una persona normal se durmiera y después volví a salir al pasillo. La luz de Deveraux estaba apagada. No se veía nada bajo la puerta. Bajé sigilosamente las escaleras hasta el vestíbulo. De nuevo nadie en la recepción. Salí a la calle y giré a la izquierda, hacia un territorio todavía inexplorado.

CATORCE

Observé la calle principal con todo el detalle y la amplitud que permitía la luz gris de la luna. Se extendía en línea recta unos doscientos metros hacia el sur y después se estrechaba un poco, empezaba a serpentear y se volvía residencial, con casas modestas separadas aleatoriamente por jardines de distintos tamaños. El lado oeste del tramo recto del centro del pueblo tenía tiendas y locales comerciales de varios tipos, interrumpidos por estrechos callejones, algunos de los cuales se adentraban en la parte boscosa y tenían más casas pequeñas a derecha e izquierda. Esas tiendas y locales tenían sus equivalentes en el lado este de la calle principal, que estaban alineados con la cafetería y con el hotel, y los callejones del oeste también tenían sus equivalentes al otro lado: unos pasajes más anchos y asfaltados que daban a una calle de dirección única que avanzaba en paralelo y estaba detrás de la calle principal. Supuse que esa calle de una sola acera era la razón por que el pueblo pudo existir en sus primeros momentos, y ciertamente era la razón por la que yo estaba allí esa noche.

Avanzaba de norte a sur y tenía una larga fila de establecimientos que miraban hacia las vías del tren y que se separaban de ellas por un ancho tramo de tierra batida. Me imaginé viejos trenes de pasajeros rechinando hasta detenerse, con las locomotoras ya exhaustas más adelante junto a la torre de agua y los largos laterales del tren con sus ventanillas extendiéndose hacia el sur. Me imaginé a los empleados de las cafeterías y a los dueños de los bares cruzando a toda prisa la tierra batida y colocando pequeñas escalinatas de madera debajo de las puertas del tren. Me imaginé a los pasajeros que bajaban, se dispersaban, sedientos y hambrientos del viaje, cientos de pasajeros cruzando ansiosamente el ancho tramo de tierra, y después comiendo y bebiendo hasta saciarse. Me imaginé el tintineo de las monedas, el repiqueteo de la caja registradora, el silbato del tren, los pasajeros regresando, los trenes poniéndose en marcha poco a poco, algunas personas retirando las escalinatas de madera, después una hora de vuelta a la quietud, después la llegada del siguiente tren y la repetición interminable de todo el proceso.

La calle de una sola acera había impulsado la economía local, y lo seguía haciendo.

Los trenes de pasajeros habían desaparecido hacía tiempo, por supuesto, igual que las cafeterías y los restaurantes. Pero las cafeterías y los restaurantes habían sido sustituidos por bares, tiendas de repuesto, más bares, oficinas de préstamo, más bares, armerías, más bares, tiendas de equipos de música de segunda mano y más bares, y los trenes habían sido sustituidos por oleadas de coches llegados de Kelham. Me imaginé los coches aparcados sobre la tierra batida y pequeños grupos de rangers en período de entrenamiento saliendo de ellos y gastando el dinero del Tío Sam calle arriba y calle abajo. Un mercado cautivo, como había dicho Garber, a kilómetros de distancia de cualquier otro lugar, como en su día fueron los pasajeros de tren. Yo había visto la misma propuesta en cientos de bases alrededor del mundo. Los coches eran Mustang viejos, Gran Torino, GTO, BMW o Mercedes de segunda mano en Alemania y Toyota Crown o Datsun en el Extremo Oriente, las cervezas eran de distintas marcas y gradaciones, los préstamos se hacían en distintas monedas y los equipos de música funcionaban a distintos voltajes, pero más allá de eso el intercambio era el mismo en todas partes.

No me costó encontrar el lugar en el que habían matado a Janice May Chapman. Pellegrino dijo que la sangre le había brotado a mares: eso significaba que habrían utilizado arena para absorber el derramamiento, y yo encontré un montón de arena esparcida por un callejón asfaltado cerca de la esquina izquierda trasera de un bar llamado Brannan's. Brannan's estaba más o menos en el centro de la calle de dirección única, y el callejón en cuestión avanzaba en paralelo a su izquierda antes de girar dos veces en zigzag y desembocar en la calle principal, entre una farmacia antigua y una ferretería. Quizás la arena la habían llevado desde la ferretería. Tres o cuatro bolsas de treinta kilos habrían bastado. Estaba cuidadosamente repartida en forma de lágrima sobre las baldosas lisas, tenía entre ocho y diez centímetros de espesor, aproximadamente.

El lugar no era visible de manera directa. La puerta trasera de Brannan's estaba a unos cinco metros, y el bar no tenía ventanas laterales. La parte de atrás de la farmacia era una pared ciega. El local vecino del Brannan's era una oficina de préstamo que tenía un puesto de Western Union, y con una ventana que daba hacia la parte de atrás en el lado derecho, pero estaba cerrado por las noches. No había ningún testigo. Tampoco es que hubiera mucho que presenciar. No se necesita demasiado tiempo para degollar a una persona. Con una hoja decente y con el peso y la fuerza adecuadas, se tarda el tiempo que necesita una mano para desplazarse veinte centímetros. Solo eso.

Salí del callejón, anduve la mitad del camino hasta la vía del tren, me detuve sobre el camino de tierra y consideré la luz. No tenía sentido buscar cosas que no iba a poder ver. Pero la luna seguía alta y el cielo seguía despejado, así que seguí caminando, pasé por encima del primer raíl, giré a la izquierda y avancé hacia el norte, pisando los durmientes como solía hacer la gente tiempo atrás, cuando dejaba el pueblo para ir a Chicago o a Nueva York. Dejé atrás el cruce y la vieja torre de agua.

Entonces el suelo empezó a temblar.

Al principio solo muy débilmente, un temblor constante y leve, como el borde de un terremoto lejano. Detuve la marcha. El durmiente que tenía bajo mis pies temblaba. Los raíles a ambos lados empezaron a silbar. Me giré y vi un punto diminuto de luz muy a lo lejos. Un solo foco delantero. Era el tren de medianoche, a pocos kilómetros de donde yo estaba, acercándose a toda velocidad.

Me quedé allí. Los raíles zumbaban y suplicaban. Los durmientes martilleaban arriba y abajo en diminutas distancias microscópicas. La grava que estaba debajo se movía y cascabeleaba. Los temblores del suelo se transformaron en serias y profundas sacudidas. A lo lejos, el foco parpadeaba como una estrella, saltando mínimamente de izquierda a derecha dentro de unos límites muy determinados.

Salí de la vía, di una vuelta hasta la vieja torre de agua y me apoyé contra un poste de madera alquitranada. El poste se sacudía contra mi hombro. El suelo se sacudía bajo mis pies. Los raíles aullaban. A lo lejos escuché el silbato del tren, largo, fuerte y desesperado. A veinte metros de distancia, las campanillas de advertencia empezaron a sonar a ambos lados de la carretera. Empezaron a parpadear las luces rojas.

El tren seguía avanzando hacia mí, durante un largo rato decididamente lejos, después, de repente, a mi lado, encima de mí, enorme, increíblemente enorme e insoportablemente ruidoso. El suelo temblaba tan fuerte que la vieja torre de agua bailoteaba muda sin moverse de su lugar y yo rebotaba una y otra vez contra el poste. Las ráfagas de aire me azotaban y me golpeaban. Pasó la locomotora a toda velocidad, y después empezó la serie interminable de vagones, martilleando, sacudiéndose, centellando a la luz de la luna, abalanzándose hacia el norte sin pausa, diez vagones, veinte, cincuenta, cien. Me quedé apoyado en el poste alquitranado durante un largo minuto, sesenta largos segundos, ensordecido por el chirrido del metal, entumecido por la pulsación del suelo, abrasado por el aire removido.

Después el tren desapareció.

La parte de atrás de un vagón se alejó de mí a cien kilómetros por hora, el aullido del viento bajó medio tono, el terremoto volvió a reducirse primero a un leve temblor y luego a nada, y los gritos de los raíles disminuyeron hasta convertirse en un suave silbido. Las campanillas maníacas se detuvieron de golpe.

Volvió el silencio.

Lo primero que hice fue cambiar de idea respecto a la distancia que iba a tener que caminar para encontrar los restos del coche azul. Había asumido que estarían cerca. Pero después de esa impresionante exhibición de fuerza asumí que podrían haber llegado a Nueva Jersey. O a Canadá.

QUINCE

Al final encontré la mayor parte del coche unos doscientos metros más al norte. El lugar estaba precedido por un reguero de escombros que se extendía por casi todo el terreno intermedio. Había trocitos del cristal del parabrisas brillando y centelleando con el rocío a la luz de la luna. El cristal se había desperdigado en trayectorias ondulantes y aleatorias, como si lo hubiese esparcido una mano gigante. Había un parachoques cromado, arrancado y doblado caprichosamente por la mitad, en forma de V cerrada, como una pajita. Se había incrustado en el suelo, como un dardo. Había una rueda sin tapacubos. El impacto había sido descomunal. El coche había salido disparado hacia delante como una pelota de béisbol en un *tee*. De cero a cien, instantáneamente.

Supuse que había estado aparcado en la vía unos veinte metros al norte de la torre de agua. Allí era donde estaban los primeros trozos de cristal. La locomotora había arrollado al coche, el coche había volado por el aire cincuenta metros o más y después había aterrizado y había dado unas cuantas vueltas de campana. De arriba abajo o quizá de adelante atrás. Supuse que el impacto inicial lo había desensamblado casi por completo. Como una explosión. Después, al rodar, las distintas partes habían salido disparadas hacia todos lados. Incluido el combustible, que había ardido. Había unas estrechas lenguas negras de maleza quemada que recorrían los últimos cincuenta metros, y lo que quedaba del vehículo estaba incrustado en los árboles en el epicentro de una explosión de troncos y ramas ennegrecidas. Los investigadores de incendios provocados que había conocido podrían haber calculado la tasa de rotación solo por las salpicaduras de combustible.

Pellegrino había visto el coche de día y había dicho que parecía azul. A la luz de la luna a mí me pareció gris ceniza. No encontré ninguna parte intacta de la superficie pintada. No encontré nada intacto que midiera más de diez centímetros cuadrados. Era un completo desastre, todo quemado, aplastado y estrujado hasta quedar prácticamente irreconocible. Estaba dispuesto a aceptar que era un coche, pero solo porque no podía imaginarme qué otra cosa podía ser.

Si alguien quiso ocultar pruebas, desde luego lo había conseguido, a lo grande y de manera integral.

Volví al hotel a la una en punto y me fui directamente a la cama. Puse mi alarma mental a las siete de la mañana, que era cuando suponía que Deveraux se levantaba para ir a trabajar. Supuse que su día empezaba a las ocho. Obviamente cuidaba su aspecto, pero era marine y pragmática, por lo que no invertiría más de una hora en arreglarse. Supuse que podía hacer coincidir su momento de la ducha con el mío, y que después me podría encontrar con ella en la cafetería a la hora del desayuno. Que era hasta donde llegaban mis planes. No estaba seguro de qué era lo que le iba a decir.

Pero no pude dormir hasta las siete de la mañana. Me despertaron a las seis. Alguien que empezó a llamar a la puerta con fuerza. No me hizo mucha gracia. Salí de la cama, me puse el pantalón y abrí. Era el viejo. El que llevaba el hotel.

—¿Señor Reacher? —preguntó.

—¿Sí? —respondí.

—Bien —dijo—. Me alegra que sea la persona correcta. A estas horas, quiero decir. Siempre es mejor estar seguro.

—¿Qué quiere?

—Bueno, en principio, como le dije, estoy confirmando quién es usted.

—Sinceramente espero que necesite algo más. A estas horas. Solo albergan dos personas en el hotel. Y la otra no es un *señor* nada.

—Tiene una llamada.

—¿De parte de quién?

—De su tío.

—¿Mi *tío*?

—Su tío Leon Garber. Dijo que era urgente. Y a juzgar por su tono, importante, además.

Me puse la camiseta y lo seguí escaleras abajo, descalzo. Me hizo pasar por una puerta contigua al despacho que estaba detrás del mostrador. Había una mesa de caoba gastada con un teléfono encima. El auricular estaba descolgado, apoyado sobre ella.

—Siéntase como en su casa —dijo el hombre, y salió cerrando la puerta.

Me senté en su silla y cogí el teléfono.

—¿Qué? —dije.

—¿Está bien? —dijo Garber.

—Sí, estoy bien. ¿Cómo me ha encontrado?

—En la guía telefónica. Solo hay un hotel en Carter Crossing. ¿Van bien las cosas?

—Genial.

—¿Está seguro?

—Afirmativo.

—Porque se supone que debe informarme todos los días a las seis de la mañana.

—¿Sí?

—Eso fue lo que convinimos.

—¿Cuándo?

—Hablamos ayer a las seis. Cuando se estaba yendo.

—Lo sé —dije—. Me acuerdo. Pero no convinimos en que hablaríamos todos los días a las seis.

—Me llamó ayer. A la hora de cenar. Dijo que hoy llamaría de nuevo.

—No especifiqué la hora.

—Yo creo que sí.

—Bueno, se equivoca, vejestorio. ¿Qué quiere?

—Parece que está de mal humor esta mañana.

—Me quedé despierto hasta tarde.

—¿Haciendo qué?

—Explorando el lugar.

—¿Y?

—Hay un par de cosas —dije.

—¿Como qué?

—Solo dos cuestiones específicas. Asuntos de interés.

—¿Suponen algún avance?

—De momento todavía son preguntas. Las respuestas podrían suponer algún avance, eventualmente. Si es que las consigo.

—Munro no está llegando a ningún sitio en Kelham —dijo Garber—. No de momento. Esto podría ser más complicado de lo que creemos.

No respondí a ese comentario. Garber se quedó callado por un momento.

—Espere —dijo—. ¿A qué se refiere con *si* es que consigue las respuestas?

No respondí.

—¿Y por qué estuvo explorando el lugar de noche? —preguntó—. ¿No hubiese sido mejor hacerlo a primera hora de la mañana?

—Conocí a la persona que está a cargo aquí —respondí.

—¿Y?

—Es distinta a lo que uno podría esperar.

—¿Por qué? —preguntó Garber—. ¿Es honesto?

—Es una mujer —dije—. Su padre era el antiguo sheriff.

Garber hizo otra pausa.

—No me diga —dijo—. Le ha descubierto.

No respondí.

—Santo cielo —dijo—. Esto debe de ser un nuevo récord mundial. ¿Cuánto tiempo ha tardado? ¿Diez minutos? ¿Cinco?

—Fue marine de la Policía Militar —dije—. Básicamente, una de los nuestros. Lo supo desde el principio. Me estaba esperando. Para ella era un movimiento predecible.

—¿Y usted qué va a hacer?

—No lo sé.

—¿Va a dejarle fuera?

—Peor. Quiere que me vaya.

—Bueno, eso no se lo puede permitir. De ninguna manera. Tiene que quedarse. Eso seguro. De hecho, le ordeno que no vuelva. ¿Me ha oído? Acaba de recibir la orden de quedarse ahí. De todos modos, no puede obligarlo a irse. Es una cuestión de derechos civiles. La Primera Enmienda o algo. Libre asociación. Mississippi forma parte de la Unión como cualquier otro lugar. Es un país libre. Por lo que usted se queda, ¿está claro?

Colgué con Garber y permanecí un rato sentado en el pequeño despacho. Me saqué un billete de dólar del bolsillo, lo dejé sobre la mesa para cubrir el coste de una llamada saliente y marqué el número del Pentágono. El Pentágono tiene muchos números y muchos operadores, y elegí uno que siempre contestaba. Le pedí que intentara contactarme con el despacho de John James Frazer, por si acaso. El enlace con el Senado. No esperaba que estuviera allí a esa hora, poco después de las seis de la mañana, pero estaba. Lo que ya quería decir algo. Me presenté y le dije que no tenía novedades.

—Alguna novedad debe tener —respondió—. Si no, no hubiera llamado.

—Tengo una advertencia —dije.

—¿Qué tipo de advertencia?

—He visto un par de cosas que bastan para que sepa que esta situación no va a terminar bien. Va a volverse algo raro y desagradable y va a estar en todos los periódicos durante un mes. Incluso si no está relacionado con Kelham podría salpicarnos. Por una simple cuestión de proximidad.

Frazer hizo una pausa:

—¿Cómo de desagradable?

—Potencialmente muy desagradable.

—¿Cuál es su presentimiento? ¿Está relacionado con Kelham?

—Es demasiado pronto para saberlo.

—Ayúdeme un poco, Reacher. ¿Cuál es su mejor suposición?

—Por ahora diría que no. El ejército no está implicado.

—Me alegra oírlo.

—Es solo una suposición —dije—. Todavía no cante victoria.

No volví a la cama. No tenía sentido. Ya era demasiado tarde. Solo me lavé los dientes, me duché, masqué un poco de chicle y me vestí. Después me acerqué a la ventana y vi el amanecer. El despliegue lento de la luz del día ensanchaba el mundo. Vi la calle principal en todo su esplendor. Vi arbustos y campos y bosques que se extendían en todas direcciones.

Después me senté en la silla a esperar. Imaginé que oiría a Deveraux cuando saliera a buscar el coche. Yo estaba casi exactamente encima de donde lo había aparcado.

DIECISÉIS

Escuché a Deveraux salir del hotel exactamente a las siete y veinte. Primero la puerta de calle chirrió al abrirse y se cerró de golpe, y después la puerta de su coche chirrió al abrirse y se cerró de golpe. Me levanté y miré por la ventana. Deveraux ya estaba al volante, hundida en el asiento, vestida con lo que parecía la versión limpia del mismo uniforme que llevaba el día anterior. La maraña de su pelo aún estaba mojada de la ducha. Hablaba por radio. Probablemente le decía a Pellegrino que lo primero que tenía que hacer en el día era llevarme de vuelta a Memphis.

Bajé las escaleras y salí a la acera. El aire de la mañana era fresco y frío. Miré calle arriba y vi que el coche de Deveraux estaba aparcado delante de la cafetería otra vez. Hasta ahí todo bien. Caminé hacia allí, empujé la puerta para entrar y pasé junto al teléfono público y la mesa de recepción. Dentro había seis clientes, incluida Deveraux. Los otros cinco eran hombres, cuatro iban vestidos con ropa de trabajo y el quinto llevaba un traje claro. Un profesional elegante. Quizás un abogado o un médico rural, o el encargado de la oficina de préstamo que estaba al lado del Brannan's. La camarera era la misma mujer de la noche anterior. Estaba ocupada llevando platos de comida, así que no la esperé. Simplemente me acerqué a la mesa de Deveraux y le pregunté:

—¿Me puedo sentar contigo?

Ella estaba tomando café. Todavía no le había llegado la comida. Sonrió y dijo:

—Buenos días.

Su tono fue cálido. Parecía alegrarse de verme.

—Buenos días —dije.

—¿Has venido a despedirte? —preguntó—. Es muy amable y considerado por tu parte.

No respondí a ese comentario. Hizo de nuevo lo de empujar la silla con el pie por debajo de la mesa. Me senté. Ella preguntó:

—¿Has dormido bien?

—Sí —respondí.

—¿No te despertó el tren a medianoche? Uno tarda en acostumbrarse.

—Todavía estaba despierto —dije.

—¿Y qué hacías?

—Cosas —dije.

—¿Dentro o fuera?

—Fuera —dije.

—¿Diste con la escena del crimen?

Asentí.

—Y seguro que encontraste un par de cosas interesantes —dijo—. Así que se te ocurrió pasar por aquí para asegurarte de que yo valorara su importancia antes de ponerte en marcha. Muy solidario por tu parte.

Llegó la camarera y puso una torre de tostadas sobre la mesa. Después me miró y yo le pedí lo mismo, con café. Deveraux esperó a que se fuera y preguntó:

—¿Lo hiciste por interés puramente personal? ¿Es tu último intento de proteger al ejército antes de irte?

—No voy a irme —dije.

Sonrió de nuevo:

—¿Este es el momento en el que sueltas un discurso sobre tus derechos civiles? ¿Sobre que este es un país libre y todas esas tonterías?

—Algo así.

Hizo una pausa.

—Estoy completamente a favor de los derechos civiles —dijo—. Y sin duda hay sitio en la posada, como se suele decir. Así que por supuesto, por favor, quédate. Disfruta. Hay senderos para caminar, animales para cazar y lugares que visitar. Haz lo que quieras. Pero no te metas entre mi investigación y yo.

—¿Cómo explicas ese par de cosas? —le pregunté.

—¿Necesito explicártelas? ¿A ti?

—Dos cabezas piensan más que una.

—No puedo confiar en ti —dijo—. Has venido para llevarme por el mal camino, si te parece necesario.

—No, estoy aquí para avisar al ejército si las cosas se ponen feas. Cosa que haré si tengo que hacerla. Pero estamos muy lejos de llegar a una conclusión. Acabamos de empezar. Es demasiado pronto para llevar a alguien por cualquier camino, incluso si yo fuera a hacer eso. Que no es el caso.

—¿*Estamos* muy lejos de llegar a una conclusión? ¿Qué es esto, una democracia?

—De acuerdo, estás —dije.

—Sí —dijo—. Estoy. Yo.

En ese momento llegó la camarera con mi comida. Y con mi café. Aspiré el humo y bebí un primer trago largo. Un pequeño ritual. No hay nada mejor que el café recién hecho por la mañana temprano. Al otro lado de la mesa Deveraux seguía comiendo. Rebañaba el plato. El metabolismo de una planta nuclear.

—Vale, tiempo muerto. Convénceme. Quiero ver tus cartas sobre la mesa. Háblame de la primera de las dos cosas, dale una vuelta para que parezca un problema para el ejército. Que es lo que es, por cierto, con vuelta o sin ella.

Le miré a los ojos:

—¿Has estado en la base?

—La he recorrido de punta a punta.

—Yo no. Por lo tanto, en principio tú sabes algo que yo solo estoy suponiendo.

Ella asintió:

—Pues tenlo en cuenta. Ve con cuidado. No eches leña al fuego.

—A Janice May Chapman no la violaron en ese callejón —dije.

—¿Porque…?

—Porque Pellegrino informó abrasiones de grava en el cadáver. Y en ese callejón no hay grava. Ni en ningún otro lugar que yo haya podido ver. Solo hay tierra, asfalto o baldosas en kilómetros a la redonda.

—En las vías del tren hay grava —dijo.

Me estaba poniendo a prueba. Quería que sacara conclusiones a partir de eso.

—Eso no es realmente grava —dije—. En las vías del tren hay piedras más grandes. Balasto, le llaman, está en la plataforma de soporte. Son trozos de granito, más grandes que un guijarro, más pequeños que un puño. Las heridas serían completamente distintas. No parecerían marcas de grava.

—Las carreteras son de grava.

Otra prueba.

—Mezclada con alquitrán y compacta —dije—. No es para nada lo mismo.

—¿Entonces?

La última prueba.

Dale una vuelta para que parezca un problema para el ejército.

—Kelham no es para todo el mundo —respondí—. Es una escuela de elite para el 75, un regimiento de apoyo en operaciones especiales. Es un sitio grande. Deben tener toda clase de terrenos simulados. Arena, para emular el desierto. Hormigón, para las estepas heladas. Pueblos falsos, todas esas cosas. Estoy seguro de que eso está lleno de grava, por una razón u otra.

Deveraux asintió de nuevo:

—Tienen una pista de atletismo con suelo de grava. Diez vueltas equivalen a diez horas sobre una superficie normal. Además, a los que obtienen las peores marcas los ponen a rastrillarla cada mañana. Como castigo. Así matan dos pájaros de un tiro.

No dije nada.

—La violaron en la base —dijo Deveraux.

—No es imposible —contesté.

—Eres una persona honesta, Reacher —dijo ella—. Hijo de marine.

—Los marines no tienen nada que ver con esto. Soy un oficial del Ejército de los Estados Unidos. Nosotros también tenemos reglas.

Empecé a comer el desayuno cuando ella terminó el suyo. Dijo:

—De cualquier forma, la segunda cosa es más problemática. No consigo que encaje.

—¿En serio? —respondí—. ¿No es básicamente lo mismo que la primera?

Me miró como si no entendiera.

—No veo cómo —dijo.

Paré de comer y la miré.

—Explícate —dije.

—Es muy sencillo —respondió—. ¿Cómo llegó hasta allí? Había dejado el coche en casa, y no fue caminando. En primer lugar porque llevaba unos zapatos con un tacón de diez centímetros, y en segundo lugar porque ya nadie va caminando a ningún lado. Pero tampoco la fueron a buscar. Sus vecinas son las personas más cotillas del mundo, y las dos juran que nadie llamó a su puerta. Y las creo. Y nadie por el pueblo la vio con un militar. En realidad, tampoco con un civil. Ni siquiera sola. Y créeme, los encargados de esos bares controlan el movimiento. Todos. Es una costumbre. Quieren saber si podrán permitirse la comida del día siguiente. Así que simplemente se materializó en ese callejón, sin ningún tipo de explicación.

Me quedé callado durante un segundo.

Después dije:

—Esa no era la segunda cosa a la que yo me refería.

—¿Ah no?

—Tus dos cosas y mis dos cosas no son las mismas. Lo que significa que hay tres cosas en total.

—¿Y cuál es tu segunda cosa?

—Que tampoco la mataron en ese callejón —dije.

DIECISIETE

Me terminé el desayuno antes de seguir hablando. Tostadas, sirope de arce, café. Proteína, fibra, carbohidratos. Y cafeína. Todos los grupos de alimentos esenciales salvo la nicotina, pero entonces yo ya había dejado de fumar. Dejé los cubiertos en el plato y dije:

—Solo hay una manera obvia de degollar a una mujer. Te pones detrás de ella y le tiras del pelo con una mano para echarle la cabeza hacia atrás. O le metes los dedos en los ojos. O, si confías en la fuerza de tus manos, puedes ponerle la palma bajo el mentón. Pero, de la manera que sea, te aseguras de que su garganta quede al descubierto y generas un poco de tensión en los ligamentos y en los vasos sanguíneos. Después te encargas del cuchillo. Esperas que el corte encuentre una resistencia importante, porque en esa zona hay partes bastante duras. Así que empiezas tres centímetros antes y terminas tres centímetros después de lo que crees realmente necesario. Solo para estar completamente seguro.

—Supongo que eso es exactamente lo que sucedió en el callejón —dijo Deveraux—. Pero espero que sucediera de forma repentina. Para que la operación hubiese terminado antes de que ella se diera cuenta de lo que estaba pasando.

—No sucedió en el callejón —repetí—. Es imposible.

—¿Por qué?

—Uno de los beneficios secundarios de hacerlo desde atrás es que no acabas cubierto de sangre. Porque hay mucha sangre. Hablamos de carótidas y yugulares, y de una persona joven y sana que de repente está alterada y forcejeando, quizás incluso peleando. Debía de tener la presión sanguínea por las nubes.

—Ya sé que hay mucha sangre. La he visto. Había un charco de sangre enorme. Estaba completamente desangrada.

Blanca como un papel. Supongo que has visto la arena. Así de grande era el charco. Parecían cuatro litros o más.

—¿Alguna vez has degollado a alguien?

—No.

—¿Has visto a alguien hacerlo alguna vez?

Negó con la cabeza.

—No —dijo.

—La sangre no sale poco a poco como cuando alguien se corta las venas en la bañera. Sale como de una manguera de bomberos. Salpica hacia todos lados, tres metros o más, a chorros, lo mancha todo. Incluso he visto sangre en el techo alguna vez. Unos dibujos demenciales, como si alguien hubiera cogido una lata de pintura y la hubiera lanzado por todas partes. Como el tipo ese, Jackson Pollock. El pintor.

Deveraux no dijo nada.

—Habría sangre por todo el callejón —continué—. En la pared de la oficina de préstamo, sin duda. Y en la del bar, y quizás en la de la farmacia. En el suelo también, a metros de distancia. Un patrón demencial con manchas largas y estrechas. No un limpio charco alrededor de donde estaba el cuerpo. Es imposible. No la mataron allí.

Deveraux entrelazó sus manos sobre la mesa e inclinó la cabeza sobre ellas. Estaba haciendo algo que no le había visto hacer a nadie. No literalmente. Estaba agachando la cabeza. Cogió aire, lo soltó, y cinco segundos después levantó la mirada de nuevo y dijo:

—Soy una idiota. Supongo que debía saber todo eso, pero no me acordé. No lo vi.

—No te sientas mal —dije—. Nunca lo has visto en directo, por lo que no hay nada de lo que te puedas acordar.

—No, es algo básico —insistió—. Soy una idiota. He desperdiciado muchos días.

—La cosa se complica —le dije—. Hay más.

No quiso escuchar de qué manera se complicaba. No quería saber más. No inmediatamente. No en ese preciso momento. Todavía se castigaba por no haberse dado cuenta de lo de la sangre. Yo había visto ese tipo de reacción muchas veces. Yo había *tenido* ese tipo de reacción muchas veces. La gente inteligente y concienzuda odia cometer errores. No solo por una cuestión de ego. Sino porque cierta clase de errores tiene el tipo de consecuencias con las que la gente con conciencia preferiría no tener que cargar.

Frunció el ceño, apretó los dientes, gruñó para sus adentros durante un minuto y luego sacudió la cabeza, se detuvo y recuperó su sonrisa decidida, aunque más tensa y más seria que la de su aspecto resplandeciente habitual. Dijo:

—Vale, cuéntame más. Cuéntame cómo se complica. Pero no aquí. Como aquí tres veces al día. No quiero que se contamine.

Así que pagamos los desayunos y salimos a la calle. Nos quedamos allí un buen rato, cerca de su coche, sin decir nada. Me daba cuenta por su lenguaje corporal que no iba a invitarme a su despacho. No me quería cerca de su Departamento del Sheriff. Esto no era una democracia. Al final me dijo:

—Volvamos al hotel. Podemos usar el salón. Allí tenemos privacidad garantizada. Somos los dos únicos huéspedes.

Caminamos calle abajo, subimos los escalones inestables y cruzamos el viejo porche. Entramos y cruzamos la puerta que estaba a la izquierda del vestíbulo. De nuevo olía a polvo, humedad y moho, como la noche anterior. Con la luz del día las siluetas abultadas que había visto en la oscuridad resultaron ser sillones, tal como había pensado. Había doce, agrupados en distintas combinaciones, de dos en dos y de cuatro en cuatro. Nos sentamos en dos que formaban parte de un mismo juego, uno a cada lado de una chimenea apagada.

—¿Por qué vives aquí? —pregunté.

—Buena pregunta —dijo—. Pensé que me quedaría un mes o dos. Pero se extendió.

—¿Y la casa de tu padre?

—Era alquilada —respondió—. El contrato murió con él.

—Podrías alquilar otra. O comprarte una. ¿No es eso lo que hace la gente?

Ella asintió:

—Fui a ver algunas. No pude decidirme. ¿Has visto las casas que hay aquí?

—Algunas parecen estar bien —dije.

—No para mí —dijo—. De todos modos, no estaba preparada. No había decidido cuánto tiempo iba a quedarme. Aún no lo he decidido, en realidad. Probablemente terminará siendo el resto de mi vida, pero supongo que no lo quiero admitir. Prefiero dejar que vaya sucediendo día a día, imagino.

Pensé en mi colega Stan Lowrey y sus ofertas de empleo. Alejarse de la vida militar no solo implica conseguir un nuevo trabajo. Están también las casas, los coches y la ropa. Hay cientos de detalles tan extraños y desconocidos como las costumbres de una tribu remota que uno atisba de lejos y nunca entiende del todo.

—Cuéntame entonces —dijo Deveraux.

—La *degollaron*, ¿verdad? —pregunté—. ¿Eso está claro?

—Definitivamente. Sin lugar a dudas.

—¿Y esa era la única herida?

—Eso dice el forense.

—Así que en algún lugar debe haber sangre desparramada por todas partes. En el lugar donde efectivamente ocurrió. En una habitación, quizás, o en el bosque. Es imposible limpiarlo completamente. Literalmente imposible. Así que en algún lugar hay pruebas esperándote.

—No puedo registrar la base. No me lo permitirán. Es una cuestión de jurisdicciones.

—No tienes la certeza de que haya sucedido en la base.

—La violaron en la base.

—No es imposible que la hayan violado en la base. Que no es lo mismo.

—Tampoco puedo registrar en mil trescientos kilómetros cuadrados de Mississippi.

—Entonces concéntrate en el responsable. Restringe la búsqueda.

—¿Cómo?

—Ninguna mujer puede morir desangrada dos veces —dije—. La degollaron en un lugar desconocido, la sangre salpicó por todas partes, ella murió y eso fue todo. Después la tiraron en el callejón. ¿Pero de quién era la sangre que había a su alrededor? No podía ser la suya, porque la suya se había derramado por completo en el lugar desconocido.

—Dios mío —exclamó Deveraux—. No me digas que el asesino la recogió y se la llevó.

—Es posible —respondí—. Pero un poco improbable. Sería complicado degollar a alguien y al mismo tiempo moverse con un balde de un lado al otro, intentando atrapar el chorro de sangre.

—Podrían haber sido dos personas.

—Es posible —repetí—. Pero también improbable. Es como una manguera de bomberos moviéndose sin parar. Hacia aquí, hacia allí, hacia todas partes. Con mucha suerte, la segunda persona habría logrado recoger medio litro.

—¿Entonces qué insinúas? ¿De quién era la sangre?

—De un animal, posiblemente. Quizás de un ciervo. Recién sacrificado, pero no lo suficientemente fresco. Había pasado algo de tiempo. Esa sangre ya se estaba coagulando. Cinco litros de sangre líquida se habrían esparcido mucho más lejos que ese montón de arena. Cuando se trata de sangre, un poco lleva muy lejos.

—¿Un cazador?

—Eso creo yo.

—Pero te basas en muy pocas cosas. No viste la sangre. No hiciste ninguna prueba. Podría haber sido sangre falsa de una tienda de disfraces. O *podría* haber sido su sangre. Alguien podría haber encontrado la forma de recogerla. Solo porque tú no veas la manera no quiere decir que no la haya. O podrían haberle sacado sangre primero y haberla degollado después.

—Es un cazador.

—¿Por qué?

—Hay más —dije—. La cosa se sigue complicando.

DIECIOCHO

En ese momento la señora que había visto en la cafetería asomó la cabeza por la puerta. La copropietaria del hotel. Nos preguntó si podía traernos algo. Elizabeth Deveraux dijo que no con la cabeza. Yo le pedí un café. La señora dijo que lo sentía mucho, pero que no tenía. Dijo que si realmente necesitaba café, podía ir a la cafetería y pedirme uno para llevar. Me pregunté qué nos estaba ofreciendo exactamente, si es que nos ofrecía algo. Pero a ella no le pregunté nada. La señora volvió a dejarnos solos, y Deveraux dijo:

—¿Por qué esa fijación tuya con los cazadores?

—Pellegrino me dijo que ella iba vestida para salir de noche, impecable, boca arriba en el suelo en medio de un charco de sangre. Esas fueron sus palabras. ¿Es correcta esa descripción?

Deveraux asintió:

—Es exactamente lo que yo vi. Pellegrino es un imbécil, pero es un imbécil en el que se puede confiar.

—Eso es una prueba más de que no la mataron allí. Habría caído boca abajo, no boca arriba.

—Sí, tampoco me di cuenta de eso. No me lo restriegues.

—¿Qué llevaba puesto?

—Un vestido de tubo azul oscuro con el cuello abierto y blanco. Ropa interior y medias. Zapatos de color azul oscuro y tacón de aguja.

—¿La ropa estaba desarreglada?

—No. Impecable. Como te dijo Pellegrino.

—Así que no le pusieron esa ropa después de matarla. Eso siempre se nota. La ropa no se ajusta del todo bien en un cadáver. Y menos las medias. Así que aún estaba vestida cuando la mataron.

—Acepto eso.

—¿En el cuello había sangre? ¿En la parte delantera?

Deveraux cerró los ojos, presumiblemente para recordar la escena. Dijo:

—No, estaba inmaculado.

—¿Había sangre en algún lugar en la parte delantera del cuerpo?

—No.

—De acuerdo —dije—. Así que la degollaron en un lugar que no sabemos cuál es, vestida con esa ropa. Pero no tenía nada de sangre en el cuerpo hasta que la dejaron boca arriba en un charco, que llevaron por separado. Explícame cómo el que hizo eso no es un cazador.

—Explícame cómo sí. Si puedes. Puedes ayudar al ejército cuanto quieras, pero no tienes por qué creerte tus propias mentiras.

—No estoy ayudando al ejército. Los militares también pueden ser cazadores. Muchos lo son.

—¿Pero por qué es un cazador?

—Explícame cómo degüellas a una mujer sin que le caiga ni una gota de sangre en el cuerpo.

—No sé cómo hacer eso.

—La atas a un caballete para degollar ciervos. Así es como se hace. De los tobillos. Cabeza abajo. Le atas las manos en la espalda. La levantas de los brazos hasta que el cuerpo le quede arqueado y la garganta expuesta en el punto más bajo.

Nos quedamos sentados un minuto en el silencio sombrío, sin decir nada. Supuse que Deveraux se estaba imaginando la escena. Desde luego yo lo estaba haciendo. Un claro remoto y solitario en algún lugar del bosque, o una habitación lejos de todo, con equipamiento improvisado, o una choza, o una cabaña con techo de vigas, Janice May Chapman colgada cabeza abajo, con las manos levantadas por detrás del cuerpo, hacia los pies, los hombros en tensión, la espalda dolorosamente arqueada. Probablemente también estuviera amordazada, con la mordaza atada a una tercera cuerda que colgaba de la barandilla superior del caballete. La tercera cuerda debía estar tirante, arqueándole la cabeza hacia arriba y hacia atrás, apartándola del camino para permitir que el cuello quedara totalmente expuesto.

—¿Cómo tenía el pelo? —pregunté.

—Corto —dijo Deveraux—. No habría estorbado.

No dije nada.

—¿De verdad crees que lo hicieron así? —preguntó Deveraux.

Asentí:

—Con cualquier otro método, no se hubiese desangrado del todo. No hasta quedarse blanca como el papel. Habría muerto, el corazón le habría dejado de latir pero le habría quedado algo de sangre en el cuerpo. Un litro, litro y medio quizás. Que estuviera boca abajo fue lo que terminó el trabajo. La gravedad, simple y llanamente.

—Pero las cuerdas le habrían dejado marcas, ¿no?

—¿Qué dijo el forense? ¿Recibiste su informe?

—No tenemos forense. Solo un médico del pueblo. Un avance respecto a cuando solo teníamos al encargado de la funeraria, pero no un gran avance.

No es una democracia. Dije:

—Deberías ir a verlo en persona.

—¿Quieres venir conmigo? —preguntó.

Volvimos a la cafetería, nos montamos en el coche de Deveraux, que estaba junto a la acera, dimos la vuelta en U y avanzamos por la calle principal. Volvimos a pasar por delante del hotel, de la farmacia y de la ferretería, y seguimos hasta donde la calle principal se convertía en una serpenteante carretera rural. La casa del médico estaba un kilómetro al sur del pueblo. Era una casita normal, de tablones de madera pintados de blanco, ubicada en un terreno grande y descuidado, con un cartel al lado del buzón al final de la entrada de coches. El apellido que aparecía en el cartel era Merriam, y estaba nítidamente escrito con letras negras sobre un rectángulo de pintura blanca más brillante y más nueva que la superficie que tenía alrededor. Un recién llegado que llevaba poco tiempo en el pueblo, todavía nuevo para la comunidad.

La planta baja de la casa estaba asignada a la consulta. El salón delantero era una sala de espera y la habitación de atrás era donde examinaba y trataba a los pacientes. Encontramos a Merriam allí, sentado en su escritorio, entre el papeleo. Era un hombre lozano que rondaba los sesenta años. Tal vez era nuevo en el pueblo, pero no en el ejercicio de la medicina. Su saludo fue lánguido y su ritmo era lento. Me dio la impresión de que consideraba que su puesto en Carter Crossing era un semiretiro, quizás después de una estresante carrera en una consulta de una gran ciudad. No me cayó muy bien. Tal vez fue un juicio apresurado, pero esos juicios son tan buenos como cualquier otro.

Deveraux le dijo lo que queríamos ver y el médico se puso de pie despacio y nos condujo a través de la casa hasta lo que podría haber sido una cocina. Ahora estaba revestida con azulejos blancos fríos y tenía armarios y fregaderos de estilo médico por todas partes. En el centro de la sala había una mesa de disección de acero inoxidable, y sobre la mesa había un cadáver. La luz que había sobre él era brillante.

Era el cuerpo de Janice May Chapman. Tenía una etiqueta atada al dedo gordo del pie con su nombre manuscrito en una letra temblorosa. Estaba desnuda. Pellegrino había dicho que estaba blanca como el papel, pero para entonces ya estaba entre azul pálido y violeta suave, manchada y moteada con el jaspeado característico de los cuerpos a los que no les queda ni una gota de sangre. Tal vez midió un metro setenta y pudo haber pesado cincuenta y cinco kilos: ni gorda ni demasiado flaca. Tenía el pelo corto y oscuro. Era grueso y tupido, estaba bien cortado y seguía en buenas condiciones. Pellegrino había dicho que era guapa, y no se requería mucha imaginación para estar de acuerdo. Tenía el rostro demacrado y vacío, pero su estructura ósea estaba bien. Sus dientes eran blancos y uniformes.

El cuello era un desastre. Estaba abierto de lado a lado y la herida se había secado en un tajo grande y gomoso. La carne y los músculos se habían contraído, los tendones y los ligamentos se habían retorcido, y las venas y las arterias vacías habían quedado retraídas. El hueso estaba a la vista, y pude ver una marca horizontal en él.

Habían usado un cuchillo grande, con la hoja bien afilada, y el golpe de gracia había sido contundente, seguro y rápido.

—Necesitamos examinar las muñecas y los tobillos —dijo Deveraux.

El médico hizo un gesto de *toda vuestra.*

Deveraux tomó el brazo izquierdo de Chapman y yo el derecho. Los huesos de su muñeca eran ligeros y delicados. La piel que tenían por encima no mostraba ningún tipo de abrasión. Ninguna fricción causada por cuerdas. Pero había unas débiles marcas residuales. Una franja de cinco centímetros de ancho un poco más azul que el resto. Solo un poco más azul. Casi inexistente. Pero perceptible. Y un poco hinchada, comparada con el resto del antebrazo. Definitivamente inflamada. Justo lo contrario a una compresión.

Miré a Merriam y le pregunté:

—¿Qué opina de esto?

—La causa de muerte fue desangramiento por arterias carótidas seccionadas —dijo—. Me pagaron para que resolviera eso.

—¿Cuánto le pagaron?

—El presupuesto fue acordado entre mi predecesor y el condado.

—¿Fue más de cincuenta centavos?

—¿Por qué?

—Porque esa conclusión solo vale cincuenta centavos. La causa de la muerte es completamente obvia. Así que ahora puede justificar el pago echándonos una mano con esto.

Deveraux me miró y yo me encogí de hombros. Era mejor que lo hubiese dicho yo y no ella. Ella tenía que convivir con ese tipo. Yo no.

—No me gusta su actitud —dijo Merriam.

—Y a mí no me gusta ver mujeres de veintisiete años muertas sobre una mesa de autopsias —respondí—. ¿Quiere ayudar o no?

—No soy patólogo —dijo.

—Yo tampoco —dije.

Él se quedó quieto un instante, y después suspiró y se acercó. Cogió de mi mano el brazo blando e inerte de Janice May Chapman. Examinó la muñeca con mucha atención, y después le pasó los dedos hacia arriba y hacia abajo, suavemente, desde el dorso de la mano hasta la mitad del antebrazo, palpando la zona hinchada. Preguntó:

—¿Tiene alguna hipótesis?

—Creo que la ataron —dije—. De las muñecas y de los tobillos. Las ataduras empezaron a dejarle marcas, pero no vivió lo suficiente como para que se desarrollaran mucho. Pero claramente empezaron a marcarse. Un poco de sangre se filtró en los tejidos, y permaneció allí cuando el resto se drenó. Por eso vemos las heridas de compresión como franjas inflamadas.

—¿La ataron con qué?

—Con cuerdas no —dije—. Quizás con cinturones o con correas. Algo ancho y plano. Quizás pañuelos de seda. Algo acolchado, tal vez. Para disimular lo que se había hecho.

Merriam no dijo nada. Pasó a mi lado para ir hasta el otro extremo de la mesa y examinó los tobillos de Chapman. Dijo:

—Cuando la trajeron tenía las medias puestas. El nylon no estaba dañado. No estaban ni rasgadas ni retorcidas.

—Por el acolchado. Quizás era gomaespuma. Algo así. Pero la ataron.

Merriam se quedó callado otra vez.

Después dijo:

—No es imposible.

—¿Cómo de plausible es? —pregunté.

—Los exámenes *post mortem* tienen sus limitaciones. Necesitaríamos un testigo presencial para poder estar seguros.

—¿Cómo explica el desangramiento total?

—Podría haber sido hemofílica.

—Supongamos que no lo era.

—Entonces la única explicación sería la gravedad. Estaba colgada cabeza abajo.

—¿Con cinturones o correas, o cuerdas sobre alguna clase de acolchado?

—No es imposible —repitió Merriam.
—Dele la vuelta —dije.
—¿Por qué?
—Quiero ver la irritación que le dejó la grava.
—Va a tener que ayudarme —dijo, y eso hice.

DIECINUEVE

El cuerpo humano es una máquina autocurativa, y no pierde el tiempo. Si la piel sufre una rotura, una lesión o un corte, la sangre se precipita inmediatamente hacia ese sitio, las células rojas empiezan a encostrar y tejer una matriz fibrosa para juntar los bordes separados, y las células blancas empiezan a perseguir y destruir los gérmenes y los patógenos que están por debajo. El proceso se inicia en pocos minutos y dura las horas o los días que sean necesarios para hacer que la piel recupere su integridad previa. El proceso provoca una curva de inflamación en forma de campana, que alcanza su punto máximo cuando se produce la mayor afluencia de sangre, cuando la costra se hace más gruesa y cuando la lucha contra la infección llega a su estado más intenso.

La parte baja de la espalda de Janice May Chapman estaba salpicada de cortes minúsculos, al igual que su culo y sus brazos justo por encima del codo. Los cortes eran pequeños, unas incisiones con costras finas, rodeadas de pequeñas áreas con lesiones que carecían de color debido a la ausencia de sangre. Todos los cortes estaban infligidos en direcciones aleatorias, como si hubieran sido provocados por objetos sueltos y rodantes, de tamaño y características similares, pequeños y duros, ni muy afilados ni completamente romos.

La clásica irritación ocasionada por gravilla.

Miré a Merriam y le pregunté:

—¿De cuándo cree que son las heridas?

—No tengo ni idea —respondió.

—Vamos, doctor —insistí—. Usted ha tratado cortes y raspaduras antes. ¿O no? ¿Qué era antes? ¿Psiquiatra?

—Pediatra —respondió—. No tengo idea de qué es lo que estoy haciendo aquí. Para nada. No en esta área de la medicina.

—Los niños se cortan y se raspan todo el tiempo. Tiene que haber visto cientos de cosas así.

—Esto es un asunto serio. No puedo arriesgarme con conjeturas infundadas.

—Inténtelo con algunas conjeturas lógicas.

—Cuatro horas —dijo.

Asentí. Supuse que cuatro horas era más o menos lo correcto, a juzgar por las costras, que no eran incipientes pero tampoco estaban del todo formadas. Habían estado creciendo de manera constante, pero su crecimiento se había detenido de manera abrupta cuando le cortaron el cuello, el corazón se detuvo, el cerebro murió y el metabolismo cesó.

—¿Ha determinado la hora de la muerte? —pregunté.

—Es muy difícil de saber —respondió Merriam—. Imposible, en realidad. El desangramiento interfiere en los procesos biológicos normales.

—¿Pero cuál es su mejor suposición?

—Que fue unas horas antes de que la trajeran aquí.

—¿Cuántas horas?

—Más de cuatro.

—Eso es obvio por la irritación de la grava. ¿Cuántas más que cuatro?

—No sé. Menos de veinticuatro. Eso es lo máximo que le puedo decir.

—No hay otras heridas. No hay moratones. No hay señales de que haya tratado de defenderse.

—Estoy de acuerdo —dijo Merriam.

—Quizás no se resistió —dijo Deveraux—. Quizás tenía un arma apuntándole a la cabeza. O un cuchillo en la garganta.

—Quizás —dije. Miré de nuevo a Merriam y pregunté—: ¿Le ha hecho un examen vaginal?

—Por supuesto.

—¿Y?

—Mi conclusión fue que había tenido relaciones sexuales recientemente.

—¿Alguna herida o desgarro en esa zona?

—Nada visible.

—¿Entonces por qué determinó que había sido violada?

—¿Usted cree que fue consentido? ¿Usted haría el amor sobre un suelo de grava?

—Podría ser —dije—. Depende de con quién.

—Ella tenía su casa —dijo Merriam—. Con cama. Y un coche, con asiento trasero. Cualquier presunto novio también habría tenido una casa y un coche. Y en el pueblo hay un hotel. Y hay otros pueblos, con otros hoteles. Nadie tiene necesidad de tener una cita al aire libre.

—Y menos aún en marzo —dijo Deveraux.

La pequeña sala se quedó en silencio, y permaneció en silencio hasta que Merriam preguntó:

—¿Hemos terminado?

—Sí —dijo Deveraux.

—Bueno, buena suerte, jefa —dijo Merriam—. Espero que este termine mejor que los dos últimos.

Deveraux y yo caminamos por la entrada de coches, pasamos junto al buzón y el pequeño cartel y llegamos a la acera, donde nos quedamos de pie al lado de su coche. Sabía que no me iba a llevar. No estábamos en una democracia. No todavía. Dije:

—¿Has visto alguna vez a una víctima de violación con las medias intactas?

—¿Crees que es relevante?

—Por supuesto que sí. La atacaron sobre un suelo de grava. Las medias deberían haber quedado destrozadas.

—Quizás la obligaron a desvestirse primero. Despacio y con cuidado.

—La irritación que le dejó la grava tiene distintas intensidades. Llevaba algo puesto. Levantado, bajado, como fuese, pero estaba parcialmente vestida. Y se cambió después. Lo cual es posible. Tuvo cuatro horas.

—No vayas por ahí —dijo Deveraux.

—¿Por dónde?

—Vas a intentar acusar al ejército solo de violación. Vas a decir que la mató otra persona, más tarde, por separado.

No dije nada.

—Y no va a funcionar —continuó Deveraux—. Una mujer se encuentra con alguien y la violan, ¿y menos de cuatro horas después se encuentra con una persona completamente distinta y la degüellan? Tuvo un día muy malo, ¿no? El peor día del mundo. Son demasiadas coincidencias. No, fue la misma persona. Pero su sesión duró todo el día. Tardó muchas horas. Tenía planes y equipamiento. Tenía acceso a su ropa. La obligó a cambiarse. Todo estaba premeditado.

—Es posible —dije.

—En el ejército enseñan planificación táctica eficaz. O eso es lo que dicen.

—Es cierto —dije—. Pero no te dan todo el día libre muy a menudo. No en un ambiente de entrenamiento. Normalmente eso no sucede.

—Pero Kelham no es solo un lugar de entrenamiento, ¿no? —replicó Deveraux—. Por lo que pude deducir no es así. En la base hay un par de compañías de fusileros. Entran y salen de manera rotativa. Y tienen permiso cuando vuelven. Días libres. Muchos. Todos seguidos. Uno tras otro.

No dije nada.

—Deberías llamar a tu superior para decirle que esto tiene muy mala pinta.

—Ya lo sabe —dije—. Por eso estoy aquí.

Hizo una larga pausa y dijo:

—Quiero que me hagas un favor.

—¿Cuál?

—Que vuelvas al lugar del accidente del coche. A ver si encuentras una matrícula o si puedes identificar el vehículo. Pellegrino no llegó a nada.

—¿Y por qué ibas a confiar en mí?

—Porque eres hijo de un marine. Y porque sabes que si ocultas o destruyes alguna prueba haré que te metan en la cárcel.

—¿A qué se refería Merriam cuando te deseó mejor suerte con este que con los otros dos? —pregunté.

No respondió.

—¿Los otros dos qué? —dije.

Hizo una pausa, su hermosa cara decayó un poco y dijo:

—El año pasado asesinaron a dos chicas. Mismo *modus operandi*. Las degollaron. No llegué a nada. Los dos casos quedaron sin resolver. Janice May Chapman es la tercera en nueve meses.

VEINTE

Elizabeth Deveraux no dijo nada más. Se subió a su Caprice y se fue. Hizo un giro en U delante de mí y se dirigió hacia el norte, de vuelta al pueblo. La perdí de vista después de la primera curva. Me quedé quieto durante un largo rato y después empecé a caminar. Diez minutos más tarde estaba cruzando los últimos recodos de la parte rural y la carretera se ensanchó y se enderezó frente a mí. Main Street, la calle principal, eso era y así se llamaba. Comenzaba cierta actividad diurna. Estaban abriendo las tiendas. Vi dos coches y dos peatones. Pero nada más. Carter Crossing no era una metrópolis bulliciosa. Eso estaba claro.

Caminé por la acera de la derecha y pasé delante de la ferretería, de la farmacia, del hotel, de la cafetería y del espacio vacío al lado de la cafetería. El coche de Deveraux no estaba aparcado en la explanada del Departamento del Sheriff. Allí no había ningún vehículo de la policía. Había dos pick-ups civiles, las dos viejas, maltrechas y modestas. La del empleado administrativo y la de la operadora, probablemente. Contratados en el pueblo, sin sindicato, sin prestaciones. Pensé de nuevo en mi amigo Stan Lowrey y sus ofertas de empleo. Supuse que aspiraría a más. Tendría que hacerlo. Tenía novias. En plural. Tenía bocas que alimentar.

Llegué hasta el cruce en forma de T y giré a la derecha. A la luz del día la carretera se extendía recta frente a mí. Arcenes estrechos, cunetas profundas. Los carriles se inclinaban hacia arriba y pasaban por encima del paso a nivel, y después los arcenes y las cunetas aparecían de nuevo y la carretera seguía avanzando entre los árboles.

Había una furgoneta aparcada a mi lado del cruce. Mirando hacia mí. Un armatoste grande y chato. Pintado de un

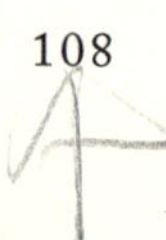

color oscuro, con brocha. Con dos tipos dentro. Mirándome. Peludos, tatuados, con pelo largo, sucios, grasientos.

Mis amigos de la noche anterior.

Seguí caminando, ni rápido ni despacio, paseando. Me acerqué hasta que estuve a unos veinte metros. Lo suficientemente cerca como para verles bien la cara. Lo suficientemente cerca como para que ellos vieran la mía.

Esta vez se bajaron de la furgoneta. Las dos puertas se abrieron a la vez y ambos salieron. Rodearon el capot y se detuvieron juntos delante de la parrilla. Misma altura, misma complexión. Como primos. Los dos medían alrededor de un metro noventa y pesaban entre noventa y noventa y cinco kilos. Tenían los brazos largos y gruesos y las manos grandes. Botas de trabajo en los pies.

Seguí caminando. Me detuve a tres metros de distancia. Podía olerlos. Cerveza, cigarrillos, sudor rancio, ropa sucia.

El que estaba a mi derecha dijo:

—Hola de nuevo, soldado.

Era el perro alfa. Las dos veces conducía él, y las dos veces fue el primero en hablar. A no ser que el otro fuera una especie de genio silencioso, lo que parecía improbable.

No dije nada, por supuesto.

—¿A dónde vas? —preguntó.

No respondí.

—Estás yendo a Kelham —continuó él—. ¿A qué otro sitio lleva esta calle?

Se dio la vuelta e hizo un gesto extravagante con el brazo, barriendo hacia atrás, señalando la carretera, su implacable línea recta y la falta de destinos alternativos. Se dio la vuelta de nuevo y dijo:

—Anoche nos dijiste que no eras de Kelham. Nos mentiste.

—Quizás vivo en ese lado del pueblo —dije yo.

—No —replicó él—. Si hubieras intentado vivir en ese lado del pueblo, te habríamos visitado antes.

—¿Para qué?

—Para explicarte cómo es la vida. Hay un sitio para cada persona.

Se acercó un poco. Su compañero hizo lo mismo. El olor se volvió más fuerte.

—Necesitáis un baño, chicos —dije—. No necesariamente juntos.

El que estaba a mi derecha preguntó:

—¿Qué estuviste haciendo esta mañana?

—No queréis saberlo —respondí.

—Sí, queremos.

—No, de verdad que no.

—No eres bienvenido aquí. Ya no. Ninguno de vosotros.

—Este es un país libre —dije.

—No para personas como tú.

Entonces hizo una pausa y su mirada cambió de dirección de repente y se centró en algún punto lejano por encima de mi hombro. El truco más viejo del mundo. Pero no estaba fingiendo. No me di la vuelta, pero escuché un coche a mis espaldas. Lejos. Un coche grande, silencioso, con neumáticos anchos para autopista. No era un coche de policía, porque en los ojos del tipo no vi que estuviera reconociendo nada. No le resultaba familiar. Era un coche que nunca había visto. Un coche al que no le encontraba explicación.

Esperé y pasó al lado nuestro. Iba rápido. Era una limusina negra. Con cristales tintados. Dio unos golpes al subir, traqueteó por encima de las vías, dio otros golpes al bajar por el otro lado. Después siguió recto. Un minuto más tarde era un punto minúsculo en medio de la niebla. Y lo perdimos de vista.

Una visita oficial, dirigiéndose hacia Kelham. De rango y prestigio.

O de pánico.

El que estaba a mi derecha dijo:

—Tienes que volver a la base. Y quedarte allí.

No dije nada.

—Pero primero tienes que decirnos lo que has estado haciendo. Y a quién has estado viendo. Quizás deberíamos ir a comprobar que sigue con vida.

—No soy de Kelham —dije.

El tipo dio un paso adelante.

—Mentiroso —soltó.

Cogí aire e hice como que iba a hablar. Después le di un cabezazo en toda la cara. Sin previo aviso. Planté los pies en el suelo, me abalancé contra él de cintura para arriba y le estrellé la frente en la nariz. *Bang.* Una ejecución perfecta. Coordinación, fuerza, impacto. Todo en su justa medida. Más la sorpresa. Nadie se espera un cabezazo. Los humanos no golpean con la cabeza. Eso dice algún instinto atávico que llevamos incorporado. Un cabezazo cambia el partido. Añade un salvajismo desquiciado a la mezcla. Un cabezazo sin provocación es una escopeta recortada en una pelea de cuchillos.

El tipo se desplomó como un traje vacío. Su cerebro les dijo a sus rodillas que estaba fuera de servicio, se dobló y se cayó de espaldas. Estaba inconsciente ya antes de chocar con el suelo. Me di cuenta por la forma en que la parte posterior de su cabeza golpeó la carretera. No hubo ningún intento de amortiguar el impacto. Se estrelló con un ruido sordo. Quizás sumó algunas fracturas en la parte de atrás para compensar las que yo le había hecho en la parte de adelante. No paraba de sangrarle la nariz. Ya se estaba empezando a hinchar. El cuerpo humano es una máquina autocurativa, y no pierde el tiempo.

El otro se quedó ahí quieto. El genio silencioso. O el perro beta. Me miraba. Di un gran paso a la izquierda y le di un cabezazo a él también. *Bang.* Como un doble farol. El tipo no estaba para nada preparado. Esperaba un puñetazo. Se desplomó de la misma manera. Lo dejé ahí, boca arriba, a dos metros de su compañero. Me habría llevado su furgoneta para ahorrar tiempo y esfuerzo, pero no podía soportar el hedor de la cabina. Así que seguí caminando hasta las vías del tren, donde giré a la izquierda en los durmientes y me dirigí hacia el norte.

Bajé de la vía un poco antes que la noche anterior y recorrí el área en la que estaban los restos del accidente desde el principio. Las piezas más pequeñas y ligeras habían recorrido distancias más cortas. Menos impulso, supuse. O menos energía cinética. O mayor resistencia aerodinámica. O algo. Pero lo primero que se veía eran los trozos de cristal y de metal más pequeños. Se habían detenido, habían oscilado y se habían caído al suelo mucho antes que las partes más pesadas que siguieron volando.

Era un coche bastante viejo. La colisión lo había reventado y lo había dejado como en un dibujo de despiece, pero algunas piezas no habían resistido mucho. Había cuadrados y láminas oxidadas, del chasis. Estaban agrietadas, escamadas y muy sucias.

Un coche viejo, que había pasado mucho tiempo en climas fríos donde echan sal a las carreteras en invierno. No era de Mississippi. Un coche al que habían llevado de un lado a otro, seis meses aquí, seis meses allá, de manera regular e impredecible.

El coche de un militar, probablemente.

Seguí caminando, giré y traté de estimar el vector general. Los restos se habían esparcido en forma de abanico, primero por una superficie estrecha, después por una cada vez más ancha. Me imaginé una matrícula, un pequeño rectángulo de chapa delgada y ultraligera, desprendiéndose de los tornillos, surcando el aire nocturno, perdiendo impulso y cayendo, quizás de un lado a otro. Intenté proyectar dónde podría haber aterrizado. No la veía por ningún sitio, no dentro de la superficie en forma de abanico, tampoco en los bordes externos ni más allá de esos bordes. Entonces me acordé del vendaval ensordecedor que había acompañado al paso del tren y amplié la zona de búsqueda. Me imaginé la matrícula presa de un tornado en miniatura, sacudiéndose y girando en espiral en medio del aire revuelto, ascendiendo, quizás incluso moviéndose en dirección contraria.

Al final la encontré, todavía unida al parachoques cromado que había visto la noche anterior. El parachoques se había doblado a la izquierda de la matrícula y había formado una cuña que se había enterrado hasta la mitad en los arbustos. Como una lanza. Lo aflojé, lo saqué de allí, le di la vuelta y vi la matrícula, que colgaba de un tornillo negro.

Era de Oregón. Detrás del número tenía el dibujo de un salmón. Alguna clase de iniciativa relacionada con la vida silvestre. Proteja el medioambiente natural. Los tags eran actuales y estaban al día. Memoricé el número y volví a enterrar el parachoques doblado en su agujero. Después seguí caminando hacia donde la mayor parte de los restos del coche habían ardido contra los árboles.

A plena luz del día, coincidí con Pellegrino. El coche había sido azul, de un tono claro y plomizo como un cielo invernal. Quizás había sido así de siempre o quizás había empalidecido un poco con el paso del tiempo. Pero en cualquiera de los dos casos encontré bastante pintura intacta, la suficiente para estar seguro. Había una zona intacta dentro de lo que había sido la guantera. Había una mancha de pintura en aerosol debajo de un recubrimiento de plástico derretido en la parte interna de una de las puertas. No habían sobrevivido muchas cosas más. No había artículos personales. No había documentos de ningún tipo. No había material descartado. No había pelo, no había fibras. No había ni sogas ni cintos ni correas ni cuchillos.

Me limpié las manos en el pantalón y me fui por donde había venido. Los dos tipos y la furgoneta ya no estaban. Supuse que el genio silencioso había recuperado la conciencia primero. El perro beta. A él le había pegado con menos fuerza. Supuse que había subido a su compañero a la furgoneta y había arrancado, despacio y tambaleante. No había habido daños. Ninguno importante. Ninguno permanente. Al menos para él. Al otro le iba a doler la cabeza aproximadamente durante seis meses.

Me detuve en el lugar en el que habían caído y vi otro coche negro que venía hacia mí desde el oeste. Otra limusina, rápida y decidida, que se balanceaba y se bamboleaba un poco por las irregularidades de la carretera. Estaba limpia y brillante, y tenía los cristales tintados. Me dejó atrás a toda velocidad, golpeó al subir, traqueteó sobre las vías del tren, golpeó al bajar y se precipitó hacia Kelham. Me giré para observarla, y después me giré otra vez y empecé a caminar de nuevo. No tenía ningún sitio en concreto al que ir, pero para entonces ya tenía hambre, así que me dirigí hacia Main Street, a la cafetería. Estaba vacía. Yo era el único cliente. Atendía la misma camarera. Se acercó a la mesa de recepción y me preguntó:

—¿Usted se llama Jack Reacher?

—Sí, ese soy yo —respondí.

—Ha venido una mujer hace una hora —dijo—, lo estaba buscando.

VEINTIUNO

La camarera era una típica testigo presencial. Fue totalmente incapaz de describir a la mujer que me había estado buscando. Alta, baja, fuerte, delgada, vieja, joven: no tenía ningún recuerdo fiable. No le había preguntado cómo se llamaba. No se había formado impresión alguna respecto a su posición social, su profesión o su relación conmigo. No había visto ningún coche ni ningún otro medio de transporte. De lo único que se acordaba era de una sonrisa y de una pregunta. ¿Había alguien nuevo en el pueblo, un tipo grande, muy alto, que respondía al nombre de Jack Reacher?

Le agradecí la información y ella me sentó en la mesa habitual. Pedí una porción de tarta, un café y monedas para el teléfono. Abrió la caja registradora y me dio un rollo de monedas de veinticinco centavos a cambio de un billete de diez dólares. Me trajo el café y me dijo que la tarta estaría lista enseguida. Crucé el silencioso salón hasta el teléfono al lado de la puerta, rompí el rollo de papel con la uña del dedo gordo y marqué el número del despacho de Garber. Contestó él, inmediatamente.

—¿Acaba de mandar a otro agente? —le pregunté.

—No —dijo—. ¿Por qué?

—Hay una mujer preguntando por mí que me llama por mi nombre.

—¿Quién?

—No sé quién. Todavía no ha dado conmigo.

—No es de los míos —dijo Garber.

—Y vi dos coches yendo hacia Kelham. Limusinas. Gente del Departamento de Defensa o políticos, probablemente.

—¿Hay alguna diferencia?

—¿Ha recibido noticias de Kelham? —pregunté.

—Nada relacionado con el Departamento de Defensa o con políticos —dijo—. Escuché que Munro está detrás de algo médico.

—¿Médico? ¿Como qué?

—No lo sé. ¿Tiene alguna dimensión médica este caso?

—¿Con un perpetrador potencial? No que yo haya visto. Más allá de la irritación ocasionada por la grava, por la que pregunté antes. La víctima la tiene por todas partes. El responsable también tendría que tenerla.

—Todos tienen marcas de grava. Al parecer hay una pista de atletismo bastante particular. Corren hasta que no pueden más y se caen.

—¿Incluso la Compañía Bravo justo cuando vuelve?

—Especialmente la Compañía Bravo justo cuando vuelve. Hay mucha autoestima en juego. Son todos hombres muy duros. O eso es lo que les gusta pensar.

—Tengo el número de matrícula del coche accidentado. Era un coche azul claro, de Oregón.

Recité el número de memoria y escuché cómo lo apuntaba. Dijo:

—Llámeme en diez minutos. No hable con nadie hasta entonces. Con nadie, ¿está claro? Ni una palabra.

Ignoré la interpretación literal de la orden al hablar con la camarera. Le agradecí la tarta y el café. Se quedó un poco más cerca de mí de lo necesario. Algo le rondaba la cabeza. Resultó que estaba preocupada porque creía que podía haberme metido en problemas al decirle a una desconocida que me había visto. Estaba dispuesta a sentirse culpable por eso. Me dio la impresión de que Carter Crossing era el tipo de sitio donde los asuntos privados se mantienen en privado. Donde una pequeña parte de la población no quiere que la encuentren.

Le dije que no se preocupara. A esas alturas ya estaba bastante seguro de quién era la mujer misteriosa. Por un proceso de eliminación. ¿Qué otra persona tenía la información y la imaginación necesarias para encontrarme?

La tarta estaba rica. Arándanos, masa, azúcar y crema. Nada saludable. Sin materia vegetal. Daba en el clavo. Invertí los diez minutos íntegros en comerla, un bocado cada vez. Me terminé el café. Después volví al teléfono y llamé otra vez a Garber.

—Rastreamos el coche —dijo.

—¿Y? —pregunté.

—¿Y qué?

—¿De quién es?

—No se lo puedo decir —dijo.

—¿En serio?

—Es información clasificada, desde hace cinco minutos.

—Alguien de la Compañía Bravo, ¿no?

—No se lo puedo decir. No puedo ni confirmar ni desmentir nada. ¿Apuntó el número en algún lado?

—No.

—¿Dónde está la matrícula?

—Donde la encontré.

—¿A quién se lo dijo?

—A nadie.

—¿Está seguro?

—Completamente.

—De acuerdo —dijo Garber—. Sus órdenes son las siguientes. En primer lugar, no, repito, *no* dé ese número a nadie de la policía local. Bajo ninguna circunstancia. En segundo lugar, regrese al lugar del accidente y destruya la matrícula de inmediato.

VEINTIDÓS

Obedecí la primera parte de la orden de Garber al no ir inmediatamente al Departamento del Sheriff a transmitir la información. Desobedecí la segunda parte al no regresar inmediatamente al lugar donde estaban los restos del accidente. Me quedé sentado en la cafetería, bebiendo café y pensando. Ni siquiera estaba seguro de cómo destruir una matrícula. Si la quemaba no se vería el estado que la había emitido, pero el número sí, porque estaba en relieve. Al final supuse que podía doblarla en dos, aplastarla y enterrarla.

Pero no lo hice. Me quedé allí sentado. Me imaginé que si me quedaba en la cafetería el tiempo suficiente, tomando café, la misteriosa mujer que me buscaba seguramente me encontraría.

Y lo hizo, cinco minutos después.

La vi antes de que ella me viera. Yo miraba hacia fuera a una calle con mucha luz y ella miraba hacia dentro a un salón oscuro. Iba a pie. Llevaba un pantalón negro y zapatos negros de cuero, una camiseta negra y una chaqueta de cuero con el color y la textura de un guante de béisbol viejo. Tenía en la mano un maletín del mismo material. Era delgada, grácil y esbelta, y parecía que se movía más lento que el resto del mundo, como pasa siempre con la gente fuerte y en forma. Seguía teniendo el pelo oscuro y corto, y su cara seguía estando cargada de inteligencia rápida y miradas veloces. Frances Neagley, sargento primero del Ejército de los Estados Unidos. Habíamos trabajado juntos muchas veces, en casos duros y sencillos, en periodos largos y breves. Era lo más cercano a un amigo que yo tenía en 1997, y hacía más de un año que no nos veíamos.

Entró buscando a la camarera, lista para pedirle una actualización. Me vio en la mesa y cambió de rumbo inmediatamente. Sin sorpresa en su cara. Solo una rápida asimilación de la información nueva y la satisfacción de que su método había funcionado. Conocía el estado y el pueblo, y sabía que yo tomaba mucho café, así que una cafetería era el sitio donde encontrarme.

Empujé la silla de enfrente con el pie, tal como Deveraux había hecho conmigo dos veces. Neagley se sentó, resuelta y tranquila. Apoyó el maletín en el suelo, junto a sus pies. Sin saludo, ni apretón de manos, ni beso en la mejilla. Había que saber dos cosas acerca de Neagley. A pesar de su calidez, no podía soportar que la tocaran, y a pesar de todos sus talentos, se negaba a convertirse en oficial. Nunca había dado explicaciones para ninguna de las dos. Algunos pensaban que era inteligente y otros pensaban que estaba loca, pero todos estaban de acuerdo en que con Neagley nadie sabría nunca nada con seguridad.

—Un pueblo fantasma —dijo.

—La base está cerrada —dije yo.

—Ya lo sé. Estoy al tanto. Cerrar la base fue su primer error. Es lo mismo que confesar.

—Dicen que les preocupaba generar una situación tensa con la gente del pueblo.

Neagley asintió:

—No se necesita mucho para que pase eso, en ninguna de las dos direcciones. He visto la calle que está detrás de esta. Todas esas tiendas, alineadas como una hilera de dientes, mirando hacia la base. Es muy agresivo. Nuestra gente debe estar cansada de que se rían de ellos y de que los estafen.

—¿Has visto algo más?

—Todo. Ya hace dos horas que estoy aquí.

—¿Y cómo estás?

—No tenemos tiempo para charlar de cuestiones personales.

—¿Qué necesitas?

—Nada —dijo—. El que necesita algo eres tú.

—¿Qué necesito?

—Necesitas encontrar una maldita pista —dijo—. Esto es una misión suicida, Reacher. Me llamó Stan Lowrey. Está preocupado. Así que empecé a preguntar. Y Lowrey tenía razón. Deberías haber dicho que no.

—Estoy en el Ejército —dije—. Voy adonde me mandan.

—Yo también estoy en el Ejército. Pero evito ponerme una soga alrededor del cuello.

—Kelham es la soga. El que se está arriesgando a que lo ahorquen es Munro. Yo estoy del lado de fuera.

—No sé quién es Munro —dijo ella—. Nunca nos conocimos. Ni siquiera había escuchado hablar de él. Pero te apuesto lo que quieras a que hará lo que le digan. Va a taparlo todo y va a jurar que el blanco es negro. Pero tú no.

—Mataron a una mujer. No podemos pasar eso por alto.

—Mataron a tres mujeres.

—¿Ya lo sabes?

—Como te dije, ya hace dos horas que estoy aquí. Estoy al día.

—¿Cómo lo averiguaste?

—Conocí a la sheriff. A la jefa Deveraux en persona.

—¿Cuándo?

—Pasó por su despacho. Yo casualmente estaba allí, preguntando por ti.

—¿Y te contó cosas?

—Le eché la mirada.

—¿Qué mirada?

Neagley pestañeó, se recompuso, bajó un poco el rostro, levantó la vista y me miró con los ojos muy abiertos y con una mirada franca, empática, comprensiva y alentadora, con la boca un poco abierta como si estuviese a punto de exhalar un inminente susurro de plena comprensión mutua, con el semblante asombrado y maravillado por la valentía con la que yo cargaba todas las pesadas responsabilidades que me había deparado la vida. Dijo:

—Esta es la mirada. Funciona muy bien con las mujeres. Un poco conspiratoria, ¿no? Como si estuviésemos en el mismo barco.

Asentí. Realmente era una mirada muy buena. Pero me decepcionó que Deveraux hubiese caído. Vaya cabeza de chorlito. Pregunté:

—¿Qué más te contó?

—Algo acerca de un coche. Cree que es fundamental para el caso y que era de alguien de Kelham.

—Tiene razón. Acabo de encontrar la matrícula. Garber la cotejó en las bases de datos y me dijo que no le diera la información a nadie.

—¿Y vas a hacer lo que te dijo?

—No lo sé. Quizás no es una orden muy legal.

—¿Ves lo que te digo? Te vas a suicidar. Lo sabía. Me voy a quedar por aquí para que no te metas en problemas. Para eso he venido.

—¿No estás destinada en ningún sitio?

—Estoy en el D. C. Frente a un escritorio. Nadie me echará en falta un día o dos.

Negué con la cabeza.

—No —dije—. No necesito ayuda. Sé lo que hago. Sé jugar a este juego. No me voy a vender barato. Pero no quiero que caigas conmigo en caso de que así deba ser.

—Nada *debe ser de ninguna manera*, Reacher. Es una elección.

—No crees eso de verdad.

Hizo una mueca:

—Por lo menos elige tus batallas.

—Eso es lo que hago siempre. Y esta es tan buena como cualquier otra.

En ese momento la camarera salió de la cocina. Me vio a mí, vio a Neagley y la reconoció, vio que no estábamos revolcados por el suelo sacándonos los ojos, y su culpa se evaporó. Me sirvió café de nuevo. Neagley pidió té, Lipton English Breakfast, con el agua en el punto de hervor adecuado. Nos quedamos sentados en silencio hasta que nos trajo el pedido. Después la camarera volvió a irse y Neagley dijo:

—Deveraux es una mujer muy guapa.

—Estoy de acuerdo —dije.

—¿Ya te has acostado con ella?

—Por supuesto que no.

—¿Lo vas a hacer?

—Supongo que puedo fantasear. La esperanza es lo último que se pierde, ¿no?

—No lo hagas. Hay algo raro en ella.

—¿A qué te refieres?

—Le da todo igual. Tiene tres homicidios sin resolver y el pulso tan lento como el de un oso en invierno.

—Fue marine de la Policía Militar. Ha estado revolviendo en el mismo lugar que nosotros durante toda su vida. ¿Cuánto te afectan a ti tres personas muertas?

—Profesionalmente me afectan.

—Ella cree que lo hizo alguien de Kelham. Por lo que no tiene jurisdicción. Por lo que no desempeña ningún papel. Por lo que no le pueden afectar profesionalmente.

—Sea como sea, desprende malas vibraciones. Es lo único que digo. Confía en mí.

—No te preocupes.

—Mencioné tu nombre y me miró como si le debieras dinero.

—No le debo dinero.

—Entonces está loca por ti. Lo noto.

—Dices eso de cada mujer que conozco.

—Pero esta vez es verdad. En serio. Su corazoncito frío latía acelerado. Quedas advertido, ¿vale?

—Gracias —dije—. Pero esta vez no necesito una hermana mayor.

—Hablando de eso —dijo—. Garber está preguntando por tu hermano.

—¿Mi hermano?

—Rumores que corren por la red de suboficiales. Garber mandó que vigilaran tu despacho para saber si recibes notas o llamadas de tu hermano. Quiere saber si estáis en contacto.

—¿Por qué estará haciendo eso?

—Por dinero —dijo Neagley—. Es lo único que se me ocurre. Tu hermano sigue en el Departamento del Tesoro, ¿no? Quizás hay algún problema financiero con Kosovo. Tiene que haber caudillos militares y gánsteres allí. Quizás la Compañía Bravo está trayendo aquí dinero suyo. Ya sabes, lavándolo. O robándolo.

—¿De qué manera podría estar eso relacionado con una mujer llamada Janice May Chapman que vive en un rincón perdido de Mississippi?

—Quizás se enteró. Quizás quería una parte. Quizás era la novia de alguien de la Compañía Bravo.

No respondí.

—Última oportunidad —dijo Neagley—. ¿Me quedo o me voy?

—Vete —dije—. Este es mi problema, no el tuyo. Larga vida y prosperidad.

—Un regalo de despedida —dijo. Se agachó, abrió su maletín y sacó una carpeta verde y fina. En la parte exterior tenía impresas las palabras Departamento del Sheriff del Condado de Carter. La dejó en la mesa y apoyó la mano encima, como para deslizarla hacia el otro lado. Dijo—: Te va a interesar.

—¿Qué es? —pregunté.

—Fotos de las tres mujeres muertas. Todas tienen algo en común.

—¿Te la ha dado Deveraux?

—No exactamente. La dejó un poco descuidada.

—¿La has robado?

—La tomé prestada. Puedes devolverla cuando termines. No me cabe duda de que encontrarás la manera de hacerlo. —Deslizó la carpeta hacia mí, se levantó y se alejó. Ni apretón de manos ni beso, ninguna clase de contacto. Empujó la puerta, salió a la calle, giró a la derecha y desapareció.

La camarera escuchó la puerta cuando Neagley se fue. Quizás había un timbre en la cocina. Salió para comprobar si había llegado un nuevo cliente y vio que no. Se conformó con servirme café por tercera vez y regresó a la cocina. Coloqué la carpeta verde frente a mí y la abrí.

Tres mujeres. Tres víctimas. Tres fotografías, todas tomadas en las últimas semanas o meses de sus vidas. Nada más triste. La policía pide una imagen reciente, y los familiares, desconsolados, se apresuran a elegir entre lo que tienen. Por lo general entregan imágenes en las que se ve a las víctimas alegres y sonrientes, fotos de graduación, retratos de estudio o instantáneas de las vacaciones, porque alegres y sonrientes es como las quieren recordar. Quieren que el largo y sombrío informe empiece lleno de vida y energía.

Janice May Chapman había dado muestras claras de las dos cosas. La suya era una foto en color de cintura para arriba en lo que parecía ser una fiesta. Estaba medio girada en dirección a la cámara, mirando directamente al objetivo, sonriendo en los primeros segundos de espontaneidad. Un disparo muy oportuno. El fotógrafo no la había pillado desprevenida, pero tampoco la había hecho posar demasiado.

Pellegrino se equivocó. Había dicho que era muy guapa, pero eso era como decir que Estados Unidos es un país bastante grande. Decir que era muy guapa era subestimarla mucho. En vida, Chapman había sido absolutamente espectacular. Era difícil imaginar una mujer más bella. El pelo, los ojos, la cara, la sonrisa, los hombros, la silueta, todo. Janice May Chapman lo había tenido todo, eso estaba claro.

Puse la foto al final del montón y observé a la segunda mujer. Había muerto en noviembre de 1996. Hacía cuatro meses. Estaba escrito en una nota pegada en la esquina inferior de la foto. La fotografía era uno de esos retratos en color, apresurados, semiformales, que sacan fotógrafos contratados por los institutos cuando comienza el año académico, o algún aficionado excedido de trabajo en un crucero. Una tela oscura al fondo, una banqueta, un par de flashes de estudio con sombrilla, tres, dos, uno, *pop*, gracias. La mujer de la foto era negra, tenía alrededor de veinticinco años, y era tan espectacular como Janice May Chapman. Quizás incluso más. Tenía una piel perfecta y una sonrisa de las que hacen que se encienda el aire acondicionado. Tenía unos ojos que harían estallar guerras. Oscuros, líquidos, radiantes. No miraba a la cámara. La atravesaba con la mirada. Me miraba directamente a mí. Como si hubiera estado sentada del otro lado de la mesa.

La tercera mujer había muerto en junio de 1996. Hacía nueve meses. También era negra. También joven. También espectacular. *Realmente* espectacular. La habían fotografiado al aire libre, en un jardín, a la sombra, con la última luz del atardecer rebotando contra una pared de tablones de madera blanca y bañándola en su brillo. Tenía el pelo corto con un peinado natural y una blusa blanca con tres botones desabrochados. Tenía ojos líquidos y una sonrisa tímida. Tenía unos pómulos magníficos. Me quedé mirando. Si alguien de un laboratorio, con su bata blanca, hubiese cargado una supercomputadora IBM con toda la información disponible acerca de la belleza, desde Cleopatra hasta el presente, los circuitos habrían zumbado durante una hora y después habrían imprimido exactamente esa imagen.

Aparté mi taza y coloqué las tres fotos sobre la mesa, una al lado de otra. *Todas tienen algo en común*, había dicho Neagley. Todas eran aproximadamente de la misma edad. Dos o tres años las podrían haber abarcado. Pero Chapman era blanca, y las otras dos eran negras. A juzgar por su vestido y por sus joyas, Chapman era por lo menos económicamente acomodada, la primera mujer negra un poco menos y la segunda parecía casi marginal, en un sentido rural, a juzgar por su ropa, por un cuello y unas orejas sin adornos y por el patio en el que estaba sentada.

Tres vidas, vividas en una estrecha proximidad geográfica, pero separadas por brechas muy amplias. Podía ser que nunca se hubieran conocido o hablado. Podía ser que ni siquiera se hubieran visto. No tenían absolutamente nada en común.

Salvo que las tres eran asombrosamente bellas.

VEINTITRÉS

Volví a meter todo en la carpeta y me la guardé en la parte de atrás del pantalón debajo de la camisa. Pagué la cuenta, dejé propina y salí a la calle. Decidí que iba a ir al Departamento del Sheriff. Decidí que era hora de hacer un reconocimiento. Hora de una incursión inicial. Hora de una penetración exploratoria. Un dedo en el agua. Esto no era una democracia, pero sí un edificio público. Y tenía una razón legítima para ir. Tenía un objeto perdido para devolver. Decidí que si Deveraux no estaba, dejaría la carpeta en recepción. Y si estaba, podía improvisar.

Estaba.

Su viejo Caprice estaba en la explanada, cuidadosamente aparcado en el sitio más cercano a la puerta. Un privilegio de rango, probablemente. Todas las culturas de oficina funcionan igual. Pasé junto al coche, tiré de una pesada puerta de cristal y entré en un vestíbulo abandonado y en mal estado. Baldosas de plástico en el suelo, pintura desconchada en las paredes y una mesa de recepción frente a mí, atendida por un hombre mayor. No tenía pelo, su cara estaba demacrada y desdentada, y llevaba un chaleco de traje sin chaqueta, como un periodista de otra época. En cuanto me vio descolgó un teléfono y pulsó un botón y dijo: "Está aquí". Escuchó la respuesta y después señaló con el teléfono, como si fuera una batuta, estirando el cable, y dijo:

—Al final del pasillo a la derecha. Lo está esperando.

Recorrí el pasillo y, a través de una puerta entornada, pude ver de pasada a una mujer robusta sentada frente a un conmutador. Después llegué al despacho de Deveraux. Su puerta estaba abierta. Golpeé una vez, por cortesía, y entré.

Era un espacio cuadrado sencillo que no estaba en mejores condiciones que el vestíbulo. Las mismas baldosas, la misma pintura en mal estado, la misma mugre. Estaba lleno baratijas compradas al final de la última era geológica. Mesa, sillas, archivadores, todo era sencillo, municipal y muy avejentado. En la pared había fotos de personas dándose la mano y sonriendo, todas con un señor de uniforme que asumí era el padre de Deveraux, el ocupante anterior. Había un perchero de pie con un cárdigan en uno de los ganchos. Llevaba tanto tiempo allí colgado que parecía acartonado y rígido.

A primera vista, no parecía un sitio maravilloso.

Pero allí estaba Deveraux. Yo tenía las fotos de tres mujeres deslumbrantes clavándose en la parte baja de mi espalda, pero ella estaba a la altura de cualquiera de las tres. Estaba ahí arriba. Quizás incluso les ganaba a todas. *Una mujer muy guapa*, había dicho Neagley, y me alegré de que mi subjetividad hubiese sido confirmada por la objetividad de otra persona. En la silla del escritorio parecía pequeña, esbelta de hombros, grácil y relajada. Como de costumbre, estaba sonriendo.

—¿Has podido identificar el coche, como te pedí? —preguntó.

No contesté a esa pregunta, y sonó su teléfono. Lo cogió, escuchó un instante y después dijo: "De acuerdo, pero sigue siendo un delito de lesiones. Sigue siendo prioritario, ¿está claro?". Después colgó el teléfono y, a modo de explicación, me dijo:

—Pellegrino.

—¿Mucho trabajo? —pregunté.

—Esta mañana dos hombres fueron golpeados por alguien que ellos juran que era un militar de Kelham. Pero el ejército asegura que la base sigue cerrada. No sé qué está sucediendo. El médico está trabajando horas extra. Traumatismos, dice. Pero el que va a sufrir un traumatismo es mi presupuesto.

Me quedé callado.

Deveraux sonrió de nuevo y dijo:

—De cualquier manera, antes de nada, háblame de tu amiga.

—¿Mi amiga?

—Nos hemos conocido. Frances Neagley. Supongo que es tu sargento. La noté muy militar.

—Fue mi sargento. Durante muchos años, de manera intermitente.

—Me pregunto por qué habrá venido.

—Quizás yo le pedí que viniera.

—No, en ese caso hubiera sabido dónde y cuándo encontrarte. Lo habríais acordado previamente. No habría tenido que preguntar por todo el pueblo.

Asentí:

—Vino para advertirme de algo. Al parecer me encuentro en una situación en la que solo puedo perder. Lo llamó una misión suicida.

—Tiene razón —dijo Deveraux—. Es una mujer inteligente. Me gustó. Actuó bien. Hace eso con la cara. Como una mirada especial, para inspirar complicidad y confianza. Debe ser muy buena haciendo interrogatorios. ¿Te ha dado las fotos?

—¿Querías que se las llevara?

—Esperaba que así fuera. Las dejé al alcance de su mano y salí un minuto del despacho.

—¿Por qué?

—Es complicado —dijo Deveraux—. Quería que las vieras, solo y a tu ritmo. Como un experimento controlado. Sin ninguna presión por mi parte, y sobre todo sin que te sintieras influenciado por mí. Sin contexto. Quería una primera impresión completamente libre.

—¿Una impresión mía?

—Sí.

—¿Ahora sí estamos en una democracia?

—Todavía no. Pero, como dicen, toda ayuda es bienvenida.

—Vale —dije.

—¿Cuál fue entonces tu primera impresión?

—Las tres eran increíblemente hermosas.

—¿Eso era lo único que tenían en común?

—Imagino que sí. Además de que son todas mujeres.

Deveraux asintió.

—Bien —dijo—. Estoy de acuerdo. Eran todas increíblemente hermosas. Me alegro de poder confirmarlo desde una perspectiva independiente. Me resultaba difícil de articular, incluso para mí misma. Y sin duda evitaría decirlo en voz alta. Sonaría muy raro, como algo de lesbianas.

—¿Eso te resulta un problema?

—Vivo en Mississippi —respondió—. Formé parte del Cuerpo de Marines y no estoy casada.

—Vale —dije.

—Y actualmente no salgo con nadie.

—Vale —repetí.

—No soy lesbiana —aclaró.

—Entendido.

—Pero aun así, que una mujer policía parezca obsesionada con el aspecto de una víctima de sexo femenino nunca termina bien.

—Entendido —dije de nuevo.

Me incliné hacia delante para separar la espalda de la silla y saqué la carpeta del pantalón. La dejé sobre el escritorio.

—Misión cumplida —dije—. Muy buenos movimientos, por cierto. No mucha gente gana a Neagley en un juego mental.

—Se necesita ser uno para reconocer a otro —dijo.

Se acercó la carpeta y le pasó la mano por encima, del lado izquierdo y del derecho, detuvo la mano en uno de los bordes y la dejó allí. Quizás donde todavía conservaba el calor de mi espalda.

—¿Has identificado el coche? —preguntó.

VEINTICUATRO

Deveraux mantuvo la mano sobre la carpeta y me miró a los ojos. La pregunta quedó suspendida en el aire entre los dos. *¿Has identificado el coche?* Recordé el graznido enfático de Garber en mi oído cuando hablamos por teléfono en la cafetería: mi superior.

Una orden es una orden.

—¿Lo has identificado? —dijo Deveraux.

—Sí —dije.

—¿Y?

—No te puedo decir nada.

—¿No puedes o no lo harás?

—Las dos cosas. Se volvió información clasificada cinco minutos después de que llamara.

No respondió.

—Bueno, ¿tú qué harías en esta situación? —le pregunté.

—¿Ahora?

—No ahora. Antes. Cuando estabas en el Cuerpo de Marines.

—Como marine habría hecho exactamente lo que estás haciendo tú.

—Me alegra que lo entiendas.

Asintió. Mantuvo la mano sobre el expediente. Dijo:

—Antes no te dije la verdad. O al menos no toda la verdad. Sobre la casa de mi padre. No fue siempre una casa alquilada. Antes era suya, de cuando estaba casado. Pero cuando mi madre enfermó, descubrieron que no tenían seguro. Se suponía que sí. Se suponía que estaba incluido en la nómina. Pero el responsable de estos asuntos en el condado se había metido en líos y había estado robando primas. Solo durante dos años, pero justo resultaron los años en los que mi madre se puso enferma. Después, su enfermedad era una condición preexistente. Mi padre refinanció, las cosas empeoraron y no pudo pagar. El banco se quedó con el título de propiedad, pero lo dejaron vivir ahí como inquilino. Ambas partes me parecieron admirables. El banco hizo lo correcto, hasta donde podía, y mi padre siguió sirviendo a su comunidad, aunque le hubiera dado una patada en los dientes. El honor y el compromiso son dos cosas que valoro.

—Semper Fi —dije.

—Claro que sí. Y además respondiste a mi pregunta, como seguro era tu intención. Si es información clasificada, entonces se trata de un coche de Kelham. Eso es lo único que necesito saber.

—Solo si hay una conexión —señalé—. Entre el coche y el homicidio.

—Es improbable que sea una coincidencia.

—Siento lo de tu padre —dije.

—Yo también. Era una persona agradable, y se merecía algo mejor.

—Fui yo el que les pegó a los civiles —dije.

—¿En serio? —respondió Deveraux—. ¿Y cómo llegaste hasta ahí?

—Caminando.

—Es imposible. No te puede haber dado tiempo. Son más de veinte kilómetros. Casi pasada la frontera norte de Kelham. Prácticamente en Tennessee.

—¿Qué pasó allí?

—En la zona había dos personas haciendo algo. Quizás solo daban un paseo. Desde allí veían el bosque que rodea la cerca de Kelham, aunque no estaban tan cerca. Alguien salió del bosque, ellos se asustaron, la cosa se complicó, les pegó. Dicen que quien les pegó era militar.

—¿Iba de uniforme?

—No. Pero tenía el aspecto de un militar y llevaba un fusil M16.

—Eso es raro.

—Ya lo sé. Es como si estuvieran estableciendo una zona de cuarentena.

—¿Pero por qué harían algo así? Tienen quinientas mil hectáreas solo para ellos.

—No sé por qué. ¿Pero qué más pueden estar haciendo? Persiguen a cualquiera que se acerque a la cerca.

Me quedé callado.

—Espera —dijo Deveraux—. ¿A quiénes *has* golpeado?

—A dos tipos que iban en una pick-up. Anoche se metieron conmigo, y volvieron a hacerlo esta mañana. La segunda vez fue demasiado.

—¿Descripción?

—Sucios y grasientos, con pelo largo y tatuajes.

—¿Con una camioneta vieja pintada de negro con brocha?

—Sí.

—Son los primos McKinney. En un mundo ideal deberían recibir una paliza al menos una vez a la semana, puntualmente. Así que agradezco tu confesión franca y cabal, y propongo no tomar ninguna medida en este momento.

—¿Pero?

—No lo hagas de nuevo. Y ve con cuidado. Estoy segura de que ahora mismo planean reunir a toda la familia e ir a por ti.

—¿Son más?

—Hay decenas de McKinney. Pero no te preocupes. Por lo menos no todavía. Les llevará un tiempo reunirse. Ninguno tiene teléfono. Ninguno sabe usar el teléfono.

Justo en ese momento empezaron a sonar teléfonos por todo el edificio. Escuché una conversación de radio urgente que venía de la sala de la operadora, donde la mujer robusta. Diez segundos después ella apareció en la puerta, agitada, agarrándose al marco para estabilizarse, y dijo:

—Pellegrino ha informado desde cerca de la casa de Clancy. Cerca del roble partido. Dice que tenemos otro homicidio.

VEINTICINCO

Deveraux y yo miramos instintivamente el expediente que estaba sobre el escritorio. Tres fotografías. Pronto serían cuatro. Otra visita a familiares de luto. Otra foto reciente. La peor parte del trabajo.

Después Deveraux me miró a mí, y dudó. *No era una democracia.* Dije:

—Me lo debes. Necesito verlo. Necesito conocer la razón de mi suicidio.

Dudó un poco más, luego dijo: "Vale", y fuimos corriendo a su coche.

La casa de Clancy estaba a más de quince kilómetros del pueblo en dirección noreste. Cruzamos las silenciosas vías del tren y avanzamos casi dos kilómetros hacia Kelham, internándonos en la mitad escondida de Carter Crossing. El lado malo de las vías. Allí la carretera no tenía arcenes ni cunetas. Me imaginé que las cunetas se habían cubierto y que los arcenes habían sido arados. Llanos campos de tierra llegaban hasta el borde del asfalto. Vi viejas casas de madera y graneros bajos, casetas destartaladas y casuchas en ruinas. Vi mujeres mayores sentadas en sus porches y niños harapientos en bicicleta. Vi viejas furgonetas que circulaban despacio y un comprador solitario con sombrero de paja y una cesta de mimbre. Todas las caras que veía eran negras. *Hay un sitio para cada persona*, habían dicho los primos McKinney. Mississippi rural, 1997.

Después Deveraux giró hacia el norte por una carretera de dirección única que parecía un lavadero y dejó las casas atrás. Pisó el acelerador. El coche respondió. Había un motivo para que el Chevy Caprice fuera el coche favorito de todos los policías en activo. Era una perfecta propuesta *y si*. ¿Y si cogemos un sedán espacioso y le ponemos el motor de un Corvette? ¿Y si le ponemos una suspensión un poco más resistente? ¿Y si le ponemos frenos de disco en las cuatro ruedas? ¿Y si hacemos que alcance una velocidad máxima de 210 kilómetros por hora? El de Deveraux ya estaba muy usado y gastado, pero funcionaba. La superficie rugosa golpeaba bajo las ruedas, la carrocería se bamboleaba y se sacudía, pero llegamos bastante rápido a nuestro destino.

Nuestro destino resultó ser un terreno miserable con una casa maltrecha en el medio. Giramos y recorrimos una carretera de doble carril que pasada la casa se convertía en un camino de tierra. Deveraux hizo sonar una vez la sirena como gesto de cortesía. Vi que alguien respondía haciendo gestos con la mano desde una ventana. Un hombre mayor. Una cara negra. Seguimos a través del terreno llano y seco. Muy a lo lejos vi un árbol solitario, partido por un rayo de arriba abajo, dos tercios de su altura. Las mitades se alejaban entre sí dándole al árbol una dramática forma de Y. Las mitades estaban salpicadas de primaverales hojas verde claro. El roble partido, supuse. Todavía vivo y activo. Aguantando. Cerca había un coche patrulla aparcado sobre la tierra. El coche de Pellegrino, supuse.

Deveraux aparcó su coche al lado y salimos. Pellegrino estaba a cincuenta metros de distancia, de pie, en posición de descanso, mirando hacia nosotros con las manos detrás de la espalda.

Como un centinela.

Diez metros más allá había una figura en el suelo.

Atravesamos los cincuenta metros de tierra. Había buitres en el cielo, tres, girando morosamente sobre nosotros, esperando que nos fuéramos. A lo lejos, a mi derecha, podía ver una hilera de árboles, frondosa en algunas partes y escasa en otras. A través de las partes en las que había pocos árboles podía ver una cerca de alambre. La frontera noroeste de Kelham, supuse. El lado izquierdo de todas las hectáreas que el Departamento de Defensa había confiscado hacía cincuenta años. Y una pequeña parte de lo que algún contratista de vallas con contactos había cobrado a precio de oro por instalar.

Ya a mitad de camino hasta donde estaba Pellegrino pude ver algunos detalles de la figura que tenía detrás. Una espalda, mirando hacia mí. Una chaqueta corta marrón. Indicios de un pelo oscuro y una piel blanca. El fardo vacío de un cadáver. La quietud absoluta de los muertos recientes. Esa relajación imposible. Inconfundible.

Deveraux no se detuvo para escuchar un informe verbal. Pasó junto a Pellegrino y siguió caminando. Dio un amplio rodeo y se acercó por el otro lado al cuerpo desplomado. Yo me detuve cinco metros antes y esperé. El caso era suyo. Esto no era una democracia.

Se acercó al cuerpo, despacio y con cuidado, vigilando por dónde pisaba. Se acercó hasta casi poder tocarlo y se puso en cuclillas con los codos en las rodillas y las manos entrelazadas. Miró de derecha a izquierda, la cabeza, el torso, los brazos, las piernas. Luego miró de izquierda a derecha, la misma secuencia, pero al revés.

Luego levantó la vista y dijo:

—¿Qué demonios *es* esto?

VEINTISÉIS

Di el mismo rodeo que Deveraux y me acerqué con cuidado desde el norte. Me puse en cuclillas a su lado. Apoyé los codos en las rodillas. Entrelacé las manos.

Miré de derecha a izquierda y después de izquierda a derecha.

Era el cadáver de un hombre.

Blanco.

Cuarenta y cinco años, quizás algo más, quizás algo menos.

Alrededor de metro ochenta de alto, alrededor de ochenta kilos. Pelo oscuro con reflejos más claros. Barba de dos o tres días, con canas. Camisa verde de trabajo, cortavientos de lona marrón. Pantalones vaqueros. Botas gastadas, agrietadas y manchadas de tierra.

—¿Lo conoces? —le pregunté a Deveraux.

—No lo he visto en mi vida —respondió.

Se había desangrado. En el muslo derecho tenía la marca de lo que supuse era una bala de fusil. Tenía el pantalón empapado de sangre. Seguramente la bala le había desgarrado la arteria femoral. La arteria femoral es un vaso sanguíneo de gran capacidad. Esencial. Sin un tratamiento de emergencia, rápido y eficaz, cualquier herida se vuelve mortal en cuestión de minutos.

Pero lo extraordinario de la escena que teníamos delante era que alguien había intentado hacerle un tratamiento de emergencia rápido y eficaz. Habían rajado la pernera del pantalón con un cuchillo. La herida estaba parcialmente tapada con una gasa absorbente.

Las gasas absorbentes eran una típica venda militar.

Deveraux se levantó y retrocedió con pasos cortos y cuidadosos, y con la mirada clavada en el cuerpo, hasta que estuvo a

tres o cuatro metros de distancia. Yo hice lo mismo y me puse a su lado. Habló en voz baja, como si hacer ruido fuera una falta de respeto. Como si el cadáver pudiera escucharnos. Me preguntó:

—¿Qué opinas?

—Ha habido una pelea —dije—. Alguien disparó. Probablemente un tiro de advertencia desviado. O un tiro para obligarlo a moverse que se acercó demasiado.

—¿Por qué no un tiro a matar que no dio en el blanco?

—Porque de ser así, el que disparó lo habría vuelto a intentar inmediatamente. Se habría acercado y le habría disparado en la cabeza. Pero no hizo eso, sino que intentó ayudarlo.

—¿Y?

—Y vio que su intento fracasaba. Así que entró en pánico y huyó. Lo dejó morir. No debe haber tardado mucho.

—El que disparó fue un militar.

—No necesariamente.

—¿Qué otra persona va por ahí con vendas militares?

—Cualquiera que compre en tiendas de excedentes.

Deveraux se dio la vuelta. Le dio la espalda al cuerpo. Levantó el brazo y señaló el horizonte a nuestra derecha. Un rápido barrido con su brazo.

—¿Qué ves? —preguntó.

—El perímetro de Kelham —respondí.

—Te lo dije —dijo ella—. Están estableciendo una zona de cuarentena.

Deveraux volvió al coche para coger algo y yo me quedé quieto observando el suelo alrededor de mis pies. La tierra era blanda y había muchas huellas. Las del muerto daban vueltas y se tambaleaban, algunas de ellas hacia atrás, como una antigua tabla de baile. La secuencia curva terminaba donde él yacía. Alrededor de la mitad inferior de su cuerpo había marcas de zapatos y huecos de rodillas que coincidían con el lugar donde su atacante se había agachado y se había arrodillado para ayudarlo. Esas marcas estaban al final de una larga línea recta de huellas parciales, sobre todo punteras, no muchos tacones, muy espaciadas. La persona que disparó se había acercado corriendo. Era una persona más bien alta. No un gigante. No muy pesado. Había unas huellas idénticas que avanzaban en sentido contrario, por donde se había ido. No reconocí las huellas de las suelas. No se parecían a las de ninguna bota militar que yo hubiese visto.

Deveraux volvió del coche con una cámara. Era una réflex plateada. Se preparó para hacer las fotos de la escena del crimen y yo seguí la línea de las huellas que se alejaban a la carrera y me aparté de la zona. Las mantuve un metro a mi izquierda y las rastreé durante cien metros hasta que desaparecían en una ancha franja de tierra extremadamente dura. Una formación geológica, o algo relacionado con el riego, o quizás el límite de lo que a Clancy le gustaba arar. No encontré ninguna razón que justificara que un hombre huyendo cambiara de rumbo en ese lugar, por lo que seguí recto con la esperanza de volver a encontrar las huellas, pero no las encontré. Cincuenta metros después el suelo empezaba cubrirse de una especie de maleza baja y espesa. Justo delante de mí era un poco más alta, y después se perdía entre los arbustos que crecían a los pies de la cerca de Kelham. No vi tallos aplastados, pero la vegetación era resistente y no cabía esperar que mostrara grandes marcas.

Me giré, di un paso y vi un destello de luz cuatro metros a mi izquierda. Metálico. Cobrizo. Me desvié hacia allí, me agaché y vi un casquillo en el suelo. Brillante y fresco. Nuevo. Largo, de fusil. Era, en el mejor de los casos, un cartucho Remington .223 fabricado para armas deportivas. En el peor, era un OTAN de 5,56 milímetros, fabricado para uso militar. Son difíciles de diferenciar a simple vista. El casquillo Remington es de un latón más fino. El casquillo OTAN es más pesado.

Lo levanté y lo sopesé en la palma de mi mano.

Apostaría cualquier cosa a que era un cartucho militar.

Miré hacia donde estaban Deveraux, Pellegrino y el muerto. A unos ciento cuarenta metros de distancia. Al alcance de la mano de un fusilero. El cartucho OTAN 5,56 fue diseñado para atravesar un casco de acero a seiscientos metros. El muerto estaba cuatro veces más cerca. Era un disparo sencillo. Era difícil fallarlo: eso era mi único consuelo. Los hombres que son enviados de Benning a Kelham para terminar su entrenamiento no son de los que fallan un tiro a tan poca distancia. Y este era claramente un impacto accidental. Lo demostraba el vendaje. Era un tiro de advertencia que había salido mal. O un tiro para obligarlo a moverse. Pero los hombres que son enviados de Benning a Kelham han resuelto sus problemas de testosterona hace tiempo. Dirigen sus tiros de advertencia, o los tiros para obligar a alguien a moverse, hacia arriba y hacia un lado. La otra persona solo necesita ver el fogonazo del cañón y escuchar el ruido del arma. Eso es todo lo que pide la situación. Y ningún militar hace más que lo que tiene que hacer. Ningún militar lo ha hecho desde que Alejandro Magno formó su ejército. En las filas, las decisiones personales suelen terminar en lágrimas. Especialmente cuando hay balas de por medio. Y civiles.

Guardé el cartucho vacío en el bolsillo y regresé. No vi ninguna otra cosa importante. Deveraux había terminado un carrete de fotos, lo rebobinó, lo sacó de la cámara y le pidió a Pellegrino que volviera al pueblo para que lo imprimieran. Le dijo que solicitara un revelado urgente y que al regresar trajera al médico con él, con la mesa forense. Pellegrino se marchó nada más recibir la orden y Deveraux y yo quedamos uno junto al otro en medio de quinientas hectáreas vacías, solo acompañados por un cadáver y por un árbol partido.

—¿Alguien habrá oído el disparo? —pregunté.

—El único que podría haberlo oído es el señor Clancy —dijo ella—. Pellegrino ha hablado con él. Asegura que no escuchó nada.

—¿Algún grito? Un disparo de advertencia presupone unos cuantos gritos previos.

—Si no escuchó el disparo, no habrá escuchado los gritos.

—Un cartucho OTAN a lo lejos y al aire libre no es tan ruidoso. Los gritos podrían haber sido más fuertes. Sobre todo si se produjeron en ambas direcciones, de ida vuelta, cosa bastante probable. Ya sabes, si es que hubo una pelea o una discusión.

—¿Ahora aceptas que sea un cartucho OTAN?

Metí la mano en el bolsillo y saqué el cartucho vacío. Lo sostuve con la palma abierta. Dije:

—Lo encontré a ciento cuarenta metros de distancia, a cuatro metros del vector recto. Exactamente en el lugar donde lo hubiese dejado el puerto de eyección de un M16.

—Podría ser un Remington .223 —dijo Deveraux: un detalle por su parte.

Después lo cogió. Sentí sus uñas afiladas sobre la palma de mi mano. Era la primera vez que nos tocábamos. El primer contacto físico. No nos habíamos dado la mano cuando nos conocimos.

Hizo lo que yo había hecho. Sopesó el metal con la mano. Un procedimiento sin rigor científico, pero la familiaridad puede ser tan precisa como un instrumento de laboratorio. Dijo:

—Es OTAN, sin duda. He disparado muchos, y los he recogido después.

—Yo también —dije.

—Voy a armar un escándalo —dijo—. ¿Militares contra civiles, en suelo americano? Voy a llegar hasta el Pentágono. Y hasta la Casa Blanca si hace falta.

—No lo hagas —sugerí.

—¿Por qué razón no habría de hacerlo?

—Eres la sheriff de una zona rural. Te aplastarán como a un insecto.

No dijo nada.

—Créeme —dije—. Si han llegado a desplegar militares contra civiles, saben cómo aplastar a las fuerzas de seguridad locales.

VEINTISIETE

El hombre finalmente fue declarado muerto media hora después, a la una de la tarde, cuando el médico apareció con Pellegrino. Pellegrino llegó en su coche patrulla y el médico en una furgoneta de quinta mano que parecía sacada de un libro de historia. Supuse que era una versión de un coche fúnebre de los sesenta, pero construido sobre una plataforma Chevrolet y no Cadillac, sin ventanillas y sin artilugios funerarios de ningún tipo. Era una especie de furgoneta alta, pintada de color blanco sucio.

Merriam comprobó el pulso en la garganta y en el corazón y observó la herida un momento. Dijo:

—Este hombre se ha desangrado por la arteria femoral. Muerte por disparo.

Hasta ahí era evidente, pero luego añadió algo interesante. Levantó la tela cortada de la pernera y dijo:

—Un vaquero mojado no es fácil de cortar. Han usado un cuchillo muy afilado.

Ayudé a Merriam a subir el cuerpo a una camilla de tela y luego a cargarlo en la parte de atrás de la furgoneta. El médico se lo llevó, y Deveraux estuvo cinco minutos hablando por radio en su coche. Yo me quedé con Pellegrino. No dijo nada y yo tampoco. Luego Deveraux salió del coche y ordenó a Pellegrino que fuera a ocuparse de sus cosas. Él se marchó, y Deveraux y yo volvimos a quedarnos solos con el árbol partido y una mancha oscura en el suelo, donde la sangre del muerto había empapado la tierra.

—Butler asegura que nadie salió de Kelham por la puerta principal en ningún momento de la mañana —dijo Deveraux.

—¿Quién es Butler? —pregunté.

—Otro de mis ayudantes. El homólogo de Pellegrino. Lo he plantado delante de la base. Quiero enterarme inmediatamente si la abren. Va a haber mucha tensión. La gente está muy enfadada por lo de Chapman.

—¿Y por las dos primeras no?

—Depende de a quién preguntes, y dónde. Pero los militares nunca paran antes de las vías. Todos los bares están del otro lado.

Me quedé callado.

Ella dijo:

—Tiene que haber más entradas. O agujeros en la valla. Debe de medir… ¿cuánto? ¿Cuarenta kilómetros de largo? Y la construyeron hace cincuenta años. Tiene que haber puntos débiles. Alguien ha salido por algún lado, eso está claro.

—Y ha vuelto a entrar —añadí—. Si es que tienes razón. Alguien regresó ensangrentado hasta los codos, con un cuchillo sucio y una bala menos en el cargador, como mínimo.

—Tengo razón —dijo.

—Nunca he oído hablar de zonas de cuarentena —dije—. Por lo menos no en Estados Unidos. No me lo creo.

—Yo sí —zanjó ella.

Había algo en su tono. Algo en su cara.

—¿Cómo? —pregunté—. ¿Los Marines lo han hecho alguna vez?

—No fue nada importante.

—Cuéntamelo.

—Es información clasificada —dijo.

—¿Dónde fue?

—No te lo puedo decir.

—¿Cuándo?

—Tampoco te lo puedo decir.

Hice una pausa y pregunté:

—¿Ya has hablado con Munro, el hombre que enviaron a la base?

Ella asintió:

—Llamó y dejó un mensaje cuando llegó. Fue lo primero

que hizo. Un gesto de cortesía. Me dejó un número de contacto.

—Bien —dije—. Porque necesito hablar con él.

Volvimos juntos en el coche, cruzamos el terreno de Clancy, atravesamos el portón y nos dirigimos hacia el sur por la carretera de dirección única que parecía un lavadero y luego hacia el oeste por la parte oscura del pueblo, alejándonos de Kelham y avanzando hacia las vías. Vi a las mismas mujeres mayores en los mismos viejos porches, a los mismos niños en las mismas bicicletas, y a hombres de distintas edades caminando lentamente desde puntos de partida desconocidos hasta destinos desconocidos. Las casas estaban inclinadas y hundidas. Había edificios abandonados. Cimientos sin estructura por encima. Marañas de varillas de hierro oxidadas. Ladrillos y arena amontonados. A nuestro alrededor todo era tierra labrada y árboles. En el aire había una especie de letargo aplastado y sin esperanza, probablemente había sido así durante los últimos cien años.

—Mi gente —dijo Deveraux—. Mi base. Todos me votaron. En serio, prácticamente el cien por cien. Gracias a mi padre. Él fue justo con ellos. Lo votaron a él, en realidad.

—¿Cómo te fue entre la gente blanca? —pregunté.

—Casi el cien por cien también. Pero todo eso va a cambiar, en ambos lados. A no ser que consiga respuestas para todos los implicados.

—Háblame de las dos primeras mujeres.

Su respuesta fue frenar en seco, girarse en el asiento y conducir marcha atrás veinte metros. Luego girar en la curva que acabábamos de pasar. Era un camino de tierra, bien alisado y apisonado. Hacia la mitad, el terreno se elevaba y se combaba hacia los lados, que terminaban en pequeñas cunetas estrechas a la derecha y a la izquierda. Avanzaba recto hacia el norte, y a ambos lados había hileras de lo que parecían haber sido cabañas de esclavos. Deveraux pasó por delante de diez de ellas, más o menos, y por delante del huevo que había dejado una cabaña incendiada y después giró en un patio que reconocí como el de la tercera foto que había visto. Era la casa de la chica pobre. La del cuello y las orejas sin accesorios. La de la belleza increíble. Reconocí el árbol bajo cuya sombra había estado sentada, y la pared blanca que había reflejado el sol del atardecer suave y oblicuamente sobre su rostro.

Aparcamos en un trozo de hierba y nos bajamos. En algún sitio un perro ladró y sacudió su cadena. Caminamos bajo las ramas del árbol y llamamos a la puerta de atrás. La casa era pequeña, no mucho más grande que una barraca, pero estaba bien cuidada. La madera blanca de los laterales no era nueva, pero la habían pintado con frecuencia. En la parte de abajo había unas manchas castañas, como el color del pelo, allí donde las fuertes lluvias habían hecho que salpicara el barro.

Nos abrió la puerta una mujer no mucho mayor que Deveraux o que yo. Era alta y flaca y se movía despacio, con el tipo de languidez que produce una prolongada exposición al sol, y con un estoicismo de hierro que imaginé compartiría con todos sus vecinos. Le sonrió a Deveraux con un gesto resignado, le dio la mano y le preguntó:

—¿Alguna novedad de mi pequeña?

—Seguimos trabajando —dijo Deveraux—. Lo resolveremos.

La desconsolada madre era demasiado amable para responder a ese comentario. Sonrió de nuevo con su sonrisa apagada y se giró hacia mí:

—Creo que no nos conocemos.

—Jack Reacher, señora —y le di la mano.

—Yo soy Emmeline McClatchy —respondió ella—. Encantada de conocerlo. ¿Está trabajando con el Departamento del Sheriff?

—Me envió el ejército para ayudar.

—Ahora —dijo—. No hace nueve meses.

No respondí a eso.

La mujer continuó:

—Tengo un poco de carne de ciervo en la olla. Y un poco de té en una jarra. ¿Quieren comer conmigo?

—Emmeline, estoy segura de que esa es tu cena, no tu comida —dijo Deveraux—. Estamos bien. Comeremos en el pueblo. Pero gracias de todas formas.

Era la respuesta que ella parecía estar esperando. Sonrió de nuevo y volvió a la penumbra que tenía a sus espaldas. Nosotros regresamos al coche. Deveraux dio marcha atrás hasta el camino y nos fuimos. Un poco más allá en la hilera de cabañas había una que era muy parecida a las demás, pero tenía carteles eléctricos de cerveza en las ventanas. Una especie de bar. Quizás con música. Seguimos avanzando por un entramado de caminos de tierra. Vi otro proyecto de edificación abandonado. Habían levantado unos muros de hormigón a la altura de la rodilla, y en cada uno de los cuatro rincones había un poste de madera. Eso era todo. En el resto del terreno el material de construcción se desparramaba en montones desordenados. Había más bloques de hormigón, había ladrillos, había una pequeña montaña de arena, había pilas de bolsas de cemento que se había puesto liso y duro por el rocío y la lluvia.

Había también un montón de grava.

Me giré para mirarla cuando pasamos por delante. Había unos dos metros cúbicos de esa piedra gris pequeña y filosa que se mezcla con arena y cemento para fabricar hormigón. Se había desparramado y desplegado en un montón bajo del tamaño de una cama de matrimonio a la que le salían hierbas altas por los bordes. Tenía agujeros y marcas en la superficie, como si unos niños hubiesen caminado por encima.

No dije nada. Deveraux ya había tomado una decisión. Siguió conduciendo y giró a la izquierda en un camino más ancho. Con casas y jardines más grandes. Con vallas de madera en lugar de alambrados. Callecitas de cemento hasta cada puerta en lugar de tierra batida. Redujo la velocidad y frenó en la entrada de una propiedad dos veces más grande que la cabaña a la que acabábamos de ir. Una casa digna, de una sola planta. Cara, de estar en California. Pero destartalada. La pintura se estaba desconchando y los canalones para lluvia estaban rotos. El techo era de alquitrán y algunas tejas se habían caído. En el jardín había un chico de unos dieciséis años. Estaba de pie sin hacer nada. Solo nos miraba.

—Esta es la otra —dijo Deveraux—. Se llamaba Shawna Lindsay. El que nos está mirando es su hermano pequeño.

El hermano menor no parecía sacado de un cuadro. En la lotería genética había salido perdiendo. Seguro. No se parecía nada a su hermana. Ni siquiera un poquito. Se había caído del árbol más feo y se había golpeado con todas las ramas. Tenía una cabeza como una pelota de bolos y los ojos como los agujeros para los dedos, casi igual de juntos.

—¿Vamos a entrar? —le pregunté.

Deveraux negó con la cabeza:

—La madre de Shawna me dijo que no volviera hasta que pudiera decirle quién degolló a su hija mayor. Esas fueron sus palabras. Y no la culpo. Perder un hijo es algo terrible. Especialmente para gente como esta. No es que pensaran que sus hijas iban a ser modelos y les iban a comprar una casa en Beverly Hills. Pero tener algo especial significaba mucho para ellos. Ya sabes, después de no haber tenido nada, nunca.

El chico seguía mirando. Callado, siniestro y paciente.

—Entonces vámonos —dije—. Tengo que hacer una llamada.

VEINTIOCHO

Deveraux me dejó llamar por teléfono desde su despacho. Esto todavía no era una democracia, pero se iba pareciendo. Buscó el número que Munro le había dado, lo marcó y dijo al que estaba al otro lado que era la sheriff Elizabeth Deveraux y quería hablar con el comandante Duncan Munro. Después me pasó el auricular, se levantó de la silla y salió de la habitación.

Me senté tras su escritorio solo acompañado por un aire hueco en mi oído y su calor corporal en mi espalda. Esperé. El silencio siseaba. El ejército no utilizaba música de espera. No en 1997. Un minuto después se oyó un chasquido y un repique como de plástico. Alguien cogió el teléfono en su escritorio y dijo:

—¿Sheriff Deveraux? Habla el comandante Munro. ¿Cómo está?

Su voz era dura, brusca e hipercompetente, pero por debajo su tono parecía de buen humor. Aunque bueno, supuse que cualquiera se alegraría de recibir una llamada de Elizabeth Deveraux.

—¿Munro? —dije.

—Lo siento —respondió—, pensé que era Elizabeth Deveraux.

—Lamentablemente no —dije—. Me llamo Reacher. Hablo desde el teléfono de la sheriff. Formo parte del 396, actualmente destinado con el 110. Tenemos el mismo rango.

—¿Jack Reacher? —dijo Munro—. He oído hablar de usted, por supuesto. ¿En qué puedo ayudarle?

—¿Garber le ha informado de que iba a mandar a un infiltrado al pueblo?

—No, pero supuse que lo haría. Es usted, ¿verdad? ¿Su tarea es la de espiar a los vecinos? Debe de estarle saliendo bastante bien, puesto que me llama desde el teléfono de la sheriff. Eso debe de ser divertido, en algún punto. Por aquí dicen que es una verdadera belleza. Aunque también dicen que es lesbiana. ¿Algo que decir al respecto?

—Nada de eso es asunto suyo, Munro.

—Llámeme Duncan, ¿vale?

—No, gracias. Lo llamaré Munro.

—Claro. ¿En qué lo puedo ayudar?

—Aquí hay mucha mierda. Esta mañana mataron a un hombre de un tiro, cerca de la valla de la base, en el cuadrante noroeste. Atacante desconocido, pero probablemente un cartucho militar, y definitivamente un intento medio logrado de cubrir la herida con una venda militar.

—¿Cómo? ¿Alguien le disparó a un hombre y le hizo primeros auxilios? Eso me suena a un accidente civil.

—Esperaba que fuera menos predecible. ¿Cómo explica la bala y la venda?

—Remington .223 y tienda de excedentes.

—Antes de eso le dieron una paliza a otras dos personas, que aseguran que fue un militar.

—No un militar destinado en Kelham.

—¿En serio? ¿Por cuántos de los que están en Kelham puede responder? En lo que se refiere a su paradero exacto de esta mañana.

—Por todos —dijo Munro.

—¿Literalmente?

—Sí, literalmente —afirmó—. La Compañía Alfa está en el extranjero desde hace cinco días, y todos los demás están confinados en el cuartel, o sentados en el comedor o en el club de oficiales. Hay un buen equipo de policías militares aquí, y los están vigilando a todos ellos y vigilándose entre sí al mismo tiempo. Puedo garantizar que nadie ha salido de la base esta mañana. Ni desde que yo llegué aquí, de hecho.

—¿Este es su procedimiento estándar?

—Es mi arma secreta. Todo el día sentados, sin leer, sin ver la televisión, sin hacer nada. Antes o después alguien habla, de puro aburrimiento. Nunca falla. Se acabaron los días de partirme la espalda. He aprendido que el tiempo es mi amigo.

—Dígamelo otra vez —le pedí—. Es muy importante. ¿Está absolutamente seguro de que nadie ha salido de la base esta mañana? ¿O ayer por la noche? ¿Ni siquiera obedeciendo órdenes secretas, quizás de aquí, quizás de Benning o incluso del Pentágono? Hablo en serio. No intente engañarme.

—Estoy seguro —respondió Munro—. Lo garantizo. Por mi madre. Sé hacer este trabajo, y lo sabe. Al menos concédame eso.

—De acuerdo —dije.

—¿Quién era la persona que murió? —preguntó Munro.

—Todavía no lo han identificado. Un civil, casi con toda seguridad.

—¿Cerca de la valla?

—Igual que esos tipos a los que les pegaron. Como una zona de cuarentena.

—Eso es ridículo. No está sucediendo nada parecido. Lo sé a ciencia cierta.

Los dos nos quedamos callados durante un segundo, y después yo le pregunté:

—¿Qué más sabe a ciencia cierta?

—No se lo puedo decir. Las órdenes son que mantengamos esto más cerrado que el culo de un muñeca.

—Juguemos al juego de las veinte preguntas.

—No.

—En versión reducida. Tres preguntas cerradas. Con respuesta de sí o no.

—No me comprometa, ¿vale?

—Los dos estamos ya en una situación comprometida. ¿No lo ve? Tenemos un problema de verdad. Y está ahí dentro con usted o aquí afuera conmigo. Así que antes o después uno de los dos va a tener que ayudar al otro. Podríamos empezar ahora mismo.

Silencio. Después:

—Vale, Dios mío, tres preguntas.

—¿Ha sido informado de lo del coche?

—Sí.

—¿Alguien mencionó un dinero proveniente de Kosovo como posible móvil?

—Sí.

—¿Ha sido informado de otras dos mujeres muertas?

—No. ¿Qué otras mujeres muertas?

—El año pasado. Del pueblo. Mismo *modus operandi*. Las degollaron.

—¿Hay relación?

—Probablemente.

—Dios mío. No, nadie me dijo nada.

—¿Tiene un registro por escrito de los movimientos de la Compañía Bravo? ¿En junio y en noviembre del año pasado?

—Van cuatro preguntas.

—Ahora solo estamos charlando. Dos oficiales del mismo rango, hablando un poco. El juego ha terminado.

—Aquí no hay registros de los movimientos de la Compañía Bravo. Operan con un protocolo de operaciones especiales. Por tanto, todo está archivado en Fort Bragg. Habría que pasar por la citación más grande jamás vista solo para ver el archivo de lejos.

—¿Está llegando a algo ahí en la base? —pregunté.

No hubo respuesta.

—¿Cuánto tarda en funcionar normalmente su arma secreta? —pregunté.

—Por lo general es mucho más rápida que esto —dijo.

No respondí, y en el oído sentí más aire hueco y unas respiraciones leves. Después Munro añadió:

—Oiga, Reacher, supongo que no vale la pena hablar de esto, porque usted va a pensar simplemente que, bueno, que qué otra cosa voy a decir, si ambos sabemos que me mandaron aquí para cubrirle el culo a alguien. Pero yo no soy así. Nunca he sido así.

—¿Y?

—Por lo que sé hasta ahora, ninguno de los nuestros ha matado a ninguna mujer. Ni este mes, ni en noviembre, ni en junio. Ahora mismo así es como están las cosas.

VEINTINUEVE

Colgué con Munro y Deveraux volvió inmediatamente al despacho. Quizás había estado observando la luz de la centralita. Dijo:

—¿Entonces?

—No hay patrullas de cuarentena. Nadie ha salido de Kelham desde que Munro llegó.

—¿Qué va a decir él?

—Y no está notando nada. Cree que el asesino no está en la base.

—Ídem.

Asentí. Espejos y cortinas de humo. El mundo real y la política. Confusión total.

—¿Quieres ir a comer? —pregunté.

—Después —respondió ella.

—¿Después de qué?

—Tienes un problema que resolver. Los primos McKinney están en la calle. Te están esperando. Y han traído refuerzos.

Deveraux me condujo por el pasillo a una habitación oscura que hacía esquina y que tenía ventanas en dos de sus paredes. Por la ventana que daba a Main Street no se veía nada. No había ninguna actividad. Pero por la ventana que daba hacia el norte, en dirección al cruce en forma de T, se veían cuatro figuras. Mis dos viejos amigos con otros dos hombres parecidos. Sucios, con el pelo largo, peludos y tatuados. Estaban de pie en la amplia zona donde se encontraban las dos carreteras, con las manos en los bolsillos, dando patadas en el suelo, sin hacer nada.

Mi primera reacción fue una especie de admiración embelesada. Un cabezazo es un golpe muy serio, especialmente si es mío. Que pudieran hablar y caminar solo unas horas después me parecía impresionante. Mi segunda reacción fue de fastidio. Conmigo mismo. Había sido demasiado amable. Demasiado recién llegado al pueblo, demasiado reticente, demasiado correcto, demasiado predispuesto a encontrar circunstancias atenuantes en la pura estupidez animal. Miré a Deveraux y le pregunté:

—¿Qué quieres que haga?

—Podrías disculparte y decirles que se vayan —dijo ella.

—¿Cuál es mi segunda opción?

—Podrías dejar que te peguen primero. Entonces podría arrestarlos por agredirte sin haber sido provocados. Me encantaría poder hacer eso.

—Si te ven ahí no habrá oportunidad para que me peguen.

—Puedo esconderme.

—No sé si quiero hacer ninguna de las dos cosas.

—Una o la otra, Reacher. Tú eliges.

Salí a Main Street como si fuera un personaje de una película antigua. Debería haber sonado música. Giré a la derecha y miré hacia el norte. Me quedé quieto. Los cuatro tipos me vieron. Durante un instante parecieron sorprendidos, y durante el instante siguiente parecieron movidos por una cálida expectación. Se pusieron en fila uno al lado del otro, de este a oeste, a un poco más de un metro de distancia entre sí. Todos dieron un paso hacia mí, y después todos se detuvieron y esperaron. En la carretera que iba a Kelham había dos furgonetas aparcadas, detrás de ellos a la derecha. Estaba la furgoneta pintada con brocha que ya había visto, y enfrente había otra en el mismo estado.

Seguí caminando como el pez que va a una red. El sol estaba lo más alto que podría estar en marzo. El aire era caluroso. Sentía el calor en mi piel. Sentía la superficie de la calle bajo la suela de mis zapatos. Me metí las manos en los bolsillos. No había nada, salvo casi todas las monedas de veinticinco centavos que me habían dado en la cafetería. Cerré mi puño alrededor del tubo de papel. Un puñetazo de diez dólares, menos lo que me había gastado en el teléfono.

Seguí caminando y me detuve a tres metros de la línea de la pelea. Los tipos que conocía estaban a la izquierda. El genio silencioso estaba en el extremo y el perro alfa estaba en la segunda posición. Ambos tenían la nariz como una berenjena podrida. Ambos tenían los dos ojos morados. Ambos tenían costras de sangre en los labios. Ninguno daba muy buena impresión en cuanto a equilibrio o concentración. A la derecha del perro alfa había un tipo un poco más bajo que los demás, y a su lado había uno grande con un chaleco de motociclista.

Miré al perro alfa y dije:

—¿Este es tu plan?

No respondió.

—¿Cuatro? ¿Nada más? —insistí.

No respondió.

—Me dijeron que había decenas de McKinney —dije.

No hubo respuesta.

—Pero supongo que la logística y la comunicación son complicadas. Por lo que optaste por una tropa más ligera, rápidamente reunida y rápidamente desplegada. Lo que en realidad es de lo más actual. Deberías ir al Pentágono y asistir a algunos seminarios. Te sentirías muy a gusto con su manera de pensar.

El segundo empezando por la derecha estaba borracho. Tenía activado una especie de zumbido grave. Le salía por los poros. Prácticamente lo podía oler. Cerveza para desayunar. Tal vez seguida de alguna otra cosa. Una dieta, a juzgar por su aspecto, que parecía seguir desde hacía por lo menos una década. Así que su reacción sería lenta, y luego actuaría de forma desordenada e imprecisa. No era un problema. El del chaleco de motociclista sufría alguna clase de dolor de espalda. Abajo, en la base de la columna. Lo sabía porque estaba de pie con la pelvis hacia delante, para reducir la presión en la zona. Una hernia o una distensión muscular. Había cientos de causas posibles. Era un hombre de campo. Podría haber sido levantando un fardo o se podría haber caído de un caballo. Tampoco era una gran amenaza. Se derrotaría a sí mismo. Un movimiento entusiasta y se empezaría a desgarrar por dentro.

Se iría renqueando como un lisiado. Momento en el cual su amigo borracho estaría ya en el suelo. Y los otros dos, los que ya conocía y los que me conocían, no estaban en buena forma. El perro alfa estaba un poco a mi izquierda, y yo peleo con la diestra. Prácticamente se estaba ofreciendo voluntario.

En conjunto, una situación favorable.

—Es una lástima que alguno de vosotros no sea más grande —dije—. O dos, o tres. O todos, de hecho.

No hubo respuesta.

—Pero está bien, un plan es un plan —continué—. ¿Tardó mucho en funcionar?

No hubo respuesta.

—¿Sabes lo que decíamos de los planes en West Point? —dije.

—¿Qué?

—Que todo el mundo tiene un plan hasta que le dan un puñetazo en la boca.

No hubo respuesta. No hubo ningún movimiento. Solté el rollo de monedas que tenía agarrado. Saqué las manos de los bolsillos. Dije:

—El problema de las tropas ligeras es que si las cosas se empiezan a poner feas, se ponen muy feas muy rápido. Mira lo que pasó en Somalia. Así que deberías considerar muy bien la opción que estás eligiendo. Estás en una encrucijada. Tienes que decidir qué camino tomar. Podríais poneros a ello, los cuatro, ahora. Pero vuestra siguiente parada sería el hospital. Os lo prometo. Os lo garantizo. Vais a recibir los golpes más duros que hayáis recibido jamás. Hablo de huesos rotos. No puedo prometer daño cerebral. Parece que en eso se me han adelantado.

No hubo respuesta.

—O podríais intentar una retirada táctica y tomaros vuestro tiempo para reunir a la gran tropa. Podríais volver en un par de días. Decenas de vosotros. Podríais venir con el rifle vizcachero de su bisabuelo. Podríais empezar a tomar analgésicos antes de volver.

No hubo respuesta. O por lo menos no verbal. Pero la postura de los hombros se les hundió un poco y empezaron a arrastrar los pies.

—Buena decisión —dije—. La fuerza abrumadora siempre funciona mejor. Deberíais pasar por el Pentágono, en serio. Podríais explicarles vuestros razonamientos. Os escucharían. Están escuchando a todo el mundo menos a nosotros.

El perro alfa dijo:

—Volveremos.

—Aquí estaré —respondí—. Cuando estéis preparados.

Se fueron, intentando que pareciera algo casual, intentando mantener la dignidad. Se subieron a sus furgonetas y montaron un gran espectáculo con el ruido de los motores e hicieron rechinar los neumáticos mientras daban una vuelta de ciento ochenta grados. Se alejaron por el bosque en dirección oeste, hacia Memphis, hacia el resto del mundo. Me quedé mirando cómo se iban, y después caminé de vuelta al Departamento del Sheriff.

Deveraux había presenciado la escena desde la ventana de la habitación oscura que hacía esquina. Como si fuera una película muda. Sin diálogos. Dijo:

—Has conseguido que se vayan. Te has disculpado. No me lo puedo creer.

—No fue exactamente así —le dije—. Lo pospuse. Van a volver, decenas de ellos.

—¿Por qué has hecho eso?

—Más arrestos para ti. Te beneficiarán en tu campaña de reelección.

—Estás loco.

—¿Ahora quieres ir a comer?

—Ya he quedado para comer —dijo ella.

—¿Cuándo?

—Hace cinco minutos. Me ha llamado el comandante Duncan y me ha invitado a comer con él en el club de oficiales de Kelham.

TREINTA

Deveraux salió hacia Kelham en su coche y yo me quedé solo en la acera. Pasé por el terreno vacío de camino a la cafetería. Comida para uno. Volví a pedir la hamburguesa con queso, y después fui al teléfono público y llamé al Pentágono. Coronel John James Frazer. Oficina de Intermediación con el Senado. Contestó al primer tono. Le pregunté:

—¿Quién fue el genio que ha decidido que el número de la matrícula fuera información clasificada?

—No se lo puedo decir —respondió.

—Fuera quien fuese, es un gran error. Solo sirvió para confirmar que el coche es de alguien de Kelham. Fue prácticamente un anuncio público.

—No tuvimos alternativa. No podíamos dejar que fuera de dominio público. Los periodistas se habrían enterado cinco minutos después de las fuerzas de seguridad locales. No podíamos permitir que eso sucediera.

—Ahora parece que me está diciendo que era de alguien de la Compañía Bravo.

—No le estoy diciendo nada. Pero créame, no tuvimos alternativa. Las consecuencias habrían sido catastróficas.

Noté algo raro en su voz.

—Por favor dígame que es una broma —dije—. Porque ahora parece que era el vehículo personal de Reed Riley.

No hubo respuesta.

—¿Era su coche? —pregunté.

No hubo respuesta.

—¿Era su coche?

—No puedo confirmar ni desmentir nada —dijo Frazer—. Y no me pregunte de nuevo. Y tampoco diga de nuevo ese nombre. No en una línea que no esté asegurada.

—¿El oficial en cuestión tiene algún tipo de explicación?

—No puedo hacer ningún comentario.

—Esto está fuera de control, Frazer —dije—. Tiene que pensarlo otra vez. El encubrimiento siempre es peor que el crimen. Tiene que parar esto ahora.

—Negativo, Reacher. Hay un plan en marcha y seguirá en marcha.

—¿El plan incluye una zona de exclusión alrededor de Kelham? ¿Quizás especialmente para periodistas?

—¿De qué demonios está hablando?

—Tengo pruebas circunstanciales de la presencia de militares por fuera de la cerca de Kelham. Esas pruebas incluyen un muerto. Se lo digo: esto está fuera de control.

—¿Quién es el muerto?

—Un hombre desconocido de mediana edad.

—¿Periodista?

—No tengo la habilidad de reconocer a un periodista nada más verlo. Quizás eso sea algo que se enseña en infantería, pero a los policías militares no nos lo enseñan.

—¿No llevaba documentación?

—Todavía no lo hemos revisado. El médico no ha terminado de examinarlo.

—No hay ninguna zona de exclusión alrededor de Fort Kelham —dijo Frazer—. Ese sería un cambio de política serio.

—E ilegal.

—Estoy de acuerdo. Y estúpido. Y contraproducente. No está pasando. Nunca ha pasado.

—Creo que el Cuerpo de Marines lo hizo una vez.

—¿Cuándo?

—En los últimos veinte años.

—Bueno, los marines. Hacen todo tipo de cosas.

—Debería corroborarlo.

—¿Cómo? ¿Cree que lo ponen en su historia oficial?

—Hágalo de manera oblicua. Busque un oficial al que hayan echado de la noche a la mañana sin ningún tipo de explicación. Quizás un coronel.

Colgué con Frazer, me comí la hamburguesa, tomé el café y después fui a hacer lo que Garber me había ordenado a media mañana: regresar al lugar del accidente y destruir la matrícula delictiva. Giré hacia el este en la carretera de Kelham y después hacia el norte en los durmientes de las vías. Pasé la torre de agua. La trompa de elefante era de alguna clase de tela negra plastificada, descolorida y deteriorada por el paso del tiempo. Una suave brisa del sur hacía que se bamboleara un poco. Caminé cincuenta metros más y luego me bajé de las vías y me dirigí hacia donde había visto el parachoques enterrado.

El parachoques no estaba.

No aparecía por ninguna parte. Lo habían desenterrado y se lo habían llevado. Habían rellenado con tierra el agujero que había hecho su punta con forma de lanza, lo habían aplastado con unas botas y lo habían aplanado con palas.

Las huellas de las botas no se parecían a ninguna que yo hubiera visto en el ejército. Pero las marcas de las palas sí podrían ser de herramientas militares. Era difícil saberlo con certeza. No se podía descartar, pero tampoco asegurar.

Seguí caminando, adentrándome en el área del accidente. Todo estaba cambiado. Lo habían clasificado y examinado, le habían dado la vuelta, revisado y evaluado. Casi doscientos metros. Habían movido uno a uno alrededor de mil fragmentos. Sin duda, los elementos más pequeños habían sido examinados alrededor de diez veces más. Era una zona grande. Una tarea difícil. Mucho trabajo. Lento y minucioso. Seis hombres, calculé. Quizás ocho. Me los imaginé avanzando en fila, obedeciendo órdenes, trabajando con mucha precisión.

Con precisión militar.

Me fui por donde había venido. Llegué a la mitad del cruce y vi un coche por el este, que venía desde donde estaba Kelham. Aún estaba lejos, en la carretera recta. En la distancia parecía pequeño, pero no lo era. Al principio pensé que podía ser Deveraux volviendo de su comida, pero tampoco lo era. Era un coche negro, grande, rápido y suave. Una limusina. Se acercaba por la parte elevada de la carretera, sobre la línea central, bien alejado de las cunetas. Se bamboleaba, oscilaba y planeaba.

Me bajé de la vía por el lado de Kelham y me detuve en el medio de la carretera con los pies separados y los brazos extendidos, grandes y evidentes. Dejé que el coche se acercara y cuando estaba a unos cien metros de mí crucé los brazos por encima de la cabeza y los moví en señal de auxilio. Sabía que el conductor se detendría. Recordad que estábamos en 1997. Cuatro años y medio antes de las nuevas reglas. Hace mucho tiempo. En un mundo mucho menos desconfiado.

El coche redujo la velocidad y frenó delante de mí. Me moví hacia la derecha, rodeando el capot hacia un lateral, en dirección a la ventanilla del conductor pero manteniéndome a cierta distancia, intentando perfeccionar el ángulo. Quería ver al pasajero. Supuse que estaría en la parte de atrás, del otro lado, con el asiento delantero del acompañante movido hacia delante para dejarle más espacio a las piernas. Sabía cómo funcionaban estas cosas. Había viajado en limusinas. Una o dos veces.

El conductor bajó la ventanilla. Me asomé de cintura para arriba. Miré. Era un tío grande y gordo con una barriga que le obligaba a separar las piernas. Llevaba una gorra de chofer negra, una chaqueta negra y una corbata negra. Tenía los ojos vidriosos. Dijo:

—¿Podemos ayudarle en algo?

—Lo siento —respondí—. Me he equivocado. Pensaba que era otra persona. Pero gracias de todos modos por detenerse.

—Por supuesto —dijo él—. No hay problema.

Subió la ventanilla, me aparté y el coche siguió su camino.

El pasajero era un varón, mayor que yo, con el pelo canoso, próspero, con un elegante traje de lana. En el asiento de al lado tenía un maletín.

Un abogado, pensé.

TREINTA Y UNO

Me quedé mirando al este, a la parte negra del pueblo, había cosas que quería volver a ver, así que empecé a caminar en esa dirección. Me gustaba sentir la carretera bajo mis pies. Supuse que en los días de gloria del ferrocarril había sido un simple camino de tierra, pero que la habían renovado, seguramente en la década de los cincuenta, seguramente a expensas del Departamento de Defensa. Habían hundido los cimientos para poder transportar vehículos blindados en camiones de plataforma plana, y habían enderezado la línea, porque si un ingeniero del ejército ve una línea trazada en un mapa, en el terreno debe aparecer una carretera recta. Yo había recorrido muchas carreteras del Departamento de Defensa. Hay montones, por todo el mundo, todas ellas construidas hace muchísimo tiempo, durante el espectacular y prolongado esplendor de la autoconfianza y el poderío militar americano, cuando no había nada que no pudiéramos o que no quisiéramos hacer. Yo fui un producto de esa época, pero no formé parte de ella. Sentía nostalgia por algo que nunca había vivido.

Luego pensé en mi viejo colega Stan Lowrey hablando de ofertas de empleo en la hamburguesería que había cerca de donde estábamos destinados. Venían cambios, sin duda, pero yo estaba satisfecho. La carretera recta entre el bosque bajo de Mississippi me ayudaba. Hacía sol, el clima era caluroso. Había dejado muchos kilómetros a mis espaldas, tenía muchos por delante, y me sobraba tiempo. No tenía nada de ambición y muy pocas necesidades. Viniese lo que viniese iba a estar bien. No había alternativa. Iba a tener que estarlo.

* * *

Giré en el mismo sitio en el que Deveraux había girado con el coche, dirección sur por el camino de tierra entre las estrechas cunetas y las cabañas de esclavos. Hacia la casa de Emmeline McClatchy. A pie pude ver cosas diferentes a las que había visto en coche. Pobreza, sobre todo, y muy de cerca. Había ropa remendada colgada de cuerdas, tan desgastada por los lavados que era casi transparente. No había coches nuevos. En algunos de los patios había gallinas, cabras y ocasionalmente algún cerdo. Había perros sarnosos encadenados. Había apaños de cinta aislante o de alambre por todas partes, en el tendido eléctrico, en los canalones para la lluvia, en las cañerías. Y también había desconfianza. Había niños descalzos casi invisibles que me miraban con los dedos en la boca hasta que sus ansiosas madres, que evitaban mirarme, se los llevaban.

Seguí avanzando y pasé por la casa de Emmeline McClatchy. No la vi. No vi a nadie en ese tramo de la calle. Ningún niño, ningún adulto. Nadie. Pasé por la casa que tenía los carteles de cerveza en la ventana. Hice el mismo recorrido que había hecho antes con Deveraux, primero a la izquierda y luego a la derecha y luego a la izquierda, hasta que encontré la obra abandonada y el motón de grava.

La casa prevista para el solar era pequeña, y los cimientos estaban dispuestos en diagonal, obedeciendo una práctica y una sabiduría ancestrales, para aprovechar la brisa y evitar el impacto directo del sol del suroeste en el verano. Estaban construidos con bloques reciclados y cemento muy arenoso. Habían instalado una tubería de alcantarillado y otra para el suministro de agua. Los postes de las esquinas ya se estaban desgastando. No habían hecho nada más. Se habían quedado sin dinero, supuse.

Supuse que la grava del montón estaba esperando que la convirtieran en hormigón. Quizás el suelo de la casa iba a ser de losa maciza y no de tablas de madera. Tal vez hacerlo así tenía ciertas ventajas, tal vez relacionadas con las termitas. No tenía ni idea. Nunca había construido una casa. Nunca había tenido que ocuparme de asuntos relacionados con casas.

El montón de grava se había extendido y asentado durante aquellos meses improductivos. A través de los bordes, donde la capa era más fina, crecían los hierbajos. Llegaba a las rodillas casi por todas partes, y vista de cerca tenía el tamaño de una cama de matrimonio. Las marcas y agujeros en la parte superior parecían un test de Rorschach. Era perfectamente posible ver en ellos el resultado de niños inocentes corriendo, saltando y pisoteando. También era posible ver a una mujer adulta que hubiesen tirado y violado allí, en una violenta ráfaga de rodillas, codos y espaldas.

Me agaché y pasé un dedo por encima de la grava. Era muy difícil de mover. Las piedrecitas estaban muy apretadas y cubiertas de una especie de residuo polvoriento que se había mezclado con la lluvia o el rocío para conformar un débil adhesivo. Hice un agujero de unos tres centímetros de ancho y otros tres de profundidad, y después giré la mano.

Presioné el dorso de mi mano contra el montón y la mantuve ahí un minuto. Observé el resultado. Unas pequeñas marcas blancas, sin hendiduras, porque en el dorso de la mano no había mucha carne. Así que me remangué y presioné la parte interior de mi antebrazo contra la grava. Presioné con fuerza con la otra mano. Lo subí y lo bajé un par de veces y lo restregué un poco. Observé.

Por resultado obtuve unas pequeñas marcas rojas, unas pequeñas marcas blancas y mucha tierra, suciedad y barro. Me escupí en el brazo y lo froté contra mi pantalón, y la franja limpia que salió de aquello se parecía mucho y al mismo tiempo no se parecía en nada a la parte baja de la espalda de Janice May Chapman. Otro test de Rorschach. No era concluyente.

Pero sí llegué a una conclusión menor. Me limpié el brazo lo mejor que pude, que no fue del todo, y decidí que, independientemente del lugar con suelo de grava en el que hubiesen violado a Chapman, ella no solo se había vestido después, sino que además se había duchado.

Seguí caminando y llegué a la calle ancha en la que había vivido Shawna Lindsay. La segunda víctima. Comparativamente, la chica de clase media. Su hermano pequeño seguía en el jardín. El chico feo de dieciséis años. Estaba allí de pie. Sin hacer nada. Mirando a la calle. Mirando cómo me acercaba. Sus ojos me siguieron durante todo el recorrido. Avancé el último tramo por el arcén y me detuve para quedar cara a cara frente a él, solo con la cerca baja de madera entre nosotros.

—¿Cómo te va la vida? —le pregunté.

—Mi madre no está —respondió él.

—Es bueno saberlo —dije—. Pero no te he preguntado eso.

—La vida es una mierda —soltó.

—Y además te mueres —dije yo. Y me arrepentí inmediatamente. Poco cuidadoso, teniendo en cuenta su historia familiar reciente. Pero no le prestó atención. Eso me alegró—. Necesito hablar contigo —dije.

—¿Por qué? ¿Para ganarte una medalla al mérito para blanquitos? ¿Necesitas encontrar una persona negra con la que hablar hoy?

—Soy del ejército —dije—. Lo que significa que la mitad de mis amigos son negros y, más importante aún, que la mitad de mis jefes son negros. Hablo con gente negra todo el tiempo, y ellos hablan conmigo. Así que no me vengas con esa mierda de gueto.

El chico se quedó callado un segundo. Después preguntó:

—¿En qué parte del ejército estás?

—Soy Policía Militar.

—¿Es un trabajo duro?

—Peor que duro —dije—. Piénsalo con lógica. Cualquier militar te podría patear el culo, y yo podría patearle el culo a cualquier militar.

—¿Eso es cierto?

—Es mucho más que real —dije—. Lo real es para otra gente. No para nosotros.

—¿De qué quieres hablar? —preguntó.

—De una intuición.

—¿De qué tipo?

—Intuyo que nadie ha hablado nunca contigo acerca de la muerte de tu hermana —dije.

Él bajó la cabeza.

—Ante una víctima de homicidio, normalmente los investigadores hablan con todas las personas que la conocieron —continué—. Le piden impresiones y opiniones. Quieren saber qué tipo de cosas hacía, adónde iba, con quién andaba. ¿Alguna vez han hablado contigo de esas cosas?

—No —dijo—. Nadie ha hablado conmigo nunca.

—Deberían haberlo hecho —dije—. Yo habría hablado contigo. Porque los hermanos saben cosas de sus hermanas. Especialmente a vuestra edad. Apuesto a que tú sabías cosas de Shawna que no sabía nadie más. Apuesto a que a ti te contaba cosas que no le podía contar a tu madre. Y apuesto a que descubriste algunas cosas por tu cuenta.

El chico se agitó un poco en el sitio. Tímido y un poco orgulloso. Como diciendo: *Sí, puede que haya descubierto algunas cosas.* Pero dijo:

—Nadie habla conmigo de nada.

—¿Por qué no?

—Porque soy deforme. Además, creen que soy medio retrasado.

—¿Quién dice que eres deforme?

—Todo el mundo.

—¿Tu madre también?

—No lo dice, pero lo piensa.

—¿Tus amigos también?

—No tengo amigos. ¿Quién querría ser mi amigo?

—Están equivocados —dije—. No eres deforme. Eres feo, pero no deforme. Son cosas distintas.

Sonrió:

—Eso era lo que me decía Shawna.

Me los imaginé juntos. La bella y la bestia. Una vida dura para los dos. Dura para él, por las interminables comparaciones implícitas. Dura para ella, con la interminable necesidad de tener tacto y paciencia. Le dije:

—Deberías alistarte en el Ejército. Pareces una estrella de cine comparado con la mitad de la gente que conozco. Deberías ver al tío que me mandó venir aquí.

—Voy a alistarme en el Ejército —dijo—. He hablado de eso con una persona.
—¿Con quién has hablado?
—Con el último novio de Shawna —dijo—. Era militar.

TREINTA Y DOS

El chico me invitó a pasar. Su madre no estaba, y había una jarra de té frío en la nevera. La casa estaba cerrada y a oscuras. Olía a rancio. Por dentro era fea y estrecha, pero tenía muchas habitaciones. Una cocina con comedor, una sala de estar y al fondo lo que supuse que serían tres habitaciones. Un espacio pensado para un padre, una madre y dos hijos, aunque yo no vi ni rastro del padre y Shawna nunca iba a volver.

Me dijo que se llamaba Bruce. Nos servimos té y nos sentamos en la mesa de la cocina. Al lado de la nevera había un viejo teléfono de pared. Era de plástico y de color amarillo pálido. El cable estaba totalmente estirado y debía alcanzar los cuatro metros de largo. Sobre la encimera había una televisión vieja. Pequeña pero a color, con detalles cromados. Prácticamente una antigüedad, probablemente rescatada de cualquier montón de basura y abrillantada como si fuese un viejo Cadillac.

Mirado de cerca el chico no era más atractivo de lo que me había parecido fuera. Pero si ignorabas la cabeza, el resto estaba en bastante buena forma. Era todo hueso y músculo, ancho de pecho y de hombros, con los brazos fuertes. En el fondo parecía paciente y alegre. En general me cayó bien.

—¿De verdad dejarían que me alistara en el Ejército? —me preguntó.

—Ellos, los que deberían dejarte, ¿quiénes serían?

—El Ejército, quiero decir. El Ejército en sí. ¿Me dejarían entrar?

—¿Tienes alguna condena por delito grave?

—No, señor.

—¿Alguna otra clase de antecedentes?

—No, señor.

—Entonces por supuesto que te dejarían entrar. Te aceptarían hoy mismo si tuvieras la edad suficiente.

—Los demás se reirán de mí.

—Probablemente —dije—. Pero no por lo que tú crees. Los militares no son así. Encontrarían alguna otra cosa. Algo en lo que ni siquiera has pensado todavía.

—Podría llevar puesto el casco todo el tiempo.

—Solo si encuentran uno lo suficientemente grande.

—Y gafas de visión nocturna.

—Quizás la capucha de un uniforme de desactivar bombas —dije.

Pensé que desactivar bombas era lo que nos iba a tocar. Pequeñas guerras y trampas explosivas. Pero no lo dije. No era el tipo de mensaje que quiere escuchar un recluta en potencia.

Bebí un poco de té.

—¿Sueles ver la televisión? —me preguntó.

—No mucho —dije—. ¿Por qué?

—En la televisión ponen anuncios —dijo—. Por lo que tienen que encajar historias de una hora en cuarenta y pocos minutos. Así que van directo al grano.

—¿Crees que es lo que debería hacer yo?

—Eso es.

—Entonces, ¿quién crees que ha matado a tu hermana?

Bruce tomó un sorbo de té, respiró muy hondo y empezó a decir todo lo que había estado pensando y lo que nunca le habían preguntado. Le salió de manera atropellada, rápida, coherente, perceptiva y atenta. Dijo:

—Bueno, la degollaron, por lo que hay que preguntarse quién está capacitado para hacer ese tipo de cosas, o quién tiene experiencia en hacerlas, o ambas.

Ese tipo de cosas. La garganta de su hermana.

—Entonces, ¿quién cumple con los requisitos?

—Los militares —respondió—. Especialmente aquí. Y los exmilitares, especialmente aquí. Fort Kelham es una base de entrenamiento para tipos de operaciones especiales. Ellos saben hacer esas cosas. Y también los cazadores. Y la mayoría de la gente del pueblo, para ser honesto. Yo incluido.

—¿Tú? ¿Eres cazador?

—No, pero tengo que comer. Hay personas que crían cerdos.

—¿Y?

—¿Crees que los cerdos se suicidan? Los degollamos.

—¿Tú lo has hecho?

—Decenas de veces. A veces me pagan un dólar.

—¿Cuándo y dónde viste a Shawna con vida por última vez? —pregunté.

—El día que la mataron. Era un viernes de noviembre. Se fue de aquí sobre las siete. O por lo menos ya había anochecido. Iba muy arreglada.

—¿Adónde iba?

—Al otro lado de las vías. Probablemente al Brannan's. En general iba ahí.

—¿Brannan's es el bar al que va más gente?

—A todos va mucha gente. Pero Brannan's es donde empieza y termina la mayoría.

—¿Con quién fue Shawna esa noche?

—Fue sola. Probablemente había quedado con su novio en el bar.

—¿Y llegó al bar?

—No. La encontraron a dos calles de aquí. En el sitio donde alguien estaba construyendo una casa.

—¿El sitio donde hay un montón de grava?

El chico asintió:

—La tiraron ahí encima. Como los sacrificios humanos de los libros de historia.

Nos levantamos y dimos unas vueltas por la cocina. Después nos servimos más té y nos volvimos a sentar. Dije:

—Háblame del último novio de Shawna.

—Fue el primer novio blanco que tuvo en su vida.

—¿Le gustaba?

—Bastante.

—¿Se llevaban bien?

—Bastante bien.

—¿Ningún problema?

—Yo no vi ninguno.

—¿La mató él?

—Pudo haber sido él.

—¿Por qué lo dices?

—No lo podemos descartar.

—¿Cuál es tu impresión?

—Quiero decir que no, pero alguien la mató. Podría haber sido él.

—¿Cómo se llamaba?

—Reed. Así le llamaba siempre Shawna. Reed esto, Reed aquello. Reed, Reed, Reed.

—¿Apellido?

—No sé.

—Llevamos identificadores con nuestro nombre —dije—. En el uniforme, sobre el bolsillo derecho del pecho.

—Nunca lo vi de uniforme. Cuando vienen al pueblo siempre llevan camiseta y vaqueros. A veces chaquetas.

—¿Oficial o soldado?

—No lo sé.

—Has hablado con él. ¿No te lo dijo?

El chico negó con la cabeza:

—Dijo que se llamaba Reed. Eso es todo.

—¿Era un imbécil?

—Un poco.

—¿Daba la impresión de trabajar duro?

—La verdad es que no. No se tomaba las cosas muy en serio.

—Probablemente un oficial, entonces —dije—. ¿Qué te dijo sobre lo de alistarte en el Ejército?

—Dijo que servir a tu país era algo noble.

—Definitivamente un oficial.

—Dijo que podía aprender un oficio. Dijo que podría llegar a especialista.

—Podrías llegar a más que eso.

—Dijo que en la oficina de reclutamiento me explicarían todo. Dijo que en Memphis había una bastante buena.

—No vayas a esa —dije—. Es demasiado peligroso. Las oficinas de enrolamiento las comparten las cuatro ramas del servicio militar. Podrían cogerte los Marines. Un destino peor que la muerte.

—¿Y adónde debería ir?

—Vete directamente a Kelham. Hay personal de reclutamiento en todas las bases.

—¿Funcionará?

—Claro que sí. En cuanto tengas en la mano un papel que demuestre que eres mayor de edad, te dejarán entrar y no te volverán a dejar salir.

—Pero dicen que el Ejército es cada vez más pequeño.

—Gracias por recordármelo.

—¿Y entonces para qué me podrían querer?

—Va a seguir contando con cientos de miles de personas. Seguirán marchándose decenas de miles todos los años. Siempre van a necesitar reemplazos.

—¿Qué tienen de malo los Marines?

—En realidad nada. Es una rivalidad tradicional. Ellos maldicen, nosotros maldecimos.

—Hacen desembarcos anfibios.

—La historia demuestra que el Ejército ha hecho muchos más.

—La sheriff Deveraux fue marine.

—Es marine —dije—. Uno nunca deja de ser marine, ni siquiera después de irse. Es así.

—Te gusta —dijo él—. Lo he notado. Te he visto con ella en el coche.

—Es atractiva —respondí—. ¿Reed tenía coche? ¿El novio de Shawna?

El chico asintió:

—Todos tienen coches. Yo también voy a tener un coche, después de alistarme.

—¿Qué coche tenía Reed?

—Un Chevy Bel-Air 1957 cupé con techo rígido. No era un clásico. Estaba bastante destrozado.

—¿De qué color era?

—Azul —dijo.

TREINTA Y TRES

Bruce me enseñó la habitación de su hermana. Estaba limpia y ordenada. No la habían conservado como si fuera un santuario, pero tampoco la habían vaciado. Hablaba de pérdida, desconcierto y falta de energía. La cama estaba hecha y había montones de ropa cuidadosamente doblada. No habían tomado ninguna decisión sobre su futuro.

Nada reflejaba a primera vista la personalidad de Shawna Lindsay. Ya era una mujer, y no una adolescente. No había posters en las paredes, ni suvenires, ni un diario apasionado. Ningún recuerdo. Sus pertenencias se limitaban a algo de ropa, zapatos y dos libros. Nada más. Uno de los libros era muy fino y explicaba los pasos a seguir para hacerse notario. El otro era una anticuada guía turística de Los Ángeles.

—¿Quería trabajar en la industria del cine? —pregunté.

—No —respondió Bruce—. Solo quería viajar.

—¿A Los Ángeles en particular?

—A cualquier parte.

—¿Tenía trabajo?

—Trabajaba a tiempo parcial en la oficina de préstamo. Al lado del Brannan's. Era bastante buena con los números.

—¿Qué te contó a ti que no le podía contar a tu madre?

—Que odiaba el pueblo. Que se quería ir.

—¿Tu madre no quería oír ese tipo de cosas?

—Quería mantener a Shawna a salvo. Mi madre le tiene miedo al mundo.

—¿Dónde trabaja?

—Se encarga de la limpieza en los bares del pueblo. Los deja preparados para la happy hour.

—¿Qué más sabes de Shawna?

El chico empezó a decir algo y después se calló. Al final solo se encogió de hombros, sin decir nada. Fue hasta el centro de aquel sencillo espacio cuadrado y se quedó allí, como si estuviese absorbiendo algo. Algo suspendido en el aire. Sentí que no había estado muchas veces en aquel cuarto. Pocas veces antes de la muerte de Shawna, y pocas veces después.

—Sé que la echo mucho de menos —dijo.

Volvimos a la cocina y le pregunté:

—Si dejo dinero, ¿crees que a tu madre le molestaría que usara el teléfono?

—¿Tienes que hacer una llamada? —preguntó él, como si fuera algo extraordinario.

—Dos —respondí—. Una tengo que hacerla, y otra la quiero hacer.

—No sé cuánto cuesta.

—En los teléfonos públicos cuesta veinticinco centavos —dije—. ¿Qué te parece si dejo un dólar por llamada?

—Eso es demasiado.

—Son de larga distancia —dije.

—Lo que creas que esté bien. Yo vuelvo fuera.

Esperé hasta que lo vi aparecer en el jardín delantero. Se puso cerca de la valla y se quedó allí, simplemente, mirando la calle con una paciencia infinita. Una especie de vigilancia perpetua. Puse un billete de un dólar entre la carcasa de plástico del teléfono y la pared y descolgué el auricular. Marqué el número de la llamada que tenía que hacer. A Stan Lowrey, en la base que compartíamos. Hablé con su sargento y un minuto después apareció él en la línea.

—Qué sorpresa —dije—. Todavía estás ahí. Todavía tienes trabajo.

—Ahora mismo creo que mi puesto corre menos peligro que el tuyo —respondió—. Frances Neagley nos acaba de informar.

—Se preocupa demasiado.

—Tú no te preocupas lo suficiente.

—¿Karla Dixon sigue trabajando en cuestiones económicas?

—Puedo averiguarlo.

—Hazle una pregunta de mi parte. Quiero saber si debería prestarle atención a cierto dinero que podría estar entrando en el país desde Kosovo. Si puede haber gánsteres blanqueando mucho efectivo. Ese tipo de cosas.

—No parece muy probable. Eso es en los Balcanes, ¿no? Ahí el que tiene una cabra es de clase media. Y es rico el que tiene dos. No es como en Estados Unidos.

Miré por la ventana y dije:

—Se parece bastante a algunas partes del país.

—Ojalá yo trabajara en asuntos económicos. Podría haber aprendido algunas cosas necesarias. Cómo ahorrar, por ejemplo.

—No te preocupes —le dije—. Recibirás el subsidio de desempleo. Al menos durante un tiempo.

—Te escucho de buen humor.

—Tengo motivos para estar de buen humor.

—¿Por qué? ¿Qué está pasando?

—Toda clase de cosas maravillosas —respondí, y colgué.

Después metí un segundo billete de un dólar entre el teléfono y la pared y marqué el número de la llamada que quería hacer. Llamé al conmutador principal del Departamento del Tesoro y me atendió una mujer que parecía elegante y de mediana edad. Preguntó:

—¿En qué puedo ayudarle?

—Páseme con Joe Reacher, por favor —le dije.

Primero escuché unos ruidos y después un minuto de aire hueco. Tampoco había música de espera en el Departamento del Tesoro, en 1997. Después una mujer atendió la llamada y dijo: “Despacho del señor Reacher”. Su voz era brillante y joven. Probablemente una doctora *cum laude* de alguna universidad prestigiosa, toda ella ojos resplandecientes e idealismo. Probablemente atractiva. Probablemente vestida con una falda escocesa corta y un jersey de cuello alto blanco. Mi hermano sabía elegirlas.

—¿Está el señor Reacher? —pregunté.

—Me temo que el señor Reacher no vendrá al despacho durante algunos días. Ha tenido que ir a Georgia. —Dijo

Georgia como si hubiese dicho *Saturno* o *Neptuno*. Una distancia incomprensible y un lugar estéril. Preguntó—: ¿Quiere dejarle algún mensaje?

—Dígale que lo ha llamado su hermano.

—Qué bien. Nunca ha dicho que tuviera un hermano. Pero de hecho su voz es exactamente igual que la suya, ¿lo sabía?

—Eso dicen. No tengo ningún mensaje más. Dígale que quería saludarlo. Para estar en contacto. Para saber cómo está.

—¿Sabrá qué hermano lo llamó?

—Eso espero —dije—. Solo tiene uno.

Inmediatamente después me fui. El hermano de Shawna no interrumpió su vigilancia solitaria. Lo saludé y me devolvió el saludo, pero no se movió. Siguió mirando el horizonte. Caminé hasta la carretera de Kelham y giré a la izquierda, hacia la ciudad. Me acerqué un poco a las vías y escuché un coche a mis espaldas y el sonido de una sirena, como de cortesía. Me di la vuelta y Deveraux se detuvo a mi lado, limpia y suavemente. Poco después estaba sentado en el asiento del copiloto, y lo único que nos separaba era la escopeta dentro de su funda.

TREINTA Y CUATRO

Lo primero que dije fue: "Una comida larga". Era un comentario descriptivo, pero ella lo interpretó como algo más. Dijo:

—¿Celoso?

—Depende de lo que hayas comido. Yo comí una hamburguesa con queso.

—Nosotros una carne asada muy jugosa con salsa de rábano picante. Y patatas al horno de acompañamiento. Estaba muy buena. Pero ya debes saberlo. Seguro que comes en el club de oficiales todo el tiempo.

—¿Qué tal la conversación?

—Desafiante.

—¿En qué sentido?

—Primero cuéntame lo que has hecho.

—¿Yo? Estuve tragándome el orgullo. Por lo menos metafóricamente.

—¿Y eso?

—Volví a la zona del accidente. Tenía órdenes de destruir la matrícula. Pero ya no estaba. Habían limpiado el área metódicamente. Esta mañana, en algún momento, una dotación de gran tamaño estuvo trabajando allí. Así que creo que tienes razón. Hay soldados en el terreno fuera de las fronteras de Kelham. Están operando una zona de exclusión. Les enviaron a limpiar porque alguien en el Pentágono no confiaba en mí para hacerlo.

Deveraux no contestó.

—Después caminé un buen rato —continué.

Deveraux preguntó:

—¿Viste el montón de grava?

—Lo vi esta mañana —respondí—. Volví para verlo mejor.

—¿Piensas en Janice May Chapman?

—Obviamente.

—Es una coincidencia —dijo ella—. Los casos de hombres negros que violan a mujeres blancas son increíblemente infrecuentes en Mississippi. A pesar de lo que piense la gente.

—Podría haberla llevado allí un blanco.

—Es poco probable. Habría llamado demasiado la atención. Se habría arriesgado a tener cien testigos.

—El cadáver de Shawna Lindsay también lo encontraron ahí. He hablado con su hermano pequeño.

—¿Dónde lo iban a encontrar si no? Es un terreno desocupado. El típico lugar para deshacerse de un cadáver.

—¿La han matado allí?

—No creo. No había sangre.

—¿En ese sitio o en su cuerpo?

—En ninguno de los dos.

—¿Qué piensas de eso?

—Que fue la misma persona.

—¿Y?

—Adicción al riesgo —dijo—. Junio, noviembre, marzo, lo más bajo de la escala socioeconómica, después el punto medio, después por arriba. Siempre para los estándares del condado de Carter. Empezó con algo seguro y se fue arriesgando cada vez más. A nadie le importan las chicas negras pobres. Chapman fue la primera víctima realmente visible.

—A ti te importan las chicas negras pobres.

—Ya sabes cómo funciona esto. Una investigación no se sostiene sola. Necesita una fuente de energía externa. Necesita indignación.

—¿Y no la hubo?

—Hubo dolor, obviamente. Y tristeza, y sufrimiento. Pero sobre todo resignación. Gente acostumbrada. Lo de siempre. Si todas las mujeres asesinadas de Mississippi se levantaran hoy de la tumba y se pusieran a marchar por el pueblo, te darías cuenta de dos cosas: que sería un desfile muy largo y que la mayoría serían negras. Aquí llevan asesinando a chicas negras pobres toda la vida. No tanto a mujeres blancas con dinero.

—¿Cómo se llamaba la chica McClatchy?

—Rosemary.

—¿Dónde la encontraron?

—En una cuneta cerca del cruce. Al otro lado de las vías.

—¿Había sangre?

—Nada.

—¿La violaron?

—No.

—¿Y a Shawna Lindsay?

—No.

—Por lo que con Janice May Chapman dieron un paso más.

—Eso parece.

—¿Rosemary McClatchy tenía alguna conexión con Kelham?

—Claro que sí. Ya has visto su foto. Los tipos de Kelham hacían cola babeando en la puerta de su casa. Salió con muchos de ellos.

—¿Negros o blancos?

—Las dos cosas.

—¿Oficiales o soldados?

—Las dos cosas.

—¿Algún sospechoso?

—No tenía causa probable ni siquiera para hacer preguntas. No la vieron con nadie de Kelham durante las dos semanas previas a que la asesinaran, por lo menos. Mi jurisdicción termina en la valla. No me habrían dejado cruzar el portón.

—Hoy te han dejado pasar.

—Sí —dijo—. Hoy me han dejado.

—¿Cómo es Munro? —pregunté.

—Desafiante —repitió ella.

Pasamos por encima de las vías y aparcamos justo al otro lado, con la carretera recta hacia el oeste delante de nosotros, la cuneta en la que habían encontrado a Rosemary McClatchy a nuestra derecha y la curva de la calle principal a nuestra izquierda. Un instinto policial básico. En caso de duda, detén el coche y aparca donde puedan verte. Eso da la sensación de que uno está haciendo algo, aunque no esté haciendo nada.

Deveraux dijo:

—Como es obvio, de entrada asumí que Munro mentiría descaradamente. Su principal tarea es cubrirle el culo al ejército. Lo entiendo, y no le culpo. Obedece órdenes, igual que tú.

—¿Y?

—Le pregunté por la zona de exclusión. Él lo negó, por supuesto.

—No podía hacer otra cosa —dije.

Ella asintió:

—Pero después intentó demostrármelo. Me llevó a recorrer todo el predio. Por eso he tardado tanto. Está llevando todo de manera muy estricta. Absolutamente todo el mundo está confinado en los cuarteles. Hay policías militares por todas partes, que se vigilan entre sí y vigilan a los demás. La armería está custodiada. Según el registro, no se han sacado ni devuelto armas en los últimos dos días.

—¿Y?

—Bueno, obviamente asumí que me estaba mintiendo a lo grande. Y, efectivamente, había doscientas camas vacías. Así que asumí que tenían una tropa oculta acampada en algún lugar del bosque. Pero Munro lo negó, dijo que era una compañía desplegada en otro lugar durante un mes. Insistió seriamente en eso. Y yo le creí, porque, como todo el mundo, yo he oído aviones entrando y saliendo y he visto gente yendo y viniendo.

Asentí. *Compañía Alfa*, pensé. *Kosovo*.

—Así que al final todo encajaba. Munro me enseñó muchas pruebas y todo parecía consistente. Y nadie puede armar una mentira tan perfecta. Por lo que no hay ninguna zona de exclusión. Estaba equivocada. Y tú debes estar equivocado respecto a lo del área del accidente. Debe haber sido gente de aquí, buscando algo.

—No creo —dije yo—. Parecía una búsqueda muy organizada.

Hizo una pausa:

—Entonces quizás el 75 está mandando gente directamente desde Benning. Cosa perfectamente posible. Quizás están viviendo en el bosque alrededor de la cerca. Lo único que demostró Munro es que nadie está saliendo de Kelham. Puede que sea una de esas personas que dicen una pequeña verdad para esconder una mentira más grande.

—Parece que no te cayó muy bien.

—Me cayó bastante bien. Es inteligente y fiel al ejército. Pero si los dos hubiésemos sido marines de la Policía Militar al mismo tiempo, me habría preocupado. Lo habría considerado un rival serio. Tiene algo. Es la clase de persona que no quieres que trabaje en tu despacho. Demasiado ambicioso. Y demasiado bueno.

—¿Qué dijo de Janice May Chapman?

—Me transmitió lo que parecía ser un resumen muy profesional de lo que parecía ser una investigación muy profesional que parecía demostrar que ninguna persona de Kelham había estado nunca involucrada en nada.

—¿Pero no lo creíste?

—Casi lo hice —dijo.

—¿Pero?

—No pudo ocultar la rivalidad. Lo dejó claro. Es él contra mí. Es el ejército contra el sheriff local. Ese es el reto. Quiere que todo el mundo crea que el malo está a este lado de la cerca. Pero yo no he nacido ayer. ¿Qué otra cosa va a querer?

—¿Y entonces qué vas a hacer?

—Aún no estoy segura.

—¿Qué quieres hacer?

—Tampoco respeta a los marines. Él contra mí significa el Ejército contra el Cuerpo de Marines. Y esa es una mala batalla que dar. Así que, si quiere rivalidad, voy a devolvérsela. Quiero enfrentarme a él. Quiero golpearlo como a una mula alquilada. Quiero encontrar la verdad como sea, y metérsela por el culo.

—¿Crees que puedes hacerlo?

—Puedo si me ayudas —dijo.

TREINTA Y CINCO

Nos quedamos sentados en el Caprice encendido durante un largo minuto, sin decir nada. Debía tener diez mil horas de servicio encima. De su vida anterior, en Chicago o Nueva Orleans o donde fuera. Cada poro de cada superficie interior estaba impregnado de sudor, olores y cansancio. Había mugre incrustada por todas partes. Las alfombras se reducían a duros mechones de fibra, cada uno como una perla aplastada.

—Quiero pedirte perdón —dijo Deveraux.

—¿Por qué? —pregunté.

—Por pedirte que me ayudes. No es justo. Olvídalo.

—De acuerdo.

—¿Puedo llevarte a algún lado?

—Vayamos a hablar con las vecinas cotillas de Janice May Chapman —dije.

—No —respondió—. No puedo dejar que hagas eso. No puedo dejar que te enfrentes a los tuyos.

—Quizás no me estaría enfrentando a los míos —dije—. Quizás haría exactamente lo que los míos querían que hiciera. Porque quizás ayudaría a Munro y no a ti. Porque él podría tener razón. Todavía no sabemos quién hizo qué aquí.

Sabemos. Nosotros. No me corrigió, sino que dijo:

—¿Pero qué te dice tu intuición?

Pensé en las limusinas que entraban y salían de Fort Kelham a toda velocidad, llevando abogados caros. Pensé en la zona de exclusión y en el pánico en la voz de John James Frazer cuando hablaba desde el Pentágono. Oficina de Intermediación con el Senado. Dije:

—Supongo que fue alguien de Kelham.

—¿Estás seguro de que quieres arriesgarte a saberlo con certeza?

—Hablar con alguien que está armado es un riesgo. Hacer preguntas no.

Entonces, en 1997, eso era lo que yo creía.

La casa de Janice May Chapman estaba a cien metros de las vías del tren, era una de las últimas tres viviendas de un callejón sin salida que estaba un kilómetro y medio al sureste de Main Street. Era un sitio pequeño, al fondo de un jardín en forma de cuña que había detrás de un montículo circular para que dieran la vuelta al final de la calle. Miraba hacia otras dos casas, como si ella fuera las nueve en un reloj y las otras fueran las dos y las cuatro. La habrían construido hace unos cincuenta años, pero la habían renovado con paneles de madera en los laterales, con un tejado nuevo y con una cuidada jardinería. Las casas vecinas estaban en un estado similar, como todas las que habíamos pasado en la misma calle. Claramente ese era el enclave de la clase media de Carter Crossing. El césped estaba verde en todas partes y no tenía nada de maleza. Las entradas para coches estaban lisas y pavimentadas. Los buzones, perfectamente verticales. El único inconveniente inmobiliario era el tren, pero solo pasaba una vez al día. Un minuto entre mil cuatrocientos cuarenta. No estaba mal.

La casa de Chapman tenía un porche que ocupaba todo su ancho, con un tejado que le daba sombra, rodeado con una elegante barandilla de madera y equipado con un juego de dos mecedoras blancas y una alfombra de trapo de varios colores apagados. Las casas vecinas tenían exactamente lo mismo, con la única diferencia de que ambos porches estaban ocupados por sendas señoras de pelo blanco, con vestidos de andar por casa floreados, sentadas bien erguidas en sus mecedoras y mirándonos fijamente.

Nos quedamos un minuto en el coche y luego Deveraux avanzó y aparcó en el medio de la rotonda. Salimos y nos quedamos un segundo de pie bajo la luz del atardecer.

—¿A cuál primero? —pregunté.

—Da lo mismo —respondió Deveraux—. Elijamos la que elijamos, la otra se acercará en menos de treinta segundos.

Eso es exactamente lo que sucedió. Elegimos la casa que estaba a la derecha, la de las cuatro en punto en el reloj, y antes de que hubiéramos contado tres pasos en el porche la vecina de la casa de las dos ya estaba detrás de nosotros. Deveraux nos presentó. Les dijo a las señoras cómo me llamaba y les explicó que era un investigador del ejército. De cerca eran ligeramente distintas. Una era mayor, la otra más delgada. Pero a grandes rasgos se parecían. Cuellos finos, labios fruncidos, halos de pelo blanco. Me dieron respetuosamente la bienvenida. Pertenecían a una generación a la que le gustaba el ejército y que sabía algo al respecto. Seguramente sus maridos, hermanos o hijos habían llevado uniforme: Segunda Guerra Mundial, Corea, Vietnam.

Me di la vuelta y comprobé las vistas desde el porche. La casa de Chapman quedaba perfectamente triangulada con las de sus vecinas. Como un punto de fuga. Como un blanco. Los porches vecinos estaban exactamente en el lugar en el que la infantería ubicaría nidos de ametralladora para lograr un efectivo fuego enfilado.

Me di la vuelta de nuevo y Deveraux repasó todo lo que ya habían hablado. Pidió que le confirmaran cada uno de los puntos y ellas lo hicieron. Todas sus respuestas eran negativas. No, ninguna de las dos señoras había visto a Chapman salir de su casa el día que murió. Ni a la mañana, ni a la tarde, ni a la noche. Ni a pie, ni en su coche, ni en el coche de otra persona. No, ninguna de ellas había recordado nada nuevo. No tenían nada que añadir.

La siguiente pregunta era tácticamente difícil, así que Deveraux me la dejó a mí. Pregunté: "¿Hubo intervalos en los que podría haber sucedido algo que ustedes no vieran?". En otras palabras: *¿Cómo de cotillas sois exactamente?*

Las dos mujeres entendieron la insinuación, por supuesto, y cacarearon, gesticularon y se indignaron durante un minuto, pero como la gravedad del asunto pesaba más que sus sentimientos heridos, dejaron todo eso a un lado y admitieron que no, que tenían la situación bastante controlada durante todo el día. A las dos les gustaba sentarse en el porche cuando no estaban haciendo otras cosas, y tendían a estar haciendo otras cosas en horarios distintos. Las dos tenían habitaciones que daban a la parte delantera de la casa, ninguna se iba a dormir antes del tren de medianoche y, de todas formas, las dos eran de sueño ligero, por lo que tampoco se les escapaba nada durante la noche.

—¿Solía haber mucho movimiento por aquí? —pregunté.

Las señoras se pusieron a hablar e iniciaron una larga y complicada narración que amenazaba con retroceder hasta la Revolución Americana. Empecé a bajarle el volumen a la conversación hasta que me di cuenta de que estaban describiendo un calendario social bastante activo que, desde hacía aproximadamente un año y medio, se había establecido en una frecuencia de un mes sí, un mes no, primero frenesí social y luego una inactividad completa. Todo o nada. Chapman no salía nunca o salía siempre, cuatro o cinco semanas en una condición, cuatro o cinco semanas en la otra.

Compañía Bravo, en Kosovo.

Compañía Bravo, en la base.

No era una buena señal.

—¿Tenía novio? —pregunté.

Tenía varios, dijeron afectadamente. A veces todos al mismo tiempo. Era prácticamente un desfile. Enumeraron secuencialmente los avistamientos, todos hombres jóvenes, educados, con el pelo corto, todos con lo que llamaban pantalones de trabajo, todos con lo que llamaban camisetas interiores, algunos con lo que llamaban cazadoras de motociclista.

Vaqueros, camisetas, cazadora de cuero.

Obviamente, militares de permiso.

No era una buena señal.

—¿Alguno en particular llamó su atención? —pregunté—. ¿Alguno especial?

Hablaron entre ellas de nuevo y convinieron que hacía tres o cuatro meses había comenzado un período de relativa estabilidad. El desfile de pretendientes se había reducido primero a una pequeña cantidad de hombres y después había cesado por completo y había sido reemplazado por las atenciones de uno solo, otra vez descrito como educado, joven, con el pelo corto, pero vestido de manera inapropiada en las muchas ocasiones en las que lo habían visto. Vaqueros, camiseta, cazadora de cuero. En su época, un caballero recogía a su dama de traje y corbata.

—¿Qué hacían cuando estaban juntos? —pregunté.

Salían, respondieron ellas. A veces por la tarde, pero casi siempre por la noche. Probablemente iban a bares. No había mucha alternativa en esta esquina del estado. El cine más cercano estaba en un pueblo llamado Corinth. Hubo un pequeño teatro en Tupelo durante un tiempo, pero llevaba cerrado muchos años. La pareja solía regresar tarde, incluso pasada la medianoche, después del tren. A veces el pretendiente se quedaba una o dos horas, pero hasta donde ellas sabían nunca había pasado la noche allí.

—¿Cuándo fue la última vez que la vieron? —pregunté.

El día antes de su muerte, respondieron. Había salido de su casa a las siete de la tarde. El mismo pretendiente la había ido a buscar, a las siete en punto, muy formalmente.

—¿Qué llevaba Janice esa noche? —pregunté.

Un vestido amarillo, respondieron, por la rodilla, pero escotado.

—¿Su amigo la recogió en su propio coche? —pregunté.

Sí, dijeron, así fue.

—¿Qué coche era?

Era un coche azul, dijeron.

TREINTA Y SEIS

Dejamos a las dos señoras en el porche y cruzamos la calle para ver la casa de Chapman de cerca. Se parecía mucho a cualquiera de las casas vecinas. Eran las clásicas viviendas en bloque, construidas rápido en conjuntos uniformes para los militares que regresaban y que se instalaban allí con sus familias surgidas del *baby boom* justo después de la Segunda Guerra Mundial. Con el paso del tiempo cada unidad se había diferenciado ligeramente del resto, como unos trillizos, idénticos al nacer, evolucionan de manera distinta con la edad. La de Chapman terminó siendo modesta y discreta, pero agradable. Alguien le había puesto adornos de estilo victoriano todo alrededor, y habían cambiado la puerta principal.

Subimos al porche, miré por una ventana y vi una pequeña sala de estar, llena de muebles que parecían bastante nuevos. Había un sofá de dos plazas, un sillón y una televisión pequeña sobre una cajonera baja. Al lado había un reproductor de vídeo y algunas cintas. La puerta de la sala estaba abierta, y vi que más allá había un pasillo estrecho. Cambié de posición y estiré el cuello para ver mejor.

—Entra si quieres —dijo Deveraux detrás de mí.

—¿De verdad?

—La puerta no está cerrada. Estaba abierta cuando llegamos.

—¿Eso es normal?

—No es anormal. Nunca encontramos la llave.

—¿No estaba en su bolso?

—No tenía bolso. Parece que lo había dejado en la cocina.

—¿*Eso* es normal?

—No fumaba —dijo Deveraux—. Y sin duda no pagaba lo que consumía en el bar. ¿Para qué iba necesitar un bolso?

—¿Para el maquillaje? —aventuré.

—Una chica de veintisiete años ya no se retoca la nariz en la mitad de la noche. No como antes. Ya no.

Abrí la puerta principal y entré en la casa. Estaba ordenada y limpia, pero el aire estaba denso y estancado. El suelo, las alfombras, la pintura y los muebles parecían bastante recientes, pero no nuevos. Había una cocina con comedor al otro lado del pasillo, con dos dormitorios detrás, y probablemente un baño.

—Bonita casa —dije—. Podrías comprártela. Sería mejor que estar en el hotel Toussaint's.

—¿Con esas dos viejas al otro lado de la calle espiándome todo el tiempo? —dijo Deveraux—. Me volvería loca en menos de una semana.

Sonreí. Tenía razón.

—No la compraría ni siquiera sin las viejas —dijo—. No me gustaría vivir así. No es a lo que estoy acostumbrada.

Asentí. No dije nada.

—De hecho, tampoco podría comprarla si quisiera —continuó—. No sabemos quién es el familiar más cercano. No sabría con quién hablar.

—¿Y el testamento?

—Tenía veintisiete años.

—¿No había ningún tipo de documentación?

—Hasta ahora no encontramos nada.

—¿No tenía una hipoteca?

—No hay ningún registro en el condado.

—¿Familiares?

—Nadie recuerda que ella mencionara alguno.

—¿Y qué vais a hacer?

—No lo sé.

Avancé por el pasillo.

—Mira todo lo que quieras —dijo Deveraux en voz alta mientras yo me alejaba—. Siéntete libre. Como en tu casa. Pero dime si encuentras algo que debería haber visto.

Fui de habitación en habitación, con la misma sensación de estar invadiendo la propiedad privada que tengo cada vez que recorro la casa de una persona muerta. Algunas zonas estaban un poco desordenadas, el tipo de cosas que habrían limpiado y acomodado antes de que llegara un invitado. Humanizaban un poco el lugar, pero en conjunto era una casa fría e impersonal. Era todo demasiado uniforme. Todos los muebles combinaban. Parecía que formaban parte de la misma colección del mismo fabricante, y que habían sido elegidos al mismo tiempo. Todas las alfombras hacían juego. Toda la pintura era del mismo color. No había cuadros en las paredes, no había fotos en las estanterías. No había libros. No había suvenires, no había objetos personales.

El baño estaba limpio. La bañera y las toallas estaban secas. Sobre el lavabo, el botiquín tenía una puerta de espejo, dentro había analgésicos de venta sin receta, pasta de dientes, tampones, hilo dental y jabón y champú de repuesto. En el dormitorio principal no había nada de interés salvo la cama, que estaba hecha, pero no muy bien. En el segundo dormitorio había una cama más estrecha que parecía no haber sido usada nunca por nadie.

En la cocina había bastantes cosas útiles, pero me hizo dudar de que Chapman fuera una gran cocinera. Su bolso estaba cuidadosamente colocado sobre la encimera, apoyado contra la nevera. Era un pequeño sobre de cuero, con una solapa diseñada para cerrar de manera magnética. Era azul marino, lo que quizás podría haber sido el motivo de que no lo llevara consigo. No estaba seguro del protocolo relativo a combinar un bolso azul con un vestido amarillo. Quizás no estaba permitido. Aunque muchas medallas tenían azul y amarillo en las cintas, y las mujeres militares que yo conocía habrían matado, literalmente, por conseguir una.

Abrí la solapa y miré dentro. Había una cartera de cuero fina, de color rojo oscuro, un paquete de Kleenex sin abrir, un bolígrafo, algunas monedas, algunas migas y la llave de un coche. La llave tenía una parte larga y dentada, un agarre de plástico negro moldeado para adaptarse bien a los pulgares y una *H* en relieve.

—Honda —dijo Deveraux, de pie a mi lado—. Un Honda Civic. Comprado de primera mano hace tres años en un concesionario de Tupelo. Al día en cuanto al mantenimiento.

—¿Dónde está? —pregunté.

Deveraux señaló una puerta:

—En el garaje.

Saqué la cartera del bolso. Dentro no había nada más que dinero en efectivo y un carné de conducir de Mississippi, expedido hacía tres años. La foto reducía el atractivo de Chapman a la mitad, pero aun así merecía la pena mirarla. El dinero sumaba menos de treinta dólares.

Volví a guardar la cartera y dejé el bolso en su sitio, al lado de la nevera. Abrí la puerta que había señalado Deveraux y al otro lado encontré un distribuidor minúsculo con otras dos puertas: una a la izquierda, que llevaba al jardín trasero, y justo enfrente la que llevaba al garaje. Más allá del coche, el garaje estaba totalmente vacío. Un Honda. Un vehículo pequeño e importado, de color plata, limpio y sin marcas, aparcado allí frío, paciente y con un ligero olor a aceite e hidrocarburos sin consumir. Lo único que se veía alrededor era el suelo de cemento barrido. Ni cajas de mudanza sin abrir, ni sillas con el relleno salido, ni proyectos a medias, ni basura: ningún desorden.

Nada de nada.

No era normal.

Abrí la puerta que daba al jardín trasero y salí. Deveraux salió conmigo y preguntó:

—¿Entonces?, ¿debería haber visto algo?

—Sí —respondí—. Hay cosas que cualquiera debería haber visto.

—¿Qué fue lo que pasé por alto?

—Nada —dije—. Esas cosas no estaban, por lo que no había manera de *verlas*. Ese es el punto. Deberíamos haber visto ciertas cosas, pero no las vimos. Porque algunas cosas no estaban.

—¿Qué cosas? —preguntó ella.

—Más tarde —dije, porque en ese momento había visto algo más.

TREINTA Y SIETE

El jardín trasero de Janice May Chapman no estaba tan cuidado como el de delante. De hecho, apenas lo estaba. Estaba prácticamente abandonado. Era casi todo césped, y parecía triste y hundido. Estaba segado, pero sólo habían segado la maleza, no el césped. Al fondo había una valla baja, de paneles de madera, que necesitaba pintura o mantenimiento, y que tenía el panel central caído hacia un lado.

Lo que había visto desde la puerta era un caminito tenue y estrecho que atravesaba la hierba segada. Era casi imperceptible. Casi no se veía. Solo el sol del final de la tarde lo hacía visible. La luz llegaba desde abajo desde un lado y dejaba ver una senda espectral con la hierba poco marcada, aplastada y dañada. Un poco más oscura que el resto del césped. El camino trazaba una trayectoria curva y llevaba directamente al agujero de la valla. Era el rastro de unas huellas, yendo y viniendo.

Avancé dos pasos por esa senda y me detuve otra vez. El suelo crujía bajo mis pies. Miré hacia abajo. Deveraux chocó conmigo por detrás.

Era la segunda vez que nos tocábamos.

—¿Qué? —dijo.

Alcé la vista.

—Una cosa cada vez —respondí, y me puse a caminar de nuevo.

El camino cruzaba el césped, atravesaba el hueco de la valla y llevaba a un campo seco y abandonado de unos cien metros de ancho. En el extremo más lejano estaban las vías del tren. A mitad de camino, en el borde derecho, había dos postes de entrada derruidos y, después, un camino de tierra que iba hacia el este y hacia el oeste. Supuse que hacia el oeste llevaría a más entradas de campos viejos y conectaría con la continuación serpenteante de Main Street, y que hacia el este llevaría a las vías del tren, donde el camino terminaba.

Unas huellas de neumáticos cruzaban el campo de un lado al otro. Venían de los postes y hacían un gran giro en ángulo recto hacia el hueco en la valla de Chapman. Terminaban no muy lejos de donde estaba yo de pie, en un amplio triángulo en bucle en el que los coches daban marcha atrás para dar la vuelta, listos para irse.

—Se cansó de las viejas —dije—. Jugaba con ellas. A veces salía por la parte de delante y a veces salía por la parte de atrás. Y estoy seguro de que a veces los novios se despedían, daban la vuelta a la manzana con el coche y volvían a por más.

—Mierda —dijo Deveraux.

—No se le puede echar la culpa a ella. Ni a los novios. Y en realidad tampoco a las viejas. La gente hace lo que hace.

—Pero entonces sus declaraciones no tienen ningún valor.

—Eso es lo que ella quería. No sabía que en algún momento podrían resultar importantes.

—Entonces no sabemos cuándo llegó y cuándo se fue el último día.

Me quedé de pie en medio del silencio y miré a mi alrededor. No había nada. Ni otras casas, ni otras personas. Un paisaje vacío. Privacidad total.

Después me di la vuelta y miré el terreno lleno de hierbas que hacía las veces de jardín.

—¿Qué? —dijo de nuevo Deveraux.

—Ella había comprado esta casa hace tres años, ¿verdad?

—Sí.

—Cuando tenía veinticuatro.

—Sí.

—¿Eso es normal? ¿Que alguien de veinticuatro años tenga una propiedad?

—Quizás no tan normal.

—¿Sin hipoteca?

—Definitivamente no es normal en absoluto. ¿Pero qué tiene que ver eso con su jardín?

—No era muy buena jardinera.

—Eso no es un delito.

—El propietario anterior tampoco lo era. ¿Lo conocías? ¿O la conocías?

—Hace tres años yo todavía estaba en el Cuerpo de Marines.

—¿No podría ser alguien que viviese aquí desde hace mucho tiempo, alguien que puedas recordar de cuando eras pequeña? ¿Quizás otra vieja, una tercera para completar el juego?

—¿Por qué?

—Por nada. No es importante. Pero fuera quien fuera, no le gustaba cortar el césped. Así que lo quitó y lo reemplazó con otra cosa.

—¿Con qué?

—Ve a mirar.

Desanduvo lo andado por el hueco de la valla, y cuando había recorrido la mitad del camino se agachó. Separó un poco los tallos de la maleza y enterró los dedos en la superficie que había debajo. Los movió un poco a un lado y al otro y después alzó la vista, me miró y dijo:

—Grava.

El propietario anterior se había cansado de cuidar el césped y había optado por grava para rastrillar. Como un jardín japonés, quizás, o como los patios con bajo consumo de agua que los californianos más comprometidos estaban comenzando a incorporar. Quizás había habido recipientes de cerámica llenos de flores vistosas. O quizás no. Era imposible de saber. Pero estaba claro que la grava no había funcionado. No había sido la solución definitiva para no tener que trabajar más. Habían puesto poca. El subsuelo estaba lleno de raíces de maleza. Tendrían que haber echado herbicida de manera regular.

Janice May Chapman no había echado herbicida. Eso estaba claro. En el garaje no había manguera. Ni regadera. Estábamos en la parte rural de Mississippi. Tierra de plantaciones. Sol y lluvia. La maleza había brotado como loca. Algún novio había llevado un cortacésped y la había arrancado. Un buen hombre, lleno de energía. La clase de tío al que no le gusta la suciedad ni el desorden. Un militar, seguramente. La clase de tío que hace cosas por los demás, que arregla las cosas y las mantiene arregladas.

—¿Qué insinúas? —preguntó Deveraux—. ¿Que la violaron aquí?

—Quizás no la violaron.

Deveraux no dijo nada.

—Es posible que no la hayan violado —continué—. Piénsalo. Una tarde soleada, privacidad total. Están fuera, en la parte de atrás, porque no quieren sentarse en el porche frente a esas viejas que observan cada cosa que hacen. Están ahí en los escalones, se sienten cómodos, empiezan a hacerlo.

—¿En el césped?

—¿Tú no lo harías?

Me miró a los ojos y dijo:

—Como tú le dijiste al médico, depende de con quién.

Nos pasamos los minutos siguientes hablando de lesiones. Yo hice lo del antebrazo otra vez. Lo apreté y lo froté contra el suelo. Simulé el ímpetu de la pasión. Se me quedó lleno de manchitas de clorofila verdes y con un manchurrón de barro seco y arenoso. Cuando me limpié el brazo los dos vimos las marcas pequeñas que habíamos visto en el cadáver de Janice May Chapman. Eran superficiales y no había cortes en la piel, pero los dos estuvimos de acuerdo en que Chapman podría haber estado así más tiempo y con mayor intensidad, con más peso y con más fuerza.

—Tenemos que volver dentro —dije.

Encontramos la cesta de la ropa sucia de Chapman en el baño. Era un objeto de mimbre rectangular, con tapa. Pintado de blanco. En el montón de dentro, arriba de todo, había un vestido corto de verano. Tenía mangas japonesas y rayas rojas y blancas. Estaba arrugado en la cintura. Tenía manchas de césped en la parte superior de la espalda. El siguiente artículo del montón era una toalla de mano. Después una blusa blanca.

—No hay ropa interior —dijo Deveraux.

—Evidentemente —dije.

—El violador se la llevó de recuerdo.

—No llevaba ropa interior. Iba a ver a su novio.

—Estamos en marzo.

—¿Qué tiempo hacía ese día?

—Hacía calor —dijo Deveraux—. Y estaba soleado. Era un día agradable.

—A Rosemary McClatchy no la violaron —dije—. Tampoco a Shawna Lindsay. La escalada es una cosa. Un completo cambio del *modus operandi* es otra.

Deveraux no respondió a eso. Salió del baño hacia el distribuidor. El punto central de la casita. Recorrió todo el espacio con la mirada. Preguntó:

—¿Qué es lo que me he perdido? ¿Qué es lo que debería estar y no está?

—Algo que tenga más de tres años —dije—. Se mudó aquí desde algún otro lugar, y debería haber traído sus cosas. Unas pocas, por lo menos. Libros, quizás. O fotos. Su silla favorita… o algo.

—La gente de veinticuatro años no es tan sentimental.

—Algo guardas.

—¿Qué guardabas tú cuando tenías veinticuatro años?

—Yo soy distinto. Tú eres distinta.

—¿Qué insinúas?

—Insinúo que apareció acá de un día para otro hace tres años y que vino sin nada. Compró una casa, un coche y se sacó el carné de conducir en el pueblo. Compró muebles para equipar la casa entera. Pagó todo con dinero en efectivo. No parece que tuviera un padre rico, porque de ser así tendría una foto suya en un marco plateado al lado de la televisión. Quiero saber quién era ella.

TREINTA Y OCHO

Seguí a Deveraux de una habitación a otra mientras ella lo comprobaba por sí misma. La pintura en las paredes, todavía impecable. El sofá de dos plazas y el sillón, todavía nuevos. Una televisión bastante reciente. Un reproductor de vídeo caro. Incluso las ollas, las sartenes, los cuchillos y los tenedores de la cocina no tenían marcas del uso.

En el armario no había ropa que tuviera más de un par de temporadas. No había ningún vestido del baile de graduación metido en un plástico. Ningún traje de animadora. Ni fotos familiares. Ni recuerdos. Ni cartas antiguas. Ni trofeos de sóftbol, ni un joyero con su bailarina rota. No había peluches destrozados que hubiera conservado de la infancia.

—¿Importa? —preguntó Deveraux—. Después de todo, fue una víctima aleatoria.

—Es un cabo suelto —dije—. No me gustan los cabos sueltos.

—Ella ya vivía aquí cuando yo volví al pueblo. Nunca pensé en eso. La gente va y viene todo el rato. Estamos en Estados Unidos.

—¿Has escuchado algo acerca de su pasado?

—No.

—¿Nunca te llegó algún rumor o alguna teoría?

—Nada.

—¿Tenía trabajo?

—No.

—¿Acento?

—Del Medio Oeste, quizás. O al sur del Medio Oeste. De la zona central, en cualquier caso. Solo hablé con ella una vez.

—¿Tomasteis las huellas dactilares del cadáver?

—No. ¿Para qué? Ya sabíamos quién era.

—¿Lo sabíais?

—Ya es demasiado tarde.

Asentí. Para entonces la piel de Chapman se estaría desprendiendo de sus dedos como si fuera un guante viejo y blando. Se estaría arrugando y rasgando como una bolsa de papel mojada. Pregunté:

—¿Tienes un equipo para tomar huellas dactilares en el coche?

Negó con la cabeza:

—El que lo hace es Butler. El otro ayudante. Hizo un curso en el Departamento de Policía de Jackson.

—Deberías llamarlo para que venga. Puede tomar huellas de la casa.

—No van a ser todas de ella.

—Pero sí nueve de cada diez. Podría empezar por la caja de tampones.

—No van a estar en ningún registro. ¿Por qué razón lo estaría? Era muy joven. No estuvo en las fuerzas armadas y no era policía.

—El que no arriesga no gana —dije.

Deveraux habló por la radio del coche, fuera, en el medio de la rotonda. Tenía que mover algunas piezas. Pellegrino tenía que remplazar a Butler en la entrada de Kelham. Volvió dentro y dijo:

—Veinte minutos. Tengo que volver. Tengo trabajo. Espera aquí. Pero no te preocupes. Butler debería hacer bien las cosas. Es una persona bastante inteligente.

—¿Más inteligente que Pellegrino?

—Cualquiera es más inteligente que Pellegrino. Mi coche es más inteligente que Pellegrino.

—¿Quieres cenar conmigo? —pregunté.

—Tengo que trabajar hasta tarde —respondió ella.

—¿Hasta qué hora?

—Hasta las nueve, quizás.

—A las nueve está bien.

—¿Invitas tú?
—Por supuesto.
Hizo una pausa.
—¿Como en una cita? —preguntó.
—Puede ser —respondí—. Solo hay un restaurante en el pueblo. Íbamos a terminar comiendo juntos de todos modos.
—Vale —dijo—. Cena. A las nueve en punto. Gracias.
Después dijo:
—No te afeites, ¿vale?
—¿Por qué no? —pregunté.
—Te queda bien así —dijo.
Y se fue.

Esperé en el porche delantero de Janice May Chapman, en una de sus mecedoras. Las dos señoras me miraban desde el otro lado de la calle. Butler llegó dentro de los veinte minutos que le habían asignado. Venía en un coche como el de Pellegrino. Lo dejó donde Deveraux había dejado el suyo, salió y lo rodeó hasta llegar al maletero. Era un hombre alto y de buen aspecto, debía tener alrededor de treinta y cinco años. Tenía el pelo largo para ser un policía, y su cara era cuadrada y firme. A primera vista, no parecía la persona más fácil de manejar. Pero quizás no era imposible.

Sacó una caja negra de plástico del maletero y avanzó hacia mí por la entrada para coches de la casa de Chapman. Me levanté y le tendí la mano. Siempre es mejor ser amable. Dije:
—Jack Reacher. Encantado de conocerte.
—Geezer Butler —dijo.
—¿En serio?
—Sí, en serio.
—¿Tocas el bajo?
—Como si fuera la primera vez que me lo preguntan.
—¿Tu padre era fan de Black Sabbath?
—Mi madre también.
—¿Y tú?
Asintió:
—Tengo todos sus discos.

Le hice pasar dentro. Se quedó de pie en el vestíbulo, mirando alrededor. Dije:

—El reto aquí es conseguir sus huellas y las de nadie más.

—¿Para evitar confusiones? —preguntó.

No, pensé. *Para evitar que un tipo de la compañía Bravo haga saltar las alarmas. Es mejor prevenir que curar.*

—Sí, para evitar confusiones —respondí.

—La jefa dijo que debía empezar por el baño.

—Es un buen plan —dije—. Cepillo de dientes, dentífrico, caja de tampones, cosas así. Cosas que en la tienda hayan estado metidas en cajas cerradas o envueltas en celofán. No las debería haber tocado ninguna otra persona.

Me mantuve lejos de él, para no molestarlo, pero lo observé con mucha atención. Era extremadamente competente. Estuvo veinte minutos y consiguió veinte buenas huellas, veinte óvalos pequeños y nítidos, todos de mujer, claramente. Convinimos en que esa era una muestra adecuada, recogió sus cosas y me llevó al pueblo.

Me bajé del coche de Butler en la puerta del Departamento del Sheriff y caminé hacia el sur en dirección al hotel. Al llegar me quedé de pie en la acera de enfrente, atravesado por un dilema. Sentía que debía comprarme una camisa nueva, pero no quería que Deveraux pensara que la cena era algo más que una cena. O en realidad quería que pensara que podía llegar a ser algo más, pero no quería que notase que yo deseaba eso. No quería que se sintiera presionada ni quería parecer excesivamente entusiasmado.

Al final decidí que una camisa era solo una camisa, así que fui al otro lado de Main Street para ver las tiendas. La mayoría estaban a punto de cerrar. Eran más de las cinco de la tarde. Encontré un comercio de ropa para hombres tres puertas al sur del sitio en el que había empezado a buscar. Parecía poco prometedor. En el escaparate había una chaqueta de tela vaquera sintética. Relucía y brillaba bajo las luces. Parecía estar hecha con residuos radiactivos. Pero la única alternativa para comprar algo era la farmacia, y no quería ir a cenar con una camiseta de un dólar. Así que entré y miré lo que había.

La tienda estaba llena de prendas fabricadas con telas sospechosas, pero también había cosas más sencillas. Detrás del mostrador había un viejo al que parecía alegrarle que yo estuviera allí mirando. Tenía una cinta métrica colgada del cuello. Como una insignia del oficio. Como un doctor lleva un estetoscopio. No dijo nada, pero pareció entender que yo estaba buscando una camisa, y fruncía el ceño y chasqueaba la lengua o sonreía y asentía mientras yo me movía de un montón a otro, como si estuviese jugando a un juego de buscar algo y él me orientara diciendo "frío" o "caliente" en función de la distancia a la que estuviera mi objetivo.

Al final encontré una buena, de algodón, blanca, con cuello de botones. El cuello era de dieciocho centímetros y las mangas de noventa y cuatro, más o menos mi talla. Llevé la prenda que había elegido al mostrador y pregunté:

—¿Esta camisa está bien para ir a la oficina?

—Sí, señor, está bien —respondió el viejo.

—¿Llamaría la atención en una cena?

—Creo que buscaría algo más fino, señor. Quizás un tejido pinpoint.

—¿Entonces considera que esta camisa no es formal?

—No, señor. Está muy lejos de ser formal.

—Vale, me la llevo.

Me costó menos que la camisa rosa de la tienda militar. El viejo la envolvió en papel kraft e hizo un pequeño paquete. Lo guardé hasta el otro lado de la calle. Planeaba tirarlo en mi habitación. Entré en el vestíbulo del hotel justo para ver al dueño empezando a subir las escaleras a toda velocidad. Se dio la vuelta cuando oyó la puerta, vio que era yo y se detuvo. Estaba muy agitado. Dijo:

—Su tío está otra vez al teléfono.

TREINTA Y NUEVE

Atendí la llamada en la oficina interna, como antes. Garber se mostró vacilante desde el principio, lo que me hizo sentir incómodo. Su primera pregunta fue:

—¿Cómo está?

—Bien —dije—. ¿Y usted?

—¿Cómo van las cosas por allí?

—Mal —respondí.

—¿Con la sheriff?

—No, con ella no hay ningún problema.

—Elizabeth Deveraux, ¿verdad? Estamos investigando sus antecedentes.

—¿Cómo?

—Estamos hablando tranquilamente con el Cuerpo de Marines.

—¿Por qué?

—Quizás podemos conseguirle información que pueda usar en su contra. Puede llegar a necesitar algo con qué presionarla.

—Ahórrese el esfuerzo. Ella no es el problema.

—¿Cuál es el problema, entonces?

—Nosotros —dije—. O ustedes. O quien sea. Me refiero al ejército. Están patrullando por fuera de la cerca de Kelham y están disparando a gente.

—Eso es categóricamente imposible.

—He visto la sangre. Y han limpiado la escena del accidente del coche.

—Eso no puede estar pasando.

—Está pasando. Y tienen que hacer que deje de pasar. Porque ahora tienen un problema grave, pero lo van a transformar en la Tercera Guerra Mundial.

—Tiene que estar equivocado.

—Aquí hay dos hombres que recibieron una paliza y un hombre muerto. No estoy equivocado.

—¿Muerto?

—Sí, muerto, que ha dejado de estar vivo.

—¿Cómo?

—Se desangró por un disparo que recibió en el muslo. Y habían intentado vendarlo con una venda militar. Y encontré un casquillo OTAN en la escena del crimen.

—No somos nosotros. De ser así, lo sabría.

—¿Lo sabría usted? —dije—. ¿O lo sabría yo? Usted está allí haciendo suposiciones y yo estoy aquí, observando.

—No es legal.

—Dígamelo a mí. En el peor de los casos, es una decisión política. En el mejor de los casos, alguien está actuando por su cuenta. Tiene que averiguar cuál de los dos es y detenerlo.

—¿Cómo? —dijo Garber—. ¿Quiere que me dirija a una selección aleatoria de oficiales superiores y que los acuse de violar la ley de manera flagrante? ¿Quizás de la peor manera que jamás se haya visto en la historia militar de los Estados Unidos? Me encarcelarían antes del almuerzo, y a la mañana siguiente estaría ante un consejo de guerra.

Hice una pausa. Tomé aire. Pregunté:

—¿Hay nombres que no debería mencionar en una línea abierta?

—Hay nombres que usted ni siquiera debería saber —dijo Garber.

—Todo esto está fuera de control. Está yendo de mal en peor. He visto tres abogados entrando y saliendo de Kelham. Alguien tiene que tomar una decisión. Al oficial en cuestión hay que sacarlo de ahí y destinarlo a otro lado. Ya mismo.

—Eso no va a suceder. No mientras Kosovo sea importante. Esta persona podría frenar una guerra con una sola mano y sin ayuda de nadie.

—Es uno entre cuatrocientos hombres, por el amor de Dios.

—No según las campañas de anuncios electorales de dentro dos años. Piénselo. Va a ser el Llanero Solitario.

—Va a estar encarcelado en Leavenworth.

—Munro cree que no. Dice que es probable que el oficial en cuestión sea inocente.

—Entonces deberíamos actuar en consecuencia. Deberíamos olvidarnos de tanto abogado y dejar de patrullar por fuera la cerca.

—No estamos patrullando por fuera la cerca.

Me di por vencido:

—¿Algo más?

—Una cosa más —dijo Garber—.Tengo que hacerlo. Espero que me comprenda.

—Dígame.

—Le llegó una postal de parte de su hermano.

—¿A dónde?

—A su despacho.

—¿Y usted la leyó?

—Un oficial del Ejército no debe tener expectativas muy altas en cuanto a su privacidad.

—¿Eso también está en el reglamento? ¿Junto con los cortes de pelo?

—Me tiene que explicar el mensaje.

—¿Por qué? ¿Qué dice?

—La imagen frontal es del centro de la ciudad de Atlanta. La tarjeta la enviaron desde el aeropuerto de Atlanta hace once días. El texto dice: Yendo a un pueblo que se llama Margrave, al sur de aquí, por trabajo, pero escuché que Blind Blake ha muerto ahí, te lo haré saber. Después está firmado con su nombre, Joe.

—Sé el nombre de mi hermano.

—¿Qué significa el mensaje?

—Es una nota personal.

—Le ordeno que me lo explique. Le pido disculpas, pero lo tengo que hacer.

—Usted ha ido al colegio. Sabe leer.

—¿Qué significa?

—No significa nada más que lo que dice. Está yendo al sur de Atlanta a un pueblo que se llama Margrave.

—¿Quién era Blind Blake?

—Un guitarrista, de hace mucho tiempo. Blues. Una de las primeras leyendas de ese estilo de música.

—¿Por qué a Joe le podría parecer importante informarle de eso a usted?

—Es un interés compartido.

—¿A qué se refiere Joe cuando dice que se lo hará saber?

—Se refiere a lo que dice ahí.

—¿Qué es lo que le hará saber?

—Si es cierta la leyenda acerca de Blind Blake, por supuesto. Si murió allí o no.

—¿Por qué es importante dónde murió este hombre?

—No es importante. Es una cosa más. Como coleccionar tarjetas de béisbol.

—¿Entonces esto va de tarjetas de béisbol?

—¿De qué demonios está hablando?

—¿Es un código para decir alguna otra cosa?

—¿Un código? ¿Por qué demonios usaría un código mi hermano?

—Usted le ha llamado a su despacho hoy —dijo Garber.

—¿Está al tanto de eso?

—Hay un mecanismo de informes operativo.

—¿Esa chica? ¿La muchacha de su despacho?

—No tengo la libertad de discutir los detalles. Pero necesito saber por qué lo ha llamado.

—Es mi hermano.

—¿Pero por qué ahora? ¿Le iba a preguntar algo?

—Sí —dije—. Le iba a preguntar cómo está. Algo exclusivamente personal.

—¿Por qué ahora? ¿Hubo algo en Kelham que haya provocado la llamada?

—No es asunto suyo.

—Todo es asunto mío. Écheme una mano, Reacher.

—Dos mujeres negras fueron asesinadas en este pueblo antes que Janice May Chapman —dije—. ¿Sabía eso? Porque es algo que debería tener presente, si está pensando en campañas políticas. A ellas las ignoramos y nos volvimos locos cuando mataron a una mujer blanca.

—¿De qué manera se relaciona eso con Joe?

—He conocido al hermano de la segunda víctima. Me hizo pensar en mi familia. Fue eso, nada más.

—¿Joe le dijo algo que tuviera que ver con dinero proveniente de Kosovo?

—No lo encontré. No estaba en el despacho. Estaba en Georgia.

—¿En Atlanta de nuevo? ¿O en Margrave?

—No tengo idea. Georgia es un estado muy grande.

—De acuerdo —dijo Garber—. Le pido disculpas por la intromisión.

—¿Quién es exactamente el que está preocupado por el dinero proveniente de Kosovo?

—No tengo libertad para hablar del tema —dijo.

Colgué con Garber, respiré hondo unas cuantas veces y después llevé mi camisa nueva a mi cuarto y la dejé sobre la cama. Empecé a pensar en la cena con Elizabeth Deveraux. Faltaban todavía tres horas, y solo me quedaba una cosa por hacer.

CUARENTA

Salí por la puerta principal del hotel, di la vuelta por el callejón en zigzag que estaba entre la farmacia y la ferretería y salí por el otro lado, entre la oficina de préstamo y el Brannan's. Donde habían encontrado el cadáver de Janice May Chapman. El montón de arena seguía allí, seco, endurecido, polvoriento y redistribuido por la brisa. Lo esquivé y comprobé la actividad que había en la calle de dirección única. No mucha. Algunos bares estaban cerrados, porque la base estaba cerrada. No tenía sentido abrir sin clientes. Un simple cálculo económico.

Pero el Brannan's estaba abierto. Optimista empedernido, o tal vez fiel a su vieja tradición. Entré y no vi a nadie más que a dos hombres bastante parecidos que colocaban cosas en el almacén de las bebidas. Podrían ser hermanos. Tendrían unos treinta y cinco años, quizás con dos años de diferencia entre uno y otro, como Joe y yo. Parecían saber cómo funcionaban las cosas, lo que me daría ventaja. Su local era exactamente igual que otros mil bares situados en pueblos cercanos a bases militares en los que yo había estado, una compleja máquina diseñada para transformar el aburrimiento en dinero. Tenía un tamaño considerable. Supuse que en el pasado había sido un restaurante pequeño, pero los restaurantes pequeños se transforman en bares grandes. La decoración era tal vez un poco mejor que la media. Había posters de viajes en las paredes, las grandes ciudades del mundo fotografiadas de noche. Ninguna foto local, lo que tenía sentido. Si uno está seis meses atrapado en el medio de la nada, lo último que quiere es que se lo recuerden todo el rato.

—¿Tienen café? —pregunté.

Me dijeron que no, lo que no me sorprendió demasiado.

—Me llamo Jack Reacher, soy un policía militar y he quedado para cenar —dije.

No me entendieron.

—Eso quiere decir que, aunque cualquier otro día podría quedarme aquí toda la noche e ir sacándoles información durante el transcurso normal de una conversación —dije—, en esta ocasión no tengo tiempo para hacerlo, así que vamos a tener que confiar en una sesión directa de preguntas y respuestas, ¿de acuerdo?

Captaron el mensaje. A los dueños de los bares de los pueblos en los que hay bases les preocupan los policías militares. Incluir un determinado establecimiento en una lista de lugares prohibidos es lo más sencillo del mundo. Por una semana, o por un mes. O para siempre. Ellos se presentaron como Jonathan y Hunter Brannan, hermanos, herederos de un negocio que había puesto en marcha su abuela en los tiempos del ferrocarril. Entonces, ella vendía té y tartas exquisitas, y le había ido bien. Su padre había cambiado al alcohol cuando los trenes dejaron de pasar y llegó el ejército. Eran bastante agradables. Y realistas. Tenían el mejor bar del pueblo, por lo que no podían negar que veían a todo el mundo de vez en cuando.

—Janice Chapman venía aquí —dije—. La mujer a la que mataron.

Dijeron que sí, que iba allí. Sin evasivas. Todo el mundo viene a Brannan's.

—¿Vino con la misma persona las últimas veces? —pregunté.

Dijeron que sí, que ese era el caso.

—¿Quién era? —pregunté.

—Se llamaba Reed —respondió Hunter Brannan—. No sabemos mucho de él más allá de eso. Pero era un jefazo. Uno se da cuenta por cómo reaccionan los demás.

—¿Era un cliente habitual?

—Todos son clientes habituales.

—¿Esa noche estuvo aquí?

—Esa es una pregunta difícil. Por lo general esto está lleno de gente.

—Haz un esfuerzo.

—Diría que sí. Al menos la primera parte de la noche. No recuerdo haberlo visto más tarde.

—¿Qué coche tiene?

—Uno viejo. Azul, creo.

—¿Hace cuánto tiempo que viene por aquí?

—Más o menos un año, supongo. Pero es uno de los que van y vienen.

—¿Eso qué significa?

—Hay un par de escuadrones que cada tanto van a algún sitio y luego vuelven. Están aquí un mes sí, un mes no.

—¿Lo habéis visto con otras novias?

—Un tío así siempre anda con un bombón del brazo —dijo Jonathan Brannan.

—¿Con quién?

—Con la más guapa. La que estuviera dispuesta a entregarse, supongo.

—¿Negras o blancas?

—Las dos cosas. Es de los que manejan una política de igualdad de oportunidades.

—¿Recordáis algún nombre?

—No —respondió Hunter Brannan—. Pero recuerdo haberme puesto bastante celoso un par de veces.

Volví al hotel. Faltaban dos horas para la cena. Me pasé la primera durmiendo una siesta, porque estaba cansado y porque me imaginé que tardaría bastante en volver a dormir. O al menos tenía la esperanza de que así fuera. La esperanza es lo último que se pierde. Me desperté a las ocho en punto y abrí el paquete de mi camisa. Me lavé los dientes con agua y masqué chicle. Después me di una ducha larga y caliente, con mucho jabón, con mucho champú.

Me puse la camisa nueva y me la remangué hasta los codos. Me tiraba en los hombros, así que dejé los dos primeros botones sin abrochar. Me la metí por dentro del pantalón, me puse los zapatos y los limpié en las pantorrillas, primero uno y después el otro.

Me miré al espejo.

Tenía exactamente el aspecto de un tipo que quiere irse a la cama con una mujer. Y así era. No había nada que hacer.

Tiré mis camisas viejas a la basura, me fui de la habitación, bajé las escaleras y salí a la oscuridad de la calle. Entre las sombras, una voz dijo a mis espaldas:

—Hola otra vez, soldado.

CUARENTA Y UNO

Frente a mí, al otro lado de la calle, había tres furgonetas aparcadas junto a la acera. Dos que reconocí y una que no. Todas tenían las puertas abiertas. Piernas colgando. Cigarrillos encendidos. Humo en el aire. Me moví hacia la izquierda, di media vuelta y vi al perro alfa. El primo McKinney. Su cara seguía siendo un desastre. Estaba de pie debajo de una de las lámparas rotas del hotel. Sus brazos le caían a ambos lados del cuerpo, con las manos separadas de las caderas y los pulgares separados del resto de los dedos. Estaba enardecido y preparado.

Al otro lado de la calle cinco tíos bajaron de las furgonetas. Empezaron a avanzar hacia mí. Vi al perro beta, al que desayunaba cerveza, al motociclista con problemas de espalda y a dos tipos más que antes no estaban, también parecidos a todos los demás. Misma región, misma familia o ambas cosas.

Me quedé en la acera. Eran seis tipos, y no quería darle la espalda a ninguno. Quería que tras mi espalda hubiera una pared. El perro alfa bajó de la acera a la calle y se acercó a los otros colocándose en el extremo derecho de un nítido arco de seis hombres. Todos se quedaron en la calle, a dos o tres metros de mí. Fuera de mi alcance, aunque me llegaba su olor. Todos habían adoptado la misma actitud simiesca con sus brazos, manos y pulgares. Como pistoleros sin pistolas.

—¿Seis? —dije—. ¿Nada más?

No hubo respuesta.

—Parece que va incrementando, ¿no? —dije—. Me esperaba algo un poco más radical. Como lo que diferencia a una compañía aerotransportada de una división blindada. Supongo que pensamos de forma distinta. Debo decir que me siento bastante decepcionado.

No hubo respuesta.

—De todas formas, chicos, lo siento, pero he quedado para cenar —dije.

Todos dieron un paso hacia delante, acercándose entre sí y también a mí. Seis caras blancas, amarillentas bajo la poca luz que había.

—Llevo una camisa nueva —dije.

No hubo respuesta.

Regla de oro para enfrentarse a seis tipos: hay que ser rápido. Solo el tiempo estrictamente necesario para cada persona, y no más. Lo que significa que tienes que pegarle una sola vez a cada uno. Porque eso es lo mínimo. No puedes pegar a alguien menos de una vez.

Practiqué mentalmente los movimientos. Me imaginé que empezaba por el medio. Uno dos tres, bang bang bang. El tercer golpe iba a ser el más difícil. El tercer tipo se iba a mover. Los dos primeros no. Estarían plantados en su sitio. Conmoción y sorpresa. Caerían fácilmente. Pero, para cuando llegara a él, el tercero ya habría reaccionado. Y de un modo impredecible. Podría tener un plan coherente, pero aún no lo habría puesto en marcha. Aún estaría tratando de adaptarse a la situación, presa de un pánico sin control.

Así que quizás pasaría del tercero para saltar directamente al cuarto. El tercero podía huir. Sin duda al menos uno de ellos iba a hacerlo. Nunca he visto que una manada permaneciera unida después de que las primeras cabezas se estrellaran contra el suelo.

—Chicos, por favor, me acabo de duchar —dije.

No hubo respuesta, tal y como había predicho mentalmente. Avanzaron todos un paso más, tal y como esperaba que hicieran. Así que me encontré con ellos a mitad de camino, lo que me pareció justo. Di dos zancadas, la segunda de ellas impulsándome desde el bordillo de la acera, ciento quince kilos de masa en movimiento, y golpeé al tercero por la izquierda con un gancho de derecha que le habría hecho volar todos los dientes si es que para ese momento le hubiese quedado alguno. El impacto le echó la cabeza hacia atrás y convirtió su columna y sus hombros en gelatina y desapareció, de la pelea y de mi campo de visión, porque para entonces yo ya estaba moviéndome rápidamente hacia la izquierda para clavarle el codo derecho al segundo tipo, horizontal en el puente de la nariz, un golpe colosal con una gran torsión de mi cintura y con mucha fuerza por el simple hecho de que, básicamente, me estaba cayendo encima suyo. Vi sangre por los aires, pisé firme, invertí el impulso y usé el mismo codo para darle un revés al tipo que estaba detrás de mí. Por el impacto me di cuenta de que estaba retrocediendo y de que le había dado en la oreja, así que tomé nota mentalmente de que podría necesitar más atención después y seguí hacia delante a toda velocidad para cambiar el ángulo de ataque dándole una patada en toda la entrepierna al cuarto tipo, con un satisfactorio *crack* que sonó a carne y hueso que hizo que se doblara en dos y que se levantara del suelo.

Tres segundos, tres fuera de combate, uno contando hasta diez.

Nadie huyó.

Otra nota mental: los hooligans de Mississippi están hechos de una madera más dura que el resto. O si no, sencillamente son más tontos.

El quinto llegó a rozarme el hombro. Una especie de intento de puñetazo, o a lo mejor quería estrangularme. Quizás planeaba inmovilizarme mientras el sexto me daba algunos golpes. No podía saberlo. Fuera como fuera, sus ambiciones se vieron frustradas por completo. Me abalancé sobre él desplazándome explosivamente hacia atrás, con todo el cuerpo en movimiento, el torso girando y el codo azotando hacia atrás, y le di en la mejilla. Luego aproveché el rebote para volver a arrancar hacia delante en busca del único sobreviviente. El sexto tipo. Se enganchó con los talones a la acera y levantó los brazos como un espantapájaros, lo que tomé como una invitación a darle un golpe en el pecho, justo en el plexo solar, que fue como si lo conectara a un enchufe. Saltó, bailó y se desplomó.

El tipo al que le había pegado en la oreja se la agarraba con las manos como si se le fuera a caer. Tenía los ojos cerrados, lo que hizo que no fuera una pelea del todo limpia, pero esas son mis preferidas. Me coloqué y le di un gancho de izquierda en la barbilla.

Cayó como una marioneta.

Exhalé.

Seis de seis.

Fin de la historia.

Tosí dos veces y escupí en el suelo. Después apuré el paso hacia el norte. Tenía que caminar una manzana y mi reloj mental ya marcaba las nueve y un minuto.

CUARENTA Y DOS

Empujé la puerta de la cafetería y me encontré con que no había nadie más allá de la camarera y el señor y la señora del Toussaint's. Parecían ir por la mitad de su maratón de cada noche. La mujer tenía un libro, el hombre un periódico. Deveraux todavía no había llegado.

Le dije a la camarera que esperaba compañía. Le pedí una mesa para cuatro. Me imaginé que las mesas para dos serían ajustadas para un encuentro prolongado. Me puso en un sitio cerca de la puerta y fui al baño.

Me froté la cara, me lavé las manos, los antebrazos y los codos con agua caliente y jabón. Me pasé los dedos mojados por el pelo. Cogí aire y lo solté. La adrenalina es muy perra. No sabe cuándo parar. Me sacudí las manos y moví los hombros. Me miré al espejo. Mi pelo estaba bien. Mi cara estaba limpia.

Tenía sangre en la camisa.

En el bolsillo. Y por encima. Y por abajo. No mucha, pero un poco. Un rizo claro de gotitas con forma de coma. Como si me hubieran salpicado. O como si me hubiese metido en un vapor de sangre. Cosa que había pasado. El segundo tipo. Le había pegado en el tabique. La nariz le había sangrado como una cisterna cuando se aprieta el botón.

—Mierda —me dije, en voz baja.

Mis camisas viejas estaban en la basura de mi habitación.

Las tiendas estaban cerradas.

Me acerqué un poco más al lavabo y me miré otra vez al espejo. Las gotas se estaban secando. Volviéndose marrones. Quizás terminarían pareciendo deliberadas. Como un logo. O un diseño. Como parte de una tela con estampado arremolinado. Había visto cosas parecidas. No estaba seguro de cómo se llamaban. ¿Cachemir?

Cogí aire, lo solté.

No podía hacer nada.

Regresé a mi sitio justo cuando Deveraux entraba por la puerta.

No iba de uniforme. Se había cambiado de ropa. Llevaba una camisa de seda plateada y una falda negra larga hasta las rodillas. Zapatos de tacón. Un collar plateado. La camisa era delicada, ajustada y minúscula. Abierta por arriba. La falda se le ajustaba en la cintura. Podría abarcar su cintura con mis manos. No llevaba medias. Sus piernas eran esbeltas. Y largas. Tenía el pelo mojado de la ducha. Lo llevaba suelto y le caía por la espalda. Sin coleta. Sin nada para sujetarlo. Sonreía, y la sonrisa le llegaba hasta los ojos, que eran increíbles.

La llevé hasta nuestra mesa y nos sentamos frente a frente. Parecía pequeña y pulcra, centrada en su taburete. Se había echado perfume. Algo suave y sutil. Me gustó.

—Siento llegar tarde —dijo.

—No hay problema —dije.

—Tienes sangre en la camisa —dijo.

—¿Es sangre? —dije.

—¿De dónde ha salido?

—De enfrente del hotel. Hay una tienda ahí.

—No la camisa —dijo—. La sangre. No te has cortado al afeitarte.

—Me pediste que no me afeitara.

—Lo sé —dijo—. Me gustas así.

—Tú también estás muy guapa.

—Gracias. Decidí terminar antes. Fui a casa a cambiarme.

—Ya veo.

—Vivo en el hotel.

—Lo sé.

—Habitación diecisiete.

—Lo sé.

—Con balcón a la calle.

—¿Has visto algo?

—Todo —dijo ella.

—Entonces me sorprende que no hayas cancelado la cita.

—¿Es una cita?

—Es una cita para cenar juntos.

—No dejaste que te pegaran primero —dijo ella.

—Si lo hubiera hecho no estaría aquí.

—Es cierto —dijo, y sonrió—. Estuviste muy bien.

—Gracias —respondí.

—Pero me estás arruinando el presupuesto. Pellegrino y Butler están trabajando horas extra para sacarlos de allí. No quería que estuvieran cuando los dueños del hotel terminaran de cenar. A los votantes no les gusta el caos en la calle.

La camarera se acercó. No trajo menús. Deveraux había comido allí tres veces al día durante dos años. Conocía el menú. Pidió la hamburguesa con queso. Yo también, y café para beber. La camarera tomó nota y se fue.

—Comiste hamburguesa ayer —dije.

—Como hamburguesa todos los días —respondió Deveraux.

—¿En serio?

Asintió:

—Todos los días hago lo mismo y como lo mismo.

—¿Cómo te mantienes delgada?

—Energía mental —dijo—. Me preocupo mucho.

—¿De qué?

—Ahora mismo de un tipo de Oxford, Mississippi. Al que dispararon en el muslo. El médico llevó sus pertenencias a mi despacho. Había una cartera y una libreta. Era periodista.

—¿De un periódico importante?

—No, era freelance. Probablemente tenía una situación laboral complicada. Su último pase de prensa es de hace dos años. Pero Oxford tiene algunos periódicos alternativos. Probablemente tratando de venderles algo.

—Hay una universidad en Oxford, ¿no?

Deveraux asintió de nuevo.

—Ole Miss —dijo—. Lo más radical que hay en el estado.

—¿Qué le trajo aquí al periodista?

—Me hubiese encantado poder preguntárselo. Podría haberme dado información útil.

La camarera volvió con mi café y con un vaso de agua para Deveraux. A mis espaldas escuché al señor del hotel gruñir y pasar la página de su periódico.

—Mi superior sigue negando que haya soldados más allá de la cerca —dije.

—¿Cómo te hace sentir eso? —preguntó Deveraux.

—No lo sé. Si me está mintiendo, sería la primera vez en su vida.

—Quizás alguien le está mintiendo a él.

—Demasiado cinismo para alguien tan joven.

—¿Pero no te parece que puede ser así?

—Es más que probable.

—¿Entonces, cómo te hace sentir *eso*?

—¿Ahora eres psicóloga?

Ella sonrió:

—Solo soy una persona a la que le interesa. Porque he estado en tu lugar. ¿Te enfada?

—Nunca me enfado. Soy un hombre apacible.

—Hace veinte minutos parecías enfadado. Con la familia McKinney.

—Era un simple problema técnico. Espacio y tiempo. No quería llegar tarde a la cena. Realmente no estaba enfadado. Bueno, no al principio. Después me sentí un poco frustrado. Mentalmente. O sea, cuando eran cuatro, les di la posibilidad de volver con refuerzos. ¿Y qué hicieron? Sumaron a dos tipos. Nada más. Aparecieron seis. ¿Qué es *eso*? Una falta de respeto deliberada.

—Me parece que la mayoría de las personas considerarían que seis contra uno es un trato bastante respetuoso —dijo Deveraux.

—Pero yo les avisé. Les dije que iban a necesitar más gente. Estaba tratando de ser justo. Pero no me escucharon. Fue como hablar con el Pentágono.

—Por cierto, ¿cómo van las cosas allí?

—Mal. Son tan malos como la familia McKinney.

—¿Estás preocupado?

—Hay algunas personas preocupadas.

—Y deberían estarlo. El ejército va a cambiar.

—Entonces el Cuerpo de Marines también.

Ella sonrió:

—Un poco, quizás. Pero no mucho. El gran objetivo es el ejército. Además de que es el objetivo más fácil. Porque el ejército es aburrido. Los marines no.

—¿Tú crees?

—Vamos —dijo—. Nosotros somos glamurosos. Tenemos un uniforme de gala increíble. Hacemos increíbles formaciones de orden cerrado. Hacemos funerales increíbles. ¿Sabes por qué hacemos todo eso? Porque los marines son muy buenos con las relaciones públicas. Y recibimos buen asesoramiento. Nuestros asesores son mejores que los vuestros, básicamente. Eso es lo que quiero decir. Todo se reduce a eso. Por lo que vosotros perderéis mucho y nosotros perderemos solo un poco.

—¿Tenéis asesores? —dije.

—Y lobistas —dijo ella—. ¿Vosotros no?

—Creo que no —dije.

Pensé en mi viejo colega Stan Lowrey y en sus ofertas de empleo. La camarera nos trajo la comida. Igual que la de la noche anterior. Dos hamburguesas con queso grandes, dos marañas de patatas fritas grandes. Yo había comido lo mismo. Se me había olvidado. Pero tenía hambre. Así que me lo comí. Y observé cómo comía Deveraux. Eso era una especie de umbral para mí. Que uno tolere ver a otra persona comiendo tiene que significar algo.

Masticó, tragó y dijo:

—¿Y qué más te dijo tu superior?

—Que ha hecho que revisen tus antecedentes.

Dejó de comer:

—¿Por qué?

—Para darme algo que pueda usar en tu contra.

Ella sonrió:

—Me temo que no va a encontrar demasiado. Fui una buena infante de marina. ¿Pero te das cuenta? Me están dando la razón. Cuanto más se desesperan, más me convenzo de que la cabeza de alguien de Kelham está en juego.

Siguió comiendo.

—Mi superior también me estuvo preguntando por mi correspondencia —dije.

—¿Están leyendo tus cartas?

—Una postal que me mandó mi hermano.

—¿Por qué?

—Deben pensar que podría ayudar.

—¿Y fue así?

—Ni lo más mínimo. No era nada.

—*Están* desesperados, ¿verdad?

—Mi superior no deja de disculparse al respecto.

—Y así debe ser.

—Me preguntó si utilizábamos alguna clase de lenguaje en clave en la postal. Pero lo que yo creo es que en realidad es *él* el que habla en clave. Creo que es lo que ha hecho todo este tiempo. En la primera reunión desperdició diez minutos criticando mi corte de pelo. Él no es así, y creo que ese era el punto. Me dice no tiene nada que ver con él. Que no sabe nada, que sigue órdenes, que está haciendo algo que no quiere hacer.

—Muy amable por su parte lo de ponerte sus problemas encima. Podría haber mandado a otra persona.

—¿Podría haber hecho eso? Quizás todo estaba planeado, de principio a fin, desde arriba. Como cuando el dueño del balón elige el equipo. Munro y yo. Quizás están preparándose para la reducción de personal, y nos están sometiendo a una prueba de lealtad.

—Munro me dijo que solo te conoce por tu reputación.

Asentí:

—Nunca nos hemos visto.

—Es peligroso tener una reputación en los tiempos que corren.

No dije nada.

Ella dijo:

—Si les pidiera a mis excompañeros que investigaran *tus* antecedentes, ¿qué encontrarían?

—Algunas partes no son muy bonitas —respondí.

—Así que esto es una venganza —dijo ella—. Hay alguien que no tiene forma de perder en esta situación. O te quiebran o te quitan de en medio. Tienes un enemigo en algún lado. ¿Alguna idea de quién puede ser?

—No —dije.

Comimos en silencio hasta que terminamos. Platos limpios. Carne, pan, queso, patatas, no quedaba nada. Me sentía lleno. Deveraux tenía la mitad de mi tamaño. O menos. No sabía cómo lo hacía. Dijo:

—Háblame de tu hermano.

—Preferiría hablar de ti.

—¿De mí? No hay nada que contar. Carter Crossing, el Cuerpo de Marines, Carter Crossing otra vez. Esa es la historia de mi vida. No tengo hermanas, no tengo hermanos. ¿Tú cuántos tienes?

—Solo ese.

—¿Más mayor o más pequeño?

—Dos años mayor. Nació muy lejos de aquí, en el Pacífico. Hace mucho que no lo veo.

—¿Es como tú?

—Somos como dos versiones alternativas de la misma persona. Nos parecemos. Él es más inteligente que yo. Yo resuelvo mejor las cosas. Él es más cerebral, yo soy más físico. Él era bueno y yo era malo, según nuestros padres. Así.

—¿En qué trabaja?

Hice una pausa.

—No te lo puedo decir —respondí.

—¿Tiene un trabajo clasificado?

—En realidad no —dije—. Pero te podría dar una pista acerca de una de las cosas que le preocupan al ejército.

Sonrió. Era una mujer muy tolerante. Dijo:

—¿Quieres postre?

Pedimos dos tartas de melocotón como la que yo había comido la noche anterior. Y café, para los dos, lo que me pareció una buena señal. No le preocupaba quedarse despierta. Quizás ese era su plan. Los dueños del hotel se levantaron y se fueron cuando la camarera todavía estaba en la cocina. Se detuvieron junto a nuestra mesa. Aquello no fue una conversación de verdad. Solo muchos asentimientos y sonrisas. Habían decidido ser amables. Economía básica. Deveraux les garantizaba la comida y yo, temporalmente, la guinda de su postre.

Mi reloj mental marcó las diez de la noche. Llegaron las tartas y el café. No presté mucha atención a ninguna de las dos cosas. Me pasé la mayor parte del tiempo mirando el tercer botón de la camisa de Deveraux. Ya me había fijado antes. Era el primero que estaba abrochado. Por lo tanto, sería el primero que habría que desabrochar. Era un objeto muy pequeño y como de nácar, gris plateado. Detrás del botón estaba su piel, ni blanca ni morena, y muy tridimensional. De izquierda a derecha se curvaba hacia mí, se apartaba de mí, se acercaba de nuevo. Subía y bajaba con su respiración.

La camarera se acercó y nos ofreció más café. Lo rechacé, quizás por primera vez en mi vida. Deveraux también dijo que no. La camarera puso la cuenta sobre la mesa, boca abajo, a mi lado. Yo le di la vuelta. No estaba mal. En 1997 el sueldo de un militar todavía alcanzaba para comer bien. Dejé unos billetes sobre la cuenta, miré a Deveraux y le dije:

—¿Te acompaño a casa?

—Pensé que no me lo ibas a pedir nunca —dijo ella.

CUARENTA Y TRES

Pellegrino y Butler habían cumplido con su trabajo. Se habían ganado sus horas extra. Los McKinney ya no estaban. Main Street estaba en silencio y completamente vacía. Había salido la luna y el aire era suave. Deveraux era más alta con tacones. Caminamos uno junto al otro, a una distancia desde la que podía oír el roce de la seda contra su piel y me permitía oler la fragancia de su perfume.

Llegamos al hotel, subimos los escalones gastados y cruzamos el porche. Le sujeté la puerta al pasar. El dueño estaba trabajando al otro lado del mostrador. Le dimos las buenas noches haciendo un gesto con la cabeza y nos dirigimos hacia la escalera. Al llegar arriba, Deveraux hizo una pausa y dijo:

—Bueno, buenas noches, señor Reacher, y gracias otra vez por su compañía durante la cena.

Alto y claro.

Yo me quedé allí de pie.

Ella cruzó el pasillo.

Sacó su llave.

La puso en la cerradura de la habitación diecisiete.

Abrió la puerta.

Después la cerró de nuevo haciendo ruido y volvió de puntillas hacia donde yo estaba, se estiró y me puso la mano en el hombro. Acercó su boca a mi oreja y susurró:

—Eso era para el viejo de abajo. No puedo descuidar mi reputación. No debo escandalizar a los votantes.

Solté aire.

La cogí de la mano y nos dirigimos a mi habitación.

* * *

Los dos teníamos treinta y seis años. Éramos adultos. No adolescentes. No hicimos las cosas a toda prisa. No nos alteramos. Nos tomamos nuestro tiempo, y qué puedo decir de ese tiempo que nos tomamos. Quizás el mejor de mi vida.

Nos besamos en cuanto la puerta se cerró. Sus labios estaban frescos y húmedos. Sus dientes eran pequeños. Su lengua era ágil. Fue un gran beso. Yo tenía una mano en su pelo y la otra en la parte baja de su espalda. Ella se apretaba contra mí, y se movía. Tenía los ojos abiertos. Yo también. Sostuvimos ese primer beso durante muchos minutos. Cinco, quizás diez. Tuvimos paciencia. Nos lo tomamos con calma. Y todo eso lo hicimos muy bien. Creo que los dos entendíamos que la primera vez es algo que no se repite. Los dos la queríamos saborear.

Al final paramos para coger aire. Yo me quité la camisa. No quería que hubiera sangre McKinney entre nosotros. Tengo una gran cicatriz de metralla en la parte baja del torso. Parece un pulpo pálido que me trepa por la cintura del pantalón. Los puntos son blancos y feos. Suele dar que hablar. Deveraux la vio y la ignoró. Pasó de largo. Era una marine. Había visto cosas peores. Llevó su mano al botón de arriba.

—No, déjame a mí —dije.

Ella sonrió y dijo:

—¿Eso es lo tuyo? ¿Te gusta desvestir a las mujeres?

—Es lo que más me gusta en el mundo —dije—. Y estoy mirando exactamente ese botón desde las nueve y cuarto.

—Desde las nueve y diez —dijo—. Fui prestándole atención a la hora. Soy policía.

Le cogí la mano izquierda y la levanté, con su palma hacia arriba. Ella la mantuvo allí, pacientemente. Le desabroché el botón del puño. Hice lo mismo con su mano derecha. La seda se abrió sobre las muñecas esbeltas. Me apoyó las manos en el pecho. Las deslizó hacia arriba por la parte de atrás de mi cabeza. Nos besamos de nuevo, cinco minutos completos. Otro gran beso. Mejor que el primero.

Paramos de nuevo para coger aire y pasé al botón delantero de su camisa. Como todos los demás, era pequeño. Y resbaladizo. Mis dedos son grandes. Pero lo resolví. El botón se abrió, ayudado por la curva de su pecho. Bajé al cuarto botón. Después al quinto. Fui sacando la camisa hacia fuera de la falda, todo alrededor, de a poco, despacio y con cuidado. En ningún momento dejó de mirarme y sonreír. Su camisa estaba abierta. Llevaba sujetador. Era negro y diminuto, de encaje y con tirantes finos. Apenas le tapaba los pezones. Tenía un pecho increíble.

Le quité la camisa de los hombros y esta se deslizó hacia atrás hasta el suelo como un paracaídas. Me llegó su perfume desde abajo. Nos besamos de nuevo, de manera larga e intensa. Le besé la curva donde el cuello se le unía con el hombro. Tenía una hendidura en la espalda. El tirante del sujetador la cruzaba como un puente en miniatura. Echó la cabeza hacia atrás y su pelo se esparció por todas partes. Le besé el cuello.

—Ahora los zapatos —dijo, y su garganta zumbó contra mis labios.

Me dio la vuelta, me empujó hacía atrás y me sentó en el borde de la cama. Se arrodilló frente a mí. Me desató el zapato derecho y luego el izquierdo. Me los quitó. Enganchó sus pulgares en mis calcetines y también me los quitó.

—Son de la tienda militar, sin duda —dijo.

—Menos de un dólar —dije—. No pude evitarlo.

Nos pusimos de pie y nos besamos de nuevo. A esas alturas de la vida yo había besado cientos de chicas, pero estaba dispuesto a admitir que Deveraux era la mejor de todas. Era espectacular. Se movía, se estremecía, temblaba. Era fuerte, pero sutil. Apasionada, pero no agresiva. Deseosa, pero no demandante. Mi reloj mental se tomó un descanso. Teníamos todo el tiempo del mundo, e íbamos a emplear hasta el último minuto.

Enganchó los dedos por detrás de la parte delantera de la cintura de mi pantalón. Tiró. Desabrochó el botón, un dedo, un pulgar. Nos seguíamos besando. Encontró la cremallera y la bajó, despacio, despacio, una mano pequeña, un pulgar minucioso, un dedo preciso. Apoyó sus manos en mis omóplatos y las deslizó de un lado a otro, cálidas, secas y suaves, y luego las movió hacia abajo, despacio, hasta mi cintura, y luego hacia abajo de nuevo. Deslizó la punta de sus dedos bajo la cintura desabrochada de mi pantalón y tanteó la tela. Siguió más hondo. Empujó hacia atrás y hacia abajo, y mis pantalones se deslizaron sombre mis caderas. Aún nos seguíamos besando.

Paramos a coger aire, me dio la vuelta y me sentó de nuevo. Me quitó el pantalón y lo tiró encima de su camisa. Me dejó en la cama, retrocedió un paso y extendió los brazos y dijo:

—Dime qué quieres que me quite.

—¿Puedo elegir?

Ella asintió:

—Es tu decisión.

Sonreí. Vaya decisión que tenía que tomar. Sujetador, falda, zapatos. Imaginé que se podía dejar los zapatos. Al menos por un rato. Quizás toda la noche.

—La falda —dije.

Condescendió. Tenía un botón y una cremallera en un lateral. Desabrochó el botón y bajó la cremallera, despacio, cinco centímetros, siete, diez. En medio del silencio escuché el sonido con mucha claridad. La falda cayó al suelo. Ella se la quitó dando primero un paso y después otro. Sus piernas eran largas, suaves y atléticas. Llevaba unas bragas negras diminutas. Cubrían bastante poco. Apenas eran una franja de tela oscura.

Sujetador, bragas, zapatos. Yo seguía sentado en la cama. Ella se subió en mi regazo. Le aparté el pelo y la besé en la oreja. Le tracé el contorno con la lengua. Sentía su mejilla contra la mía. Sentía su sonrisa. Le besé la boca, me besó la oreja. Nos pasamos veinte minutos conociendo cada pliegue que hubiera por encima de nuestros cuellos.

Después bajamos más.

Le desabroché el sujetador. Cayó como sin peso. Hundí la cabeza y ella echó la suya hacia atrás, arqueando sus pechos hacia mí. Eran firmes, redondos y suaves. Sus pezones eran delicados. Gimió un poco. Yo también. Se movió y me besó el pecho. La levanté de mi regazo y la giré hasta que quedó de espaldas en la cama. Después ella me giró a mí. Veinte fabulosos minutos, dedicados a conocernos por encima de la cintura.

Después bajamos más.

Yo estaba boca arriba. Ella se arrodilló encima de mí y me bajó los calzoncillos. Sonrió. Yo también. Diez increíbles minutos después cambiamos de sitio. Las bragas se le bajaron por las caderas y después levantó las rodillas para dejarme completar la tarea. Hundí mi cara entre sus muslos. Estaba mojada y dulce. Se movía, sin inhibiciones. Giraba la cabeza de un lado hacia el otro, retorcía los hombros y apretaba su cuerpo contra el colchón. Me pasaba los dedos por el pelo.

Entonces llegó el momento. Empezamos con delicadeza. Largo y lento, largo y lento. Profundo y suave. Ella se sonrojó y jadeó. Yo también. Largo y lento, largo y lento.

Después más rápido y más fuerte.

Después ya respirábamos agitados.

Más rápido, más fuerte, más rápido, más fuerte.

Respirando con fuerza.

—Espera —dijo.

—¿Qué pasa?

—Espera, espera —dijo—. Ahora no. Todavía no. Más despacio.

Largo y lento, largo y lento.

Respirando hondo.

Respirando con fuerza.

Largo y lento.

—Vale —dijo—. Vale. Ahora. Ahora. *¡Ahora!*

Más rápido y más fuerte.

Más rápido, más fuerte, más rápido, más fuerte.

La habitación empezó a sacudirse.

Al principio muy poco, como un temblor constante y leve, como si fuera la parte más lejana de un terremoto distante. La puerta francesa vibró en su marco. El vaso repiqueteó en el estante del baño. El suelo se estremeció. La puerta del pasillo crujió y tableteó. Mis zapatos saltaron y se movieron. La cabecera de la cama empezó dar golpes contra la pared. El suelo se empezó a sacudir con fuerza. Las paredes retumbaron. Las monedas tintinearon en mi bolsillo abandonado. La cama se sacudió, rebotó y se desplazó en fracciones minúsculas por el suelo que no paraba de moverse.

Después el tren de medianoche se fue, el ruido terminó, y nosotros también.

CUARENTA Y CUATRO

Después nos acostamos uno junto al otro, desnudos, respirando agitados, sudando, cogidos de la mano. Yo miraba el techo. Deveraux dijo:

—Hacía dos años que quería hacerlo. Ese maldito tren. Más vale sacarle algún provecho.

—Si alguna vez compro una casa va a estar al lado de las vías de un tren —dije—. Eso seguro.

Cambió de posición y se acurrucó a mi lado. La abracé. Nos quedamos acostados tranquilos, agotados y satisfechos. En mi cabeza sonaba Blind Blake. Una vez había escuchado una cinta con todas sus canciones, grabadas de unos discos destrozados de 78 revoluciones por minuto, con los rugidos y los rayones del antiguo ruido de la vieja superficie de goma laca casi ahogando la voz tranquila y nostálgica y la guitarra ágil, mientras captaba los ritmos del ferrocarril. Un hombre ciego. Ciego de nacimiento. Nunca había visto un tren. Pero había escuchado muchísimos. Eso estaba claro.

Deveraux me preguntó en qué estaba pensando, y se lo conté. Dije:

—Mi hermano hablaba de él en la nota que me escribió.

—¿Sigues enfadado por eso?

—Más bien me pone triste —le contesté.

—¿Por qué?

—Esta misión ha sido un error —dije—. No me deberían haber destinado fuera. No para una cosa así. Me está haciendo pensar en ellos como… *ellos*. Ya no como *nosotros*.

Después tuvimos una lánguida conversación sobre si debía regresar a su habitación. Reputaciones. Votantes. Le dije que el dueño me había venido a buscar allí arriba cuando me había llamado Garber. Había echado un largo vistazo a la habitación. Ella dijo que si eso volvía a pasar yo podía tardar un segundo y ella esconderse en el baño. Dijo que a su puerta llamaban muy pocas veces. Y si por algún motivo lo hacían a la mañana siguiente y no respondía nadie, asumirían que algún caso la habría hecho salir. Cosa que sería totalmente plausible. Después de todo, trabajo no le faltaba.

Luego dijo:

—Quizás Janice Chapman estaba haciendo lo que acabamos de hacer nosotros. Es decir, con las raspaduras de la grava. Con su novio, fuese quien fuese. Fuera, en su jardín, a medianoche. Bajo las estrellas. Las vías del tren están bastante cerca. Debe ser increíble al aire libre.

—Debe ser increíble —dije—. Ayer a medianoche yo estaba al lado de las vías. Es como el fin del mundo.

—¿La hora encajaría? ¿Con las heridas en la piel?

—Si tuvo sexo a medianoche la mataron alrededor de las cuatro de la mañana. ¿A qué hora la encontraron?

—A las diez de la noche siguiente. Son dieciocho horas. Supongo que para entonces ya se habría producido cierta descomposición.

—Probablemente. Pero los cuerpos desangrados pueden tener un aspecto muy extraño. Habría sido muy difícil saberlo. Y el médico de tu departamento no es exactamente Sherlock Holmes.

—¿Entonces es posible?

—Tendríamos que averiguar por qué razón se puso un vestido elegante y medias entre medianoche y las cuatro de la mañana.

Lo pensamos durante un rato. Después nos entregamos a la inercia. No dijimos nada más sobre vestidos o medias, o votantes, habitaciones o reputaciones. Después nos quedamos dormidos, abrazados, sin meternos entre las sábanas, desnudos, en medio del silencio estático de Mississippi.

Cuatro horas más tarde yo estaba despierto y confirmaba mi creencia más arraigada: no hay mejor vez que la segunda. Todas las sutilezas semiformales de la primera vez se pueden obviar. Todos los trucos que usamos para impresionarnos el uno al otro se pueden dejar atrás. Hay una nueva familiaridad y el entusiasmo sigue siendo exactamente el mismo. Hay una sensación general de lo que funciona y lo que no. La segunda vez, estás listo para el rock and roll.

Y eso fue lo que hicimos.

Después Deveraux bostezó, se estiró y dijo:

—No estás mal para ser un soldado.

—Para ser marine, tú estás increíble —dije yo.

—Será mejor que tengamos cuidado. Podríamos terminar sintiendo algo el uno por el otro.

—¿Qué es eso?

—¿Qué es qué?

—Sentir.

Ella hizo una pausa.

Dijo:

—Los hombres deberíais estar más en contacto con sus sentimientos.

—Si alguna vez tengo uno —le dije—, serás la primera en saberlo, te lo prometo.

Ella hizo otra pausa. Después se rio. Lo cual fue bueno. Recordad que estábamos en 1997. En esa época todo se resolvía en encuentros breves y casuales.

Me desperté por segunda vez a las siete de la mañana, pensando en embarazos.

CUARENTA Y CINCO

Elizabeth Deveraux estaba sentada erguida en la cama cuando me desperté. Estaba a mi izquierda, en el centro de su espacio, con la espalda recta y las piernas cruzadas como en una postura de yoga. Estaba desnuda y natural. Era muy guapa. Espectacularmente atractiva. Una de las mujeres más atractivas que había visto en mi vida, sin duda la más atractiva que había visto desnuda, y definitivamente la más atractiva con la que me había acostado.

Para entonces ya estaba preocupada. Siete de la mañana. El comienzo de la jornada laboral. A la tercera no fue la vencida. No para mí. No en ese momento. Me dijo:

—Tienen que haber tenido algo más en común. Me refiero a esas tres mujeres.

No dije nada.

—La belleza es demasiado nebulosa —dijo—. Es demasiado subjetiva. Es solo una opinión.

No dije nada.

—¿Qué? —dijo ella.

—No es solo una opinión —dije—. No con esas tres mujeres.

—Entonces estamos buscando dos factores distintos. Dos cosas que interactuaron. Eran hermosas y algo más.

—Quizás estaban embarazadas —dije.

Estudiamos la propuesta. Eran mujeres como para pedirles matrimonio. Estábamos en un pueblo con una base militar. Esas cosas pasan. Por lo general accidentalmente, pero a veces a propósito. A veces las mujeres piensan que mudarse con un bebé de un pueblo con base militar a otro es mejor que quedarse solas en el pueblo con base militar en el que nacieron. Es un error, probablemente, pero no para todas. A mi propia madre le había parecido bien, por ejemplo.

—Shawna Lindsay estaba desesperada por irse —dije—, según lo que dice su hermano pequeño.

—Pero no veo por qué Janice May Chapman también podría estarlo —dijo Deveraux—. No nació aquí. Ella eligió este lugar. Y además no habría necesitado a nadie para irse. Sencillamente podría haber vendido la casa y se podría haber ido en su Honda.

—Un accidente, entonces —dije—. Con ella, al menos. Otra cosa que no vimos en su casa fueron anticonceptivos. No había nada de eso en su botiquín.

No hubo respuesta.

—¿Tú dónde los guardas? —pregunté.

—En un estante del baño —dijo—. No hay botiquín en el hotel.

—¿Rosemary McClatchy quería irse del pueblo?

—No lo sé. Probablemente. ¿Por qué no iba a querer?

—¿El médico hizo pruebas de embarazo?

—No —dijo Deveraux—. Estoy segura de que en una ciudad grande las habrían hecho. Pero aquí no. Merriam firmó el certificado y nos dijo la causa de la muerte, eso fue todo. El mínimo indispensable.

—Chapman no parecía estar embarazada —dije.

—A algunas mujeres no se le nota durante muchos meses.

—¿Rosemary McClatchy se lo podría haber contado a su madre?

—No se lo puedo preguntar —dijo Deveraux—. De ninguna manera. Bajo ningún concepto. No puedo meterle esa posibilidad en la cabeza a Emmeline. Imagínate que Rosemary no estaba embarazada. Afectaría su manera de recordarla.

—Hubo algo que el hermano de Shawna Lindsay no me dijo. Estoy seguro. Quizás algo importante. Deberías hablar con él. Se llama Bruce. Quiere alistarse en el ejército, por cierto.

—¿No en el Cuerpo de Marines?

—Parece que no.

—¿Por qué? ¿Le hablaste mal de los marines?

—Fui muy justo.

—¿Hablaría conmigo? Parece muy hostil.

—Es agradable —dije—. Feo, pero agradable. Parece que le atrae la vida militar. Parece entender la cadena de mando. Eres marine y sheriff. Acércate a él de la manera adecuada y conseguirás que se cuadre y haga el saludo militar.

—Vale —dijo—. Quizás lo intento. Quizás vaya a verlo hoy.

—Las tres podrían haber sido accidentales —dije—. Las decisiones importantes podrían haber venido después. Es decir, con respecto a qué hacer. Si a las tres les gustaba el *status quo*, podrían haber elegido otro camino. O las podrían haber convencido.

—¿Para abortar?

—¿Por qué no?

—¿Dónde podrían abortar en Mississippi? Hay que conducir muchas horas hacia el norte.

—Quizás esa es la razón por la que Janice Chapman estaba vestida antes de las cuatro de la mañana. Su día empezaba temprano. Quizás tenía un largo viaje por delante. Quizás su novio iba a llevarla a algún lado. Tal vez para llegar a un turno a la tarde. Y quedarse a pasar la noche. Quizás estaba adelantando la situación de la recepción. O de la sala de espera. Por lo que se vistió de manera adecuada. Elegante pero discreta. Quizás había hecho un poco de equipaje. Eso es algo que tampoco vimos en su casa. Maletas.

—Nunca lo sabremos con seguridad —dijo Deveraux—. A no ser que encontremos a los novios.

—O al novio, en singular —dije—. Podría llegar a haber sido el mismo.

—¿Con las tres?

—Es posible.

—Pero no tiene sentido. ¿Por qué motivo les pediría cita en una clínica de abortos para luego asesinarlas a un kilómetro de casa? ¿Por qué no simplemente concertar la cita con el médico?

—Quizás es la clase de persona que no se puede permitir tener una novia embarazada ni tampoco que lo relacionen con una clínica de abortos.

—Es un militar. No un cura. Ni un político.

No dije nada.

—Quizás quiera ser cura o político después —dijo Deveraux.

No dije nada.

—O quizás tiene curas o políticos en la familia. Quizás tiene que evitarles cualquier situación incómoda.

Se oyó un crujido de madera en el suelo del pasillo y después un golpe suave en la puerta. Reconocí el ruido inmediatamente. El mismo que el de la mañana anterior. El viejo. Me imaginé su lento recorrido arrastrando los pies, el lento movimiento de su brazo tembloroso, el impacto sordo y sin energía de sus arrugados nudillos contra la madera.

—Mierda —susurró Deveraux.

En ese momento sí nos comportamos como adolescentes. Nos movimos apurados y atolondrados. Deveraux salió de la cama y cogió un montón de ropa del suelo, que casualmente incluía mis pantalones, por lo que tuve que tirar de ellos para que no se los llevara, lo que provocó que las otras prendas se desparramaran por todas partes. Ella intentó recogerlas y yo intenté ponerme los pantalones. Me enredé en las perneras y me caí sobre la cama. Ella se metió en el baño pero dejó en el camino una estela de calcetines y ropa interior. Me coloqué los pantalones más o menos en su sitio y el viejo golpeó de nuevo. Fui recorriendo el suelo de un lado a otro, empujando la ropa hacia el baño a medida que avanzaba. Deveraux salió rápidamente y lo recogió todo. Después volvió a meterse y yo abrí la puerta.

—Tiene una llamada de su prometida —dijo el viejo.

Alto y claro.

CUARENTA Y SEIS

Bajé las escaleras descalzo, solo con el pantalón. Atendí la llamada en la oficina interna, detrás del mostrador de recepción, como la vez anterior. Me llamaba Karla Dixon. Mi excolega. La reina de los problemas económicos. Ella había sido miembro fundador de la Unidad Especial 110. Fue mi segunda elección, después de Frances Neagley. Supuse que Stan Lowrey le había transmitido mi pregunta sobre el dinero proveniente de Kosovo, y Dixon me estaba devolviendo la llamada directamente, para ahorrar tiempo.

—¿Por qué tenías que decir que eras mi prometida? —pregunté.

—¿Por qué? ¿He interrumpido algo? —me preguntó ella.

—No exactamente. Pero lo ha escuchado.

—¿Elizabeth Deveraux? Neagley nos ha hablado de ella. ¿Ya os estáis liando?

—Y ahora tengo que explicar algunas cosas.

—Tienes que tener cuidado, Reacher.

—Neagley siempre piensa eso.

—Esta vez tiene razón. La red de suboficiales está en llamas. Al rojo vivo. Están investigando seriamente los antecedentes de Deveraux.

—Lo sé —dije—. Me lo dijo Garber. Es una pérdida de tiempo.

—No creo. No tuvo más respuesta que el silencio.

—Porque no hay nada.

—No, precisamente porque hay algo. Ya sabes cómo funciona la burocracia. Es fácil decir que no. El silencio significa que sí.

—¿Qué encontrarían si revisaran tus antecedentes?

—Muchas cosas.

—¿O lo míos?

—No lo quiero ni pensar.

—Ahí lo tienes —dije—. No hay nada de lo que preocuparse.

—Créeme, algo no va bien ahí, Reacher. Lo digo en serio. Quizás algo mucho más grande de lo que pensamos. Mi consejo es que te mantengas alejado de ella.

—Demasiado tarde. Además no me lo creo. Fue una buena infante de marina.

—¿Quién te ha dicho eso?

—Ella.

Silencio al otro lado.

—¿Qué más? —dije.

—No está saliendo dinero de Kosovo —dijo Dixon—. Ni un centavo. Quien se esté preocupando por eso no va a encontrar nada. No es un factor en juego.

—¿Estás segura?

—Completamente.

—Se preguntan si Joe me está pasando información.

—No van a encontrar nada —repitió—. De cualquier forma, el Departamento del Tesoro no lo sabría. A no ser que fueran miles de millones de dólares. Que no son. Ni siquiera son pequeñas cantidades. No está entrando nada. Alguien está nervioso, eso es todo. Están revolviendo. Están buscando algo que no existe.

—Vale, me alegra escucharlo —dije—. Gracias.

—Esa ha sido la buena noticia —dijo ella.

—¿Cuál es la mala?

—Una información relacionada —dijo—. Un amigo de un amigo accedió a los expedientes de Kosovo, y ahora mismo están muy cargados.

—¿De qué?

—Entre otras cosas, dos mujeres locales desaparecieron sin dejar rastros.

Dixon me contó que en el último año habían desaparecido dos mujeres kosovares. No había ninguna explicación local. No tenían problemas familiares. Las dos eran solteras. Las dos habían estado dentro de la zona de influencia del Ejército de los Estados Unidos en el área. Las dos habían confraternizado.

—Eran mujeres como para pedirles matrimonio —dijo Dixon.

—¿Atractivas? —pregunté.

—No he visto fotos.

—¿Ha habido una investigación? —pregunté.

—Bajo radar —dijo Dixon—. No olvides que por lo que respecta al resto del mundo nosotros no estamos allí. Así que mandaron a alguien de Alemania, que supuestamente se dirigía a Italia por algún asunto de la OTAN, pero su verdadero destino era Kosovo. Los preparativos del viaje siguen estando en los expedientes.

—¿Y?

—Como patriota americano te alegrará saber que absolutamente todos los miembros de las fuerzas armadas de los Estados Unidos eran inocentes como un recién nacido. Ningún uniformado cometió un crimen.

—¿Así que el caso está cerrado?

—Más cerrado que el culo de una muñeca.

—¿Quién lo llevaba?

—El comandante Duncan Munro.

Colgué con Dixon y volví arriba. Deveraux no estaba en mi habitación. Fui hasta la suya, la puerta estaba cerrada con llave. Escuché la ducha. Llamé a la puerta pero no obtuve respuesta. Así que me duché, me vestí y cuando volví quince minutos más tarde solo había silencio. Fui hasta la cafetería, pero tampoco estaba allí. Su coche no estaba en el aparcamiento de la comisaría. Así que me quedé quieto en la acera, sin ningún sitio al que ir, sin nadie con quien hablar, sin nada que hacer, sin saber que dentro de una hora todo iba a cambiar y que la cuenta atrás había pasado de sesenta minutos a cincuenta y nueve.

CUARENTA Y SIETE

Pasé la mitad de esa hora en la acera. Me quedé apoyado en una pared sin moverme. Una destreza profesional. Necesaria en mi trabajo. Soy bueno en eso. Pero conozco gente que es aun mejor. Conozco gente que esperó horas, días o semanas a que sucediera algo.

Yo esperaba que apareciera el viejo de la cinta métrica y abriera la tienda de camisas. Cosa que finalmente sucedió. Tomé impulso en la pared, crucé la calle y entré con él. Él abrió las cerraduras y encendió las luces y yo fui directamente al montón de las camisas con cuello de botones. Encontré una igual que la que llevaba puesta y la llevé al mostrador.

—¿Acumulando provisiones? —preguntó él.

—No —dije—, la primera se me ensució.

Se echó hacia delante y observó mi bolsillo. Vi cómo sus ojos recorrían el rizo de sangre. Hacia abajo y hacia arriba. Dijo:

—Estoy seguro de que esa mancha sale con un lavado. Agua fría, quizás un poco de sal.

—¿Sal?

—La sal ayuda a limpiar las manchas de sangre. Con agua fría. El agua caliente hace que se asienten.

—No creo que el hotel Toussaint's ofrezca un servicio de lavandería muy sofisticado —dije—. De hecho no creo que ofrezcan servicios de lavandería de ninguna clase. Ni siquiera sirven café en el salón.

—Podría llevarse la camisa a su casa, señor.

—¿Cómo?

—Bueno, en su maleta.

—Es más sencillo remplazarla.

—Pero eso le saldría muy caro.

—¿Comparado con qué? ¿Cuánto cuesta una maleta?

—Pero una maleta le duraría para siempre. La usaría una y otra vez a lo largo de los años.

—Creo que me voy a llevar la camisa nueva directamente —dije—. No hace falta que la envuelva.

Le pagué y después me metí en el probador y cerré la cortina. Me saqué la camisa vieja, me puse la nueva y salí.

—¿Tiene un cubo de basura? —pregunté.

Hizo una pausa como sorprendido y luego se agachó y se levantó de nuevo con una lata de metal hasta las rodillas. Estiró el brazo y la sostuvo, inseguro. Hice una pelota con la camisa sucia y encesté desde más o menos tres metros. El hombre parecía horrorizado. Después volví a cruzar la calle y fui a desayunar a la cafetería. Y a hacer un poco más de tiempo. Sabía que allí era donde tenía más oportunidades de encontrar a Deveraux. Una mujer que comía como ella comía no podía estar muchas horas sin pasar por allí. Era solo una cuestión de tiempo.

Al final fueron solo veinte minutos. Me comí unos huevos revueltos y cuando estaba por la mitad de mi tercera taza, entró. Me vio desde la puerta y se detuvo. El mundo entero se detuvo. El ambiente se solidificó. Llevaba otra vez el uniforme, y tenía el pelo recogido. Su cara estaba como paralizada. Inmóvil. Estaba muy guapa.

Cogí aire y aparté con el pie la silla que tenía enfrente. Ella no reaccionó. Vi cómo movía los ojos considerando sus opciones. Miró todas las mesas. En la mayoría no había nadie. Pero evidentemente decidió que si se sentaba sola podía provocar una escena. Le preocupaban los votantes. Le preocupaba su reputación. Por lo que se acercó a donde yo estaba. Cogió la silla, la alejó de la mesa otros treinta centímetros y se sentó, callada y reservada, con las rodillas muy juntas, con las manos en el regazo.

—No tengo ninguna prometida —dije—. No tengo ningún tipo de novia.

No respondió.

—La que llamó era una colega mía, policía militar —dije—. Todo el mundo está jugando al juego de estar infiltrado. Parece que les divierte. Mi superior dice que es mi tío.

No hubo respuesta.

—No puedo probar un negativo —dije.

—Tengo hambre —dijo ella—. Es la primera vez en dos años que me salto el desayuno.

—Te pido disculpas —dije.

—¿Por qué? Si lo que dices es verdad, no son necesarias.

—Es verdad. Te estoy pidiendo disculpas de parte de mi colega.

—¿Era tu sargento? ¿Neagley?

—No, era una mujer llamada Karla Dixon.

—¿Qué quería?

—Decirme que nadie está llevando a cabo una estafa financiera desde Fort Kelham.

—¿Cómo puede saberlo?

—Sabe todo de cualquier cosa que vaya detrás de un símbolo de dólar.

—¿Quién creía que se estaba llevando a cabo una estafa financiera desde Fort Kelham?

—Los altos cargos. Supuse que era una posibilidad teórica. Como tú dijiste, están desesperados.

—Si tuvieras una prometida, ¿la engañarías?

—Probablemente no —dije—. Pero contigo tendría ganas.

—He tenido malas experiencias.

—Es difícil de creer.

—Pero es la verdad. Y no es agradable.

—Entiendo —dije—. Nadie te estaba engañando anoche.

Se quedó callada. La vi pensar. En lo de *anoche.* Le hizo un gesto a la camarera y pidió tostadas francesas. Lo mismo que el día anterior.

—Llamé a Bruce Lindsay —dijo—. El hermano pequeño de Shawna Lindsay. ¿Sabías que tenían teléfono?

—Sí —dije—. Lo he usado. Karla Dixon me estaba devolviendo una llamada que hice desde ese teléfono.

—Voy a ir a verlo esta tarde. Creo que tienes razón. Tiene algo que decirme.

Decirme. A mí. No a nosotros.

—Fue una broma mala de una colega —dije—. Eso es todo.

—Me temo que hay un problema con las huellas dactilares —dijo ella—. Me refiero a las de la casa de Janice May Chapman. Por mi culpa, de hecho.

—¿Qué clase de problema?

—El ayudante Butler tiene una amiga en el Departamento de Policía de Jackson. De cuando hizo el curso. Yo por lo general le digo que le pida a ella que nos haga las pruebas, en secreto, para ahorrarnos el dinero. No nos llega el presupuesto. Pero la amiga de Butler cometió un error esta vez, y no le puedo decir que le pida que lo repita. Eso sería excederse.

—¿Qué tipo de error?

—Se le mezclaron los números de expediente. La información de Chapman fue a parar al caso de una mujer llamada Audrey Shaw, y nosotros recibimos la información de Audrey Shaw. Otra persona. Una empleada del gobierno federal. Algo que Chapman definitivamente no era, porque aquí no hay trabajos del gobierno federal, y de todas formas Chapman no trabajaba. A no ser que Audrey Shaw fuera la anterior propietaria de la casa de Chapman, en cuyo caso fue Butler el que se equivocó, al buscar huellas en los sitios que no eran, o tú, por permitirle que lo hiciera.

—No, Butler hizo un buen trabajo —dije—. Buscó en los sitios indicados. Esas huellas no eran de una propietaria anterior, a no ser que se haya metido de nuevo a escondidas en la casa y haya usado el cepillo de dientes de Chapman a mitad de la noche. Es lo que hay, supongo. Son cosas que pasan.

—Cuéntame otra vez —dijo—. Lo de la llamada telefónica.

—Era la mayor Karla Dixon de la división 329 —expliqué—. Con información para mí. Eso es todo.

—¿Y lo de que era tu prometida era una broma?

—No me digas que los marines son también mejores comediantes.

—¿Es guapa?

—Bastante, sí.

—¿Ha sido tu novia alguna vez?

—No.

Deveraux se quedó callada de nuevo. Vi que se acercaba una decisión. Estaba casi allí. Y yo estaba bastante seguro de que iba a tener un buen resultado. Pero no me enteré. No en ese mismo momento. Porque antes de que ella pudiera hablar otra vez la mujer robusta del conmutador de la comisaría entró a toda prisa por la puerta de la cafetería y paró en seco con una mano en el picaporte y otra en el marco. Estaba agitada. Jadeaba. Su pecho subía y le bajaba. Había llegado corriendo. Dijo en voz muy alta:

—Hay otro.

CUARENTA Y OCHO

Butler se dirigía a relevar a Pellegrino en su puesto de guardia frente a la puerta de Fort Kelham, y un kilómetro y medio antes de llegar miró casualmente hacia la izquierda y vio una silueta tumbada entre los arbustos, tal vez a cien metros de la carretera en dirección norte. Cinco minutos después llamó al cuartel general con las malas noticias, y a los noventa segundos de recibir el mensaje la operadora ya había llegado a la cafetería. Deveraux y yo estábamos en el coche veinte segundos más tarde, y como ella pisó a fondo el acelerador y condujo rápido todo el camino, llegamos a la escena del crimen diez minutos después de que a Butler se le ocurriera girar la cabeza.

No es que la velocidad fuera a marcar una gran diferencia.

Aparcamos detrás del coche de Butler y salimos. Estábamos en la carretera principal, que avanzaba en dirección este-oeste, tres kilómetros más allá de la última sección de Carter Crossing y un kilómetro y medio antes de Fort Kelham, en una franja abierta de vegetación baja, con el bosque que rodeaba la cerca de Kelham ante nosotros y el que flanqueaba las vías del tren muy por detrás. Ya era pleno día y el cielo estaba despejado y azul. El aire era caluroso y apenas corría la brisa.

Vi lo que Butler había visto. Podría haber sido una piedra, o basura, pero no era ninguna de esas cosas. Desde lejos parecía pequeño, oscuro, ligeramente abultado, ligeramente alargado, aplastado, desinflado. Era inconfundible. Su tamaño era difícil de calcular, porque era difícil calcular la distancia exacta a la que estaba. Si eran ochenta metros, se trataba de una mujer pequeña. Si eran ciento veinte, era un hombre grande.

—Odio este trabajo —dijo Deveraux.

Butler estaba allí, de pie entre los arbustos, a mitad de camino entre la silueta y nosotros. Empezamos a caminar hacia él, y después pasamos al lado suyo sin decir ni una palabra. Supuse que la distancia total rondaría los cien metros, lo que significaba que la silueta no era ni una mujer pequeña ni un hombre grande. Estaría entre una cosa y otra. Una mujer alta o un hombre bajo.

O quizás un adolescente.

Entonces reconocí las proporciones distorsionadas.

Y empecé a correr.

A veinte metros de distancia ya estaba prácticamente seguro. A diez no tenía ninguna duda. A tres obtuve una confirmación visual absoluta. No podía ser de otra manera. Era Bruce Lindsay. El chico feo. De dieciséis años. El hermano pequeño de Shawna Lindsay. Estaba boca arriba. Tenía los pies separados. Las manos a los lados. Su cabeza gigante girada hacia mí. La boca abierta. Sus profundos ojos estaban oscuros y muertos.

No seguimos ninguno de los protocolos establecidos para las escenas de un crimen. Deveraux y yo pisamos el área y tocamos el cadáver. Lo giramos y encontramos un orificio de entrada en el lado izquierdo de la caja torácica, en la parte alta, cerca de la axila. No había orificio de salida. La bala había entrado, había destrozado el corazón, había destrozado la columna, se había desviado y dado vueltas y seguía allí dentro.

Me arrodillé y miré el horizonte. Si el chico había estado caminando hacia el este, alguien le había disparado desde el norte, seguramente un tirador que había salido de los bosques cercanos a la valla de Kelham y había estado patrullando la franja abierta de arbustos. La zona de cuarentena.

—He hablado con él esta mañana —dijo Deveraux—. Hace pocas horas. Habíamos quedado en vernos en su casa. ¿Qué hacía aquí?

Yo no quería responder a esa pregunta. Ni siquiera para mí mismo. Dije:

—Tenía un secreto, supongo. Respecto de Shawna. Sabía que tú conseguirías sacárselo. Así que decidió estar en otro lugar esta tarde.

—¿Dónde? ¿A dónde estaba yendo?

—A Kelham —dije.

—Esto es un campo abierto. Si quisiera ir a Kelham hubiera ido por la carretera.

—Era un poco tímido con los extraños. No le gustaba que lo vieran. Por su aspecto. Estoy seguro de que nunca iba por las carreteras.

—Si era tímido con los extraños, ¿por qué se arriesgaría a ir a Kelham? Solo en el puesto de guardia de la entrada debe haber una docena de extraños.

—Iba porque yo le dije que estaría todo bien —dije—. Le dije que los soldados son distintos. Le dije que sería bienvenido.

—¿Bienvenido para qué? No hacen visitas turísticas.

El chico llevaba puestos unos pantalones de tela gruesa, parecidos a los míos, una sudadera lisa azul marino y una chaqueta deportiva oscura encima. La chaqueta se había abierto cuando lo giramos. Vi una hoja doblada en el bolsillo interior.

—Échale un vistazo a eso —dije.

Deveraux sacó la hoja del bolsillo. Parecía un documento oficial, de papel grueso, plegado tres veces. Parecía viejo, y yo estaba seguro de que lo era. Debía de tener unos dieciséis años. Deveraux lo desdobló y lo miró y dijo:

—Es su certificado de nacimiento.

Yo asentí y lo cogí. Estado de Mississippi, hijo de sexo masculino, apellido Lindsay, nombre Bruce, nacido en Carter Crossing. Al parecer, nacido hacía dieciocho años. Podría haber colado ante una mirada apresurada, pero no ante un examen más detenido. La modificación no era hábil, aunque sí paciente. Habían borrado cuidadosamente dos dígitos, y después habían escrito otros dos encima. La tinta coincidía y la caligrafía también. Solo lo delataba la superficie gastada del papel, pero con eso era suficiente. Se notaba. Llamaba la atención.

—Es culpa mía —dije—. Toda la culpa es mía.

—¿De qué manera?

Vete directamente a Kelham, le había dicho. *Hay personal de reclutamiento en todas las bases. En cuanto tengas en la mano un papel que demuestre que eres mayor de edad, te dejarán entrar y no te volverán a dejar salir.*

El chico se lo había tomado al pie de la letra. Lo que yo había querido decir es que iba a tener que esperar. Pero él se había adelantado y se había hecho mayor de edad a sí mismo, allí mismo y en ese mismo momento. Se había fabricado algo para llevar en la mano. Probablemente en la misma mesa de la cocina en la que yo me había sentado con él, y en la que habíamos hablado y bebido té frío. Me lo imaginé, con la cabeza agachada, concentrado, mordiéndose la lengua, quizás mojando el papel con una gota de agua, raspando los números viejos con la punta de un cuchillo, borrando en el lugar de la mancha húmeda, esperando a que se secara, buscando el bolígrafo adecuado, calculando, practicando y después escribiendo los números nuevos. Los números que le permitirían cruzar la puerta de Kelham. Los números que harían que lo aceptasen.

Todo a mi costa.

Empecé a caminar de vuelta a la carretera.

Deveraux me siguió. Le dije:

—Necesito un arma.

—¿Por qué? —preguntó.

Me detuve de nuevo, me giré, miré hacia el este y observé la situación. Fort Kelham era un rectángulo gigante que estaba al norte de la carretera y su cerca recorría una franja ancha con árboles que se extendía un par de cientos de metros a cada lado de la alambrada. Parecía que hubieran talado el mismo tipo de bosque viejo que había al sur de la carretera para construir la base, pero yo supuse que en realidad era al revés. Supuse que Kelham había sido proyectado cincuenta años antes sobre un campo abierto y que más tarde los agricultores habían dejado de arar la tierra cercana a la valla, por lo que los árboles habían llegado después. Como nueva maleza. No como los viejos bosques del sur. Algunas zonas tenían menos de esos nuevos árboles, pero casi siempre daban una importante cobertura allí donde se necesitaba. Una tropa pequeña podía esconderse entre esos árboles fácilmente, con la posibilidad de deslizarse hacia el exterior de los arbustos cuando fuera necesario y volver a meterse dentro después, a través de la valla, para descansar o reaprovisionarse.

Empecé a caminar de nuevo. Dije:

—Voy a encontrar a este escuadrón de cuarentena que todos aseguran que no existe.

—Supongamos que lo encuentras —dijo Deveraux—. Será tu palabra contra la de ellos. Tu palabra contra la del Pentágono, básicamente. Dirás que el escuadrón existía, ellos dirán que no. Y el Pentágono es el que tiene el micrófono más potente.

—No pueden discutir contra una evidencia física. Encontraré miembros de cuerpos suficientes para convencer a cualquiera.

—No puedo permitir que hagas eso.

—No le deberían haberle disparado al chico, Elizabeth. Se pasaron de la raya, sean quienes sean. Abrieron la puerta equivocada. Eso está claro. Lo que está al otro lado es su problema, no el nuestro.

—Ni siquiera sabes dónde están.

—Están en el bosque.

—Con trajes de camuflaje y prismáticos. ¿Cómo crees que te podrías acercar hasta donde están?

—Tienen un punto ciego.

—¿Dónde?

—Cerca de la puerta de Kelham. Están vigilando a un intruso que saben que no puede cruzarla. Así que no están vigilándola. Están vigilando más lejos.

—El puesto de guardia vigila la entrada.

—No, el puesto de guardia vigila lo que se acerca a la entrada. Yo no me voy a acercar a la entrada. Voy a encontrar el hueco. Bien por detrás de la tropa móvil, bien por delante del puesto de guardia.

—Están matando a gente, Reacher.

—Están matando a la gente que ven. A mí no me verán.

—Te llevaré de vuelta al pueblo.

—No voy a volver al pueblo. Quiero que me lleves en la otra dirección. Y quiero un arma.

No contestó.

—Estoy dispuesto a hacerlo sin ninguna de las dos cosas, si es necesario —dije—. Será más lento y más difícil, pero lo resolveré.

—Sube al coche, Reacher —dijo ella.

No me dijo adónde planeaba llevarme.

Nos subimos al coche de Deveraux, ella se alejó del de Butler dando marcha atrás y después arrancó hacia el este, hacia Kelham. Para mí, era el rumbo correcto. Recorrimos la mayor parte del último kilómetro y medio y dije:

—Ahora métete por la hierba. Hacia donde empieza el bosque. Como si acabaras de ver algo.

—¿Directamente hacia ellos? —dijo ella.

—No están ahí. Están más al noroeste. Y de todos modos no dispararían a un coche de policía.

—¿Estás seguro?

—Solo hay una forma de averiguarlo.

Disminuyó la velocidad, giró el volante, bajó de la carretera dando un golpe y comenzó a avanzar sobre la tierra batida. El camino estaba en un hueco con forma de reloj de arena. Doscientos metros más al norte los árboles nuevos de Kelham se alejaban con una leve curva, y doscientos metros al sur los viejos bosques lo hacían de manera simétrica. Deveraux se dirigió hacia el noroeste, en un ángulo de cuarenta y cinco grados con respecto al asfalto, en un coche que rebotaba y se sacudía, y después trazó una amplia curva a través del suelo de tierra y frenó dejando un lateral del coche justo al lado del bosque. Mi puerta estaba a dos metros del árbol más cercano.

—¿Arma? —dije.

—Dios mío —dijo ella—. Esto es ilegal en un montón de niveles.

—Pero, como has dicho, es su palabra contra la mía. Si hay alguien a quien dispararle, ellos dirán que no había nadie. Cuantos más disparos haya, más lo negarán.

Respiró hondo, exhaló y sacó la escopeta que estaba entre los asientos de su funda. Era una vieja Winchester Modelo 12, de un metro de largo y tres kilos de peso. Estaba marcada y gastada, pero brillante de aceite y lustre. Podía tener cincuenta años de antigüedad, pero parecía bien cuidada. Aun así, me preocupan las armas que nunca he disparado. No hay nada peor que apretar un gatillo y que no suceda nada. O que el disparo no dé en el blanco.

—¿Funciona? —le pregunté.

—Perfectamente —respondió ella.

—¿Cuándo la has usado por última vez?

—Hace dos semanas.

—¿A qué disparaste?

—A un blanco. Hago que todo el departamento pase exámenes de tiro cada año. Y tengo que ser capaz de patearles el culo, así que practico.

—¿Diste en el blanco?

—Lo destruí.

—¿La has recargado? —pregunté.

Sonrió y dijo:

—Hay seis balas en el cargador y una en la abertura. Tengo más en el maletero. Te daré todas las que puedas llevarte.

—Gracias.

—Era el arma de mi padre. Cuídala.

—Lo haré.

—Y cuídate tú también.

—Siempre.

Bajamos del coche y fue hasta el maletero y lo abrió. Estaba muy desordenado. Y sucio. Estaba lleno de una especie de tierra. Pero no invertí mucho tiempo en preocuparme por la limpieza, porque había una caja de metal atornillada al suelo del maletero detrás del armazón del asiento de atrás. Para una mujer con la constitución física de Deveraux, estaba muy lejos. Se puso de puntillas, dobló la cintura y se inclinó hacia delante. Desde atrás, la visión de la maniobra era increíble. Absolutamente, verdaderamente espectacular. Levantó la tapa de la caja de metal, escarbó con la punta de los dedos y sacó una caja de cartuchos de calibre doce. Se enderezó y me la dio. Quedaban quince. Me guardé cinco en cada bolsillo del pantalón y cinco en el bolsillo de la camisa. Me observó mientras lo hacía. Después abrió mucho los ojos y dijo:

—Has lavado la camisa.

—No, me he comprado una nueva —respondí.

—¿Por qué?

—Me pareció un gesto de educación.

—No: ¿por qué has comprado una nueva en vez de lavar la vieja?

—Ya he tenido esta conversación. Con el señor de la tienda. Me pareció lógico.

—Vale —dijo ella.

—Por cierto, tienes un culo precioso.

—Vale —dijo ella de nuevo.

—Pensé que lo tenía que decir.

—Gracias.

—¿Estamos bien ahora? ¿Tú y yo?

Sonrió.

—Siempre estuvimos bien —dijo—. Solo te estaba picando. Si hubiese dicho que era tu novia me lo podría haber tomado en serio. ¿Pero prometida? Ridículo.

—¿Por qué?

—Ninguna mujer aceptaría casarse contigo.

—¿Por qué no?

—Porque no eres un hombre para casarse.

—¿Por qué no?

—¿Cuánto tiempo tienes? Solo el tema de la lavandería nos podría llevar una hora.

—¿Tú cómo lavas la ropa?

—Hay una lavandería en el callejón, pasando la ferretería.

—¿Con detergente y esas cosas?

—No es astrofísica.

—Lo pensaré —dije—. Te veré más tarde.

—Asegúrate de que así sea, ¿de acuerdo? Tenemos que llegar al tren de esta noche.

Sonreí, asentí una vez y eché un último vistazo alrededor. Después me adentré en los árboles.

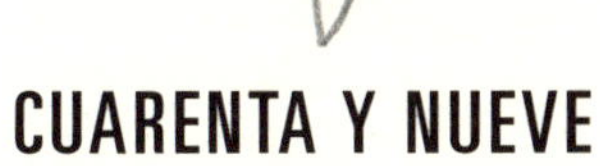

CUARENTA Y NUEVE

Con un metro de largo, la escopeta Winchester era demasiado grande para transportarla fácilmente por el bosque. Tenía que llevarla con las dos manos, en posición vertical, delante de mí. Pero me alegraba de tenerla. Era una buena pieza antigua. Y bastante sólida. Las balas de plomo de calibre 12 resuelven la mayoría de las peleas a la primera de cambio.

Era marzo en Mississippi y había tantas hojas nuevas en los árboles que no podía ver claramente el cielo. Así que me moví por instinto. O a ojo de buen cubero, como dicen algunas personas. Algo que resulta difícil en un bosque. La mayoría de las personas diestras terminan trazando amplios círculos en sentido contrario a las agujas del reloj, porque la mayoría de las personas diestras tienen la pierna izquierda un poco más corta que la derecha. Biología y geometría básicas. Evité ese peligro poniéndome a la derecha de uno de cada diez árboles que me encontraba, tanto si creía que era necesario como si no.

La vegetación era densa, pero no imposible. Había un poco de maleza y mucha hojarasca. Los árboles no eran de hoja perenne. No tenía idea de qué árboles eran. No sé mucho de árboles. Los troncos tenían distintos diámetros y por lo general estaban a un metro o un metro y medio de distancia. La mayoría de las ramas bajas se habían secado en la penumbra. No había mucha luz allí abajo. No había senderos. Ninguna señal de movimiento reciente.

Tenía una circunstancia a mi favor y dos en contra. Las circunstancias negativas eran que hacía mucho ruido al avanzar y que llevaba una camisa blanca brillante. Estaba bastante lejos de pasar desapercibido. No tenía ningún tipo de camuflaje. No me acercaba de manera silenciosa. La positiva era que me estaba acercando a ellos desde atrás. Tenían que estar escondidos en el límite del bosque. Tenían que estar mirando hacia afuera. Estaban a la espera de periodistas, cotillas y otros extraños que aparecieran allí sin motivo aparente. Cualquiera que caminara deliberadamente hacia ellos se convertía en su objetivo. Pero yo me aproximaría a ellos desde atrás.

Supuse que no lidiaría con muchos hombres al mismo tiempo. Estarían separados en pequeñas unidades. Mínimo dos y un máximo cuatro personas en cada una. Serían unidades móviles. Sin escondites ni campamentos provisionales. Estarían sentados en troncos caídos, apoyados en los árboles o en cuclillas en el suelo, mirando hacia fuera a través de los últimos arbustos a la brillante luz del sol, preparados para moverse a la izquierda o a la derecha para cambiar el ángulo, preparados para salir al encuentro de cualquier amenaza.

Y supuse que las pequeñas unidades móviles estarían muy separadas entre sí. Cincuenta kilómetros de cerca es mucho terreno que defender. Si una compañía entera se desplegaba en ese bosque, cada unidad de cuatro hombres quedaría a un kilómetro de su vecino más cercano. Y mil metros en un bosque son como mil kilómetros fuera. No era posible contar con apoyo inmediato o refuerzos. Nada de fuego de cobertura. Regla básica: los fusiles y la artillería no sirven para nada en terrenos boscosos. Hay demasiados árboles por el medio.

Empecé a caminar más despacio tras avanzar doscientos pasos aproximadamente hacia el noroeste. Supuse que debía estar acercándome al primer puesto de observación, más o menos a las nueve en punto de un cuadrante imaginario, muy por encima del trazado de la carretera, dentro de alguna saliente desde la que se pudiera vigilar una zona extensa hacia el suroeste. Seguramente era el puesto de observación desde el que habían visto a Bruce Lindsay. Seguramente había aparecido a su izquierda y había sido un objetivo fácil de divisar a más de un kilómetro y medio de distancia. Entonces ellos habían salido y avanzado, y se habían mantenido a unos cientos de metros de él. Quizás le habían hecho alguna advertencia o le habían dado alguna orden a gritos. Quizás su respuesta había sido lenta, confusa o contradictoria. Y entonces le habían disparado.

Me alejé abriéndome hacia mi derecha y después me introduje con cuidado en lo que esperaba que fuera una línea recta por detrás de donde pensaba que estaría el primer puesto de observación. Me moví entre los árboles como si estuviera avanzando entre una multitud, desviándome a la izquierda, desviándome a la derecha, guiando con un hombro y luego con el otro. Mantuve mis ojos en movimiento, de un lado a otro y de arriba abajo. Vigilaba el suelo con atención. No podía hacer nada para evitar la mayoría de las cosas que allí había, pero no quería tropezarme ni pisar nada más grueso que un palo de escoba. La madera seca puede hacer mucho ruido al romperse.

Seguí avanzando hasta que vi la luz del sol. Casi en el límite del bosque. Miré hacia la izquierda, miré hacia la derecha, di un paso hacia delante con cuidado y descubrí que en parte tenía razón y en parte estaba equivocado. Tenía razón, porque el lugar en el que me encontraba era, efectivamente, un excelente puesto de observación, y estaba equivocado porque no había nadie.

Me detuve un metro antes del último árbol y me encontré mirando hacia el suroeste. El campo de visión era amplio y tenía forma de cuña. La carretera que llevaba a Carter Crossing lo cruzaba en diagonal a lo lejos. No se movía nada, pero si se hubiese movido algo lo habría visto con mucha claridad. Asimismo, habría visto cualquier cosa que hubiera en el terreno en un radio de quinientos metros a ambos lados de la carretera. Era un excelente puesto de observación. Ninguna duda al respecto. No podía entender por qué no había nadie. Tácticamente no tenía sentido. Quedaban muchas horas de luz. Y hasta donde yo sabía, en Kelham no había cambiado nada. No se había presentado ningún nuevo imperativo estratégico. En todo caso, para la Compañía Bravo la situación estaba peor que nunca.

El estado del terreno también daba muestras de una profunda falta de seriedad. Había colillas aplastadas contra la tierra. Había un envoltorio de golosina, hecho una pelota, ahí tirado. Había claras huellas de pisadas, semejantes a las que había visto junto al periodista desangrado en las tierras del viejo Clancy. No me causó una buena impresión. Los rangers están entrenados para no dejar rastros a su paso. La idea es que se muevan por el terreno como si fueran fantasmas. Sobre todo cuando se les encarga una misión sensible de dudoso carácter legal.

Retrocedí, volví a adentrarme en los árboles, me enderecé y avancé hacia el norte. Seguí una ruta a unos cincuenta metros del límite del bosque. Presté atención por si encontraba caminos laterales que llevaran de vuelta a la cerca de Kelham. No vi ninguno. Realmente no fue una sorpresa. Probablemente, la entrada y la salida en secreto se efectuaban mucho más al norte, en algún lugar remoto en el extremo de la reserva, lejos de cualquier sitio de uso regular.

Doscientos metros después me desvié de nuevo, otra vez hacia donde los árboles escaseaban, hasta llegar a un lugar con peor vista de la carretera pero mejor vista de los campos. De nuevo, un excelente punto de observación. De nuevo, no había nadie. Y por lo que parecía nunca había habido nadie. No había colillas. No había envoltorios. No había huellas.

Retrocedí otra vez hasta mi posición original y probé de nuevo doscientos metros más adelante. Nada. Empecé a preguntarme si estaríamos hablando de algo más pequeño que una compañía. Pero desde mi punto de vista, poner menos hombres en un perímetro de cincuenta kilómetros no tenía sentido. Yo hubiese querido más. Dos compañías enteras. O tres. Y yo soy una persona tacaña comparado con el Pentágono. Si yo quisiera quinientos hombres, los altos mandos querrían cinco mil. Con cualquier planificación normal, el bosque estaría lleno de gente. Como Times Square. Me habrían disparado por la espalda hacía rato.

Después empecé a preguntarme sobre los cambios de guardia y los horarios de las comidas. Posiblemente la aparente escasez de efectivos dejaba lugares vacíos durante algunas horas. Pero estaba seguro de que esos lugares estarían ocupados la mayor parte del tiempo. Eran demasiado buenos como para desperdiciarlos. Si la misión consistía en detectar cualquier enemigo potencial que se acercara al perímetro de Kelham, tendrían que dividir los 360 grados en puntos de observación útiles, y cualquiera de los tres que había visto cumplía los requisitos. Por lo que supuse que tarde o temprano encontraría a alguien yendo o viniendo.

Me di la vuelta y me adentré de nuevo en el bosque. Cuando había recorrido la mitad del camino hasta mi posición original, dejé de caminar. Me quedé quieto y esperé. No escuché nada durante diez minutos. Después veinte. Después treinta. La brisa hacía sonar las hojas, los troncos se movían y se lamentaban, y animales diminutos se escabullían. Nada más.

Entonces oí pasos y voces a lo lejos, adelante y a mi izquierda.

CINCUENTA

Me desplacé hacia el oeste y me puse detrás de un árbol muy poco adecuado que no era mucho más ancho que mi pierna. Apoyé mi hombro izquierdo en él. Ajusté la escopeta. Apunté con el cañón en dirección a los sonidos que se avecinaban. Mantuve los dos ojos muy abiertos. Permanecí completamente callado y quieto.

Se acercaban tres hombres, pensé. Despacio, relajados, indisciplinados. Paseando. Hablaban de cualquier cosa. Oí cómo sus pies rozaban contra las hojas. Oí sus voces, susurrando de forma informal y aburrida. No podía distinguir sus palabras, pero su tono no delataba preocupación ni cautela. Oí maleza que se desagarraba y ramas que crujían y se partían, y escuché unos golpes secos que me parecieron culatas de M16 golpeándose contra los troncos a medida que los tipos se apretaban para pasar por huecos más estrechos entre los árboles. No era un avance para nada ordenado. No eran soldados de infantería de primer nivel. Mi mente se adelantó, como lo hace a veces, y me vi a mí mismo redactando un parte operativo en el que criticaba su conducta. Me vi en una reunión en Benning, enumerando sus deficiencias ante una comisión de oficiales de alto rango.

Los tres hombres parecían dirigirse hacia el sur, caminando en paralelo al límite del bosque, quizás a veinte metros de él. Sin duda estaban regresando a uno de los puestos de observación que yo ya había revisado. No podía verlos. Había demasiados árboles. Pero los escuchaba bastante bien. Estaban razonablemente cerca. Se acercaban a donde yo estaba, a unos treinta metros, por mi izquierda.

Rodeé el árbol fino en el que estaba apoyado y me mantuve detrás de ellos. No los seguí. No de inmediato. Quería estar seguro de que no venían más. No quería meterme en medio de una columna en marcha. No quería ser el cuarto en una gran procesión, con tres tipos delante de mí y un número desconocido detrás. Así que me quedé donde estaba, quieto y muy atento. Pero no escuché nada, más allá de los tres hombres que se alejaban hacia el sur. Nada en el norte. Nada de nada. Solo el sonido de la naturaleza. Viento, hojas, insectos.

Los tres hombres estaban solos.

Dejé que sus ruidos avanzaran unos treinta metros más y empecé a seguirles. Encontré fácilmente el rastro que dejaban a su paso. Seguían un camino informal que se había formado en la maleza por las huellas de ida y de vuelta durante un par de días. Había hojas húmedas y ramas partidas. Había restos de materia orgánica en los márgenes de un sendero serpenteante de más o menos treinta centímetros de ancho. Tenue, pero visible. Muy visible, de hecho, comparado con el resto del suelo del bosque. Comparado con lo que había visto hasta entonces, parecía la autopista I-95.

Los seguí durante todo el recorrido. No fue difícil conseguir que mis pasos coincidieran con los suyos. Así que no me preocupaba hacer ruido. Mientras fuera más silencioso que dos de ellos, no habría manera de que me oyese ninguno de los tres. Y era fácil ser más silencioso que dos de ellos. Habría sido difícil ser más ruidoso, de hecho, a no ser que disparara el Winchester un par de veces y cantara el himno nacional.

Me permití acercarme un poco más a ellos. Apuré el paso y me quedé a veinte metros de distancia. Seguía sin haber más contacto visual que la visión fugaz de una espalda estrecha con uniforme de camuflaje, y un destello negro de lo que tomé como el cañón de un M16. Pero los oía claramente. Definitivamente eran tres. Por lo que se escuchaba, uno era mayor que los otros, y posiblemente estaba al mando. Había otro que no hablaba mucho, y el tercero tenía la voz nasal y era muy locuaz. Seguía sin poder comprender las palabras, pero sabía que no estaban diciendo nada que mereciera la pena escuchar. Me daba cuenta por el tono y el ritmo de la conversación. Eran murmullos sarcásticos, réplicas y alguna que otra carcajada insolente. Tres tíos pasando el rato.

No se desviaron hacia el tercero de los puestos de observación que yo había visto. Siguieron de largo, sin prisa y casi con seguridad, avanzando en fila. Escuché más fuerte la voz del primero, que lanzaba comentarios por encima del hombro a los dos que iban detrás, cuyas respuestas apenas pude escuchar, dado que se movían en dirección contraria a donde yo estaba. Pero seguía sintiendo que no decían nada importante. Estaban aburridos, posiblemente cansados y enfrascados en una tarea rutinaria con la que ya estaban familiarizados. No tenían previsto peligro o riesgo alguno.

También dejaron atrás el segundo puesto de observación. Continuaron avanzando hacia el sur, y yo los seguí durante doscientos metros por el sendero hasta que los escuché girar a la derecha hacia el primer puesto de observación. A las nueve en punto en el reloj imaginario. El lugar en el que se habían escondido los asesinos de Bruce Lindsay, casi seguro.

Llegué al lugar donde habían girado y esperé allí, en el sendero principal. Escuché que se detenían veinte metros al oeste de mi posición, que era exactamente donde yo había estado antes, justo en el límite del bosque, donde estaban las huellas de pisadas y las colillas y el envoltorio de la golosina. Avancé hacia ellos, cinco metros, diez, y después me detuve de nuevo. Escuché a uno eructar, lo que produjo risas e hilaridad general, y supuse que efectivamente habían ido hacia el norte en busca de la comida que tenían programada, y que ahora estaban otra vez en sus puestos. Escuché a uno mear detrás de un árbol. Escuché cómo salpicaba contra las hojas curtidas y afelpadas que tapaban el suelo del bosque. Escuché cómo los cañones de los fusiles apartaban ramas al nivel de los ojos, mientras miraban el terreno despejado que tenían frente a ellos, al oeste. Escuché la fricción y el ruido metálico de un encendedor Zippo, y un segundo después olí el humo de un cigarro.

Respiré hondo y avancé, cada vez más cerca de ellos, moviéndome entre los árboles de izquierda a derecha, cinco metros más, después seis, después siete, guiando con mi codo izquierdo, después con el derecho, nadando en ese espacio saturado, con la escopeta Winchester en posición vertical delante de mí. Los tres tipos no tenían idea de que yo estaba allí. Los podía sentir más adelante, despreocupados, quietos, mirando hacia fuera, en silencio, colocándose. La euforia de la hora de comer había terminado. Contuve la respiración y me acerqué un árbol más, en silencio, después otro árbol, después otro, y por fin pude verlos claramente por primera vez.

Y no supe lo que estaba viendo.

CINCUENTA Y UNO

Había tres hombres, como había previsto. Estaban a cinco metros de distancia. El ancho de una habitación. Estaban todos de espaldas a mí. Uno era grande y canoso. Llevaba ropa de combate verde aceituna de la época de Vietnam. Le quedaba muy apretada. Llevaba un fusil M16 y vi la culata de una Beretta M9 semiautomática en una cartuchera sujeta a su cinturón. Una pistola nueve milímetros. Un arma reglamentaria del Ejército de los Estados Unidos, lo mismo que el M16. En los pies llevaba unas viejas botas de paracaidista, y tenía la cabeza descubierta.

El segundo era más joven y un poco más alto, pero no mucho más delgado. Su pelo era color arena y llevaba un uniforme de combate que yo juraría que era del ejército italiano. Parecido al nuestro, pero no igual. Con mejor corte. Tenía un M16 cogido del mango para transportarlo. Lo sujetaba con la mano derecha. No tenía ningún arma de mano. Llevaba unas zapatillas deportivas negras. La cabeza descubierta. Tenía una mochila pequeña con un estampado de camuflaje distinto al del uniforme.

El tercero llevaba el uniforme de camuflaje que usaba el Ejército de los Estados Unidos en los años ochenta. Estaba muy lejos de ser gordo. Era un enano. Medía alrededor de un metro sesenta y cinco, pesaba alrededor de sesenta kilos. Flaco, enjuto, débil y nervioso. También llevaba un M16. Zapatos de civil, cabeza descubierta, sin arma de mano. Él era el que fumaba. Sujetaba un cigarrillo encendido con los dos primeros dedos de su mano izquierda.

Al principio el uniforme de combate italiano me hizo preguntarme si no serían de alguna tropa rara de la OTAN. Pero la ropa de Vietnam del primero no encajaba con ningún escenario de 1997, por mala que fuera la política internacional en aquel entonces, ni tampoco los zapatos del tercero, ni la ausencia general de casco de combate y de raciones alimenticias, ni ese comportamiento tan poco profesional. Repasé mentalmente algunas posibilidades aleatorias, como si del panel de salidas de un aeropuerto se tratase. Me sorprendió que no escucharan el ruido que hacía todo ese engranaje dentro de mi cabeza.

Los miré de nuevo, de izquierda a derecha, y después de derecha a izquierda.

No pude resolverlo.

Por fin lo entendí: eran aficionados.

Una zona muy apartada del estado de Mississippi, al lado de Tennessee y de Alabama. Grupos paramilitares civiles. Falsos militares. Hombres a los que les gusta pasearse con armas por el bosque y a los que les gusta decir que están defendiendo algo de vital importancia. Hombres a los que les gusta ponerse a hablar de cualquier cosa en la tienda de excedentes, después de haberse comprado sus trajes de faena y sus uniformes italianos de combate.

Y hombres a los que les gusta comprar armas en armerías rurales. En algunas en particular. Porque algunas armerías rurales están cerca de bases militares, y por lo tanto tienen material especial para vender a escondidas de manera ilegal. Lo único que se necesita es alguien de dentro, y creedme, dentro siempre hay alguien disponible. Cada año un flujo constante de fusiles M16, Berettas y cosas peores son declaradas extraviadas, rotas o inservibles, y en teoría se destruyen aunque eso no es lo que sucede en la práctica. En realidad las sacan por la puerta de atrás en medio de la noche y tan solo una hora después están bajo el mostrador de una armería.

He arrestado a muchas personas, a menudo en grupos más grandes que el que tenía en frente, pero nunca fui muy bueno haciéndolo. Los mejores arrestos funcionan gracias a mucho alarde y un gran despliegue, y yo me cohíbo cuando tengo que ponerme a despotricar. A mí me va mejor asestar un buen golpe en el minuto uno y dejarlos fuera de juego desde el principio. Y gritar *detente, detente, detente* también me cohíbe. Las palabras me salen un poco tímidas. Como si no estuviera dando una orden.

Pero tenía la mejor herramienta que jamás se haya inventado para cortar una conversación: una escopeta corredera. Por el precio de un cartucho sin disparar, podía hacer un ruido capaz de congelar a cualquier grupo de tres hombres en tres lugares del mundo cualquiera.

El ruido más intimidante que jamás se haya escuchado.

Crac, crac.

El cartucho que salió disparado de mi escopeta cayó sobre las hojas que estaban a mis pies y los tres hombres se quedaron congelados.

—Fusiles al suelo, ahora —dije.

Voz normal, modulación normal, tono normal.

El del pelo color arena lo tiró primero. Fue bastante rápido. Después lo tiró el más viejo, y el último de los tres fue el tipo enjuto.

—No os mováis —continué—. No me deis motivos.

Voz normal, modulación normal, tono normal.

Se quedaron bastante quietos. Levantaron un poco los brazos, hacia los lados, despacio, y acabaron poniéndolos a cierta distancia de su cuerpo y manteniéndolos ahí. Separaron los dedos. Sin duda separaron también los dedos de los pies dentro de las botas, zapatillas y zapatos. Lo que hiciera falta para dar la impresión de que estaban desarmados y de que no eran peligrosos.

—Y ahora, tres pasos hacia atrás.

Obedecieron los tres, los tres se movieron con pasos exagerados e inseguros, y los tres se detuvieron a más de un cuerpo de distancia de sus fusiles.

—Y ahora daos la vuelta —dije.

CINCUENTA Y DOS

No había visto nunca a ninguno de ellos. Después de girar muy despacio, el más viejo se había quedado frente a mí, a mi izquierda. Era un completo desconocido para mí. Era uno más, sin nada especial, con un poco de sobrepeso y bastante deteriorado. El del medio era el que tenía el pelo color arena. Era como habría sido el más viejo, si hubiese nacido veinte años después y en mejores circunstancias. Uno más, un poco blando y civilizado. El tercero era distinto. Era el tipo de persona que obtienes cuando comes ardillas durante cuatro generaciones seguidas. Más listo que una rata, más fuerte que una cabra y más asustadizo que cualquiera de las dos.

Acomodé la culata del Winchester bajo mi axila derecha, eché el codo hacia atrás y sostuve el arma con una sola mano. Apunté a los dos de la derecha de manera un tanto imperfecta. Pero era una escopeta calibre doce. No necesitaba apuntar de perfectamente.

Usé mi brazo como medio de la comunicación, miré al tipo más viejo y dije:

—Esta es la parte en la que desenfundas tu otra arma y me la das.

No contestó.

—Y lo vas a hacer así —dije—. La vas a sacar de la cartuchera con el índice y el pulgar, y después la vas a girar en tu mano y te vas a apuntar a ti mismo, ¿de acuerdo?

No hubo respuesta.

—El segundo premio es que te dispare en las piernas —dije.

Voz normal, modulación normal, tono normal.

No hubo respuesta. No al principio. Pensé en desperdiciar otro cartucho y accionar de nuevo la corredera de la escopeta, pero no fue necesario. El viejo no era un héroe. Reconsideró la situación y se puso manos a la obra. Usó el índice y el pulgar tal como le había dicho, giró el arma en su mano y se apretó el cañón contra el vientre.

—Ahora quítale el seguro —dije.

No era fácil hacerlo con el arma al revés, pero lo logró.

—Sujeta el cañón con el pulgar y con los dos primeros dedos —continué—. Deja suelto el dedo anular. Ahora mételo en el guardamonte. Ahí mismo. Apretando el gatillo hacia atrás.

Lo hizo.

—¿Y ahora qué sabes? —pregunté.

No contestó.

—Cualquier movimiento brusco y recibes un disparo en la barriga —dije—. Eso es lo que sabes. Cualquier movimiento brusco. ¿Está claro? ¿Lo entiendes?

Asintió.

—Ahora mueve el brazo y acércame el arma —dije—. Despacio y con cuidado. Mantenla todo el tiempo a la misma altura. Mantenla siempre apuntando hacia ti. Mantén el dedo anular firme en el gatillo.

Lo hizo. Alejó el arma unos sesenta centímetros de su centro de gravedad, y yo me acerqué y la cogí. Se la saqué de la mano fácilmente, sin ningún problema. Retrocedí, él dejó caer su brazo y yo intercambié de manos. La Winchester a mi izquierda y la Beretta con la derecha.

Y solté aire.

Y sonreí.

Tres prisioneros desarmados, todo sin disparar un tiro.

Miré al viejo y pregunté:

—¿Quiénes sois?

Tragó saliva dos veces, recuperó un poco la compostura y dijo:

—Estamos en una misión, y es el tipo de misión de la cual los civiles se deberían mantener apartados, si saben lo que les conviene.

—¿Civiles en contraposición a qué?

—En contraposición a personal militar.

—¿Vosotros sois personal militar?

—Sí —dijo el viejo.

—No, no lo sois —dije—. Son una panda de soñadores.

—Es una misión autorizada —replicó.

—¿Quién la ha autorizado?

—Nuestro comandante.

—¿Y a él quién lo ha autorizado?

El tipo empezó a aclararse la garganta, a titubear y a gruñir. Empezó a hablar y se detuvo un par de veces. Crucé el cañón de la Winchester con la Beretta y le apunté con la pistola. No estaba seguro de que fuera a funcionar. Nunca confío en un arma que no he disparado. Pero la sensación era correcta y el peso era correcto. No tenía puesto el seguro. Eso lo sabía. Y el viejo estaba claramente asustado. Él tenía que saber mejor que nadie si el arma funcionaba. Porque era suya. Apoyé mi dedo con firmeza en el gatillo. Él vio cómo lo hacía. Pero siguió sin decir nada.

Entonces habló el del pelo color arena. El blando. Dijo:

—No sabe quién ha autorizado la misión y le da vergüenza admitirlo. Por eso no dice nada. ¿No te das cuenta?

—¿Prefiere que le peguen un tiro a sentir vergüenza?

—Ninguno de nosotros sabe quién ha autorizado nada. ¿Cómo podríamos saberlo?

—¿De dónde sois? —pregunté.

—Primero dime quién eres.

—Soy un oficial del Ejército de los Estados Unidos —dije—. Lo que significa que si esta supuesta misión la ha autorizado el ejército, vosotros estáis ahora a mi cargo, puesto que soy el oficial de mayor antigüedad de los presentes. ¿No es cierto? Eso sería lo lógico, ¿no?

—Sí, señor.

—¿De dónde sois?

—De Tennessee —dijo el tipo—. Somos los Ciudadanos Libres de Tennessee.

—No dais la impresión de ser demasiado libres —dije—. Ahora mismo parecéis estar detenidos.

No hubo respuesta.

—¿Por qué habéis venido aquí? —pregunté.

—Nos enteramos.

—¿De qué os enterasteis?

—De que nos necesitaban aquí.

—¿Cuántos habéis venido?

—Somos sesenta.

—¿Veinte equipos para cubrir cincuenta kilómetros?

—Sí, señor.

—¿Cuáles fueron las órdenes que recibisteis al llegar? —pregunté.

—Nos dijeron que no permitamos que se acerque nadie.

—¿Por qué?

—Porque había llegado el momento de dar un paso al frente y defender a los militares de la nación. Que es el deber de todo patriota.

—¿Por qué los militares de la nación necesitan vuestra ayuda?

—No nos dijeron por qué.

—¿Qué directivas habéis recibido?

—No permitir que nadie se acerque y cumplir con eso fuese como fuese.

—¿Vosotros matasteis al chico esta mañana?

Silencio durante un rato bien largo.

Después habló el enano, a mi derecha.

—¿Se refiere al chico negro? —dijo.

—Esta misión está *completamente* autorizada —dijo el viejo.

—Sí, me refiero al adolescente afroamericano de sexo masculino —respondí.

El tipo del pelo color arena miró nervioso a sus dos compañeros. Primero a uno, después al otro. Haciendo movimientos rápidos con la cabeza. Dijo:

—Ninguno de nosotros debería responder preguntas a ese respecto.

—Al menos uno de vosotros debería hacerlo —dije.

—Esta misión está completamente autorizada al más alto nivel posible —dijo el viejo—. No hay un nivel más alto que el nivel que autorizó esta misión. Sea usted quien sea, caballero, está cometiendo un grave error.

—Cierra la boca —dije.

El tipo del pelo color arena miró al enano y dijo:

—No digas nada.

Yo miré al enano y dije:

—Di lo que quieras. De todos modos nadie va a creerte. Todo el mundo sabe que un maricón como tú viene aquí solo para mirar el paisaje.

Miré hacia otro lado. De nuevo al viejo.

El enano dijo:

—Yo disparé al muchacho negro.

Lo miré de nuevo.

—¿Por qué? —le pregunté.

—Se estaba comportando de manera agresiva.

Negué con la cabeza.

—Vi el cadáver —dije—. La bala le dio en la parte alta del cuerpo, por debajo del brazo. No recibió ningún daño en el mismo brazo. Yo creo que tenía las manos en alto. Yo creo que se estaba rindiendo.

El enano hizo un ruido con la nariz y dijo:

—Supongo que puede verse así.

Descrucé la Winchester y la Beretta. Levanté la pistola. Apunté a la cara del enano.

—Cuéntame qué hicisteis ayer —dije.

Me miró a los ojos.

Vi cómo hacía cálculos con sus pequeños ojos de rata.

Decidió que no iba a disparar.

Dijo:

—Ayer estuvimos en un puesto más al norte.

—¿Y?

—Supongo que puedo decir que esta temporada voy dos de dos.

—¿Quién le hizo el vendaje?

—Yo —dijo el del pelo color arena—. Fue un accidente. Cumplíamos con las órdenes que recibimos.

Miré otra vez al enano y dije:

—Cuéntamelo otra vez. Lo de apuntar a un chico de dieciséis años con las manos en alto.

Apunté el arma dos centímetros más arriba. Justo al centro de su frente.

El tipo sonrió y dijo:

—Supongo que podría haber estado saludando.

Apreté el gatillo.

El arma funcionaba bien. Exactamente como tenía que funcionar. El ruido del disparo restalló, siseó y rodó. Salieron volando algunos pájaros. El casquillo salió disparado, rebotó contra un árbol y me dio fuerte en un muslo. La cabeza del enano voló en pedazos, salpicó las hojas que había detrás de él y cayó de manera vertical, su culo escuálido le dio en los talones y después rebotó y se desparramó como un saco sin huesos, como solo lo hace el cuerpo de alguien que acaba de morir de manera violenta.

Esperé a que el sonido se extinguiera y a recuperar el oído, y luego miré a los dos sobrevivientes y dije:

—Su supuesta misión acaba de terminar. A partir de ya. Y los Ciudadanos Libres de Tennessee acaban de quedar disueltos. Desde este mismo momento. Ya no tenéis absolutamente nada que hacer. Os vais a ir corriendo y vais a difundir la noticia. Tenéis treinta minutos para sacar de mi bosque vuestras lamentables vidas. Tenéis una hora para iros del estado. Todos vosotros. Si tardáis un minuto más, enviaré una compañía de rangers a buscarlos. Ahora largaos.

Los dos sobrevivientes se quedaron allí de pie un segundo, totalmente quietos, pálidos, conmocionados y asustados. Después volvieron en sí. Y salieron corriendo. A toda prisa. Escuché cómo se alejaban hasta que el ruido de sus pasos se apagó por completo. Tardó un tiempo, pero después ya no estaban y sabía que no regresarían. Habían tenido una baja, y no tenían ganas de pasar por esa clase de cosas. Estaba seguro de que transformarían a su amigo en un mártir, pero estaba igual de seguro de que se esforzarían mucho para no compartir su glorioso destino. La sangre y los sesos son realidades, y las realidades no son bienvenidas en el mundo de las fantasías.

Le puse el seguro a la Beretta y me la guardé en el bolsillo del pantalón. Me saqué la camisa por fuera para que el arma quedara escondida. Después volví por donde había venido, avanzando con un hombro hacia delante y luego con el otro, mientras me deslizaba entre los árboles con la Winchester delante de mí en posición vertical.

CINCUENTA Y TRES

Elizabeth Deveraux me esperaba exactamente donde la había dejado, junto a su coche, a dos metros de la franja de árboles. Salí del bosque justo delante de ella y se sobresaltó un poco, pero enseguida se recompuso. Supongo que no quería insultarme sorprendiéndose por que lo hubiera logrado. O no quería demostrar que había estado preocupada. O las dos cosas. Le di un beso en la boca y le devolví la escopeta. Ella me preguntó:

—¿Qué ha pasado?

—Son una especie de consejo de ciudadanos de Tennessee —dije—. Algún tipo de paramilitares aficionados venidos del medio de la nada. Se están yendo.

—He oído un disparo.

—Uno de ellos estaba tan arrepentido que se suicidó.

—¿Tenía cosas de las que arrepentirse?

—Más que la mayoría.

—¿Quién los ha traído aquí?

—Esa es la gran pregunta, ¿no? —dije.

Le devolví la munición de repuesto que tenía en el bolsillo. Me dijo que la metiera en el maletero. Después volvimos al pueblo. Mi nueva Beretta se me clavó en el muslo y en la barriga todo el camino. Cruzamos la mitad negra de Carter Crossing, luego pasamos por la vía del tren y después estacionamos en la explanada del Departamento del Sheriff. Donde Deveraux tenía su base. Un lugar seguro. Dijo:

—Tómate un café. Volveré pronto.

—¿A dónde vas?

—Tengo que ir a ver a la señora Lindsay para darle las noticias sobre su hijo.

—No va a ser fácil.

—No, no va a ser fácil.

—¿Quieres que vaya contigo?

—No —dijo ella—. No sería apropiado.

Me quedé mirando cómo se alejaba en el coche y después fui a la cafetería a por el café. Y a hablar por teléfono. Dejé mi taza a mano sobre la mesa de recepción y marqué el número del despacho de Stan Lowrey. Atendió él. Dije:

—Sigues ahí. Sigues teniendo trabajo. No me lo puedo creer.

—Eso ha pasado a la historia, Reacher —me dijo.

—Lo recordarás como los últimos coletazos de una época feliz.

—¿Qué quieres?

—¿De la vida en general? Es una pregunta muy seria.

—De mí.

—De ti, muchas cosas —le dije—. Concretamente quiero que busques algunos nombres. En todas las bases de datos que encuentres. Sobre todo civiles, si puedes, las del gobierno incluidas. Llama a la policía del D. C. e intenta que te ayuden. También al FBI, si sigue habiendo alguien que hable contigo.

—¿Abiertamente o a escondidas?

—Lo más escondido que puedas.

—¿Qué nombres?

—Janice May Chapman —dije.

—Esa es la mujer que mataron, ¿no?

—Una de las que mataron.

—¿Cuál más?

—Audrey Shaw —dije.

—¿Quién es?

—No lo sé. Por eso quiero que la busques.

—¿Con qué está relacionada?

—Es un cabo suelto relacionado con otro cabo suelto.

—Audrey Shaw —repitió, despacio, como si lo estuviera anotando.

Después dijo:

—¿Qué más?

—¿Cómo de lejos de tu despacho está el despacho de Garber? —pregunté.

—Está al otro lado de la escalera.

—Necesito hablar con él. Así que ve a buscarlo, agárralo de su viejo pescuezo y arrástralo hasta tu despacho.

—¿Por qué no lo llamas directamente?

—Porque quiero hablar con él por tu línea, no por la suya.

No hubo más respuesta que un golpe seco cuando apoyó el teléfono en el escritorio, un gruñido cuando se levantó y un silbido a medida que el almohadón de la silla recuperaba su forma. Después silencio, lo que me iba a salir caro, porque estaba llamando desde un teléfono público. Eché otra moneda de veinticinco centavos y esperé. Pasaron varios minutos. Empecé a pensar que Garber no se quería mover. Que se negaba a ir al despacho de Lowrey. Pero entonces oí que alguien cogía el teléfono y una voz conocida me preguntó:

—¿Qué demonios quiere ahora?

—Quiero hablar con usted —respondí.

—Y entonces llámeme. Tenemos conmutadores. Y números internos.

—Tiene la línea intervenida. Creo que es bastante obvio, ¿no? Usted es un peón en esto, igual que yo. Es más seguro hablar por otra línea.

Garber se quedó callado un momento.

—Es posible —dijo—. ¿Qué tiene para mí?

—Las tropas que estaban en el terreno fuera de Kelham eran una fuerza no oficial. Un grupo paramilitar de ciudadanos locales. Evidentemente parte de alguna red de verdaderos patriotas compuesta de bichos raros. Al parecer estaban allí para defender al ejército de un hostigamiento injustificado.

—Bueno, es Mississippi —dijo—. ¿Qué esperaba?

—De hecho, eran de Tennessee —dije yo—. Y no me está entendiendo. No fueron allí por casualidad. No estaban en el bosque simplemente porque se les ocurrió. No estaban de vacaciones. Alguien los había enviado. Tienen algún contacto que sabía exactamente cuándo, exactamente dónde, exactamente cómo y exactamente por qué los iban a necesitar. ¿Quién podría tener esa clase de información?

—Alguien que contara con todos los datos desde el principio.

—¿Y dónde podríamos encontrar a una persona así?

—Muy arriba en la cadena de mando.

—Coincido —dije—. ¿Alguna idea de quién podría ser?

—Ninguna.

—¿Está seguro? Tiene que ponerme al corriente, si puede.

—Estoy seguro. Usted ya sabe tanto como yo.

—De acuerdo, vuelva a su despacho. Lo voy a llamar en cinco minutos. Puede ignorar lo que yo diga, porque no tendrá mucho sentido. Pero quédese en línea el tiempo suficiente como para que las grabadoras hagan su trabajo.

—Espere —dijo Garber—. Tengo que decirle una cosa.

—¿Qué cosa?

—Noticias que llegaron del Cuerpo de Marines.

—¿Qué clase de noticias?

—Hay algún problema con Elizabeth Deveraux.

—¿Qué tipo de problema?

—Aún no sé. Están haciendo las cosas difíciles. Están hablando de la cuestión del acceso como si todo fuera un gran problema. El expediente en el que está incluida parece contener algo supertóxico. De la más alta categoría, lo más importante del mundo, y tonterías similares. Pero se dice que hace alrededor de cinco años hubo un gran escándalo. La historia es que Deveraux hizo que despidieran sin ningún motivo a otra policía militar del Cuerpo de Marines. Se comenta que fue por una cuestión de celos.

—Hace cinco años faltaban tres para que ella se retirara. ¿Le concedieron una baja con honores?

—Sí.

—¿Se fue de manera voluntaria o involuntaria?

—Voluntaria.

—Entonces no hay nada —dije—. No se preocupe.

—Está pensando con la parte del cuerpo equivocada, Reacher.

—Cinco minutos —dije—. En su despacho.

* * *

La camarera me rellenó la taza otra vez y me bebí casi todo el café recién hecho mientras contaba mentalmente trescientos segundos. Después volví al teléfono y marqué el número personal de Garber. Contestó y dije:

—Señor, el comandante Reacher al habla, informando desde Mississippi. ¿Me escucha bien?

—Alto y claro —respondió Garber.

—Tengo el nombre de la persona que les ordenó a los Ciudadanos Libres de Tennessee que fueran a Kelham —dije—. Esa orden se convirtió en parte de una conspiración delictiva, puesto que ocasionó dos homicidios y dos delitos de lesiones. Tengo una reunión en el Pentágono pasado mañana, pero volveré a la base inmediatamente después y entonces incluiré a algunos miembros de la Auditoría General del Ejército en la investigación.

Garber reaccionó rápido y bien e interpretó correctamente su parte. Preguntó:

—¿Quién es esa persona?

—Si no le molesta, reservaré esa información estrictamente para mí durante las próximas cuarenta y ocho horas —dije.

—Comprendido —dijo Garber.

Corté la llamada sin colgar el auricular y después marqué otro número. El del coronel John James Frazer, en lo profundo del Pentágono. El mediador con el Senado. Hablé con una secretaria y concerté una reunión con él a las doce del mediodía, en su despacho, dos días más tarde. No dije por qué, porque no podía hacerlo. No tenía una verdadera razón. Solo necesitaba estar en alguna parte de ese edificio gigante. Como el cebo en una trampa.

Después me senté en una mesa y esperé a Deveraux. Sabía que una mujer que comía como ella no podía tardar demasiado.

CINCUENTA Y CUATRO

Deveraux llegó media hora más tarde, pálida y agotada. Comunicar la muerte de alguien nunca es agradable. Más aún cuando llueve sobre mojado, sobre una madre que ya está cabreada. Pero es parte del trabajo. Las personas que acaban de perder a un familiar muy cercano siempre están cabreadas. ¿Cómo no iban a estarlo?

Deveraux se sentó y, mirándome, exhaló un suspiro largo y triste.

—¿Muy duro? —pregunté.

Ella asintió.

—Terrible —respondió—. No va a votarme nunca en la vida, eso seguro. Creo que si tuviera una casa, le prendería fuego. Si tuviera un perro, me lo envenenaría.

—No se la puede culpar —dije—. Dos de dos.

—Pronto serán tres de tres. Esa mujer va a ir a dar un paseo a medianoche por la vía del tren. Te lo aseguro. En menos de una semana, probablemente.

—¿Ya ha sucedido?

—No muy a menudo. Pero el tren está siempre ahí, cada noche. Como recordatorio de que hay una salida si la necesitas.

No dije nada. Quería recordar el tren en un contexto más alegre.

—Te quiero preguntar algo, pero no voy a hacerlo —dijo ella.

—¿Qué me quieres preguntar?

—¿Quién ha puesto a esos idiotas en el bosque?

—¿Por qué no ibas a preguntármelo?

—Porque asumo que son un montón de cosas conectadas. Una gran crisis en la base. Una respuesta parcial no tendría sentido. Tendrías que contármelo todo. Y no te quiero pedir eso.

—No te podría contar todo aunque quisiera. No lo sé todo. Si lo supiera todo, ya no estaría aquí. El trabajo habría terminado. Estaría de nuevo en mi base, pasando a lo siguiente.

—¿Quieres que llegue ese momento?

—¿Estás ligando?

—No, estoy preguntando nada más. He estado en tu lugar, no lo olvides. Antes o después a todos nos llega el momento en el que se apaga la luz. Me pregunto si ya te ha sucedido. O si todavía no.

—No, la verdad es que no quiero volver a la base —dije—. Pero sobre todo por el sexo, no por el trabajo.

Sonrió:

—¿Entonces quién ha puesto a esos idiotas en el bosque?

—No lo sé —dije—. Podrían haber sido varias personas. Kelham es un pastel como cualquier otro, y hay muchos que se lo quieren repartir. Muchos intereses, muchos puntos de vista. Algunos profesionales, algunos personales. Quizás cinco o seis pasan la prueba de la locura. Lo que implica que hay cinco o seis cadenas de mando que terminan en cinco o seis oficiales de alto rango. Cualquiera de ellos podría sentirse lo suficientemente amenazado como para hacer algo como esto. Y cualquiera de ellos sería capaz de hacerlo. Comportándote como un tipo dulce no llegas a oficial de alto rango en este ejército.

—¿Quiénes son esos cinco o seis?

—No tengo ni la menor idea. Ese no es mi mundo. Para ellos yo soy un soldado más. Sin nada que me diferencie de cualquier soldado raso.

—Pero lo vas a atrapar.

—Por supuesto que lo voy a atrapar.

—¿Cuándo?

—Pasado mañana, espero. Tengo que ir al D. C. Solo una noche, quizás.

—¿Por qué?

—Llamé a una línea que sabía que estaba intervenida y dije que tenía un nombre. Así que ahora tengo que ir un rato, actuar un poco y ver quién cae.

—¿Has decidido ser el cebo de una trampa?

—Es como la teoría de la relatividad. Es lo mismo que vaya yo hacia ellos que ellos vengan hacia mí.

—Sobre todo si ni siquiera sabes quiénes son, y mucho menos quién es el culpable.

No dije nada.

—Estoy de acuerdo —continuó ella—. Es hora de sacudir un poco las cosas. A veces la única manera de saber si la estufa está caliente es tocarla.

—Debes haber sido muy buena policía.

—Sigo siendo muy buena policía.

—¿Cuándo se te apagó la luz a ti? Me refiero a cuando estabas en el Cuerpo de Marines. ¿Cuándo dejaste de disfrutarlo?

—Más o menos en el momento en el que tú estás ahora —dijo—. Durante años te has reído de las cosas pequeñas, pero llegan con tanta fuerza y tan rápido que al final te das cuenta de que una avalancha está hecha de cosas pequeñas. Copos de nieve, ¿no? No hay nada más pequeño que un copo de nieve. De repente te das cuenta de que las cosas pequeñas *son* cosas grandes.

—¿No pasó nada en concreto?

—No, me las arreglaba. Nunca tuve ningún problema.

—¿En dieciséis años nunca tuviste ningún problema?

—Algunos accidentes menores aquí y allá. Salí con la persona equivocada una vez o dos. Pero nada relevante. Después de todo, llegué a oficial técnico jefe de grado 5, que para algunos de nosotros es lo más alto a lo que podemos llegar.

—Te fue bien.

—No me fue mal para ser una campesina de Carter Crossing.

—Para nada.

—¿Cuándo te vas? —preguntó.

—Mañana por la mañana, supongo. Tardaré todo el día en llegar.

—Le diré a Pellegrino que te lleve hasta Memphis.

—No hace falta —dije.

—Hazlo por mí —dijo ella—. Me gusta tener a Pellegrino

fuera del condado el mayor tiempo posible. Que destruya su coche y atropelle a un peatón en alguna otra jurisdicción.

—¿Ha hecho eso acá?

—Aquí no hay peatones. Es un pueblo muy tranquilo. Ahora mismo más tranquilo que nunca.

—¿Por lo de Kelham?

—Este lugar se está muriendo, Reacher. Necesitamos que abra base, y que abra rápido.

—Quizás haga algún avance en el D. C.

—Espero que sí —dijo ella—. Deberíamos comer.

—A eso he venido.

La comida habitual de Deveraux era el pastel de pollo. Pedimos dos, y cuando íbamos por la mitad entró la pareja de los dueños del hotel. La mujer con un libro y el hombre con un periódico. Una parada rutinaria, como la cena. El hombre me vio y se dirigió a nuestra mesa. Me dijo que me acababa de llamar el hermano de mi esposa. Que era urgente. Lo miré desconcertado durante un segundo. Debió de haber pensado que mi mujer tenía una familia muy numerosa.

—Su cuñado Stanley —dijo.

—Vale —dije—. Gracias.

El viejo se alejó despacio y yo dije:

—El comandante Stan Lowrey. Un amigo mío. Hemos estado destinados en el mismo lugar durante un par de semanas.

Deveraux sonrió:

—Creo que tenemos un veredicto. Los marines eran mejores comediantes.

Empecé a comer de nuevo, pero ella dijo:

—Deberías devolverle la llamada si es muy urgente, ¿no crees?

Dejé el tenedor en la mesa.

—Probablemente —dije—. Pero no te comas mi pastel.

Fui al teléfono por tercera vez y marqué. Lowrey atendió a la primera y me preguntó:

—¿Estás sentado?

—No, estoy de pie —respondí—. En el teléfono público de una cafetería.

—Bueno, agárrate bien. Tengo una historia para ti. Acerca de una chica llamada Audrey.

CINCUENTA Y CINCO

Me apoyé en la pared que estaba al lado del teléfono. No porque pensara que fuera a caerme de la conmoción o la sorpresa. Sino porque las historias de Lowrey solían ser muy largas. Se consideraba un gran contador de historias. Y le gustaba el trasfondo. Y el contexto. Le gustaba llegar al fondo de uno y del otro. Le gustaba rastrearlo todo hasta llegar al momento seminal justo antes de que unas volutas de gas aleatorias de los confines inexplorados del universo se unieran para formar la tierra.

—Al parecer Audrey es un nombre muy antiguo —dijo.

La única manera de hacer que Lowrey perdiera ritmo discursivo era atacar primero. Dije:

—Audrey era un nombre anglosajón. Es el diminutivo de Aethelthryt o de Etheldreda. Significa fuerza noble. Hubo una Santa Audrey en el siglo VII. Es la santa de los dolores de garganta.

—¿Por qué sabes todo eso? Yo lo tuve que buscar.

—La madre de una persona que conozco se llama Audrey. Me lo contó él.

—Quiero decir que ya no es un nombre muy común.

—Estaba en la posición 173 en la lista de los más usados del último censo. Es un poco más popular en Francia, Bélgica y Canadá. Básicamente por Audrey Hepburn.

—¿Sabes todo esto por la madre de un amigo?

—Por su abuela también, de hecho. Las dos se llamaban Audrey.

—¿Y por eso recibiste una ración doble de conocimiento?

—Sí, lo sentí como una ración doble de algo.

—Audrey Hepburn no era europea.

—Canadá no está en Europa.

—Pero allí hablan francés. Yo los he escuchado.

—Por supuesto que Audrey Hepburn era europea. Padre inglés, madre holandesa, nacida en Bélgica. Tenía pasaporte del Reino Unido.

—Sea como sea, lo que quiero decir, si dejas que alguien hable, es que si buscas Audreys no vas a encontrar demasiadas.

—¿Entonces has encontrado a Audrey Shaw, como te pedí?

—Eso creo.

—Qué rápido.

—Conozco a un tipo que trabaja en un banco. Las corporaciones son las que manejan la mejor información.

—De todos modos ha sido muy rápido.

—Gracias. Soy un trabajador diligente. Voy a ser el desempleado más diligente de la historia.

—¿Entonces qué sabemos de Audrey Shaw?

—Es una ciudadana americana —respondió Lowrey.

—¿Eso es todo lo que sabemos?

—Mujer caucásica, nacida en Kansas City, Missouri, y educada allí, fue a la universidad Tulane en Louisiana. La Ivy League del sur. Estudió humanidades y le gustaba salir de fiesta. Sus calificaciones no eran ni buenas ni malas. No tenía problemas de salud, lo que supongo que significa un poco más de lo que dice, tratándose de una chica de Tulane a la que le gustaba salir de fiesta. Se graduó en tiempo y forma.

—¿Y?

—Después de graduarse usó algunos contactos familiares para conseguir unas prácticas en el D. C.

—¿Qué clase de prácticas?

—En política. En un despacho del Senado. Trabajando para uno de los senadores de su estado natal de Missouri. Probablemente solo servía café, pero figuraba como asistente de un director ejecutivo a su vez asistente de algo.

—¿Y?

—Al parecer era bellísima. Hacía que a los hombres más fuertes les temblaran las piernas. Así que imagínate lo que sucedió.

—Se acostó con alguien —dije.

—Tuvo un affaire —respondió Lowrey—. Con un hombre casado. Todas esas noches, todo ese glamur. La emoción de resolver los problemas de la letra pequeña en acuerdos comerciales con Bolivia. Ya sabes cómo es. No sé cómo esa gente puede soportar tanta excitación.

—¿Quién era él?

—El propio senador —dijo Lowrey—. El jefazo. Desde entonces los registros se vuelven un poco borrosos, porque obviamente hicieron lo imposible para ocultarlo todo. Pero entre líneas era un asunto tórrido. Probablemente entre sábanas también. Algo muy grande. Se dice que ella estaba enamorada.

—¿De dónde sacas esa información, si los registros son borrosos?

—Del FBI —dijo Lowrey—. Muchos de ellos todavía hablan conmigo. Llevan el registro de este tipo de cosas. Para ejercer presión. ¿Has notado que el presupuesto del FBI nunca disminuye? Saben demasiadas cosas acerca de demasiados políticos como para que eso suceda.

—¿Cuánto tiempo duró el affaire?

—Los senadores tienen que presentarse a elecciones cada seis años, así que por lo general pasan los primeros cuatro revolcándose en el sillón y los últimos dos limpiando su historial. A la joven señorita Shaw le tocaron los dos últimos años, los buenos, y después le dieron una patada en el culo y la invitaron a seguir su camino.

—¿Y ahora dónde está?

—Ahora es cuando se pone interesante —dijo Lowrey.

Me alejé de la pared y miré a Deveraux. Parecía estar bien. Estaba comiendo lo que quedaba de mi tarta. Se estiraba por encima de la mesa y la iba pinchando con el tenedor. La iba demoliendo, en verdad. Lowrey dijo:

—Tengo rumores e información concreta. Los rumores vienen del FBI y la información concreta de las bases de datos. ¿Qué quieres primero?

Me apoyé contra la pared de nuevo.

—Los rumores —dije—. Son siempre mucho más interesantes.

—Vale, los rumores dicen que la señorita Shaw se sentía muy desgraciada por la forma en que la habían echado a un lado. Se sentía usada y barata. Como un Kleenex. Se sentía como una prostituta saliendo de la suite de un hotel. Empezó a parecer la clase de becaria que puede causar serios problemas. Esa era la opinión del FBI, en todo caso. También llevan el registro de cosas así, por diferentes motivos.

—¿Y qué pasó?

—Al final no pasó nada. Las partes debieron haber llegado a alguna clase de acuerdo mutuo. Todo se tranquilizó. El senador fue adecuadamente reelegido y nunca más se supo nada de Audrey Shaw.

—¿Ahora dónde está?

—Ahora es cuando me preguntas por la información concreta.

—¿Qué dice la información concreta?

—La información concreta dice que Audrey Shaw ya no está en ningún lado. En las bases de datos no hay absolutamente ninguna referencia. No hay registros de nada. Ni transacciones ni impuestos ni compras ni coches, casas, barcos o caravanas, ni motos de nieve ni préstamos, embargos, citaciones, juicios, arrestos o condenas. Es como si hubiera dejado de existir hace tres años.

—¿Hace tres años?

—El banco corrobora esa información.

—¿Qué edad tenía entonces?

—Veinticuatro años. Ahora tendría veintisiete.

—¿Buscaste el otro nombre que te pedí? ¿Janice May Chapman?

—Acabas de arruinarme la sorpresa. Acabas de arruinarme la historia.

—Déjame adivinar —dije—. Con Chapman ocurre lo mismo pero al revés. No hay ninguna información relacionada con ella que tenga más de tres años.

—Correcto.

—Eran la misma persona —dije—. Shaw cambió su identidad. Probablemente era parte del acuerdo. Una bolsa de dinero en efectivo y documentación nueva. Como un programa de protección a testigos. Quizás el programa de protección a testigos oficial. Esos tipos ayudarían a un senador. Les firmaría un cheque.

—Y ahora está muerta. Fin de la historia. ¿Algo más?

—Por supuesto que hay algo más —dije.

Quedaba una última pregunta. Grande y evidente. Pero casi no tenía necesidad de hacerla. Estaba seguro de que ya sabía la respuesta. Sentía cómo se me venía encima, silbando por el aire como un proyectil de mortero. Como un cohete de artillería, apuntado y dirigido y preparado para provocar una explosión aérea justo al lado de mi cabeza.

—¿Quién era el senador? —pregunté.

—Carlton Riley —dijo Lowrey—. El señor Riley de Missouri. Ni más ni menos. El presidente del Comité de Servicios Armados.

CINCUENTA Y SEIS

Volví a la mesa justo cuando la camarera nos estaba trayendo dos trozos de tarta de melocotón y dos tazas de café. Deveraux empezó a comer de inmediato. Me llevaba un pastel de pollo de ventaja y todavía tenía hambre. Le hice un resumen ligeramente editado de la información que me había proporcionado Lowrey. En realidad le dije todo, salvo las palabras *Missouri, Carlton* y *Riley*.

—¿Qué fue lo que te llevó a darle el nombre de Audrey Shaw? —preguntó ella.

—Cara o cruz —dije—. Había una probabilidad del cincuenta por ciento. O la compañera de Butler había mezclado los números de los casos o no. No quería dar por sentada ninguna de las dos cosas.

—¿Esta información nos ayuda?

Palabras pequeñas, pero conceptos grandes. *Ayuda* y *nos*. A mí no me ayudaba. No con el caso de Janice May Chapman. Pero con Rosemary McClatchy y con Shawna Lindsay no estaba tan seguro. Las noticias de Lowrey proyectaban sobre ellas una luz nueva y extraña. Pero las noticias de Lowrey ayudaban a Deveraux, eso seguro. Con Chapman por lo menos. Disminuían en mil millones las posibilidades de que sus residentes locales estuvieran implicados en su muerte de la manera que fuera. Porque aumentaban en mil millones las posibilidades de que mis residentes de la base sí estuvieran implicados.

—Podría ayudarnos —dije—. Podría restringir un poco las cosas. O sea, si un senador tiene un problema, ¿cuál de las cinco o seis cadenas de mando va a reaccionar?

—La Oficina de Intermediación con el Senado —respondió ella.

—Ahí es donde voy a ir. Pasado mañana.

—¿Cómo lo sabías?

—No lo sabía.

—No puede ser que no lo supieras.

—Fue una decisión al azar. Necesitaba una razón para estar ahí, eso es todo.

—Espera —dijo ella—. Esto no tiene sentido. ¿Por qué motivo se involucraría el ejército si un senador tiene un problema con una chica? Es un asunto civil. O sea, la Oficina de Intermediación con el Senado no se involucra cada vez que un senador pierde las llaves del coche. Tendría que haber una conexión militar. Y no hay ninguna conexión militar entre un senador civil y su exnovia civil, sin importar dónde viva ella.

No respondí.

Ella me miró:

—¿Estás diciendo que *sí* hay una conexión?

—No estoy diciendo nada —dije—. Literalmente. Mira mis labios. No se mueven.

—No puede haber ninguna conexión. Chapman no formaba parte del ejército, y desde luego no hay senadores en el ejército.

No dije nada.

—¿Chapman tenía un hermano en el ejército? ¿Es eso? ¿Un primo? ¿Algún pariente? Dios, ¿su *padre* está en el ejército? ¿Qué edad tendría ahora?, ¿cincuenta y cinco, más o menos? El único motivo para seguir en el ejército a esa edad es que te lo estés pasando bien, y la única manera de pasártelo bien a esa edad es siendo un oficial de muy alto rango. ¿Estamos hablando de eso? ¿Chapman era la hija de un general? ¿O Shaw?, ¿o como se llame?

No dije nada.

Ella dijo:

—Lowrey te dijo que ella consiguió el trabajo de prácticas porque tenía algunos contactos familiares, ¿no es así? ¿Qué otra cosa puede querer decir eso? Estamos hablando de un senador en funciones que te debe favores. No es moco de pavo. Su padre tiene que ser un general de dos estrellas por lo menos.

No dije nada.

Me miró fijamente a los ojos.

—Ya sé lo que estás pensando —dijo ella.

Yo no dije nada

—Que no lo he interpretado bien —dijo—. Eso es lo que estás pensando. Que estoy yendo por el camino equivocado. Que Chapman no tenía familiares uniformados. Que es otra cosa.

No dije nada.

—Quizás es al revés —dijo ella—. Quizás es el senador el que tiene un familiar uniformado.

—No lo estás entendiendo —dije—. Si Janice May Chapman era un problema repentino a corto plazo que requería una solución repentina a corto plazo, ¿entonces por qué la mataron exactamente del mismo modo en que mataron cuatro y nueve meses antes a otras dos mujeres sin ninguna conexión entre sí?

—¿Estás diciendo que es una coincidencia? ¿Que no tiene nada que ver con la conexión del senador?

—Podría ser —dije.

—¿Entonces por qué tanto pánico?

—Porque les preocupan las reacciones adversas. En general. No quieren ninguna mancha cerca de una unidad en particular.

—¿La unidad del familiar del senador?

—No vayas por ahí.

—¿Pero no les preocupaban las reacciones adversas antes? ¿Hace cuatro y nueve meses?

—No sabían nada de lo de hace cuatro y nueve meses. ¿Por qué iban a saberlo? Pero Chapman saltó a la vista para ellos. Tenía una visibilidad extra de dos tipos. Su nombre estaba en sus expedientes y era blanca.

—¿Y si no fue una coincidencia?

—Entonces alguien es muy inteligente —dije—. Resolvieron un problema repentino a corto plazo copiando el *modus operandi* que se había usado antes en dos casos no conectados. Un camuflaje excelente.

—¿Entonces crees que podría haber dos asesinos?

—Es posible —dije—. Quizás McClatchy y Lindsay fueron homicidios comunes, y el de Chapman se llevó a cabo de ese modo para que se les pareciera. Pero lo cometió otra persona.

Terminamos nuestros postres y tomamos nuestros cafés. Deveraux me dijo que tenía trabajo. Le pregunté si le molestaba que fuese a ver a Emmeline McClatchy una vez más.

—¿Para qué? —preguntó.

—Los novios —dije—. Al parecer tanto Lindsay como Chapman salían con un militar que tenía un coche azul. Me pregunto si McClatchy completará el trío.

—Es un paseo largo.

—Encontraré un atajo —dije.

Empezaba a entender la geografía local. No hacía falta caminar los tres lados de un cuadrado, primero hacia el norte en dirección a la carretera de Kelham, luego hacia el este y luego hacia el sur hasta la cabaña de McClatchy. Ya estaba más o menos en la misma latitud. Supuse que podía encontrar una forma de cruzar las vías del tren que estuviera antes del cruce oficial. Una línea recta hacia el este. Un lado del cuadrado.

—Sé amable con ella —dijo Deveraux—. Todavía está muy afligida.

—Estoy seguro de que lo va a estar siempre —dije—. Estas cosas no desaparecen rápido.

—Y no menciones nada de embarazos.

—No lo haré —dije.

Me dirigí hacia el sur por Main Street, más o menos en dirección a la consulta del doctor Merriam, pero mi plan era girar hacia el este mucho antes de llegar. Y encontré un lugar para hacerlo en los primeros trescientos metros. Vi la entrada de un camino de tierra metido entre los árboles. Tenía una boca de incendio oxidada a diez metros, lo que significaba que tenía que haber casas más adelante. Encontré la primera unos treinta metros después. Estaba destartalada, pero vivía gente en ella. Al principio pensé que eran los primos McKinney, por el tipo de lugar y porque había una pick-up negra pintada con brocha aparcada sobre un trozo de tierra que en otro tiempo podría haber sido parte de un jardín. Pero era de otra marca. Otro modelo, otro tamaño, pero los mismos métodos de mantenimiento. Parecía obvio que el noreste de Mississippi no era suelo fértil para los locales de pintura de coches.

Pasé por delante de otras dos casas que eran parecidas a la primera en todos los aspectos. Pero la cuarta fue la peor. Estaba abandonada. El buzón quedaba completamente oculto por la hierba alta. La entrada para coches estaba descuidada. Tenía arbustos y plantas que le trepaban por la puerta y por las ventanas. Tenía maleza en los canalones, moho verde en las paredes y los cimientos partidos y agujereados por tallos de enredaderas más anchos que mis muñecas. Era una casa aislada en medio de una hectárea de lo que pudo haber sido campo o tierras de pastoreo, pero que en ese momento no era más que un terreno plagado de arbustos y árboles jóvenes de unos dos metros de alto. El lugar debía haber estado vacío durante mucho tiempo. Más tiempo que unos meses. Un par de años, quizás.

Pero en la entrada había huellas de neumáticos recientes.

Las lluvias estacionales habían arrastrado la tierra por varias pequeñas pendientes y habían formado un charco de barro liso como un espejo en la zanja entre la calle y la entrada para los coches. El calor estacional había convertido el barro en polvo, como cemento recién salido de la bolsa. Un vehículo de cuatro ruedas lo había cruzado dos veces, para entrar y para salir. Neumáticos anchos, con surcos diseñados para ser usados sobre asfalto normal. No eran nuevos, pero estaban bien inflados. El dibujo de los surcos había quedado perfectamente capturado. Las marcas eran recientes. Seguramente las habían puesto allí después de la última vez que había llovido.

Me desvié unos cuantos pasos para evitar dejar huellas junto a las marcas de los neumáticos. Salté la zanja y me abrí camino entre una maraña de vegetación alta hasta que llegué a la entrada para coches. Podía ver las zonas donde los neumáticos habían aplastado la maleza. Había tallos rotos. Habían sangrado un zumo verde oscuro. Algunas de las plantas más fuertes no se habían partido. Se habían vuelto a levantar y algunas estaban manchadas con aceite proveniente de la parte de abajo de un motor.

Quienquiera que hubiese recorrido ese camino no había entrado en la casa. Eso estaba claro. Las plantas que crecían alrededor de las puertas y de las ventanas estaban intactas. Así que seguí caminando, dejé atrás la casa y dejé atrás el pequeño garaje de un tractor hasta llegar a la parte de atrás. Había una franja de árboles frente a mí, otra a mi izquierda y otra a mi derecha. Era un lugar solitario. Solo los pájaros, como los dos que ahora sobrevolaban por encima de mí, podían verlo directamente. Eran zopilotes. Planeaban y daban vueltas sin cesar.

Avancé. Había una huerta abandonada hacía mucho tiempo, rodeada por un alambrado oxidado. Un arqueólogo hubiera sido capaz de decir lo que habían plantado allí. Yo no. Después había un montículo largo y elevado de algo verde y resistente. Un viejo seto, quizás, sin podar durante una década y en mal estado. Detrás del seto había dos estructuras funcionales, probablemente construidas allí para que no se vieran desde la casa. La primera era un viejo cobertizo de madera, podrido y hundido en una esquina.

La otra era un caballete para ciervos.

CINCUENTA Y SIETE

El caballete para ciervos era grande y estaba construido a la antigua usanza, en forma de A con madera maciza. Medía por lo menos dos metros de alto. Yo podía pasar por debajo de la viga superior sin ningún problema. Supuse que la idea consistía en dar marcha atrás con una camioneta y tirar el animal muerto desde la plataforma al suelo entre las vigas en forma de A, luego atar con cuerdas las patas traseras del animal y pasar esas cuerdas por la viga superior, y luego tirar de las cuerdas o engancharlas a la camioneta para levantar al animal y dejarlo colgando verticalmente cabeza abajo, listo para el cuchillo. Una tecnología antigua que yo nunca había utilizado. Si quería comer un filete, iba al club de oficiales. Requería mucho menos trabajo.

El caballete tendría cincuenta años por lo menos. Las vigas estaban asentadas y eran sólidas. Estaban hechas de madera autóctona, dura. Tenían un poco de musgo verde en el lado que daba al norte, que era el que quedaba frente a mí. La viga superior estaba lisa y pulida de todas las sogas que le habían pasado por encima a lo largo de los años. No había forma de saber cuándo la habían utilizado por última vez. Si había sido hace mucho tiempo. O hace poco.

Pero la tierra entre las patas abiertas de la estructura había sido removida recientemente. Eso estaba claro. Por la parte de arriba había cinco o siete centímetros excavados y revueltos. Lo que debía ser tierra batida y oscura, tan vieja como el soporte mismo, era un pozo poco profundo de alrededor de un metro cuadrado.

No había más pruebas en el patio. Nada de nada, salvo la tierra que faltaba y las huellas de los neumáticos, que no eran de una pick-up ni de ningún otro vehículo utilitario. El cobertizo junto al caballete estaba vacío. Y revisé la casa de nuevo al pasar por delante de vuelta al camino, solo para estar seguro, pero no había entrado nadie. Las ventanas estaban cubiertas por una espuma orgánica gris, que se extendía, aunque menos visible, por los paneles de madera de los laterales, las puertas y los picaportes. Nadie había tocado nada. No había marcas, no había manchas. Había telarañas vaporosas por todos lados, intactas. Había todo tipo de vegetación, plantas resistentes y con espinas, plantas delicadas y débiles, todas creciendo por donde les daba la gana, subiendo las escaleras, cruzando las puertas; todas en perfecto estado, nadie las había apartado, ni cortado, ni nada.

Me detuve al principio de la entrada para coches y separé la hierba que estaba alrededor del buzón con las manos. Era un típico buzón de correos, de tamaño estándar, que había sido gris pero ya no tenía color alguno, y que estaba salpicado con unas finas líneas de óxido allí donde la curvatura de la chapa de metal había tensado el esmalte. Estaba sobre un poste que había comenzado su servicio con quince centímetros de lado, pero que ahora no era más que un palo carcomido y retorcido del que quedaba más bien poco. En el buzón había habido un nombre, escrito con letras adhesivas impresas en rectángulos inclinados hacia delante, en un estilo que se había popularizado hacía mucho tiempo. Las habían sacado, posiblemente en un último gesto antes de abandonar la casa, pero habían dejado un tejido seco de residuo adhesivo, como huellas dactilares.

Habían sido ocho letras.

Salté otra vez la zanja y continué hacia el este. Dejé atrás dos casas más, muy separadas entre sí, habitadas pero en no muy buenas condiciones. Después de la última el camino se estrechó y se volvió irregular y lleno de baches. Se adentraba en una pared de árboles y seguía recto. Los árboles se iban juntando por los lados y dejaban un camino de apenas un metro de ancho. Aun así continué avanzando, entre ramas que me raspaban y golpeaban. Tras cincuenta pasos salí al otro lado y me encontré justo enfrente de las vías del tren, que se extendían de izquierda a derecha bloqueándome el camino. En ese punto estaban sobre un terraplén de un metro de alto. En esa parte de Mississippi el terreno parece llano a simple vista, pero una locomotora en marcha ve las cosas de forma distinta. Quiere rellenar cada hondonada, igualar cada elevación.

Trepé el metro de tierra, mis pasos crujieron sobre las piedras de balasto y me detuve en un durmiente. A mi derecha la vía continuaba hacia el sur, recto hasta el Golfo. A mi izquierda llevaba al norte, hasta donde fuera. A lo lejos veía el cruce y la vieja torre de agua. Los raíles a ambos lados estaban muy brillantes por el paso de las ruedas de hierro. Frente a mí había más árboles bajos y más arbustos, después campo, después casas.

Oí un helicóptero, en algún lugar al noroeste. Inspeccioné el horizonte y vi un Blackhawk en el cielo, a unos cinco kilómetros de distancia. Supuse que se dirigía a Kelham. Escuché el tracatrá del rotor y el chirrido de la turbina, y observé cómo mantenía la dirección pero perdía altura a medida que se preparaba para aterrizar. Después bajé por el otro lado del terraplén y atravesé la siguiente franja de árboles.

Crucé el campo que había a continuación, salté un alambrado y di con una calle que deduje que sería paralela a la de Emmeline McClatchy. De hecho, podía ver la parte de atrás de la casa con los carteles de cerveza en las ventanas. El bar *ad hoc*. Pero entre ella y yo había otras casas, todas rodeadas por patios. Propiedad privada. En el patio que tenía justo delante había dos hombres sentados en sillas blancas de plástico. Viejos. Me estaban observando. Por el aspecto que tenían debían de estar descansando de algún trabajo físico exigente. Me detuve donde comenzaba su cerca y pregunté:

—¿Puedo pedirles un favor?

No contestaron con palabras, pero alzaron las barbillas como si estuvieran escuchando. Dije:

—¿Me dejarían cruzar por su patio? Necesito llegar a la siguiente calle.

—¿Para qué? —preguntó el tipo de la izquierda. Tenía una fina barba blanca, pero no bigote.

—Voy a visitar a una persona que vive allí —respondí.

—¿A quién?

—A Emmeline McClatchy.

—¿Eres del ejército?

—Sí, soy del ejército —respondí.

—Entonces Emmeline no quiere que la visites. Ni ella ni ninguna otra persona de las que viven aquí.

—¿Por qué no?

—En este momento, por Bruce Lindsay.

—¿Era vuestro amigo?

—Por supuesto que sí.

—Mentira —respondí—. Me dijo que no tenía amigos. Todos vosotros le llamabais deforme, lo evitabais y le hacíais la vida imposible. Así que ahora no os subáis al carro.

—Qué boca tienes, hijo.

—No solo tengo boca.

—¿También nos vas a disparar?

—Estoy muy tentado.

El viejo esbozó una sonrisa:

—Pasa. Pero sé amable con Emmeline. Lo de Bruce la ha vuelto a dejar devastada.

Recorrí el patio y oí el Blackhawk otra vez, a lo lejos, despegando desde Kelham. Alguien les había hecho una visita breve, o una entrega, o una recogida. Lo vi elevarse sobre las copas de los árboles, como un punto distante, con el morro hacia abajo, acelerando hacia el norte.

Salté un alambrado al final del patio. Ya estaba en el terreno del bar. Todavía propiedad privada, técnicamente, aunque en principio los bares acogen a los transeúntes en lugar de echarlos. Y de todos modos aquel sitio estaba desierto. Di la vuelta al edificio y salí a la calle sin que nadie me dijera nada.

Y vi cómo un Humvee del ejército se detenía en la puerta de la casa de McClatchy.

CINCUENTA Y OCHO

Un Humvee es un vehículo muy ancho, y este estaba en un camino de tierra muy estrecho. Lo ocupaba casi entero, de cuneta a cuneta. Era verde y negro, los colores reglamentarios de camuflaje, y estaba muy limpio. Tal vez era nuevo.

Caminé hacia él y el motor se apagó. La puerta del conductor se abrió y salió un hombre. Llevaba uniforme de camuflaje y botas limpias. Ya desde antes de que yo empezara mi carrera, el identificador y el distintivo de rango en el uniforme de combate se llevaban de manera discreta, y como cualquier otra cosa del ejército la definición de *discreto* había sido especificada hasta la extenuación, hasta el punto de que los nombres y los rangos no se veían a más de un metro de distancia. Una iniciativa impulsada por oficiales, sin duda. A los oficiales les preocupaba que los francotiradores los eligieran a ellos primero. Por lo tanto, yo no tenía idea de quién se acababa de bajar del Humvee. Podía ser un soldado raso o podía ser un general de dos estrellas. De tres estrellas para arriba no conducen. No es lo común. No cuando están de servicio. Tampoco cuando están de permiso. No hacen casi nada por sí mismos.

Pero tenía una clara premonición acerca de quién era ese hombre. Un sencillo razonamiento, en realidad. ¿Quién más podía estar autorizado a ir de un lado a otro? Incluso se parecía a mí. Éramos más o menos de la misma altura, más o menos de la misma complexión, teníamos la piel más o menos del mismo color. Era como mirarme al espejo, salvo por el hecho de que él era cinco años más joven, y eso se notaba en sus movimientos. Saltaba hacia todos lados lleno de energía. Un juez imparcial habría dicho que parecía joven y muy animado. El mismo juez habría dicho que yo parecía viejo y muy cansado. Esa era la diferencia entre nosotros.

Vio cómo me acercaba, movido por la curiosidad de saber quién era, por la curiosidad de saber qué hacía un hombre blanco en un barrio negro. Dejé que me mirara absorto hasta que estuve a dos metros de distancia. Mi vista sigue siendo tan buena como siempre, y puedo leer identificadores discretos desde más lejos de lo normal, especialmente bajo la brillante luz de una tarde de Mississippi.

Su identificador decía: *Munro. Ejército de EE. UU.*

En el cuello del uniforme tenía unas pequeñas hojas negras de roble, que mostraban que era un comandante. La gorra que llevaba en la cabeza era la del uniforme de combate, con el mismo camuflaje que la chaqueta y que los pantalones. Tenía unas arrugas muy finas alrededor de los ojos, que eran casi la única prueba de que no había nacido ayer.

Yo tenía ventaja, porque mi camisa era lisa. Un artículo civil. Sin identificador. Así que me quedé allí de pie en silencio. Podía oler el diésel de su vehículo y la goma de sus neumáticos. Podía oír el goteo del motor a medida que se enfriaba. Podía oír la brisa en el árbol del patio de Emmeline McClatchy.

Después le tendí la mano y dije:

—Jack Reacher.

Me la estrechó y dijo:

—Duncan Munro.

—¿Qué te trae por aquí? —pregunté.

—Subamos un momento a la furgoneta —dijo.

Un Humvee es igual de ancho por dentro que por fuera, pero la mayor parte del espacio lo ocupa un túnel de transmisión gigantesco. Los asientos de adelante son pequeños y están muy separados. Era como si estuviéramos sentados en dos carriles adyacentes. Creo que esa distancia se ajustaba al estado de ánimo de ambos.

—La situación está cambiando —dijo Munro.

—Las situaciones siempre están cambiando —dije—. Acostúmbrate.

—El oficial en cuestión ha sido relevado.

—¿Reed Riley?

—Se supone que no debemos mencionar ese nombre.

—¿Quién va a oírlo? ¿Crees que hay micrófonos en esta furgoneta?

—Solo intento seguir el protocolo.

—¿El Blackhawk era para él?

Munro asintió:

—Está volviendo a Benning. Después lo van a trasladar a otra parte y lo van a esconder en algún sitio.

—¿Por qué?

—Hace unas dos horas todo el mundo entró en pánico. Los teléfonos no paraban de sonar. No sé por qué.

—Kelham acababa de perder sus tropas de cuarentena, por eso.

—¿Otra vez con esa historia? Nunca hubo tropas de cuarentena. Ya te lo dije.

—Las acabo de encontrar. Una panda de civiles idiotas.

—¿Como en Ruby Ridge?

—Pero menos profesional.

—¿Por qué la gente hace esas estupideces?

—Envidian nuestras vidas glamurosas.

—¿Qué fue de ellos?

—Los espanté.

—Entonces alguien sintió que tenía que retirar a Riley. No vas a ser muy popular.

—No quiero ser popular. Quiero terminar el trabajo. Estamos en el ejército, no en el instituto.

—Es el hijo de un senador. Se está haciendo un nombre. ¿Sabías que el Cuerpo de Marines contrata a lobistas?

—He escuchado algo parecido —dije.

—Esta era nuestra versión.

Miré por la ventana la casa de McClatchy, y vi el techo bajo, los paneles laterales manchados de barro, las ventanas viejas, el árbol. Pregunté:

—¿Por qué has venido?

—Por el mismo motivo por el que tú espantaste a los idiotas —dijo Munro—. Intento terminar el trabajo.

—¿En qué sentido?

—Busqué a las otras dos mujeres que mencionaste. Estaban incluidas en las circulares de los oficiales ejecutivos. Después contrasté la información que había ido recopilando por el camino. Parece ser que el capitán Riley es una especie de donjuán. Desde que llegó aquí ha tenido una ristra de novias más larga que mi polla. Es probable que Janice Chapman y Shawna Lindsay fueran parte de la lista. Quiero ver si Rosemary McClatchy completa el trío.

—Yo también he venido a eso.

—Las grandes mentes piensan igual —dijo Munro—. O los tontos nunca discrepan.

—¿Has traído su foto?

Abrió el bolsillo derecho de la camisa, justo debajo de su apellido. Sacó una libreta negra y fina, la abrió y cogió una fotografía que había entre las páginas. Me la pasó, extendiendo el brazo por encima del túnel de transmisión.

El capitán Reed Riley. Era la primera vez que le veía la cara. Era una foto en color, posiblemente de un pasaporte o de algún otro documento civil que prohibiera llevar algo en la cabeza u otras obstrucciones visuales. Parecía tener algo menos de treinta años. Era ancho pero estaba definido, a medio camino entre corpulento y esbelto. Estaba moreno y tenía los dientes muy blancos, algunos de los cuales quedaban exhibidos en una amplia sonrisa. Tenía el pelo marrón, muy corto, y unos ojos astutos y vacíos con redes de arrugas delgadas en la parte externa. Parecía estable, competente, recio y embustero. Tenía exactamente el mismo aspecto que todos los capitanes de infantería que había conocido en mi vida.

Le devolví la foto, extendiendo el brazo por encima del túnel de transmisión.

—Tendremos suerte si conseguimos que lo reconozca. Estoy seguro de que para la señora McClatchy todos los rangers son iguales.

—Solo hay una forma de averiguarlo —dijo Munro, y abrió la puerta.

Yo me bajé por mi lado y esperé mientras él rodeaba el voluminoso capot. Dijo:

—Te diré algo más que descubrí cuando contrasté la información. Algo que tal vez quieras saber. La sheriff Deveraux no es lesbiana. Es una más en la colección de Riley. Parece que salieron juntos hace menos de un año.

Después comenzó a caminar delante de mí, hacia la puerta de Emmeline McClatchy.

Emmeline McClatchy abrió después de que Munro llamara por segunda vez. Nos recibió con una amabilidad reservada. A mí me recordaba de antes. Prestó mucha atención mientras Munro se presentaba, y después nos invitó a pasar a un pequeño salón que tenía dos sillas Windsor a los lados de una chimenea y una alfombra tejida en el suelo. El techo era bajo, las habitaciones estrechas y olía a comida. En la pared había tres fotos enmarcadas. Una era de Martin Luther King, otra del presidente Clinton y la tercera era de Rosemary McClatchy, de la misma serie que la que yo había visto en el expediente del Departamento del Sheriff, pero en la que salía todavía más espectacular. Un amigo o una amiga con una cámara, un carrete de fotos, una tarde soleada, un marco, un martillo y un clavo: eso era todo lo que quedaba de una vida.

Emmeline y yo nos sentamos en las sillas junto a la chimenea y Munro se quedó de pie sobre la alfombra. En esa habitación minúscula parecía tan enorme como me sentía yo, igual de incómodo, igual de torpe e igual de extraño. Volvió a sacar la fotografía de su bolsillo y la mantuvo boca abajo contra el pecho. Dijo:

—Señora McClatchy, le tenemos que hacer unas preguntas acerca de los amigos de su hija Rosemary.

—Mi hija Rosemary tenía muchos amigos —respondió Emmeline McClatchy.

—Sobre uno en particular, un hombre joven de la base con el que ella se podría haber estado viendo —dijo Munro.

—¿Viendo?

—Con el que podría haber estado saliendo. Teniendo citas, en otras palabras.

—Déjeme ver la foto.

Munro se agachó y se la dio. Ella la movió hacia un lado y hacia el otro bajo la luz que entraba por la ventana. La examinó. Preguntó:

—¿Creen que este hombre pudo haber matado a la mujer blanca?

—No estamos seguros —dijo Munro—. No lo podemos descartar.

—Nadie me trajo fotos cuando mataron a Rosemary. Nadie le llevó fotos a la señora Lindsay cuando mataron a Shawna. ¿Por qué?

—Porque el ejército cometió un grave error —dijo Munro—. No hay excusas. Lo único que puedo decirle es que habría sido distinto si yo hubiese participado de la investigación en aquel momento. O el comandante Reacher. Más allá de eso, lo único que puedo hacer es pedirle disculpas.

Ella lo miró, y yo también. Después miró de nuevo la foto y dijo:

—Este hombre se llama Reed Riley. Es capitán del Regimiento Ranger 75. Rosemary decía que estaba al mando de la Compañía Bravo, sea lo que sea eso.

—¿Estuvo saliendo con él?

—Durante casi cuatro meses. Ella hablaba de que se iban a ir a vivir juntos.

—¿Y él?

—Los hombres dicen cualquier cosa con tal de conseguir lo que quieren.

—¿Cuándo lo dejaron?

—Dos semanas antes de que la mataran.

—¿Por qué lo dejaron?

—No me lo dijo.

—¿Y usted tiene alguna opinión?

—Creo que se quedó embarazada —respondió Emmeline McClatchy.

CINCUENTA Y NUEVE

Durante un rato el pequeño salón se quedó en silencio, y después Emmeline McClatchy dijo:

—Una madre siempre lo nota. Estaba distinta. Se comportaba de manera distinta. Incluso olía distinto. Al principio estaba contenta, pero después se puso muy triste. Yo no le preguntaba nada. Pensaba que me lo contaría ella sola. Ya saben, cuando le pareciera el momento indicado. Pero no tuvo la oportunidad.

Munro se quedó un instante callado, por respeto, y después le preguntó:

—¿Ha vuelto a ver al capitán Riley después?

Emmeline McClatchy asintió:

—Vino a darme el pésame, una semana después de que la encontraran muerta.

—¿Cree que la ha matado él?

—El policía es usted, joven, no yo.

—Creo que una madre siempre lo nota.

—Rosemary decía que el padre de él era un hombre importante. No estaba segura de dónde ni por qué. En la política, tal vez. En algún lugar en el que la imagen importa. Creo que al capitán Riley una novia negra le favorecía, pero una novia embarazada no.

Emmeline McClatchy no iba a permitir que la presionáramos más. Nos despedimos y volvimos al Humvee. Munro dijo:

—Esto tiene muy mala pinta.

—¿Has hablado con la madre de Shawna Lindsay también? —le pregunté.

—No me quiso dirigir la palabra. Me echó con un palo.

—¿Cómo de sólida es la información con respecto a Deveraux?

—Sólida como una piedra. Salieron juntos, él cortó la relación, ella no quería. La siguiente fue Rosemary McClatchy, hasta donde consigo recomponer las cosas.

—¿El coche destruido en las vías era suyo?

—Según el registro de automóviles de Oregon, sí. Por la matrícula que encontraste. Un Chevy azul del 57. Una porquería, no un coche para alardear.

—¿Tenía alguna explicación?

—No, tenía un abogado.

—¿Puedes demostrar que también fue novio de Janice Chapman?

—No más allá de una duda razonable. A ella le gustaba salir de fiesta. La vieron con un montón de tíos. No puede haber salido con todos.

—En Tulane también tenía fama de que le gustaba salir de fiesta.

—¿Fue a Tulane?

—Al parecer sí.

Munro sonrió:

—Si me dijesen que los estudiantes de Tulane se acostaron todos con todos, no me sorprendería lo más mínimo.

—¿Sabías que en realidad no se llamaba Janice Chapman?

—¿A qué te refieres?

—Se llamaba Audrey Shaw. Se cambió el nombre hace tres años.

—¿Por qué?

—Por cuestiones políticas —dije—. Acababa de terminar un affaire de dos años con Carlton Riley.

Lo dejé procesando esa información y me alejé hacia el sur. Él se fue en coche hacia el norte. Esta vez no atajé por ningún patio. Di la vuelta a la manzana, como un ciudadano responsable, salté el alambrado, crucé el campo y llegué al camino de tierra a través de los árboles. Menos de veinte minutos después ya estaba otra vez en Main Street. Otros cinco minutos más tarde estaba dentro del Departamento del Sheriff. Un minuto después estaba en el despacho de Deveraux. Ella estaba detrás de su escritorio. El escritorio estaba cubierto por un mar de papeles.

—Tenemos que hablar —dije.

SESENTA

Deveraux levantó la vista y me miró, un poco alarmada. Quizás notó algo en mi voz. Dijo:

—¿De qué tenemos que hablar?

—¿Has salido alguna vez con alguien de la base? —le pregunté.

—¿De qué base? ¿Te refieres a Kelham?

—Sí, de Kelham.

—Eso es algo personal, ¿no?

—¿Has salido con alguien?

—Por supuesto que no. ¿Estás loco? Esos tipos son mi mayor problema. Ya sabes cómo funcionan las cosas entre los militares y las fuerzas de seguridad. Hubiera supuesto el peor de los conflictos de intereses.

—¿Te movías con alguno de ellos?

—No, por la misma razón.

—¿Conoces a alguno?

—Muy poco —respondió ella—. Recorrí la base y conocí a algunos de los oficiales de alto rango, en un contexto formal. Como era de esperar. Están lidiando con los mismos problemas que yo.

—De acuerdo —dije.

—¿Por qué lo preguntas?

—Munro estaba en la casa de McClatchy. Parece que Rosemary McClatchy y Shawna Lindsay salieron con el mismo tipo. Janice Chapman también, probablemente. Munro escuchó decir que tú también habías salido con ese tipo.

—Todo mentiras. Hace dos años que no salgo con nadie. ¿No te has dado cuenta?

Me senté.

—Tenía que preguntártelo —dije—. Lo siento.

—¿Quién era él?

—No te lo puedo decir.

—Tienes que decírmelo. ¿No crees? McClatchy y Lindsay son mis casos. Por lo tanto es información relevante. Y tengo el derecho de saber si un tío está usando mi nombre en vano.

—Reed Riley —dije.

—Nunca he oído ese nombre —dijo ella.

Después dijo:

—Espera un momento. ¿Has dicho Riley?

No respondí.

—Dios mío —dijo—. ¿El hijo de Carlton Riley? ¿Está en Kelham? No tenía idea.

No dije nada.

—Dios mío —repitió ella—. Eso explica muchas cosas.

—El coche de las vías del tren era suyo —dije—. Y Emmeline McClatchy cree que dejó embarazada a Rosemary. No se lo he preguntado yo. Lo dijo ella sola.

—Necesito hablar con él.

—No puedes. Se lo acaban de llevar en helicóptero.

—¿A dónde?

—¿Cuál es la base del ejército más remota del mundo?

—No lo sé.

—Yo tampoco. Pero te apuesto diez contra uno que es ahí donde pasará la noche.

—¿Por qué habrá dicho que salió conmigo?

—Por una cuestión de ego —respondí—. Quizás quería que sus colegas creyeran que había completado la colección. Las cuatro mujeres más guapas de Carter Crossing. Los hermanos Brannan en el bar me dijeron que era un jefazo y que siempre andaba del brazo con algún bombón.

—Yo no soy un bombón.

—Quizás no por dentro.

— Probablemente su padre conozca al tipo con el que Janice Chapman tuvo el affaire. Están juntos en el Senado.

No dije nada.

Me miró fijamente a los ojos.

—Oh, no —dijo.

—Oh, sí —dije yo.

—¿La misma mujer? ¿Padre e hijo? Eso es muy retorcido.

—Munro no lo puede demostrar. Nosotros tampoco.

—Lo podemos inferir. Todo esto es mucho escándalo para una preocupación teórica sobre reacciones adversas en general.

—Quizás —dije—. Quizás no. ¿Quién sabe cómo piensa esa gente?

—Sea como sea, no puedes ir al D. C. No ahora. Es demasiado peligroso. Caminarás con el blanco más grande del mundo pegado en la espalda. La Oficina de Intermediación con el Senado ha invertido mucho en Carlton Riley. No permitirán que lo arruines. Créeme, para ellos no eres nada comparado con una buena relación con el Comité de Servicios Armados.

Cuando terminó de decir eso le sonó el teléfono, lo cogió y se quedó escuchando durante un minuto. Tapó el micrófono con la palma de la mano y dijo:

—Es el Departamento de Policía de Oxford preguntando por el periodista muerto. Quiero decirles que el autor material del hecho fue derribado por un disparo de la policía tras resistirse a ser arrestado, caso cerrado.

—Por mí está bien —dije.

Les dijo eso, y después tuvo que llamar a una larga lista de departamentos estatales y autoridades de distintos condados, por lo que yo salí de su oficina. Estuvo tan ocupada que no hablé otra vez con ella hasta las nueve de la noche, en la cena.

Durante la cena hablamos de la casa de su padre. Ella pidió su hamburguesa y yo un bocadillo de carne asada. Le pregunté:

—¿Cómo es crecer aquí?

—Era raro —dijo ella—. Obviamente no tengo nada con qué comparar, no tuvimos televisión hasta que cumplí diez años y nunca íbamos al cine, pero aun así sentía que tenía que haber algo más. Todos sentíamos eso. Todos teníamos el síndrome de la isla.

Después me preguntó dónde había crecido yo, así que repasé todos los lugares que recordaba de una larga lista. Fui concebido en el Pacífico, nací en Berlín Occidental cuando a mi padre lo destinaron a la embajada de allí, pasé por una docena de bases distintas antes de la escuela primaria, fui educado alrededor de todo el mundo, sufrí cortes y moratones en peleas en los callejones húmedos y calurosos de Manila que se curaban días más tarde en cuarteles húmedos y fríos de Bélgica, cerca de la sede central de la OTAN, para cruzarme con los agresores originales un mes después en San Diego y retomar el conflicto. Finalmente West Point: una carrera propia, muy atareada y siempre en movimiento, en algunos lugares repetidos pero también en muchos nuevos, debido a que la presencia global del Ejército no es idéntica a la del Cuerpo de Marines.

—¿Cuánto fue el máximo de tiempo que pasaste en el mismo sitio? —preguntó ella.

—Menos de seis meses, probablemente —respondí.

—¿Cómo era tu padre?

—Era tranquilo —dije—. Era observador de aves. Pero su trabajo era matar gente de la manera más rápida y eficiente posible, y siempre fue consciente de eso.

—¿Te trataba bien?

—Sí, a la antigua usanza. ¿El tuyo?

Ella asintió:

—A la antigua usanza sería una buena manera de definirlo. Pensaba que me iba a casar y que tendría que ir a visitarme a Tupelo o a Oxford.

—¿Dónde estaba tu casa?

—Yendo hacia el sur por Main Street hasta la curva, y ahí la primera a la izquierda. En una callecita de tierra. La cuarta casa a mano derecha.

—¿Sigue estando ahí?

—A duras penas.

—¿No se ha vuelto a alquilar?

—No, mi padre estuvo enfermo bastante tiempo antes de morir y descuidó mucho la casa. El banco al que le pertenecía no prestaba atención. Ahora está casi en ruinas.

—¿Con plantas por todas partes, moho en las paredes y los cimientos agrietados? ¿Con un seto grande y viejo en el fondo? ¿Con ocho letras en el buzón?

—¿Cómo lo sabes?

—Estuve allí —dije—. Pasé cuando iba de camino a la casa de McClatchy.

No contestó.

—Vi el caballete para ciervos —dije.

No contestó.

—Y vi la tierra en el maletero de tu coche —dije—. Cuando me diste los cartuchos de la escopeta.

SESENTA Y UNO

La camarera se acercó, recogió los platos vacíos y tomó nota de las tartas. Después volvió a irse y Deveraux se quedó mirándome, un poco decaída. Un poco avergonzada, pensé. Dijo:

—Hice una estupidez.

—¿Qué clase de estupidez? —dije yo.

—Salgo a cazar —dijo ella—. De vez en cuando. Para divertirme. Ciervos, por lo general. Solo para hacer algo. Les doy la carne a personas mayores, como Emmeline McClatchy. Si no, no comen bien. Cerdo, a veces, si algún vecino está de matanza. Si tiene ganas de compartir. Pero eso no pasa siempre. A veces los vecinos no se pueden permitir el lujo de compartir.

—Lo recuerdo —dije—. Emmeline tenía carne de ciervo en la olla cuando estuvimos en su casa la primera vez. Nos dijo si queríamos comer con ella. Le dijiste que no.

Ella asintió:

—No tiene ningún sentido dar y después quitar. Cacé a ese ciervo hace una semana. Obviamente no me lo podía llevar al hotel. Así que usé la casa de mi padre. Siempre lo he hecho, desde que volví al pueblo. Es un buen caballete. Pero después apareciste con tu teoría acerca de Janice Chapman. Todavía no te conocía muy bien. Pensé que podías llamar al cuartel general. Me imaginé Blackhawks en el cielo, buscando hasta el último caballete del condado. Así que te dije que identificaras el coche del accidente para que estuvieras en otro sitio durante una hora, y yo fui y saqué la tierra en la que se había mezclado la sangre.

—Los tests habrían demostrado que la sangre era de un animal.

—Lo sé —dijo ella—. ¿Pero cuánto tiempo habrían tardado? Ni siquiera sé dónde está el laboratorio más cercano. En Atlanta, tal vez. Podría haberles llevado dos semanas o más. Y no me puedo permitir estar bajo sospecha durante dos semanas o más. Literalmente no me lo puedo permitir. Este es el único trabajo que tengo. No sé dónde podría conseguir otro. Y los votantes son raros. Nunca se olvidan de las sospechas y nunca se acuerdan de los resultados.

Pensé en mi colega Stan Lowrey, en la base, con sus ofertas de empleo. Un mundo feliz, para todos nosotros.

—De acuerdo —dije—. Pero hacer lo que hiciste fue bastante estúpido.

—Ya lo sé. Me asusté un poco.

—¿Conoces a otros cazadores? ¿Y sabes de otros caballetes?

—A algunos.

—Porque yo sigo pensando que a esas mujeres las mataron así. No veo de qué otra manera podrían haberlo hecho.

—Estoy de acuerdo. Por eso me asusté.

—Así que antes o después podríamos necesitar esos Blackhawks en el cielo.

—A no ser que primero encontremos a Reed Riley y le hagamos algunas preguntas.

—Reed Riley se fue —dije—. Probablemente ya es intermediario del ejército en la base Thule de la Fuerza Aérea.

—¿Dónde está esa base?

—En el norte de Groenlandia —dije—. El extremo del mundo. Sin duda es el lugar más remoto que tiene la Fuerza Aérea. He estado una vez. Viajaba en un C-5 que tuvo un desperfecto. Tuvimos que aterrizar allí. Forma parte del sistema de alerta temprana. Es de noche durante cuatro meses seguidos. Tienen un radar que puede ver un saque de tenis a cinco mil kilómetros de distancia.

—¿Conseguiste su número de teléfono?

Sonreí:

—Lo vamos a tener que hacer de otra manera. Veré qué es lo que sale de su escondite pasado mañana.

No respondió. Comimos las tartas despacio. Teníamos que matar el tiempo. Probablemente en ese momento el tren acababa de salir de las explanadas de Biloxi.

A Deveraux le seguía preocupando el dueño del hotel y no tenía ganas de repetir la pantomima del día anterior en el piso de arriba, así que le di mi llave y salimos de la cafetería por separado, con diez minutos de diferencia, lo que me dejó una cuenta a mi cargo y tiempo para tomarme una tercera taza de café. Después fui paseando, saludé con la cabeza al tipo de la recepción, subí la escalera y llamé a mi propia puerta. Deveraux abrió al segundo y entré. Se había sacado los zapatos y el cinturón con el arma, pero todo lo demás seguía en su sitio. La camisa de uniforme, los pantalones de uniforme, la coleta. Todo.

Nos pusimos manos a la obra como un yonqui cuando calienta la cuchara, un poco rápido, un poco lento, llenos de una intensa expectativa, con ganas de hacer la inversión, apenas capaces de esperar la recompensa. Ella comenzó quitándose la goma del pelo, sacudiendo la cabeza para soltárselo, sonriéndome detrás de esa compacta cortina oscura. Se desabrochó los tres primeros botones de la camisa, y el peso del identificador, del distintivo de rango y de las estrellas arrastró la tela hacia los costados y me dejó a la vista un amplio triángulo de piel desnuda. Yo me quité los zapatos y los calcetines y saqué la camisa por fuera del pantalón. Ella llevó una mano al cuarto botón de su camisa y la otra al botón del pantalón, y dijo:

—Tú decides.

Era una decisión difícil, pero lo pensé muy bien y llegué a una conclusión firme. Dije: "Los pantalones", y ella se desabrochó el botón y un largo minuto después estaba descalza y las piernas desnudas, solo con la camisa marrón del uniforme. Dije: "Ahora decides tú", ella eligió al revés y yo me quité la camisa. Esta vez me preguntó por la cicatriz de metralla, y le conté la versión resumida, que iba sobre un momento inoportuno al comienzo de mi carrera, una visita rutinaria a un campamento marine en Beirut, Líbano, y sobre una furgoneta que pasó y después explotó cerca de la entrada del cuartel, a cien metros de donde yo estaba.

—He oído hablar de un policía militar del ejército que estuvo ahí —dijo ella—. ¿Eras tú?

—No estoy seguro de quién más había —dije.

—Te metiste entre los escombros y ayudaste a las personas.

—Solo por accidente —dije—. Estaba buscando un médico. Para mí. Podía ver lo que había cenado la noche anterior.

—Ganaste una Estrella de Plata.

—Y también una septicemia —dije—. Podría haber vivido sin ninguna de las dos cosas.

Me desabroché el botón del pantalón, ella se desabrochó los últimos botones de la camisa y los dos nos quedamos en ropa interior. Situación que no duró demasiado. Abrimos la ducha, nos metimos juntos en la bañera y cerramos la cortina. Cogimos jabón y champú y nos frotamos el uno al otro, arriba y abajo, de un lado al otro, hacia dentro y hacia fuera. Nadie podría reprocharnos nuestros estándares de higiene o nuestros métodos para cumplirlos. Nos quedamos en la ducha hasta que el tanque del Toussaint's se quedó sin agua caliente y después cogimos toallas suficientes para asegurarnos de no llenar de agua la cama. Después la cosa se puso seria. Su piel estaba tibia, suave y jabonosa, y estoy seguro de que la mía también. Ella era grácil y fuerte y estaba llena de energía. Nos lo tomamos con mucha paciencia. Imaginé que el tren de medianoche en ese momento estaría ya al norte de Columbus, al sur de Aberdeen, quizás a unos sesenta kilómetros y a unos cuarenta minutos de distancia.

Y cuarenta minutos es bastante tiempo. Pasado la mitad de ese tiempo ya había muy pocas cosas que no supiéramos el uno del otro. Yo sabía cómo se movía, qué cosas le gustaban y cuáles le encantaban. Ella sabía lo mismo de mí. Llegué a saber cómo le golpeaba el corazón contra las costillas, y cómo se le movían las costillas cuando jadeaba, y la diferencia entre una clase de jadeo y otro. Ella llegó a saber cosas equivalentes sobre mí, la manera en que avisa mi garganta, lo que hay que hacer para que se me sonroje la piel, dónde me gusta que me toquen y qué me volvía absolutamente loco.

Después empezamos, una preparación larga y lenta, con una hora específica en la mente, como un ejército invasor acercándose a la hora H de un día D, como soldados de infantería observando cómo la playa está cada vez más cerca, como pilotos viendo que el objetivo se vuelve cada vez más grande en las mirillas de las bombas. Largo y lento, cada vez más cerca, largo y lento, durante cinco minutos enteros. Después más rápido y más fuerte, más rápido y más fuerte, más rápido y más fuerte. El vaso del baño empezó a tintinear en el momento justo. Temblaba y repiqueteaba. Las cañerías en las paredes emitían unos leves sonidos metálicos. Las puertas francesas se sacudían, ruido de madera, ruido de cristal, ruido de cerrojo. Las tablas del suelo vibraban como parches de tambores, un zapato rodó hacia la derecha y se quedó del revés, su estrella de sheriff zumbaba contra la madera como una máquina de tatuar, la Beretta de mi bolsillo golpeaba y rebotaba, la cabecera de la cama daba contra la pared a un ritmo que no era el nuestro.

El tren de medianoche.

Puntual.

Todos a bordo.

Pero esta vez era distinto.

Algo no iba bien.

No algo nuestro, sino algo del tren. El ruido no era el mismo. El tono era más bajo. De repente frenó con fuerza. Al estruendo distante se le superpuso el aullido quejoso, chirriante y escandaloso de los frenos. Me figuré unos bloques de hierro atascados contra las ruedas trabadas del tren, una larga lluvia de chispas al rojo vivo entre la oscuridad de la noche, cada vagón golpeando y chocándose contra el de delante mientras que el kilómetro y medio que venía por detrás se iba comprimiendo contra un locomotora que disminuía su marcha. Deveraux salió de debajo de mí y se sentó erguida, sin mirar a nada en particular, escuchando con mucha atención. El aullido chirriante prosiguió, fuerte, lloroso, primitivo, imposiblemente largo, y por fin comenzó a decrecer, en parte porque el impulso del tren lo había llevado mucho más allá del cruce, y en parte porque al final ya casi se había detenido.

A mi lado Deveraux susurró:

—Oh, no.

SESENTA Y DOS

Nos vestimos rápido y dos minutos después ya estábamos en la calle. Deveraux sacó dos linternas del maletero de su coche. Encendió una y me dio la otra. Fuimos por el callejón que estaba entre la ferretería y la farmacia, pasamos por el triste montón de arena de Janice Chapman, entre la oficina de préstamo y el Brannan's, y salimos al otro lado, a la zona de tierra batida. Ella caminaba delante de mí. Casi cojeando. Lo cual no me sorprendió. Yo estaba rendido. Pero ella seguía, obstinada, comprometida, reticente pero decidida a servir.

Se dirigía a las vías del tren, por supuesto. Trepó por las piedras compactadas y pasó por encima del acero brillante hacia los durmientes. Giró hacia el sur. La seguí. Calculé que el maquinista llegaría veinte minutos después que nosotros. Calculé que su tren debía pesar ocho mil toneladas. Y sabía algo de trenes que pesan ocho mil toneladas. A veces los policías militares son como un agente de tráfico más, pero el tráfico que dirigimos es muy particular, puesto que incluye trenes que transportan tanques que por lo general pesan ocho mil toneladas, y parte de dirigir el tráfico a ese nivel consiste en entender que a un tren que transporta tanques le lleva alrededor de un kilómetro y medio frenar incluso en una situación de emergencia. A un hombre caminar un kilómetro y medio le lleva veinte minutos de media, por lo que nosotros llegaríamos allí antes que el maquinista.

Lo que no era un privilegio.

Aunque no sabía si quedaría algo que encontrar.

Apretamos el paso, casi trotando, intentando hacer coincidir las zancadas con los intervalos entre los durmientes. Los haces de luz de nuestras linternas barrían y rebotaban por el medio de la nube de humo que habían dejado los frenos a su paso, que se iba disipando poco a poco. Me imaginé que nos dirigíamos justo al lugar por el que yo ya había pasado dos veces ese mismo día, donde el sendero que atravesaba el campo hacia el este cruzaba la vía antes de adentrarse en el bosque hacia el oeste. Sí, la calle donde Deveraux pasó su infancia, más o menos. Ella también debía estar pensando en ese lugar, porque cuando estuvimos cerca empezó a ir más despacio y a enfocar el haz de luz de su linterna cuidadosamente hacia la izquierda y hacia la derecha.

Yo hice lo mismo, y me tocó a mí encontrarlo. Todo lo que quedaba. Salvo, supuse, el rocío rojo pulverizado que debía de haber llenado el aire y tocado todo lo que había en un rango de cien metros, una molécula aquí, una molécula allá.

Era un pie humano, amputado justo por encima del tobillo. El corte era limpio y recto. No estaba ni desgarrado ni arrancado ni roto. Era una línea recta nítida. Esa línea era producto del impacto de una increíble onda sísmica instantánea, un violento pulso subsónico, como un arma acústica. Yo había visto cosas así antes. Y Deveraux también. La mayoría de los agentes de tráfico las han visto.

Seguía con el zapato puesto. Negro y cepillado, simple y modesto, con tacón bajo, una correa y un botón. Debajo del zapato la media seguía en su sitio. El borde superior parecía haber sido cortado con una tijera. Debajo de su opacidad beige había piel oscura, color ébano, que terminaba limpiamente en lo que parecía un corte transversal de escayola de esos que hay en las facultades de medicina. Hueso, venas, carne.

—Esos eran los zapatos que usaba para ir a la iglesia —dijo Deveraux—. Era una buena mujer. Lamento muchísimo que haya sucedido esto.

—Nunca la conocí —dije—. Había salido. Eso fue lo primero que me dijo el chico. Mi madre no está, dijo.

Nos sentamos en un durmiente más o menos cinco metros al norte del pie y esperamos al maquinista. Llegó quince minutos después. No tenía mucho que decirnos. Solo el brillo solitario del foco delantero y el brevísimo resplandor subliminal de un forro blanco dentro de un abrigo negro que se abría. Después todo había terminado.

—El traje que usaba para ir a la iglesia —dijo Deveraux—. Gabardina negra, forro blanco.

Después el maquinista había clavado los frenos, de acuerdo con lo exigido por las políticas ferroviarias, las normas federales y las leyes del estado, que en su opinión era una pérdida de tiempo sin ningún sentido. Tensión en el tren, tensión en las vías, ¿y para qué? Un kilómetro y medio de paseo y al llegar al lugar no había nada. Le había pasado otras veces.

Deveraux y él intercambiaron algunos números, nombres y direcciones de referencia, otra vez de acuerdo con la normativa. Ella le preguntó si estaba bien o necesitaba ayuda, pero él pasó de las preocupaciones y emprendió el regreso hacia el norte, kilómetro y medio, de vuelta a su cabina, sin conmoción, solo cansado por la rutina.

Volvimos a Main Street caminando, pasamos por delante del hotel y seguimos hacia el Departamento del Sheriff. No había nadie de guardia durante la noche, así que Deveraux abrió con llave y encendió la luz. Llamó a Pellegrino y le dijo que se presentara para trabajar horas extra, y llamó al médico y le dijo que debía cumplir con nuevas obligaciones. Ninguno de los dos se alegró, pero los dos respondieron rápido. Llegaron casi a la vez a los pocos minutos de recibir la llamada. Quizás también habían escuchado el tren.

Deveraux los envió a recoger los restos juntos. Nosotros esperamos, sin apenas hablar, y regresaron al cabo de media hora. El médico salió de nuevo hacia su consulta y Deveraux le dijo a Pellegrino que me llevara a Memphis. Mucho más temprano de lo que había planeado, pero no lo habría querido de otra manera.

SESENTA Y TRES

No volví al hotel. Fui directamente desde el Departamento del Sheriff, sin nada más que algunos billetes en un bolsillo y la Beretta en el otro. No había nada de tráfico. Lo que no me sorprendió. Era muy tarde y estábamos lejos de cualquier sitio. Pellegrino no dijo nada. Estaba mudo por el cansancio, o por el resentimiento, o por alguna otra cosa. Lo único que hizo fue conducir. Siguió por la misma ruta que yo había usado para venir, primero la carretera recta que atravesaba el bosque en dirección este-oeste, luego la carretera secundaria que había recorrido en el viejo Chevy y después la carretera polvorienta de dirección única que había recorrido en el Buick destartalado. Cruzamos la frontera de Tennessee, pasamos por Germantown, donde me había bajado de la pick-up del tipo que iba al almacén de madera, y después atravesamos el adormecido suburbio sudeste y llegamos al centro de Memphis mucho antes del amanecer. Me bajé en la estación de autobús y Pellegrino se fue sin decir ni una sola palabra. Giró en una esquina y escuché cómo el motor de su coche resonaba entre los edificios y después se fue apagando hasta desaparecer.

Haber llegado tan temprano me dio la posibilidad de elegir entre muchos autobuses distintos, pero el primero no salía hasta dentro de una hora. Así que caminé por las calles humildes de los alrededores, en busca de una cafetería abierta las veinticuatro horas. Encontré dos. Fui a donde había comido tres días antes. Era barata, y no me había muerto. Me sirvieron café de una jarra sucia, y huevos con bacon preparados en unas sartenes que no sacaban del fuego desde el gobierno de Nixon. Cincuenta minutos más tarde estaba en la parte de atrás de un autobús, dirigiéndome hacia el noroeste.

* * *

Miré salir el sol por la ventanilla que estaba a mi derecha, y después me dormí durante las seis horas de viaje restantes. Me bajé donde me había subido tres días antes, en la estación del pueblo cercano a la base en la que estaba destinado. El pueblo no tenía ningún parecido evidente con Carter Crossing, pero sí los mismos elementos. Bares, oficinas de préstamo, talleres, armerías, tiendas de equipos de música usados, todos ellos prósperos gracias al flujo de dólares militares del Tío Sam. Pasé por delante de todos esos locales y me dirigí hacia el campo, haciendo una parada para comer en la cafetería que estaba a un kilómetro del pueblo. Después seguí. Llegué a la base y al cuartel antes de las dos de la tarde, que era mucho más temprano de lo que yo había pensado, lo que me permitió perfeccionar un poco mi plan.

Lo primero que hice fue darme una larga ducha caliente. Con el vapor me subió el aroma de Deveraux. Me sequé y me vestí con el uniforme de gala completo, de pies a cabeza. Después llamé a Stan Lowrey y le pedí que me llevara de nuevo a la estación de autobuses. Imaginé que si me daba prisa podía llegar al D. C. a la hora de cenar, más o menos doce horas antes de lo previsto. Y le dije a Lowrey que no ocultara a dónde me dirigía. Supuse que cuanto más gente lo supiera y cuanto más tiempo estuviera allí, más probabilidades tendría de que algo saliera de su escondite.

A las siete de la tarde de un lunes, Washington D. C. estaba empezando a tranquilizarse. Una ciudad al servicio de una empresa, donde la empresa eran los Estados Unidos y donde el trabajo nunca paraba, sino que, después de las cinco de la tarde, se trasladaba a lugares confidenciales y tranquilos. Salones, bares, restaurantes de lujo, salas de estar en casas privadas. Lugares que yo no conocía, aunque sí conocía los barrios en los que probablemente se encontraban. Por lo que me pasé de los hoteles más apartados que normalmente utilizaría un humilde comandante como yo y me dirigí hacia las luces más brillantes, las calles más limpias y los precios más elevados de los que se encuentran al sur de la rotonda Dupont. No tenía ninguna intención de pagar nada de mi bolsillo. Según la leyenda, en la avenida Connecticut había un sitio elegante con un fallo técnico en la oficina interna, por el cual la cuenta de los huéspedes uniformados se le cargaba directamente al Departamento del Ejército. Un acuerdo para una conferencia que nunca había sido cancelado o un viejo amargado a cargo de los libros de contabilidad, nadie lo sabía. Pero cuenta la leyenda que uno podía estar enterrado en el cementerio de Arlington antes de que le cobraran esas facturas.

Caminé hacia allí lentamente, por el medio de todas las aceras por las que pasaba. Estaba atento sin aparentarlo. Usaba los escaparates de las tiendas como espejos y en cada semáforo inspeccionaba inocentemente todo lo que había a mi alrededor. Nadie me prestaba atención. Por momentos me quedaba atrapado entre la gente, pero solo eran personas normales apresuradas por la siguiente cita en sus apretadas agendas. Llegué al hotel sin ningún problema, me registré con mi verdadero nombre y mi verdadero rango, y la leyenda se mantuvo, ya que no me pidieron tarjeta ni fianza. Lo único que tuve que hacer fue firmar un papel, cosa que hice de la manera más clara y legible posible. No tenía ningún sentido proponerme como el cebo de la trampa y después esconder la luz en un almud. Nunca supe con certeza lo que es un almud. Una especie de barril pequeño, supongo. En cuyo caso la luz se apagaría, además, por falta de oxígeno.

Subí en el ascensor hasta mi habitación, colgué la chaqueta de mi uniforme de gala en una percha y llamé a recepción para pedir que me trajeran la cena. Media hora después me estaba comiendo un filete de lomo, que también se cargaría a la cuenta del Pentágono. Otra media hora después dejé la bandeja en el pasillo y salí a dar una vuelta, a tirar la red, a ver si lograba que alguien saliera de las sombras a mi paso. Pero nadie reaccionó y nadie me siguió. Di la vuelta a la rotonda y después recorrí las calles del otro lado, pasando por delante de la embajada de Irak en un extremo y la de Colombia en el otro. Vi hombres y mujeres que asumí que eran agentes federales de distintas clases, y hombres y mujeres sin uniforme pero claramente militares, y hombres y mujeres de uniforme de las cuatro ramas de las fuerzas armadas, y muchos ciudadanos vestidos con trajes elegantes, pero nadie hizo ningún movimiento contra mí. Ninguno mostró el más mínimo interés. Yo era parte del decorado.

Así que volví al hotel, me tumbé en la cama de mi lujosa habitación y esperé a ver qué sucedía al día siguiente, el jueves 11 de marzo de 1997.

SESENTA Y CUATRO

Me desperté a las siete y dejé que el Departamento del Ejército me pagara el desayuno que me trajo el servicio de habitaciones. A las ocho ya estaba duchado, vestido y en la calle. Supuse que entonces empezaba la parte seria. Una reunión al mediodía en el Pentágono para alguien destinado en una base tan lejana como la mía hacía probable que me hubiera quedado en la ciudad la noche anterior, y los hoteles de Washington eran fáciles de monitorear. Era ese tipo de ciudad. Y yo no estaba escondiendo mi luz debajo en un pequeño barril. Por lo que algo en mí esperaba que hubiera enemigos en el vestíbulo, o fuera, justo detrás de la puerta. No encontré nada de eso en ninguno de los dos lugares. Era una mañana fresca de primavera, hacía sol, el clima era agradable y todo lo que veía era inocente y benigno.

Aunque en el hotel había publicaciones de todo tipo, fui hasta un kiosco de periódicos para hacerme notar. Compré un *Post*, y un *Times*, y aunque hice tiempo y me entretuve con el cambio, que fue lento y despreocupado, no hubo ninguna aproximación ni ningún ataque. Llevé los periódicos a una cafetería y me senté en una mesa fuera, a la vista de todo el mundo.

Nadie me miró.

A las diez ya estaba atiborrado de café y había gastado la tinta de los dos periódicos de gran formato de tanto leerlos, pero ningún transeúnte demostró interés en mí. Empecé a pensar que me había equivocado con la elección del hotel. Un comandante que está de paso suele quedarse en otro tipo de lugar, uno demasiado típico y repetido como para perder el tiempo en investigarlo. Así que empecé a pensar que lo más probable era que mis enemigos se concentrasen en el final de mi recorrido y no en una parada a lo largo del viaje. Cosa que sería más eficiente para ellos. Sabían exactamente hacia dónde me dirigía, y también sabían exactamente cuándo iba a llegar.

Lo que significaba que me estarían esperando dentro o cerca del Pentágono, a las doce del mediodía o un poco antes. En la boca del lobo. Mucho más peligroso. A menos de cinco kilómetros de distancia, pero en un planeta totalmente distinto en términos de cómo se hacían las cosas.

La mañana seguía siendo preciosa, así que decidí caminar. Cualquier día podía ser el último de mi vida o de mi libertad, por lo que merecía la pena disfrutar de los pequeños placeres. Fui hacia el sur por la calle 17, pasando por el Edificio de la Oficina Ejecutiva al lado de la Casa Blanca, por el lado del parque de la Elipse, y seguí por la Explanada Nacional. Dejé atrás el monumento a George Washington y me dirigí hacia el de Abraham Lincoln. Di la vuelta por la izquierda del viejo, seguí caminando hasta el puente de Arlington Memorial y empecé a cruzar las aguas del río Potomac. Había mucha gente haciendo el mismo camino en coche. Pero nadie más lo hacía a pie. Los que salían a correr por la mañana ya habían terminado el ejercicio hacía rato, y los que salían a correr por la tarde aún estaban en el trabajo.

Me detuve en la mitad del puente y me apoyé en la barandilla. Un puente es siempre una buena precaución. Si alguien te persigue no tiene dónde esconderse. Tienen que seguir avanzando. Pero no había nadie detrás de mí. Tampoco nadie delante. Esperé cinco minutos, apoyando los codos como un alma contemplativa, pero no se acercó nadie. Así que seguí caminando otros trescientos metros hasta llegar a Virginia. Adelante y derecho frente a mí a lo lejos estaba el Cementerio Nacional de Arlington. La puerta principal. Llegué allí cinco minutos más tarde. Entré en ese mar de piedras blancas. Inmediatamente estuve rodeado de tumbas. Esa es siempre la mejor manera de llegar al Departamento de Defensa. Cruzando el cementerio. Por una cuestión de perspectiva.

Me desvié para visitar la tumba de JFK y la del Soldado Desconocido. Caminé por detrás del Henderson Hall, que era un lugar extremadamente marine, salí por la puerta sur del cementerio y allí estaba: el Pentágono. El edificio de oficinas más grande del mundo. Seiscientos mil metros cuadrados, treinta mil personas, más de veintisiete kilómetros de pasillos, pero solo tres puertas a la calle. Naturalmente yo quería usar la entrada sudeste. Por razones obvias. Así que di la vuelta, manteniéndome siempre alerta, conservando la distancia, hasta que conseguí unirme al delgado flujo de gente que llegaba desde la estación de metro. El flujo de gente se iba haciendo más denso a medida que se acercaba a las puertas. Al final resultó ser una multitud. El tipo de gente adecuada para mis propósitos. Quería que hubiera testigos. Durante los arrestos surgen problemas, a veces de manera accidental, a veces a propósito.

Pero entré sin inconvenientes, aunque sentí cierta incertidumbre en el vestíbulo. Lo que creí que era un equipo de arresto resultó ser una nueva guardia entrando en servicio. Un excedente de efectivos temporal, nada más. Llegué hasta el sector 3C315 sin ningún tipo de interrupción. Tercer piso, anillo C, el más cercano al pasillo radial número tres, sector quince. El despacho de John James Frazer. Intermediación con el Senado. No había nadie con él. Estaba solo. Me dijo que cerrara la puerta. Lo hice. Me dijo que me sentara. Lo hice.

—Entonces, ¿qué es lo que tiene para mí? —dijo.

Yo no dije nada. No tenía nada que decir. No esperaba llegar tan lejos.

—Buenas noticias, espero —continuó.

—No tengo ninguna noticia —dije yo.

—Me dijo que tenía el nombre de la persona. Eso es lo que decía su mensaje.

—No lo tengo.

—¿Y por qué lo dijo? ¿Para qué ha solicitado verme?

Hice una pausa.

—Era un atajo —respondí.

Y ahí se acabó la reunión. No había nada más que decir. Frazer hizo un gran despliegue para parecer tolerante. Y paciente. Me llamó paranoico. Después se rio un poco. De que ni siquiera podía hacer que me arrestaran. Después fingió estar preocupado. Por mi estado de salud, quizás. Y sin duda por mi aspecto. El pelo y los días de barba. Usó esa voz brusca y masculina que usan los tíos para hablar con su sobrinos favoritos.

—Tiene muy mal aspecto —dijo—. Sabe que aquí hay peluquerías, no? Debería ir.

—No puedo —dije—. Tengo el aspecto que debo tener.

—¿Porque va de infiltrado?

—Sí.

—Pero no está realmente infiltrado, ¿no es cierto? He escuchado que la sheriff del pueblo lo descubrió de inmediato.

—Creo que vale la pena mantener la imagen para la población general. Ahora mismo el ejército no está muy bien visto allí.

—De todos modos, pronto será relevado. De hecho, me sorprende que no lo hayan relevado todavía. ¿Cuándo recibió sus últimas órdenes?

—¿Por qué motivo me relevarían?

—Porque parece ser que las cuestiones de Mississippi ya se resolvieron.

—¿Sí?

—Eso creo. Los disparos en el exterior de Kelham fueron un claro caso de exceso de euforia por parte de una fuerza paramilitar no oficial y no autorizada perteneciente a otro estado. Las autoridades de Tennessee se encargarán de eso. No nos podemos interponer. Nuestros poderes son limitados.

—Habían recibido la orden de dirigirse hacia allí.

—No, no lo creo. Esos grupos tienen muchas redes de comunicación clandestina. Creemos que se podrá probar que fue una iniciativa civil.

—No estoy de acuerdo.

—Esto no es una clase de debate. Los hechos son hechos. Este país está plagado de grupos como ese. Deciden sus planes internamente. No hay ninguna duda.

—¿Y las tres mujeres muertas?

—Creo que han identificado al responsable.

—¿Cuándo?
—La noticia se hizo pública hace tres horas, me parece.
—¿Quién es?
—No manejo toda la información.
—¿Es uno de los nuestros?
—No, creo que era alguien del pueblo. De Mississippi.
No dije nada.
Frazer dijo:
—De todos modos, gracias por venir.
No dije nada.
Frazer dijo:
—La reunión ha terminado, comandante.
—No, coronel, no ha terminado —respondí.

SESENTA Y CINCO

El Pentágono se construyó porque se acercaba la Segunda Guerra Mundial, y porque se acercaba la Segunda Guerra Mundial se construyó sin mucho acero. El acero se necesitaba para otras cosas, como siempre ocurre en las guerras. Así es que el gigantesco edificio fue un monumento a la fuerza y a la masa del hormigón. Se necesitó tanta arena para la mezcla que se dragó directamente del río Potomac, cerca de las paredes que se estaban levantando. Cerca de cien millones de toneladas de arena. El resultado fue una solidez extrema. Y silencio.

Al otro lado de la puerta de Frazer había treinta mil personas, pero allí dentro yo no oía a nadie. No oía nada de nada. Solo el silencio siseante típico de un despacho del anillo C.

—Recuerde que está hablando con un oficial de rango superior —dijo Frazer.

—Recuerde que está hablando con un policía militar autorizado para arrestar a cualquier persona, desde un soldado raso recién reclutado hasta un general de cinco estrellas —dije yo.

—¿Qué quiere decir?

—Los Ciudadanos Libres de Tennessee recibieron la orden de ir a Kelham. Eso está claro, creo yo. Y coincido, al llegar allí actuaron con una euforia excesiva. Pero eso es tanto responsabilidad suya como de quien dio la orden. De hecho, tiene más responsabilidad quien dio la orden. La responsabilidad empieza por arriba.

—Nadie ha dado ninguna orden.

—Los enviaron al mismo tiempo que me enviaron a mí. Y a Munro. Todos coincidimos allí. Fue una sola decisión integrada. Porque Reed Riley estaba allí. ¿Quién sabía eso?

—Tal vez fue una decisión local.

—¿Cuál fue su postura personal?

—Puramente pasiva. Y reactiva. Estaba preparado para afrontar las consecuencias, si las hubiera. Nada más.

—¿Está seguro?

—El trabajo de intermediación con el Senado siempre es pasivo. Mi tarea es apagar incendios.

—¿Nunca es proactivo? ¿Su tarea nunca es la de establecer cortafuegos con antelación?

—¿De qué manera podría haber hecho eso yo?

—Podría haber visto venir el peligro. Podría haber trazado un plan. Podría haber decidido defender la cerca de Kelham de ciudadanos cotillas que estuvieran haciendo preguntas incómodas. Pero no le podía pedir a los rangers que lo hicieran ellos mismos. Absolutamente ningún comandante reconocería eso como una orden legal. Por lo que pudo haber hablado con unos cuantos amigos extraoficiales. De Tennessee, digamos, que es el estado en el que usted nació. Donde conoce gente. Eso es posible, ¿no?

—No, eso es ridículo.

—Y después, para integrar toda su aproximación, pudo haber decidido intervenir teléfonos de la Policía Militar, para monitorear lo que pasaba y para enterarse lo antes posible si algo estuviera yendo en la dirección equivocada.

—Eso también es ridículo.

—¿Niega que haya sido así?

—Por supuesto que lo niego.

—Entonces hágame el favor —dije yo—. Hablemos hipotéticamente. Si alguien hiciera esas dos cosas, ¿usted qué pensaría?

—¿Qué dos cosas?

—Llamar a Tennessee e intervenir teléfonos. ¿Qué pensaría?

—Que se violaron las leyes.

—¿Alguien haría una de esas cosas y no la otra? ¿Hablando como militar profesional?

—No se lo podría permitir. No se podría permitir tener a una tropa no autorizada en el terreno sin un modo de saber si podía ser descubierta.

—Estoy de acuerdo —dije—. Por lo que quien haya enviado allí a esos idiotas también intervino los teléfonos, y quien haya intervenido los teléfonos envió a los idiotas. ¿Tiene sentido lo que estoy diciendo? ¿Hipotéticamente?

—Supongo que sí.

—¿Sí o no, coronel?

—Sí.

—¿Cómo de buena es su memoria a corto plazo?

—Es lo suficiente.

—¿Qué fue lo primero que me dijo hoy cuando llegué aquí?

—Le dije que cerrara la puerta.

—No, dijo hola. Después me dijo que cerrara la puerta.

—Y después le dije que se sentase.

—¿Y después?

—No lo recuerdo —dijo.

—Tuvimos una pequeña conversación acerca de todo el movimiento que hay en este edificio al mediodía.

—Sí, me acuerdo.

—Y después me preguntó qué novedades tenía.

—Y usted no tenía ninguna.

—Cosa que le sorprendió. Porque yo había dejado un mensaje en el que le decía que tenía el nombre de la persona.

—Me sorprendió, sí.

—¿El nombre de qué persona?

—No estaba seguro. Podría haber estado relacionada con cualquier cosa.

—En cuyo caso usted habría dicho el nombre de *una* persona. No el nombre de *la* persona.

—Tal vez estaba haciéndole el favor de seguirlo en su delirio de que alguien hubiera efectivamente enviado a esos aficionados a Mississippi. Porque parecía ser algo importante para usted.

—Era algo importante para mí. Porque era verdad.

—De acuerdo, respeto sus convicciones. Sugiero que averigüe quién fue.

—Ya he averiguado quién fue.

No respondió.

—Ha cometido un desliz —dije yo.

No contestó.

—Yo no le dejé ningún mensaje —dije—. Yo pedí una reunión con usted. Hablé con su secretaria. Eso fue todo. No di ninguna razón. Solo dije que necesitaba verlo hoy al mediodía. La única vez que mencioné algo acerca del nombre de una persona y de los Ciudadanos Libres de Tennessee fue en una llamada completamente distinta con el general Garber. Que evidentemente usted estaba escuchando.

El silencio siseante en el pequeño despacho pareció cambiar de tono. Se volvió grave y ominoso, como desgarrador.

—Hay cosas que son demasiado grandes para que usted las entienda, hijo mío —dijo Frazer.

—Probablemente —dije—. No tengo demasiado claro qué fue lo que pasó la primera trillonésima de segundo después del Big Bang. No puedo hacer cálculos de física cuántica. Pero me las arreglo con muchas otras cosas. Por ejemplo, entiendo bastante bien la Constitución de los Estados Unidos. ¿Alguna vez ha oído hablar de la Primera Enmienda? Garantiza la libertad de prensa. Lo que significa que cualquier periodista puede acercarse a la cerca que quiera.

—Ese era un periodista de un diario radical de izquierdas de una ciudad universitaria.

—Y yo entiendo que usted es bastante perezoso. Se ha pasado años lamiéndole el culo a Carlton Riley y no quiere empezar desde cero con alguien nuevo. No ahora. Porque para eso tendría que ponerse a hacer su trabajo.

No hubo respuesta.

—El segundo ser humano al que su gente mató era un recluta menor de edad —dije—. Estaba yendo a intentar alistarse en el ejército. Su madre se suicidó esa misma noche. Esas dos cosas las entiendo. Porque vi los restos. Primero de uno, después de la otra.

No hubo respuesta.

—Y entiendo que usted es doblemente arrogante —dije—. Primero pensó que yo no descubriría su gran estrategia, y luego, cuando la descubrí, pensó que podía lidiar conmigo solo. Sin ayuda, sin refuerzos, sin equipos de arresto. Usted y yo, solos, aquí y ahora. Debo preguntarle, ¿cómo de tonto es usted?

—Y yo debo preguntarle, ¿está armado?

—Llevo el uniforme de gala —dije—. Uno no lleva un arma de mano con el uniforme de gala puesto. Lo dice el reglamento.

—Entonces, ¿cómo de tonto es usted?

—No esperaba encontrarme en esta situación. No esperaba llegar tan lejos.

—Escuche mi consejo. Espere lo mejor, prepárese para lo peor.

—¿Tiene algún arma en su escritorio?

—Tengo dos armas en mi escritorio.

—¿Va a dispararme?

—Si tengo que hacerlo, sí.

—Estamos en el Pentágono. Hay treinta mil militares al otro lado de la puerta. Todos entrenados para correr hacia el sonido de un disparo. Espero que tenga una historia preparada.

—Usted me atacó.

—¿Por qué iba a hacerlo?

—Porque está obsesionado con saber quién disparó a un chico negro feo en el medio de la nada.

—Nunca le he dicho a nadie que era feo. O negro. No por teléfono. Eso se lo deben haber contado sus amigos de Tennessee.

—Sea como sea, está obsesionado. Le dije que se fuera pero me atacó.

Me eché hacia atrás en el respaldo de la silla. Estiré las piernas hacia delante. Solté los brazos. Me puse cómodo y me relajé. Me podría haber quedado dormido. Dije:

—Esta postura no parece muy amenazante, ¿no? Y peso alrededor de ciento quince kilos. Te costaría moverme antes de que llegaran los del 3C314 y los del 3C316. Que tardarían más o menos un segundo y medio. Y después tendría que lidiar con los policías militares. Si matas a uno de los suyos en circunstancias dudosas, lo destrozarán.

—Mis vecinos no oirán. Nadie oirá nada.

—¿Por qué? ¿Tienen silenciadores esas armas?

—No necesito silenciadores. Ni armas.

Entonces hizo algo muy raro. Se levantó y cogió una foto de la pared. Una fotografía blanco y negro. El senador Carlton Riley y él. Estaba firmada. Asumí que por el senador y no por él. Se alejó de la pared y puso la foto sobre el escritorio. Después retrocedió de nuevo y sacó del revoque el clavo con la punta de los dedos.

—¿Es eso lo que va usted a hacer? —dije—. Me va a pinchar con un alfiler hasta matarme.

Dejó el clavo junto a la fotografía.

Abrió un cajón y sacó un martillo.

—Estaba colgando el retrato otra vez cuando usted me atacó —dijo—. Afortunadamente conseguí coger el martillo, que aún estaba a mano.

No dije nada.

—Será muy silencioso —dijo—. Con un buen golpe debería bastar. Luego tendré todo el tiempo del mundo para colocar su cuerpo de la manera que necesite.

—Está loco —dije.

—No, estoy comprometido —dijo—. Con el futuro del ejército.

SESENTA Y SEIS

Los martillos son objetos muy evolucionados. No han cambiado desde hace muchísimos años. ¿Por qué habrían de cambiar? Los clavos no han cambiado. Los clavos han sido siempre iguales. Por lo tanto, las características necesarias de un martillo se resolvieron hace mucho tiempo. Una cabeza de metal muy duro y un mango. Todo lo necesario y nada innecesario. El de Frazer era un martillo de uña, de carpintero, quizás de ochocientos gramos. Grande y feo. Totalmente exagerado para colgar retratos, pero las discordancias entre herramienta y propósito son comunes en el mundo real.

Sin embargo, era un arma decente.

Se acercó a mí agarrando el martillo con la mano derecha como si fuera una cachiporra. Me levanté rápidamente de la silla, tras abandonar cualquier idea de avergonzarlo con una postura *post mortem* inadecuada. Puro instinto. No me asusto fácilmente, pero los humanos también estamos muy evolucionados. Muchas de las cosas que hacemos se remiten al origen de los tiempos. Se remiten al mismo lugar en el que a mi colega Stan Lowrey le gusta empezar las historias.

El despacho de Frazer era pequeño. El espacio libre era aún más pequeño. Iba a ser como pelear dentro de una cabina telefónica. El resultado dependería de lo inteligente que fuese Frazer. Y yo deduje que debía ser bastante. Había sobrevivido a Vietnam, al Golfo y a muchos años de idioteces del Pentágono. Nada de eso se consigue sin ser inteligente. Supuse que era un siete de diez. Quizás un ocho. No estaba a punto de ganar el Nobel, pero era definitivamente más inteligente que un oso medio.

Lo cual me ayudaba. Pelear contra imbéciles es más difícil. No puedes adivinar qué es lo que van a hacer. Pero la gente inteligente es predecible.

Lanzó un golpe barriendo con el martillo de derecha a izquierda, a la altura de la cintura, con una apertura estándar. Me arqueé hacia atrás y falló. Supuse que a continuación sacudiría el martillo hacia el otro lado, de izquierda a derecha, a la misma altura. Lo hizo, y como yo me arqueé hacia atrás otra vez, falló de nuevo. Un intercambio exploratorio. Como mover peones en un tablero de ajedrez. Frazer respiraba de manera rara. Por ferocidad y no por un problema de garganta. Nada de lo que Santa Audrey se tuviera que preocupar. Era ferocidad y emoción. Tenía alma de guerrero, y lo que más les gusta a los guerreros es la misma lucha. Les fascina. Viven para eso. También sonreía, de manera salvaje, y sus ojos estaban concentrados en la cabeza del martillo y en mi abdomen, un poco más lejos. En el ambiente había un penetrante olor a sudor, algo primitivo, como en la guarida de un roedor nocturno.

Di medio paso hacia delante, y él reaccionó con un movimiento hacia atrás que nos dejó en el medio del espacio, lo cual era importante. Para mí. Él me quería contra la pared, y yo no quería estar allí.

Por lo menos, no todavía.

Dio un tercer golpe con el martillo, barriendo con fuerza para dar la impresión de que iba en serio, cosa que aún no era cierta. No todavía. Podía leer el patrón. Lo llevaba escrito en la mirada. En los ojos. Me arqueé hacia atrás y la cabeza del martillo zumbó a dos centímetros de mi chaqueta. Ochocientos gramos, en un mango largo. El impulso del golpe fallido lo llevó lejos. Sus hombros giraron noventa grados y torció la cintura. Aprovechó la torsión para lanzarse de nuevo hacia mí. Esta vez extendiendo un poco el brazo. Me obligó a retroceder. Terminé cerca de la pared.

Yo le miraba a los ojos.

Todavía no.

Él era un guerrero. Yo no. Yo era un luchador. Su objetivo de vida era lograr una victoria táctica. El mío, mear en la tumba de mi enemigo. No es lo mismo. Para nada. El enfoque es totalmente distinto. Dio un cuarto golpe con el martillo, mismo ángulo, misma altura. Era como un pitcher de bolas rápidas, acostumbrándome a una cosa antes de salir con otra totalmente distinta. Dentro, dentro, dentro, y luego el lanzamiento. Pero Frazer no apuntaba hacia abajo. Buscaba por arriba. Abajo sería mejor, pero no pasaría de un siete sobre diez. Quizás un ocho. Pero no un nueve.

Dio un quinto golpe con el martillo, misma altura, mismo ángulo, con tanta fuerza que las puntas de la garra hicieron un ruido crudo y estremecedor al surcar el aire, que se detuvo por completo cuando el martillo se detuvo también. Dio un sexto golpe, misma altura, mismo ruido, misma extensión. Yo estaba muy cerca de la pared. No podía ir a ningún lado. Después llego el séptimo intento, misma altura, mismo ángulo, mismo ruido.

Después movió los ojos.

Tan solo un poco hacia arriba, y en el octavo golpe apuntó alto, al lado de mi cabeza. A mi sien. Vi un destello de los dos centímetros y medio de la zona de impacto del martillo. Ochocientos gramos. Casi un kilo de peso. Habría dejado un agujero muy nítido en el hueso.

Pero eso no ocurrió, porque mi cabeza no estaba ahí cuando llegó el martillo.

Me agaché de golpe, veinte centímetros, sobre mis rodillas ya preparadas y semiflexionadas, diez centímetros para esquivar el golpe y otros diez como margen de seguridad, oí la ráfaga de aire sobre mi cabeza y sentí cómo, al no impactar, el golpe lo arrastraba en un círculo descontrolado. Yo empecé a erguirme otra vez, y entonces nos encontramos ante una nueva serie de cálculos. Habíamos completado las tres dimensiones. Nos habíamos movido hacia dentro y hacia fuera, hacia atrás y hacia delante, hacia arriba y hacia abajo. Ya estábamos preparados para la cuarta dimensión. El tiempo. Las únicas preguntas que quedaban eran cómo de rápido le podía pegar yo y cómo de rápido estaba girando él.

Y eran preguntas cruciales. Especialmente para él. A medida que me erguía, yo me iba torsionando. Mi codo se movía rápido y con toda seguridad iba a terminar impactando en su cuello. Con una seguridad matemática. ¿Pero en qué parte del cuello? La respuesta: iba a impactar en la parte que estuviera allí cuando el golpe llegara a su destino. Delante, en un lado, detrás, para mí era todo lo mismo. Pero no para él. Para él, unas partes eran peores que otras.

Primero, los ochocientos gramos de herramienta le habían obligado a estirar mucho los brazos, como en el lanzamiento de martillo olímpico, y después le habían tirado del hombro con fuerza, como el chasquido de un látigo, por lo que para entonces él ya estaba en medio de un giro pronunciado y sin control. Y mi codo estaba muy bien encaminado. Era cuestión de memoria muscular. Sucede de manera automática. Si no te lo crees, da un codazo. Quizás se trata de algo de la infancia. Detrás del golpe iba todo mi peso, mi pie estaba afianzado y el codo iba a impactar, e iba a impactar fuerte. De hecho, iba a impactar muy fuerte. Ya estaba cayendo como una guadaña. Y se estaba acelerando. Iba a ser un golpe violento. Iba a ser el tipo de golpe violento al que Frazer podría sobrevivir si lo recibía en un lado del cuello, pero no si lo recibía en la nuca. Un golpe como ese en la nuca sería letal. Sin duda. Por la manera en que las vértebras se articulan con el cráneo.

Así que todo era cuestión de tiempo, velocidad, rotación y órbitas excéntricas. Era imposible de predecir. Demasiadas partes en movimiento. Al principio pensé que iba a recibir la mayor parte del golpe en un lado. En el ángulo, en realidad, pero más probabilidades de sobrevivir que de no hacerlo. Después vi que las probabilidades iban a estar más cerca del cincuenta por ciento, pero de repente los ochocientos gramos lo movieron en una nueva dirección, y a partir de entonces ya no hubo duda de que iba a recibir el golpe en la nuca y solo en la nuca. Sin ninguna duda. Iba a morir.

Cosa que yo no lamenté.

Salvo en sentido práctico.

SESENTA Y SIETE

Frazer cayó al lado de su escritorio, sin golpearlo, con un ruido no más fuerte que el que hace un tipo gordo al sentarse en un sofá. Lo que resultaba bastante seguro. Nadie llama a la policía cuando un tipo gordo se sienta en un sofá. En el suelo había una alfombra de estilo persa que probablemente había dejado un inquilino anterior que había muerto de un paro cardíaco hacía mucho tiempo. Debajo de la alfombra habría algún tipo de revestimiento blando, y debajo de eso el hormigón sólido del Pentágono. Por lo que la transmisión de sonido quedaba estrictamente contenida. *Nadie oirá nada*, había dicho Frazer. *Tienes razón en eso*, pensé. *Gilipollas*.

Saqué la Beretta ilegal del bolsillo de mi uniforme de gala y le apunté durante un rato. Por si acaso. Espera lo mejor, prepárate para lo peor. Pero no se movió. No había manera. Quizás podía mover un poco los párpados. Su cuello se había soltado en la parte superior. No había arrastrado ninguna vértebra. Lo único que unía su cráneo al resto de su cuerpo era la piel.

Lo dejé donde había caído, de momento, y estaba a punto de moverme hacia el centro de la habitación para empezar a investigar algunas cuestiones cuando la puerta se abrió.

Y entró Frances Neagley.

Llevaba el uniforme de camuflaje de combate y guantes de látex. Recorrió la habitación con la mirada una vez, dos veces, y dijo:

—Lo tenemos que acercar a donde estaba la foto.

Me quedé quieto, sin reaccionar.

—Rápido —dijo.

Me puse manos a la obra y lo arrastré hasta donde plausiblemente podría haberse caído mientras estaba colgando la foto. Podría haber perdido el equilibrio hacia atrás y se podría haber golpeado la cabeza contra el borde del escritorio. Las distancias más o menos coincidían.

—¿Pero por qué le podría haber pasado esto?

—Estaba clavando el clavo —dijo Neagley—. Se movió bruscamente cuando vio que el martillo se le venía encima por el rebote del golpe. Una reacción instintiva. Un reflejo. No lo pudo evitar. Se le enredaron los pies en la alfombra y se cayó.

—¿Y dónde está ahora el clavo?

Neagley lo cogió del escritorio y lo tiró cerca de la base de la pared. Tintineó débilmente contra la franja de azulejos que estaba más allá del borde de la alfombra.

—¿Y dónde está el martillo?

—Está lo suficientemente cerca —dijo ella—. Es hora de irnos.

—Tengo que borrar mi reunión con él.

Me enseñó que tenía en el bolsillo las páginas de la agenda.

—Ya está hecho —dijo—. Vamos.

Neagley me llevó dos pisos más abajo por las escaleras y me hizo cruzar algunos pasillos a un ritmo entre moderado y ligero. Usamos la puerta sudeste para salir del edificio y después nos dirigimos directamente al aparcamiento, donde nos detuvimos entre los espacios reservados, y donde Neagley abrió un gran Buick sedán. Era un Park Avenue. Azul oscuro. Muy limpio. Quizás nuevo.

—Sube —dijo Neagley.

Así que me subí a un asiento de cuero beige suave. Neagley dio marcha atrás, giró el volante y se dirigió a la salida, después cruzamos la barrera y al poco tiempo pasamos por distintas rampas de autopistas, cruzamos la última y nos dirigimos hacia el sur por una carretera de seis carriles, solo un coche más en medio de miles de coches.

—En la mesa de recepción hay un registro de mi entrada —dije.

—Mal conjugado —dijo Neagley—. Había un registro. Ya no.

—¿Cuándo has hecho todo eso?

—Supuse que estabas bien en cuanto estuviste a solas con Frazer. Aunque me habría gustado que no hubieses hablado tanto. Deberías haber pasado a la parte física mucho antes. Tienes muchos talentos, cariño, pero hablar no está entre los primeros de la lista.

—¿Y por qué estás aquí?

—Me avisaron.

—¿De qué te avisaron?

—De toda la historia de esta trampa. De que ibas a entrar así en el Pentágono.

—¿Desde dónde te avisaron?

—Directamente desde Mississippi. La sheriff Deveraux. Me pidió ayuda.

—¿Te llamó?

—No, tuvimos una sesión espiritista.

—¿Por qué razón te iba a llamar?

—Porque estaba preocupada, idiota. Y yo también, en cuanto me enteré.

—No había nada de qué preocuparse.

—Podría haberlo habido.

—¿Qué quería ella que hicieras? —pregunté.

—Quería que te cubriera. Que me asegurara de que estuvieras bien.

—No creo haberle dicho a qué hora tenía la reunión.

—Sabía a qué autobús te habías subido. Su ayudante le dijo a qué hora te dejó en Memphis, así que fue fácil deducir el horario en que viajarías.

—¿De qué manera te ha ayudado esa información esta mañana?

—Eso no me ha ayudado esta mañana. Me ayudó ayer por la tarde. Te he estado siguiendo desde que saliste de la estación de autobús. Todo el tiempo. Bonito hotel, por cierto. Si en algún momento deciden cobrarme a mí el servicio de habitación vas a deberme mucho dinero.

—¿De quién es este coche? —dije.

—Pertenece a la flota automovilística. Como parte del procedimiento.

—¿Qué procedimiento?

—Cuando un oficial de carrera de alto rango muere, su coche, propiedad del Departamento, regresa a la flota. Donde se pasa a probarlo inmediatamente en la carretera para determinar qué cosas hay que arreglar antes de reasignarlo. Esta es la prueba de carretera.

—¿Cuánto tiempo durará?

—Más o menos dos años, probablemente.

—¿Quién era el oficial?

—Es un coche bastante nuevo, ¿no? Debe haber sido un muerto bastante reciente.

—¿Frazer?

—Para la flota automovilística es más sencillo hacer el papeleo a primera hora de la mañana. Todos confiábamos en ti. Si algo hubiese salido mal nos habríamos quedado muy avergonzados.

—En vez de matarlo podría haberlo arrestado.

—Es lo mismo. Muerto o preso, para la flota automovilística no hay ninguna diferencia.

—¿A dónde estamos yendo?

—Te esperan en la base. Garber quiere verte.

—¿Por qué?

—No lo sé.

—Eso es a tres horas de viaje.

—Pues ponte cómodo en el asiento y relájate. Puede ser la última vez que descanses durante un tiempo.

—Pensé que no te gustaba Deveraux.

—Eso no quiere decir que no la vaya a ayudar si está preocupada. Creo que tiene algo raro, eso es todo. ¿Hace cuánto que la conoces?

—Cuatro días —dije.

—Y estoy segura de que ya me podrías contar cuatro cosas raras sobre ella.

—Debería intentar llamarla —dije—, si está preocupada.

—Ya lo he intentado yo —dijo Neagley—. Desde el teléfono de la secretaria. Mientras le dabas a Frazer toda esa charla teórica. Le iba a decir que ya casi estabas a salvo. Pero no contestó. Nadie cogió el teléfono en todo el Departamento del Sheriff.

—Tal vez están ocupados.

—Tal vez. Porque tienes que saber otra cosa. He contrastado un rumor con la red de suboficiales. La dotación que está destinada en Benning dice que el Blackhawk que salió de Kelham el domingo estaba vacío. Más allá de los pilotos, por supuesto. Lo que querían decir es que no llevaba pasajeros. Reed Riley no fue a ninguna parte. Sigue estando en la base.

SESENTA Y OCHO

Seguí el consejo que me había dado Neagley y me relajé el resto del camino. Tardamos mucho menos de tres horas. El Buick era mucho más rápido que un autobús. Y Neagley aceleraba más de lo que aceleraría un conductor de autobús. A las tres y media estaba de nuevo en la base. Había estado fuera exactamente veinticuatro horas.

Fui directo a mi cuartel, me quité el uniforme de gala, me lavé los dientes y me di una ducha. Después me puse el uniforme de combate con una camiseta y fui a ver qué quería Garber.

Garber quería enseñarme un expediente confidencial del Cuerpo de Marines. Para eso me había citado. Pero antes hubo una breve sesión de preguntas y respuestas. No salió bien. Fue muy insatisfactoria. Yo hice las preguntas y él se negó a responderlas.

Y se negó a mirarme a los ojos.

—¿A quién han arrestado en Mississippi? —pregunté.

—Lea el expediente —respondió.

—Me gustaría saberlo.

—Primero lea el expediente.

—¿Tienen pruebas o es todo mentira?

—Lea el expediente.

—¿Ha sido la misma persona con las tres mujeres?

—Primero lea el expediente.

—Un civil, ¿verdad?

—Lea el maldito expediente, Reacher.

No me dejó llevarme el expediente. Tenía que permanecer bajo su control personal en todo momento. Lo tenía que tener a la vista de principio a fin, técnicamente, pero a ese respecto no siguió las reglas. Salió del despacho, cerró despacio la puerta y dejó que lo mirara solo.

El expediente tenía poco más de medio centímetro de alto y estaba guardado en una carpeta de cartulina de un color caqui distinto al que usa el Ejército. Era también de mejor calidad. Lisa y tersa, solo estaba un poco raspada y rayada por el paso del tiempo. Tenía bandas rojas en las cuatro puntas, lo que seguramente indicaba un alto nivel de confidencialidad. Tenía una pegatina blanca con un número de expediente del Cuerpo de Marines de los Estados Unidos impreso, y una fecha de hacía cinco años.

Tenía una segunda pegatina con un nombre impreso.

DEVERAUX, E.

Su nombre iba seguido de su rango, que era oficial técnico jefe de grado 5, su número de servicio y su fecha de nacimiento, que era bastante cercana a la mía. En el borde inferior de la carpeta había una tercera pegatina, un poco torcida, cogida de un rollo largo de cinta preimpresa. Imaginé que debía poner *No Abrir Sin Autorización* pero la habían cortado sin prestar atención y habían dejado el *No* afuera, y ahora ponía *Abrir Sin Autorización*. La burocracia puede estar llena de humor accidental.

Pero lo que contenía el expediente no era gracioso.

Empezaba con su foto. Era a color, y quizás la habían sacado hacía poco más de cinco años. Tenía el pelo rapado, tal como me había dicho. Probablemente al dos, cortado una semana antes, como un halo oscuro suave. Como musgo. Estaba muy guapa. Pequeña y delicada. El pelo corto le hacía los ojos enormes. Parecía llena de vida, llena de fuerza, preparada, a cargo. Una especie de meseta física y mental. Finales de los veinte, principios de los treinta. Me acordaba muy bien de ese momento.

Apoyé la foto boca abajo a mi izquierda y miré la primera hoja con letra impresa. Estaba escrita a máquina. Una IBM, supuse, con la pelota de golf. Típica en 1992. Y todavía muy usada en 1997. El procesamiento de textos por ordenador ya se había introducido, pero como casi todo en las fuerzas armadas se introducía despacio y cautelosamente, con una gran cuota de duda y desconfianza.

Empecé a leer. Quedaba inmediatamente claro que el expediente era el resumen de una investigación llevada a cabo por un brigadier general del Cuerpo de Marines perteneciente a la oficina de su capitán preboste, que supervisaba los asuntos de la policía militar. El oficial de una estrella se llamaba James Dyer. Un hombre de rango muy alto para lo que parecía reducirse a un problema personal. Una disputa personal, de hecho, entre dos policías militares marines con el mismo rango. O, técnicamente, una disputa entre un policía militar marine y otros dos, así que en total eran tres. A un lado del problema estaban una mujer llamada Alice Bouton y un hombre llamado Paul Evers, y al otro lado estaba Elizabeth Deveraux.

Como todos los sumarios que había leído en mi vida este comenzaba con una escueta narración de los hechos, escrita de manera neutral y paciente, sin implicaciones o interpretaciones, en un lenguaje con toda la intención de ser claro. La historia era bastante simple. Como una subtrama de una serie mala. Elizabeth Deveraux y Paul Evers salían juntos y luego ya no, después Paul Evers y Alice Bouton salieron juntos, después el coche de Paul apareció destrozado y después dieron de baja a Alice de manera deshonrosa tras una irregularidad económica que salió a la luz.

Esa era la narración de los hechos.

A ese relato le seguía una digresión acerca de la situación de Alice. Un apartado. Alice era indiscutiblemente culpable, según la opinión del general Dyer. Los hechos estaban claros. La prueba estaba allí. El caso era consistente. La fiscalía había sido justa. La defensa había sido meticulosa. El veredicto había sido unánime. La cantidad en cuestión no llegaba a cuatrocientos dólares. En efectivo, tomados de una taquilla en la que se guardaban las pruebas de los delitos. Dinero de una venta ilegal de armas, confiscado, guardado, asentado y a la espera de ser presentado en una corte marcial. Alice Bouton lo había cogido y se lo había gastado en un vestido, un bolso y unos zapatos, en una tienda cercana a donde estaba destinada. En la tienda la recordaban. En 1992, que un infante de marina se gastara cuatrocientos dólares en un conjunto de ropa era un despropósito. Algunos de los billetes de más valor aún estaban en la caja registradora de la tienda cuando se presentó la policía militar, y los números de serie coincidían con los que tenían anotados en el registro de las pruebas del juicio.

Caso cerrado.

—Fin del apartado informativo.

Lo siguiente era la interpretación del general Dyer acerca del conflicto a tres bandas. Muy minuciosa. Le antecedía una garantía incuestionable de que todas las conclusiones estaban ampliamente respaldadas por datos. Se habían mantenido conversaciones, se habían realizado entrevistas, se había recabado información, se habían consultado testigos y después se había cruzado y corroborado todo ese material, y todo lo que estuviera respaldado por menos de dos fuentes independientes había sido omitido. Presión en toda la cancha, en otras palabras. Una garantía digna de ser presentada en un banco. Y terminaba con un párrafo largo y subrayado. Me podía imaginar la máquina IBM sacudiéndose y moviéndose en el escritorio mientras la pelota de golf se movía hacia adelante y hacia atrás, aportando el subrayado furioso. El párrafo confirmaba el convencimiento de Dyer de que todo lo que estaba a punto de describirse estaba listo para ser presentado en un juzgado, en caso de que se considerara necesario o deseable tomar medidas adicionales.

Le di la vuelta a la página y empecé a leer el análisis. Dyer escribía con un estilo llano y no se inmiscuía en la narración. Dada la página precedente, cualquier lector comprendería que los contenidos podían no ser hechos científicamente probados al cien por cien, pero que estaban muy lejos de ser rumores o habladurías. Era información consistente. Se sabía todo lo que se podía saber. De ahí que Dyer en ningún momento escribiera *creo* o *pienso* o *es probable*. Sencillamente contaba la historia.

Que era la siguiente: Elizabeth Deveraux se había enfadado mucho cuando Paul Evers la dejó por Alice Bouton. Se había sentido despreciada, rechazada, ofendida e insultada. Era una mujer despechada, y su comportamiento posterior parecía haberse dirigido a demostrar todos y cada uno de los aspectos de ese estereotipo. Victimizó a la nueva pareja hablando mal de ellos en cada lugar que podía, e interviniendo sobre el trabajo cada vez que podía, para que pasaran menos tiempo juntos.

Después tiró el coche de Paul Evers por un puente.

El coche de Evers no era nada especial, pero representaba para él una inversión importante, y era imprescindible para su vida social, dado que nadie se quiere quedar todo el tiempo en la base. Deveraux había conservado una llave, y una noche a última hora se lo llevó, lo puso con cuidado en el contrafuerte de un puente y lo dejó caer diez metros contra una esclusa de hormigón. El impacto le había ocasionado al coche una destrucción casi total, y las fuertes lluvias que cayeron más tarde esa misma noche se habían encargado de terminar el trabajo.

Después Deveraux se había centrado en Alice Bouton.

Lo primero que hizo fue romperle el brazo.

Debido a la regla de las dos fuentes independientes del general de Dyer, las circunstancias no estaban descritas con tanta precisión, porque la agresión no había tenido testigos, pero Bouton aseguraba que la atacante había sido Deveraux, y Deveraux nunca lo había negado. Las lesiones eran indiscutibles. El codo izquierdo de Bouton se había dislocado y se le habían roto los dos huesos del antebrazo. Había estado escayolada seis largas semanas.

Y Deveraux había pasado esas seis largas semanas indagando en la acusación de robo con una intensidad demoníaca. Aunque inicialmente *indagando* no era la palabra adecuada, porque al principio no había nada que indagar. Nadie sabía que hubieran robado algo. Deveraux había inventariado las taquillas en las que se guardaban las pruebas y había examinado los papeles. Solo entonces había descubierto la discrepancia. Y después había hecho la acusación. Y después había indagado en esa acusación, obsesivamente, con el resultado final que se describía en la introducción del general Dyer. La corte marcial y el veredicto de culpable.

En la comunidad marine de la Policía Militar hubo un revuelo enorme, por supuesto, pero el veredicto de culpable que había recibido Bouton había dejado a Deveraux protegida ante cualquier crítica formal. Algo que habría parecido una venganza si el veredicto hubiera sido otro, quedó como un buen trabajo policial, totalmente acorde con el sentido de la ética y del honor del Cuerpo de Marines. Pero la línea era muy fina. El general Dyer no había tenido ninguna duda de que el caso implicaba importantes elementos de represalia personal.

Y, algo inusual en esa clase de informes, había intentado explicar por qué.

Una vez más, confirmaba que se habían mantenido conversaciones, que se habían realizado entrevistas, que se había recabado información y que se habían consultado testigos. Los participantes en estas nuevas discusiones habían sido tanto amigos como enemigos, conocidos y compañeros, doctores y psiquiatras.

Todos sostenían que el elemento más destacado era la inusual belleza de Alice Bouton.

Todos coincidían en que Bouton era una mujer excepcionalmente hermosa. Algunas de las palabras que se citaban eran *magnífica, impresionante, espectacular, arrebatadora, fuera de serie* e *increíble.*

Las mismas palabras también servían para Deveraux, por supuesto. Todos coincidían en ese punto. Sin duda. Los psiquiatras habían llegado a la conclusión de que la explicación radicaba en eso. El general Dyer había traducido su lenguaje clínico para el lector ocasional. Decía que Deveraux no podía soportar la competencia. No podía soportar no ser clara y definitivamente la mujer más guapa del lugar en el que estuviese destinada. Así que había tomado las medidas necesarias para ello.

Lo leí todo una vez más, de principio a fin, y después golpeé las hojas contra el escritorio para colocarlas bien, las guardé y cerré la carpeta, y Garber entró otra vez en el despacho.

SESENTA Y NUEVE

Lo primero que dijo Garber fue:

—Acabamos de recibir una noticia del Pentágono. Han hallado muerto a John James Frazer en su despacho.

—¿Cómo ha muerto? —dije yo.

—Parece que ha sido un extraño accidente. Al parecer se cayó y se golpeó la cabeza contra el escritorio. Las personas que trabajan con él volvieron de comer y lo encontraron en el suelo. Estaba haciendo algo con una foto de Carlton Riley.

—Esto no está bien.

—¿Por qué?

—No es el mejor momento para perder a nuestro intermediario con el Senado.

—¿Ha leído el expediente?

—Sí, lo he leído —dije.

—Entonces sabe que ya no necesitamos preocuparnos por el Senado. Quien reemplace a Frazer tendrá mucho tiempo para aprender el trabajo antes de que surja el próximo problema.

—¿Esa va a ser la versión oficial?

—Es la verdad. Deveraux fue marine, Reacher. Durante dieciséis años. Sabía cómo degollar a alguien. Sabía hacerlo y sabía fingir que no. Y lo del coche basta para demostrarlo. ¿Qué más se puede añadir? Destruye el coche de Paul Evers y destruye el coche de Reed Riley. El mismo *modus operandi*. Exactamente el mismo motivo. Solo que esta vez ella es solo una de cuatro mujeres guapas. Y Munro dice que Riley ha salido con ella y que la ha dejado por las otras tres, una tras otra. Así que esta vez está tres veces más enfadada. Esta vez va más

allá de romper unos brazos. Esta vez tiene su propio caballete para degollar ciervos al fondo de una casa vacía.

—¿Esa va a ser la versión oficial?

—Es lo que ha pasado.

—¿Entonces cómo sigue?

—Ahora el problema es de Mississippi. Nosotros no participamos, y no tenemos manera de saber qué va a suceder. Lo más probable es que no suceda nada. Mi conjetura es que no se va a arrestar a sí misma, y que tampoco va a darle a la Policía Estatal ninguna razón para que lo haga.

—¿Entonces nos vamos a retirar?

—Las tres eran civiles. No tienen nada que ver con nosotros.

—¿Entonces la misión ha terminado?

—Hoy por la mañana.

—¿Kelham ha abierto sus puertas de nuevo?

—Hoy por la mañana.

—Ella niega haber tenido una relación con Riley.

—Como es de esperar, ¿no es así?

—¿Sabemos algo del general Dyer?

—Murió hace dos años, tras una carrera larga y ejemplar. Nunca hizo nada que estuviera mal. Era intachable.

—De acuerdo —dije—. Yo voy a hacer algunas cosas.

—¿Qué cosas?

—Iré a cerrar mi implicación en el asunto.

—Su implicación ya se ha cerrado. Hoy por la mañana.

—Tengo que recuperar efectos personales.

—¿Se ha dejado algo allí?

—Pensé que iba a volver de inmediato.

—¿Qué se ha dejado?

—Mi cepillo de dientes.

—No es importante.

—¿El Departamento de Defensa me lo rembolsará?

—¿Un cepillo de dientes? Por supuesto que no.

—Entonces tengo derecho a recuperarlo. No pueden tenerlo todo.

—Reacher, si hace que este asunto reciba más atención, aunque sea la más mínima, no habrá nada que yo pueda hacer para ayudarlo —dijo Garber—. Ahora mismo hay gente de muy alto rango que está conteniendo la respiración. Estamos a un palmo de que los medios de comunicación empiecen a difundir que el hijo de un senador ha salido con una mujer que asesinó a tres personas. Nos salva que ninguno de los dos se puede permitir decir nada al respecto. Él por un motivo y ella por otro. Así que probablemente saldremos ilesos. Pero aún no lo sabemos. No con certeza. Ahora mismo pende de un hilo.

No dije nada.

Él continuó:

—Usted sabe que ella reúne todas las características, Reacher. ¿Un hombre con su instinto? Deveraux solo fingía que investigaba. Es decir, ¿ha llegado a algún sitio con su investigación? Y a usted lo estaba manipulando como a un títere. Primero intentó quitárselo de encima, y cuando vio que no se iba, pasó a quererlo muy cerca. Para poder controlar los avances que hacía. O los que no hacía. ¿Por qué si no iba a hablar con usted?

No dije nada.

Él continuó:

—De todas formas, el autobús que va a Memphis ha salido hace muchas horas. Tendrá que esperar hasta mañana. Y mañana verá las cosas de otra manera.

—¿Neagley sigue en la base? —pregunté.

—Sí, sigue aquí —respondió él—. Acabo de quedar para tomar un trago con ella.

—Dígale que va a volver en autobús. Dígale que yo me llevo el coche.

—¿Tiene cuenta bancaria? —me preguntó él.

—¿De qué otra manera podría recibir mi sueldo? —respondí.

—¿Dónde está la cuenta?

—En Nueva York. De cuando estaba en West Point.

—Trasládela a un lugar más cercano al Pentágono.

—¿Por qué?

—El dinero que se recibe por separación involuntaria llega más rápido si uno tiene la cuenta en Virginia.

—¿Cree que llegaremos a eso?

—Para el Estado Mayor la guerra ha terminado. Están cantando a coro con Yoko Ono. Se avecinan grandes recortes. La mayor parte recaerá en el ejército. Porque los marines tienen mejores relaciones públicas, y porque la Marina y la Fuerza Aérea son algo totalmente distinto. Así que los que están por encima de nosotros están haciendo listas, y las están haciendo ahora mismo.

—¿Yo estoy en esas listas?

—Lo estará. Y no habrá nada que yo pueda hacer para evitarlo.

—Podría ordenarme que no vuelva a Mississippi.

—Podría, pero no lo haré. No con usted. Confío en que hará lo que corresponde.

SETENTA

Me encontré con Stan Lowrey cuando me estaba yendo de la base. Mi viejo amigo. Él cerraba su coche justo cuando yo abría el mío.

—Adiós, querido colega —dije.

—Eso suena definitivo —dijo él.

—Puede ser que no me vuelvas a ver.

—¿Por qué? ¿Estás en problemas?

—¿Yo? —dije—. No, yo estoy bien. Pero he oído decir que tu puesto de trabajo es vulnerable. A lo mejor cuando yo vuelva tú ya no estás.

Negó con la cabeza, sonrió y siguió caminando.

El Buick era un viejo coche de señora. Si mi abuelo hubiese tenido una hermana, ella, mi tía abuela, habría tenido un Buick Park Avenue. Pero lo habría conducido más despacio que yo. Era un cacharro blando como una gominola de nube y dos veces más mantecoso por dentro, pero tenía un gran motor. Y matrículas del gobierno. Así que era bueno en autopista. Y me metí en la autopista lo antes que pude. En la I-65, para ser exacto. En dirección sur, bajando por el borde este de un pasillo imaginario y no por el borde oeste, que pasa por Memphis. Iba a acercarme desde un ángulo que nunca había visto, pero era un viaje más directo. Y por lo tanto más rápido. Cinco horas, calculé. Quizás cinco horas y media. Llegaría a Carter Crossing a las diez y media como muy tarde.

Continué hacia el sur a través de Kentucky con la última luz del día, y anocheció bastante rápido mientras atravesaba Tennessee. Tanteé durante un kilómetro y medio hasta que encontré el botón para encender los faros delanteros. La ancha carretera me condujo a través del neón brillante de Nashville, rápido y por encima del mundanal ruido, y luego por el medio del campo, donde todo se volvió oscuro y solitario otra vez. Conduje como hipnotizado, de manera automática, sin pensar en nada, sin sentir nada, sorprendido cada vez que me daba cuenta de que faltaban ciento cincuenta kilómetros menos.

Llegué al estado de Alabama y me detuve en el segundo lugar que vi para echar gasolina y comprar un mapa. Sabía que iba a tener que dirigirme hacia el oeste en una de las primeras salidas y necesitaba un mapa con información específica del lugar para saber dónde debía hacerlo. No me servía un mapa a gran escala de los que se puede comprar con anticipación. El que compré se desplegaba cuidadosamente y mostraba todas las carreteras internas del estado. Pero eso era lo único que mostraba. Mississippi no era más que un espacio blanco en las partes externas de la hoja. Restringí el área hacia la que me dirigía y encontré cuatro carreteras posibles que iban de este a oeste. Cualquiera podía ser la que pasaba por la entrada de Kelham y que después llegaba hasta Carter Crossing. O podía no ser ninguna de esas. Toda clase de desvíos podían estar esperándome al otro lado de la frontera estatal. Un laberinto. No había forma de saberlo.

No, salvo por el hecho de que Kelham había sido construida en los años cincuenta, que todavía era una época de grandes guerras y movilizaciones masivas. Y los planificadores del Departamento de Defensa siempre han sido muy precavidos. No querían que un convoy de reservistas proveniente de Nueva Jersey o Nebraska se perdiera en zonas desconocidas. Por lo que colocaban carteles discretos y con códigos aquí y allá, que indicaban el camino hacia y desde cada establecimiento importante de la nación. Sus esfuerzos se intensificaron cuando comenzó el Sistema Interestatal de Autopistas. El sistema interestatal recibió formalmente su nombre del presidente Eisenhower por un muy buen motivo. Eisenhower había sido el comandante supremo de los aliados durante la Segunda Guerra Mundial, y su mayor problema no habían sido precisamente los alemanes. Su mayor problema había sido transportar hombres y equipamientos de un punto A a un punto B a través de carreteras pésimas y sin señalizar. Estaba decidido a que sus sucesores no tuviesen que enfrentarse con problemas similares si la guerra terrestre llegara en algún momento a Estados Unidos. De ahí el sistema interestatal. No para las vacaciones. No para el comercio. Para la guerra. Y de ahí los carteles. Y si esos carteles no habían sido agujereados a tiros, estropeados o robados por la población local, yo podía usarlos como faros.

Encontré el primer cartel en la siguiente salida. Cogí esa rampa y seguí hacia el oeste por una cinta de hormigón bordeada por centros comerciales baratos y concesionarios. Pasado un rato los locales comerciales terminaban y la carretera se convertía de nuevo en lo que probablemente había sido antes: una serpenteante ruta rural que atravesaba lo que parecía una bonita campiña. Había árboles, campos y de vez en cuando un lago. Había campamentos de verano, pueblos de vacaciones y de vez en cuando una posada. En el cielo había una luna brillante, y todo era muy pintoresco.

Seguí conduciendo pero no vi más carteles del Departamento de Defensa hasta llegar a Mississippi, y después vi solamente uno. Pero era una flecha muy destacada e inequívoca que apuntaba hacia delante, con el número 27 abajo, que indicaba que solo faltaban veintisiete kilómetros. Mi reloj mental marcaba las diez y cinco. Si me daba prisa, llegaría antes de lo planeado.

SETENTA Y UNO

Evidentemente a los ingenieros del Departamento de Defensa les había preocupado tanto la llegada a Kelham desde el oeste como la llegada desde el este. La carretera era igual en ambas direcciones. Misma anchura, mismo material, misma combadura, misma construcción. La reconocí a quince kilómetros de distancia. Después presentí los árboles y la cerca de mi derecha, en medio de la oscuridad. En el ángulo sudeste de Kelham. En la esquina inferior derecha de un mapa.

El perímetro sur desfilaba por mi ventanilla y yo esperaba que llegara la entrada. No veía ningún motivo por el cual no fuera a estar justo en el medio de la cerca. Al Departamento de Defensa le gusta el orden. Si hubiese habido una colina en el camino, los ingenieros del ejército la hubieran sacado. Si hubiese habido un pantano, lo hubieran vaciado.

Al final supuse que en realidad había habido un pequeño valle en el camino, porque pasados un par de kilómetros la carretera se mantenía nivelada solo mediante una calzada de dos metros de altura. Todo alrededor el terreno era bajo. Después la calzada se ensanchó dramáticamente a mi derecha y se convirtió en una elevación de hormigón con forma de abanico que flotaba por encima de la pendiente. Como una curva gigantesca, como la entrada a una carretera nueva y ancha. Empezaba aproximadamente con el tamaño de un campo de fútbol visto de frente. Quizás un poco más, pero luego se estrechaba. Se unía en ángulo recto con la carretera vieja, pero no había bordes bruscos. Ni giros bruscos. Los giros eran poco pronunciados y se iban desplegando gradualmente en curvas amplias y abiertas. Para permitir la entrada de vehículos orugas, no de Buicks, por más pesados que fueran.

Pero si la superficie en forma de abanico era la entrada a la carretera nueva, entonces esa carretera terminaba cincuenta metros después, en la puerta de Fort Kelham. Y la puerta de Fort Kelham era un asunto serio. Eso seguro. Era estructuralmente más fuerte que cualquier cosa que yo hubiera visto fuera de una zona de combate. Estaba flanqueada por fortificaciones y por el puesto de guardia, que también era un asunto serio. Dentro había nueve personas. Los intereses del condado estaban representados por la figura solitaria de Geezer Butler. Él estaba sentado en su coche, aparcado a cuarenta y cinco grados en el extremo de la curva más alejada, en una especie de tierra de nadie, donde la carretera del condado se convertía en la del ejército.

Pero las pesadas barreras de acero del ejército estaban abiertas, y la carretera del ejército estaba en uso. La base tenía todas las luces encendidas y estaba animada, y la escena parecía totalmente normal. La gente entraba y salía, no eran una multitud, pero nadie estaba solo. La mayoría iba en coche, pero algunos iban en moto. Entraban más de los que salían, porque eran cerca de las diez y media y al día siguiente tenían que levantarse temprano. Pero algunas almas enérgicas todavía se aventuraban hacia fuera. Instructores, probablemente. Y oficiales. Los que lo tenían fácil. Frené detrás de dos coches que iban más despacio, alguien salió por la puerta, se puso detrás de mí y me encontré en medio de un pequeño convoy de cuatro coches. Nadábamos contra corriente, yendo hacia el oeste, hacia el otro lado de las vías. Posiblemente el último de muchos convoyes así esa noche.

Presentí que se acercaba la esquina inferior izquierda, el límite sudoeste de Kelham, y traté de identificar el punto ciego en el que había estado dos días antes, pero estaba demasiado oscuro para ver nada. Después atravesamos la zona de arbustos. Vi a Pellegrino en su coche patrulla, acercándose en dirección contraria, conduciendo despacio, intentando tranquilizar con su presencia el tráfico que regresaba. Después avanzamos por la mitad negra del pueblo, rebotamos sobre las vías del tren, tomamos una curva cerrada a la izquierda detrás de Main

Street y aparcamos en la zona de tierra delante de los bares, los talleres, las oficinas de préstamo, las armerías y las tiendas de equipos de música de segunda mano.

Bajé del Buick y me quedé de pie en el descampado entre el Brannan's y los coches aparcados. El descampado se estaba usando como una especie de vía pública. Había personas yendo de un bar al otro y personas allí de pie, hablando y riendo, y ambos grupos se mezclaban y se separaban en una compleja dinámica. Nadie caminaba directamente de un lugar a otro. Todos iban hacia donde estaban los coches, hacían una pausa, charlaban un rato, daban una palmadita en la espalda, intercambiaban opiniones, dejaban a un compañero y se iban con otro.

Y también estaba lleno de mujeres. Más de las que hubiera imaginado. No tenía idea de dónde habían salido. De varios kilómetros a la redonda, probablemente. Algunas estaban solas con militares, otras estaban en grupos mixtos más grandes y otras estaban en grupos propios. Llegué a ver unos cien hombres y ochenta mujeres, y supuse que dentro habría cantidades similares. Supuse que los hombres eran de la Compañía Bravo, todavía de permiso y con muchas ganas de recuperar el tiempo perdido. Eran exactamente lo que yo habría esperado ver. Buenos tíos, bien entrenados, de día al cien por cien de sus capacidades, de noche llenos de energía, buena predisposición y de muy buen humor. Todos estaban vestidos con su uniforme no oficial de permiso, que consistía en vaqueros, cazadora y camiseta. De vez en cuando alguno parecía un poco más receloso que los demás, lo que probablemente significaba que estaba en el carril de ascenso, y claramente algunos necesitaban hacerse notar más que otros, pero en conjunto eran el ejemplo exacto de lo que es una buena unidad de infantería cuando sale a pasarlo bien. Había mucho movimiento y mucho ruido, pero no sentí frustración ni hostilidad. No había nada negativo en el ambiente. No responsabilizaban al pueblo por el encierro que habían sufrido. Sencillamente estaban contentos de estar otra vez allí.

Pero aun así yo estaba seguro de que la fuerza de seguridad local estaba conteniendo la respiración. Estaba seguro de que Elizabeth Deveraux seguiría de servicio. Y estaba seguro del lugar en el que la iba a encontrar. Necesitaba una buena ubicación, una silla, una mesa y una ventana, y algo que hacer mientras pasaban las horas. ¿Dónde más podría estar?

Avancé entre la escasa multitud, a la izquierda del Brannan's, y seguí por el callejón. Rodeé el montón de arena de Janice Chapman, pasé por el zigzag y salí a Main Street entre la ferretería y la farmacia. Después giré a la derecha y fui hasta la cafetería.

Esa noche estaba casi llena. Estaba prácticamente abarrotada, comparada con cómo la había visto antes. Parecía Times Square. Había veintiséis clientes. Diecinueve eran rangers, dieciséis de ellos estaban en cuatro grupos de cuatro en mesas separadas: eran hombres grandes, sentados muy juntos y apretados, hombro con hombro. Hablaban fuerte y se respondían unos a otros. Mantenían a la camarera ocupada. Ella entraba y salía de la cocina a toda prisa, y parecía que así había pasado todo el día, lidiando con el deseo acumulado de algo que no fuera comida del ejército. Pero parecía contenta. Por fin habían abierto las puertas otra vez. El río de dólares volvía a fluir. Habían vuelto las propinas.

Los otros tres rangers estaban cenando con sus novias, uno frente a otra en mesas para dos, inclinados hacia delante, con las cabezas juntas. Los tres parecían contentos, y las tres mujeres también. ¿Cómo no? ¿Qué podía ser mejor que una cena romántica en el mejor restaurante del pueblo?

Los dueños del hotel también estaban allí, en su habitual mesa para cuatro, casi escondidos por los grupos de rangers que tenían alrededor. La señora tenía su libro, el señor su periódico. Se estaban quedando hasta más tarde de lo normal, y me imaginé que eran los únicos trabajadores del área de servicios del pueblo que no estaban en ese mismo momento apostados detrás de sus cajas registradoras. Pero ninguno de los hombres de Kelham necesitaba una cama para pasar la noche, y el Toussaint's no ofrecía ninguna otra prestación. Ni siquiera café. Por lo que tenía sentido que los propietarios esperaran en un lugar conocido y seguro a que pasara el ruido y la excitación, en lugar de quedarse escuchando por las ventanas de atrás.

Más al fondo de la sala, a la derecha del pasillo y en la mesa para dos más alejada, estaba el comandante Duncan Munro. Llevaba el uniforme de combate e inclinaba la cabeza sobre su comida. En la escena, por si acaso, aunque su participación en los asuntos de Kelham había concluido hacía ya algunas horas. Era un buen policía militar. Profesional hasta el último minuto. Supuse que volvía a Alemania y que estaba esperando el traslado.

Y Elizabeth Deveraux también estaba allí, por supuesto. Estaba sola en una mesa más cercana a la ventana que las que le había visto elegir antes. En la escena, atenta, por si acaso, con los ojos bien abiertos, con pocas ganas de que el tumulto pasara de la parte de atrás de Main Street a la propia Main Street. Por los votantes. Iba de uniforme y llevaba el pelo recogido en su coleta. Parecía cansada, pero aun así estaba espectacular. La observé un momento, y luego ella alzó la vista, me vio, sonrió contenta y empujó la silla para que me sentara.

Hice una pausa un momento más, pensando bien las cosas, y después me acerqué y me senté frente a ella.

SETENTA Y DOS

Deveraux no habló al principio. Solo me miró, de arriba abajo, de la cabeza a los pies, quizás comprobando si estaba herido, quizás adaptándose a verme de uniforme. Seguía con el uniforme de combate que me había puesto por la tarde, tras volver del D. C. Un aspecto completamente nuevo.

—¿Mucho trabajo hoy? —dije.

—Mucho, realmente, desde las diez de la mañana —dijo ella—. Abrieron las puertas y salieron todos. Como una riada.

—¿Algún problema?

—Ninguno de ellos pasaría un control de alcoholemia de vuelta a la base, pero aparte de eso está todo tranquilo. Puse a Butler y a Pellegrino a dar vueltas, solo para que noten su presencia. Por si acaso.

—Los he visto —dije.

—¿Cómo fue todo por allí?

—No concluyente —dije—. Muy mala coordinación por mi parte, me temo. Una de esas cosas muy extrañas. El hombre al que fui a ver murió en un accidente. Así que no pude hacer nada.

—Me lo imaginé —dijo ella—. Recibí actualizaciones por parte de Frances Neagley, hasta que empezó a haber mucho trabajo aquí. Desde las ocho hasta las diez de la mañana estuviste tomando café y leyendo el periódico. Pero algo debe haber sucedido en esas horas. Supongo que alrededor de las nueve. Cuando repartieron el correo, quizás. Sea como sea, alguien debió de haber llegado a una conclusión acerca de algo, porque una hora después soltaron todo. Las cosas volvieron a la normalidad.

Asentí.

—Estoy de acuerdo —dije—. Creo que esta mañana se dio a conocer nueva información. Algo definitivo, supongo.

—¿Sabes lo que fue?

—Por cierto, gracias por preocuparte —dije—. Me ha conmovido mucho.

—Neagley estaba igual de preocupada que yo —dijo—. Es decir, desde que le dije lo que estabas haciendo. No me hizo falta convencerla.

—Al final fue todo bastante seguro —dije yo—. Se puso un poco tenso en los alrededores del Pentágono. Esa fue la peor parte. Me quedé dando vueltas por ahí durante un tiempo. Llegué por el lado del cementerio. Por detrás del Henderson Hall. ¿Conoces el lugar?

—Por supuesto. He estado cientos de veces allí. Tienen una gran tienda militar. Es como el Saks Quinta Avenida.

—He hablado con una persona allí. De ti y de un oficial de una estrella que se llamaba James Dyer. La persona me dijo que Dyer te conocía.

—¿Dyer? —dijo ella—. ¿En serio? Yo lo conocía a él, pero dudo que él me conociera a mí. Si me conocía, me siento halagada. Era alguien muy importante. ¿Con quién has estado hablando?

—Con un tipo que se llama Paul Evers.

—¿Paul? —dijo—. Estás bromeando. Trabajamos juntos muchos años. De hecho, salimos juntos un tiempo. Uno de mis errores, me temo. Pero qué increíble que te hayas encontrado con él. El mundo es un pañuelo, ¿no?

—¿Por qué fue un error? A mí me pareció agradable.

—Estaba bien, sí. Era una muy buena persona. Pero no terminamos de congeniar.

—¿Y tú lo dejaste?

—Más o menos. Pareció algo mutuo. Los dos sabíamos que no iba a funcionar. Era solo cuestión de quién lo decía primero. Por lo menos no se molestó.

—¿Cuándo fue?

Hizo una pausa para calcular.

—Hace cinco años —dijo—. Parece que fue ayer. Cómo pasa el tiempo.

—Después dijo algo acerca de una mujer que se llama Alice Bouton. Al parecer la novia que tuvo después de ti.

—No creo haberla conocido. No recuerdo su nombre. ¿Paul estaba contento?

—Mencionó algo sobre un problema con un coche.

Deveraux sonrió.

—Chicas y coches —dijo—. ¿Eso es lo único de lo que hablan los hombres?

—Que hayan abierto Kelham de nuevo significa que están seguros de que el problema está de tu lado de la verja —dije—. De no ser así no lo habrían hecho. Ahora es un asunto de Mississippi. Esa va a ser la versión oficial a partir de ahora. No es uno de los nuestros. Es uno de los tuyos. ¿Tienes alguna opinión al respecto?

—Mi opinión es que el ejército debería compartir su información —dijo ella—. Si para ellos está bien, debería estar bien también para mí.

—El ejército está pasando a otra cosa —dije—. El ejército no va a compartir nada.

Ella hizo una pausa.

—Munro me contó que ha recibido nuevas órdenes —dijo—. Supongo que tú también.

Asentí:

—Vine para atar un cabo suelto. Eso es todo, en realidad.

—Y después pasarás a otra cosa. A lo que venga a continuación. En eso es en lo que estoy pensando ahora mismo. Pensaré en Janice Chapman mañana.

—Y en Rosemary McClatchy, y en Shawna Lindsay.

—Y en Bruce Lindsay, y en su madre. Haré todo lo que pueda por ellos.

No dije nada.

—¿Estás cansado? —preguntó.

—No mucho —dije.

—Tengo que ir a ayudar a Butler y a Pellegrino. Han estado trabajando desde el amanecer. Y además quiero estar en la calle cuando los últimos rezagados empiecen a volver a la base. Son siempre los más duros y los más borrachos.

—¿Volverás antes de medianoche?

Negó con la cabeza.

—Probablemente no —dijo—. Esta noche nos las tendremos que arreglar sin el tren.

No respondí a ese comentario, y ella sonrió una vez más, un poco triste, se levantó y se fue.

La camarera pudo acercarse a mí finalmente cinco minutos más tarde, y yo le pedí café. Y tarta, añadí en el último momento. No me trató igual que antes. Esta vez fue un poco más formal. Trabajaba cerca de una base y sabía lo que significaban las hojas de roble negras que tenía en el cuello de la chaqueta. Le pregunté cómo había ido su día. Me dijo que había ido muy bien, gracias.

—¿Ningún inconveniente? —pregunté.

—Ninguno —respondió ella.

—¿Ni siquiera con el hombre que está al fondo? ¿El otro comandante? Escuché que puede ser bastante problemático.

Ella se dio vuelta y miró a Munro. Dijo:

—Estoy segura de que es un perfecto caballero.

—¿Podrías pedirle que venga a mi mesa? Tráele también un trozo de tarta.

Ella se desvió hacia la mesa de Munro y le comunicó mi propuesta, para lo que hizo muchos gestos con las manos señalando en mi dirección, como si yo no llamara la atención y fuera difícil de encontrar en medio de la gente. Munro miró de manera inquisitiva, y luego se encogió de hombros y se puso de pie. Las cuatro mesas de rangers se quedaron en silencio cuando pasó por su lado, una tras otra. Munro no era popular entre ellos. Los había tenido sin hacer nada durante cuatro días enteros.

Se sentó en la silla de Deveraux y yo le pregunté:

—¿Cuánto te han contado?

—Lo indispensable —dijo—. Asunto clasificado, lo estrictamente necesario, confidencial, el paquete completo.

—¿Ningún nombre?

—No —dijo—. Pero asumo que la sheriff Deveraux les debe haber dado información fehaciente que deja a los nuestros libres de sospechas. ¿Qué otra cosa puede haber pasado? Pero no ha arrestado a nadie. La he estado observando todo el día.

—¿Qué ha estado haciendo?

—Control de multitudes —dijo—. Vigilando que no haya indicios de fricción. Pero está todo bien. Nadie está enojado ni con ella ni con el pueblo. Es a mí a quien odian.

—¿Cuándo te vas?

—A primera hora de la mañana —dijo—. Me llevan a Birmingham, Alabama, de ahí voy en autobús hasta Atlanta, Georgia, y después vuelo en Delta de vuelta a Alemania.

—¿Sabías que Reed Riley nunca salió de la base?

—Sí —respondió.

—¿Y qué opinas de eso?

—Me desconcierta un poco.

—¿En qué sentido?

—En cuanto a los tiempos —dijo—. Al principio creí que era para desviar la atención, como siempre en política, pero después lo pensé bien. No se gastarían cuatrocientos litros de combustible Jet A solo para desviar la atención, sea el hijo de un senador o no. Entonces todavía estaba programado que se fuera cuando el Blackhawk partió de Benning, pero para cuando llegó a Kelham las órdenes habían cambiado. Lo que quiere decir que llegó una información decisiva mientras el helicóptero todavía estaba en el aire. Eso ocurrió hace dos días, el domingo, justo después de comer. Pero no hicieron nada hasta esta mañana, que es martes.

—¿Por qué motivo no habrán hecho nada?

—No lo sé. No veo ninguna razón para un retraso. Me da la sensación de que evaluaron la información durante algunos días. Lo que suele resultar prudente, pero que en este caso no tiene ningún sentido. Si la nueva información era lo suficientemente sólida como para tomar una decisión inmediata y mantener a

Riley en la base el domingo, ¿por qué no era lo suficientemente sólida como para abrir las puertas el domingo por la tarde? No cuadra. Es como si hubiesen estado preparados para tomar medidas en forma privada el domingo, pero no pudieran tomarlas públicamente hasta esta mañana. De ser así, ¿qué fue lo que cambió? ¿Qué diferencia hay entre el domingo y hoy?

—No tengo ni idea —respondí. Pero no fui sincero. Porque solo había una respuesta a esa pregunta. La única diferencia material entre el domingo a la tarde y el martes a la mañana era que estaba en Carter Crossing el domingo a la tarde y que estaba a mil trescientos kilómetros de distancia el martes a la mañana.

Y nadie esperaba que yo volviera al pueblo.

De lo que podía significar eso, no tenía la menor idea.

SETENTA Y TRES

La camarera estaba sobrepasada de trabajo e iba lenta, así que dejé que Munro recibiera los trozos de tarta y yo volví al callejón en zigzag. Salí entre el Brannan's y la oficina de préstamo y vi que algunos coches se habían ido y que la cantidad de gente que había en el descampado había disminuido considerablemente, mucho más de lo que podían explicar los coches que faltaban, así que imaginé que a esas alturas la gente estaba bebiéndose los últimos minutos de su preciada libertad antes de volver a la base para pasar la noche.

Encontré a la mayoría en el mismo Brannan's. El sitio estaba hasta arriba. Estaba realmente abarrotado. No sabía si el condado de Carter tenía jefe de bomberos, pero de ser así, estaría sufriendo un ataque de pánico. Allí debía de haber unos cien rangers y unas cincuenta mujeres, espalda con espalda, pecho con pecho, sosteniendo sus copas a la altura del cuello para evitar la colisión. Había mucho ruido, era como una amalgama generalizada de charla y risas a todo volumen, y por detrás se podía oír el cajón de la caja registradora golpeando al abrirse y al cerrarse. El río de dólares fluía otra vez al máximo.

Tardé cinco minutos en abrirme paso hasta la barra, moviéndome hacia la izquierda y hacia la derecha entre la gente por un camino aleatorio, mirando las caras a medida que avanzaba, algunas de cerca y otras de lejos. Pero no vi a Reed Riley. Los hermanos Brannan estaban trabajando duro, despachando botellas de cerveza, recibiendo dinero, contando las vueltas, metiendo billetes húmedos en el bote de la propina, cruzándose una y otra vez de un lado al otro en su espacio exiguo con movimientos de bailarines. Uno de ellos me vio y me hizo el gesto del barman ocupado con el mentón, los ojos y la inclinación de la cabeza. Luego me reconoció de la conversación que habíamos tenido antes y recordó que yo era policía militar, y luego se inclinó rápido hacia delante como si estuviera dispuesto a concederme un par de segundos. No pude recordar si era Jonathan o Hunter.

—¿Has visto a ese tipo, Reed? —le pregunté—. ¿Del que hablamos antes?

—Estuvo aquí hace dos horas —respondió—. Ahora debe estar donde las copas sean más baratas.

—¿Y eso dónde es?

—No estoy seguro. Pero aquí no.

Después se alejó para seguir con su maratón y yo me abrí paso hasta la puerta.

Estuve de vuelta en la cafetería dieciséis minutos después de haberme ido y vi que habían servido las tartas en mi ausencia y que Munro ya iba por la mitad de la suya. Cogí mi tenedor y él se disculpó por no haberme esperado. Dijo:

—Pensé que no ibas a volver.

—Suelo dar un pequeño paseo entre un plato y el otro —dije—. Es algo de Mississippi, aparentemente. Siempre es bueno mezclarse con los locales.

No respondió a ese comentario. Solo se mostró un poco desconcertado.

—¿Qué estás haciendo en Alemania? —pregunté.

—¿En general?

—No, específicamente. Me refiero a cuando llegues allí a primera de hora pasado mañana, ¿qué espera sobre tu escritorio?

—No mucho.

—¿Nada urgente?

—¿Por qué?

—Han matado a tres mujeres acá —dije—. Y el responsable anda libre como el viento.

—No tenemos jurisdicción.

—¿Te acuerdas de esa foto en la sala de estar de Emmeline McClatchy? ¿Martin Luther King? Él decía que lo único que se necesita para que el mal triunfe es que los hombres buenos no hagan nada.

—Soy un policía militar, no un hombre bueno.

—También decía que el día que vemos la verdad y nos callamos es el día que empezamos a morir.

—Todo eso está muy por encima de mi salario.

—También decía que la injusticia en cualquier parte es una amenaza a la justicia en todas partes.

—¿Qué quieres que haga?

—Quiero que te quedes aquí —dije—. Un día más.

Después terminé mi tarta y fui a buscar a Elizabeth Deveraux.

Cuando salí de la cafetería por segunda vez eran las once y treinta y uno. Giré a la derecha y caminé hasta el Departamento del Sheriff. Estaba cerrado con llave y a oscuras. No había ningún vehículo en el aparcamiento. Seguí caminando y giré en la esquina de la carretera que llevaba a Kelham. Había una cola de tráfico que salía de la parte de atrás de Main Street. Un coche detrás de otro. Algunos estaban llenos de mujeres y giraban a la izquierda. La mayoría estaban llenos de rangers, entre tres y cuatro en cada coche, y giraban a la derecha. La Compañía Bravo volvía a la base. Quizás medianoche era la hora límite. Miré hacia la zona de tierra batida y vi que todos los coches salvo mi Buick estaban en movimiento. Algunos acababan de arrancar y daban marcha atrás. Otros estaban maniobrando para ubicarse, para ponerse en la fila, preparándose para unirse al convoy.

Seguí caminando por el arcén izquierdo, manteniéndome a cierta distancia del tráfico que se dirigía hacia Kelham. Se había consumido mucha cerveza, y el concepto de conductor sobrio no tenía mucho arraigo en 1997. Al menos no en el ejército. Desde la carretera se levantaban nubes de polvo, y los rayos brillantes de los faros delanteros las atravesaban, y los motores rugían. Doscientos metros más adelante de donde yo estaba los coches daban un golpe al pasar por las vías del tren y luego se alejaban acelerando en la oscuridad.

Deveraux estaba allí, sentada en su coche, al otro lado del cruce. Mirando hacia donde estaba yo. Aparcada con las ruedas en el arcén de la carretera. Caminé hacia ella, con la Compañía Bravo pasando a mi lado durante todo el trayecto, quizás noventa tipos en treinta coches a lo largo del minuto que tardé en llegar hasta las vías. Cuando llegué ahí el caudal ya estaba disminuyendo a mis espaldas. Quedaban los últimos rezagados, cinco, diez o veinte segundos entre cada coche. Conducían rápido, tratando de alcanzar a sus amigos más puntuales.

Esperé que el tráfico se pausara lo suficientemente como para poder cruzar las vías de manera segura y Deveraux abrió la puerta y salió a encontrarse conmigo. Nos quedamos ahí juntos, iluminados por los faros delanteros de los coches que se acercaban. Ella dijo:

—Cinco minutos más y ya no quedará nadie. Pero yo tengo que esperar hasta que regresen Butler y Pellegrino. No puedo terminar mi horario de trabajo antes que ellos. No sería justo.

—¿Cuándo regresarán? —pregunté.

—El tren tarda un minuto entero en pasar por un punto determinado. No parece mucho, pero se siente como si fuera una hora si uno ha estado trabajando toda la tarde. Por lo que intentarán llegar antes de medianoche.

—¿Cuánto antes de medianoche?

Ella sonrió:

—No lo suficiente, me temo. A menos cinco, quizás. No llegaríamos al hotel a tiempo.

—Es una pena —dije yo.

Ella sonrió aún más.

—Sube al coche, Reacher —dijo.

Encendió el motor y esperó un momento hasta que pasó el último de los rezagados de la Compañía Bravo. Después salió del arcén y maniobró hasta la parte más elevada del pavimento, y después con un giro cerrado a la derecha se subió al cruce, dejando el coche paralelo a la carretera, mirando hacia el norte sobre las vías del tren, en la misma línea. Apretó suavemente el acelerador, condujo con cuidado y subió las ruedas de la derecha al raíl de la derecha. Las ruedas de la izquierda estaban más abajo, sobre los durmientes. El coche quedó inclinado a un ángulo considerable. Siguió conduciendo, ni rápido ni despacio, pero decidida y confiada. Siguió recto, con una mano en el volante y la otra en su regazo, pasó la torre de agua, siguió avanzando. Las ruedas de la izquierda traqueteaban contra los durmientes. Las ruedas de la derecha se deslizaban sin problemas. Después frenó de a poco, un lado arriba, un lado abajo, hasta que detuvo el coche completamente.

Sobre las vías.

Veinte metros al norte de la torre de agua.

En el mismo lugar en el que el coche de Reed Riley había esperado el tren.

Donde empezaban los cristales rotos.

—No es la primera vez que haces esto —dije yo.

—No, no es la primera vez —dijo ella.

SETENTA Y CUATRO

—Esta es la parte más difícil —dijo—. Ahora es todo cuestión de impulso.

Giró el volante con fuerza hacia la izquierda y justo cuando el neumático delantero derecho bajó del raíl derecho pisó el acelerador y el pulso de la aceleración hizo subir el neumático delantero izquierdo al raíl izquierdo. El coche se sacudió un segundo, ella mantuvo el pie sobre el acelerador con suavidad y las otras ruedas siguieron a la primera: dos, tres, cuatro, rechinando cada una por separado, con la goma contra el acero. Después detuvo otra vez el coche y aparcó en la tierra muy cerca y en paralelo a las vías. Las primeras piedras de balasto estaban más o menos a un metro y medio de mi ventanilla.

—Me encanta este lugar —dijo—. No se puede llegar de ninguna otra manera, debido a la cuneta. Pero merece la pena. Vengo bastante a menudo.

—¿A medianoche? —pregunté.

—Siempre —dijo ella.

Me di la vuelta y miré por la ventanilla. Podía ver la carretera. A más de cuarenta metros de distancia, a menos de cincuenta. Al principio no pasaba nada. No había tráfico. Después pasó un coche como un destello de este a oeste, de izquierda a derecha, alejándose de Kelham, hacia el pueblo, moviéndose deprisa. Un coche grande, con luces en el techo y un escudo en la puerta.

—Pellegrino —dijo. Ella también estaba mirando. Justo a mi lado. Dijo—: Probablemente estaba aparcado cien metros más allá, y en cuanto vio pasar al último rezagado contó hasta diez y salió disparado a su casa.

—Butler estaba aparcado junto a la entrada de Kelham —dije.

—Sí, Butler es el que tiene que hacer una carrera. Y en esa carrera se juega nuestro destino. En cuanto pase por aquí, te aseguro que estamos solos. Este es un pueblo pequeño, Reacher, y sé dónde está cada persona.

Mi reloj mental decía que eran las once y cuarenta y nueve. El dilema de Butler incluía un cálculo complejo. Estaba a cinco kilómetros de distancia y no iba a dudar en conducir a cien kilómetros por hora, lo que significaba que podía estar en su casa en tres minutos. Pero no podía comenzar esa carrera de tres minutos hasta que el último rezagado no estuviera al menos a una distancia de Kelham que le permitiera ver los faros delanteros del coche. Y para entonces el último rezagado podía estar conduciendo bastante despacio, después de beberse un barril de cerveza y de haber visto a Pellegrino aparcado amenazadoramente a un lado de la carretera. Mi opinión era que Butler llegaría en once minutos, que sería medianoche exacta, y lo dije.

—No, se habrá adelantado —dijo Deveraux—. Los últimos diez minutos han sido muy tranquilos. Habrá dejado su puesto de la entrada hace cinco minutos. Esa es mi opinión. Puede ser que no esté muy por detrás de Pellegrino.

Observamos la carretera.

Todo en calma.

Abrí mi puerta y salí del coche. Me detuve en el borde del lecho de la vía. El raíl de la izquierda no estaba a más de un metro. Brillaba a la luz de la luna. Imaginé que el tren estaba quince kilómetros al sur de donde estábamos nosotros. Pasando por Marietta, quizás, justo en ese momento.

Deveraux salió por su lado y nos encontramos detrás del maletero del Caprice. Once y cincuenta y uno. Faltaban nueve minutos. Observamos la carretera.

Todo en calma.

Deveraux dio la vuelta y abrió una puerta de atrás. Revisó el asiento trasero. Dijo:

—Por si acaso. Deberíamos estar preparados.

—Hay muy poco espacio ahí —dije yo.

—¿No te gusta hacerlo en un coche?

—Los fabrican demasiado estrechos.

Miró su reloj.

—No llegaremos al Toussaint's a tiempo —dijo ella.

—Hagámoslo aquí. En el suelo —dije.

Ella sonrió.

Después sonrió aún más.

—Por mí está bien —dijo—. Como Janice Chapman.

—Si fue lo que hizo —dije yo.

Me saqué la chaqueta de mi uniforme de combate y la puse sobre la poca hierba que había, cubriendo la mayor superficie posible.

Observamos la carretera.

Todo en calma.

Ella se sacó el cinturón con el arma y lo guardó en el asiento trasero del coche. Once y cincuenta y cuatro. Seis minutos. Me arrodillé y apoyé la oreja en el raíl. Oí un suave murmullo metálico. Casi imperceptible. El tren, diez kilómetros más al sur.

Observamos la carretera.

Vimos un mínimo resplandor hacia el este.

Faros delanteros.

—Mi viejo y querido Butler —dijo Deveraux.

El resplandor se hizo más brillante, y oímos el zumbido de los neumáticos y el rugido del motor en el silencio de la noche. Después el resplandor se convirtió en unos haces de luz bien definidos, el ruido se escuchó más fuerte y un segundo más tarde el coche de Butler pasó como un destello de izquierda a derecha por delante de nosotros, y dando unos golpes secos pasó por encima del cruce sin disminuir ni un poco la velocidad. El lado de sotavento quedó en el aire e impactó de nuevo contra el suelo con un chirrido de goma y una nube de polvo. Después desapareció.

Faltaban cuatro minutos.

No fuimos ni refinados ni elegantes. Nos sacamos de un tirón los zapatos y nos bajamos los pantalones y abandonamos cualquier clase de sofisticación adulta por el más puro instinto animal. Deveraux se tiró al suelo, sobre mi chaqueta, y yo me puse encima de ella, me apoyé en las palmas de las manos y miré a ver si veía a lo lejos el brillo de la luz del tren. Todavía no. Faltaban tres minutos.

Deveraux enganchó sus piernas alrededor de mis caderas y empezamos, rápido y fuerte desde el primer momento, ansiosos, desesperados, demencialmente enérgicos. Ella respiraba agitada, jadeaba, movía la cabeza de un lado a otro, se agarraba a mi camiseta y tiraba de ella. Después nos besamos y respiramos, las dos cosas al mismo tiempo, y después ella arqueó la espalda y restregó la cabeza contra el suelo, estirando mucho el cuello, abriendo los ojos, mirando al revés el mundo que estaba a sus espaldas.

Entonces el suelo empezó a temblar.

Como antes, al principio muy suavemente, el mismo temblor leve y constante, como el comienzo de un terremoto lejano. Las piedras en el soporte de la vía empezaron a moverse y a emitir pequeños ruidos a nuestro lado. Los raíles empezaron a cantar, silbando, zumbando y susurrando. Los durmientes saltaban y se sacudían. Las piedras de balasto crujían y rebotaban. El suelo debajo de mis manos y de mis rodillas bailaba con sacudidas hondas y graves. Alcé la vista, respiré agitado, parpadeé, entrecerré los ojos y vi la luz a lo lejos. Veinte metros al sur de donde estábamos nosotros la vieja torre de agua empezó a temblar y su trompa de elefante empezó a bambolearse. El suelo nos sacudía desde abajo. Los raíles gritaban y aullaban. Sonó el silbato del tren, largo, fuerte y exasperado. Las campanillas de advertencia en el cruce a cuarenta metros de distancia empezaron a sonar también. El tren se seguía acercando, imparable, todavía lejos, todavía lejos, después al lado de nosotros, después encima de nosotros, tan demencialmente enorme como antes, y tan imposiblemente ensordecedor.

Como el fin del mundo.

El suelo tembló con más fuerza y nosotros rebotamos y saltamos por los aires varios centímetros. La onda de aire que desplazaba la parte delantera del tren nos golpeó con fuerza. Después la locomotora pasó como un destello, con sus ruedas gigantes a un metro y medio de nuestras caras, seguida por la interminable sucesión de vagones, todos martillando, sacudiéndose, provocando un efecto estroboscópico a la luz de la luna. Nos agarramos el uno al otro, durante ese largo minuto, sesenta largos segundos, aturdidos por el metal chirriante, entumecidos por el latido del suelo, cubiertos de polvo por la estela de aire. Deveraux echó la cabeza hacia atrás debajo de mí, dio un grito sordo, agitó su cabeza de un lado a otro y me pegó en la espalda con los puños.

Entonces el tren se fue.

Giré la cabeza y vi cómo se alejaban los vagones hasta perderse en la distancia a cien kilómetros por hora. El viento se apaciguó y el terremoto se redujo, primero, a unos temblores ligeros, y siguió reduciéndose poco a poco hasta que ya no quedó ningún movimiento. Las campanillas dejaron de sonar, y los raíles dejaron de zumbar y regresó el silencio nocturno. Nos separamos rodando hacia un lado y nos quedamos tendidos boca arriba con la espalda sobre la hierba, jadeando, sudando, agotados, sordos, completamente inundados de sensaciones internas y externas. Mi chaqueta estaba hecha una pelota debajo de nosotros. Mis rodillas y mis manos estaban magulladas y raspadas. Me imaginé que Deveraux debía estar en peor estado. Giré la cabeza para comprobarlo y vi que tenía mi Beretta en la mano.

SETENTA Y CINCO

Al Cuerpo de Marines nunca le gustó tanto la Beretta como al Ejército, por lo que Deveraux estaba manejando la mía con destreza pero sin entusiasmo. Le quitó el cargador, expulsó un cartucho sin disparar, comprobó la recámara, accionó la corredera y después lo montó todo de nuevo. Dijo:

—Lo siento. Estaba en el bolsillo de tu chaqueta. Me preguntaba qué era. Se me estaba clavando en el culo. Me va a salir un moratón.

—En ese caso el que lo siente soy yo —dije—. Tu culo solo se merece lo mejor. Es patrimonio nacional. O atracción regional, como mínimo.

Me sonrió, se levantó, vacilante, y fue en busca de sus pantalones. La camisa no llegaba a taparle todo. Todavía no había moratón. Preguntó:

—¿Por qué has traído un arma?

—Costumbre —dije.

—¿Esperabas problemas?

—Todo es posible.

—Yo he dejado la mía en el coche.

—Como muchos muertos.

—Estamos solos aquí.

—Hasta donde sabemos.

—Estás paranoico.

—Pero estoy vivo —dije—. Y tú aún no has arrestado a nadie.

—El ejército no puede demostrar un negativo —dijo—. Por lo que deberían saber quién fue. Y me lo deberían decir.

No respondí a eso. Seguí su ejemplo, me puse de pie como pude y cogí mis pantalones. Nos vestimos, saltando juntos de un pie al otro, y después nos apoyamos uno al lado del otro en el guardabarros trasero del Caprice para atarnos los zapatos. Volver a la carretera no fue un verdadero problema. Deveraux lo hizo marcha atrás: retrocedió hasta la vía como si estuviera aparcando en paralelo, después retrocedió hasta al cruce, y después giró el volante y bajó de frente. Cinco minutos más tarde estábamos en mi habitación del hotel. En la cama. Ella se fue directamente a dormir. Yo no. Me quedé acostado en la oscuridad, mirando al techo y pensando.

Pensé sobre todo en mi última conversación con Leon Garber. Mi superior. Un hombre honesto, y, hasta donde yo sabía, mi amigo. Pero críptico. *Es la verdad*, había dicho. *Fue marine, Reacher. Dieciséis años de servicio. Sabía cómo degollar a alguien. Sabía hacerlo y sabía fingir que no.* Después se había puesto un poco impaciente. *Un hombre con instinto*, había dicho, hablando de mí. Después yo había presionado un poco. *Podría ordenarme que no vuelva a Mississippi*, le había dicho. *Podría, pero no lo haré*, había dicho él. *No con usted. Confío en que hará lo que corresponde.*

La conversación se repitió una y otra vez en mi cabeza.

La verdad.

Instintos.

Lo que corresponde.

Al final me dormí muy tarde y totalmente inseguro sobre si Garber me había dicho algo o me lo había pedido.

Mi arraigada creencia de que no hay mejor vez que la segunda vez tuvo que pasar una dura prueba cuando nos despertamos, porque la quinta vez también fue espectacular. Los dos estábamos un poco rígidos y doloridos de nuestra extravagancia al aire libre, por lo que nos lo tomamos con calma, largo y lento, y la tibieza y la comodidad de la cama nos ayudaron mucho. Además, ninguno de los dos sabía si iba a haber una sexta vez, lo cual le añadió un poco de aspereza a la situación. Después nos quedamos en silencio durante un rato. Luego ella me preguntó cuándo me iba, y yo dije que no sabía.

* * *

Desayunamos juntos en la cafetería, y luego ella se fue a trabajar y yo me fui a llamar por teléfono. Intenté llamar a Neagley a su puesto en el D. C., pero todavía no había regresado. Probablemente seguía en algún autobús nocturno. Así que llamé a Stan Lowrey, y me atendió enseguida. Dije:

—Necesito que hagas algo por mí.

—¿No hay ninguna broma esta mañana? —dijo—. ¿Sobre cuánto te sorprende que siga aquí?

—No me dio tiempo a pensar ninguna. Quería hablar con Neagley, no contigo. Intenta ponerte en contacto con ella lo antes posible. Ella es mejor que tú para estas cosas.

—Y mejor que tú. ¿Qué necesitas?

—Respuestas rápidas —dije.

—¿A qué preguntas?

—Estadísticamente, ¿dónde habría más probabilidades de encontrar marines y esclusas de hormigón en las proximidades?

—En el sur de California —dijo Lowrey—. Estadísticamente, seguramente en Camp Pendleton, al norte de San Diego.

—Correcto —dije—. Necesito localizar a un infante de marina de la Policía Militar que estuvo allí hace cinco años. Se llama Paul Evers.

—¿Por qué?

—Porque sus padres eran el señor y la señora Evers y les gustaba el nombre Paul, supongo.

—No, ¿por qué lo quieres localizar?

—Le quiero hacer una pregunta.

—Te estás olvidando de algo —dijo Lowrey.

—¿De qué?

—Yo estoy en el Ejército, no en el Cuerpo de Marines. No puedo acceder a sus archivos.

—Por eso tienes que llamar a Neagley. Ella sabrá cómo hacerlo.

—Paul Evers —dijo, despacio, como si lo estuviera anotando.

—Llama a Neagley —insistí—. Es urgente. Te llamaré de nuevo.

* * *

Colgué con Lowrey, metí más monedas en la ranura y marqué el número de Kelham que Munro le había dado a Deveraux, justo al principio. Derivaron la llamada a alguien que no era Munro. Me dijo que Munro se había ido a primera hora, en un coche que lo iba a llevar a Birmingham, Alabama. Dije que sabía que ese era el plan. Le pedí al tipo que comprobara si realmente se había concretado. Él llamó al cuartel de los oficiales de visita y cuando volvió a hablar conmigo me dijo que no, que no se había concretado. Munro seguía en la base. Me dio el número de su habitación, colgué y marqué de nuevo.

Munro atendió y yo dije:

—Gracias por quedarte.

—¿Pero para qué me estoy quedando? —preguntó—. Ahora mismo lo único que hago es estar escondido en mi habitación. No soy muy popular aquí.

—No te alistaste en el ejército para ser popular.

—¿Qué necesitas?

—Necesito saber cuáles van a ser los movimientos de Reed Riley hoy.

—¿Por qué?

—Le quiero hacer una pregunta.

—Eso puede ser difícil. Por lo que sé va a estar muy ocupado todo el día. Podrías cruzártelo a la hora de comer. Si es que tiene tiempo para comer. Y de ser así, será muy temprano.

—No, necesito que él se encuentre conmigo. En el pueblo.

—No lo entiendes. Los ánimos aquí han cambiado. La Compañía Bravo ya no es sospechosa de nada. El padre de Riley está viniendo a visitarle en avión.

—¿El senador? ¿Hoy?

—Llegará alrededor de la una de la tarde. Está anunciado como una celebración extraoficial de lo que los chicos están haciendo en Kosovo.

—¿Cuánto va a durar?

—Sabes cómo son los políticos. Se supone que va a asistir a una especie de entrenamiento por la tarde, pero te apuesto lo que quieras a que va a emocionarse y se va a querer quedar toda la noche bebiendo con los chicos.

—De acuerdo —dije—. Ya se me ocurrirá algo.

—¿Alguna otra cosa?

—Bueno, dado que no tienes nada que hacer, más allá de quedarte ahí sentado, me podrías contar un par de cosas.

—¿Qué cosas?

Mi teléfono empezó a emitir unos pitidos y dije:

—¿Por qué no me llamas a cuenta del gobierno?

Leí en voz alta el número del teléfono y colgué. Me acerqué a la mesa para pagar la cuenta del desayuno y cuando volví el teléfono estaba sonando.

—¿Qué cosas? —dijo Munro de nuevo.

—Impresiones, sobre todo. Acerca de Kelham. Como por ejemplo: ¿hay algún buen motivo para que la Compañía Alfa y la Compañía Bravo tengan su base ahí?

—¿En comparación con qué otro lugar?

—Cualquier lugar al este del río Mississippi.

—Kelham está bastante aislado —dijo Munro—. Eso ayuda a mantenerlo en secreto.

—Eso me dijeron a mí también. Pero no me lo creo. Hay secretos en todas las bases. Podrían mantenerlo oculto en cualquier parte. Kosovo ni siquiera es interesante. ¿Quién le prestaría atención? Pero eligieron Kelham hace un año. ¿Por qué? ¿Has visto algo en Kelham que lo pudiese convertir en la única opción?

—No —dijo Munro—. No realmente. Es un lugar adecuado, sin duda. Pero no esencial. Asumo que tuvo que ver con mandar cuatrocientas carteras extra a un pueblo que se estaba muriendo.

—Exacto —dije—. Fue una cuestión política.

—¿Qué no es político?

—Otra cosa —dije—. Tú tienes clara la forma en la que Janice Chapman terminó en ese callejón, ¿no es así?

—Eso espero —dijo—. Basándome en lo que vi anoche, la jefa Deveraux opera una zona de exclusión en lo que respecta a Main Street. Se asegura de que toda la acción transcurra entre los bares y las vías del tren. Por lo que tanto en Main Street como en el callejón no habría habido nadie. Por lo que el responsable debe haberse detenido en Main Street y debe haber metido el cadáver desde ahí.

—¿Cuánto tiempo pudo haber tardado?

—No importa. Nadie lo podía ver. Podría haber sido un minuto o podrían haber sido veinte.

—¿Pero por qué ahí? ¿Por qué no en otro lugar, a quince kilómetros de distancia?

—La idea era que encontraran el cuerpo, supongo.

—Hay un montón de lugares más solitarios en los que también lo habrían encontrado. ¿Así que por qué ahí?

—No lo sé —dijo Munro—. Quizás el responsable contaba con algún tipo de restricción. Quizás tenía compañía, en algún lugar cercano. En la cafetería o en uno de los bares. Quizás tuvo que escaparse y encargarse de eso a toda velocidad. Quizás no se podía ausentar sin que alguien lo notara. Entonces, quizás tuvo que sacrificar seguridad a cambio de velocidad, lo que justificaría una ubicación cercana.

—¿Puedes darme un día más? —le pedí—. ¿Puedes estar aquí mañana?

—No —dijo—. Me voy a ganar una buena bronca por llegar un día tarde. No puedo arriesgarme con dos.

—Maricón —dije.

Se rio:

—Lo lamento, compañero, pero si no lo resuelves hoy, te quedas solo.

SETENTA Y SEIS

La visita inminente del senador Carlton Riley mantenía al pueblo en calma. Era como si hubiesen vuelto a cerrar las puertas de Kelham. No creía que hubieran rescindido formalmente el permiso de salir, pero los rangers son buenos soldados, y estaba seguro de que el comandante de la base había dado a entender seriamente que esperaba una participación del cien por cien en la fiesta. Salí de la cafetería y volví a encontrarme a Main Street en su letargo anterior. Mi Buick prestado era el único coche aparcado en la calle de atrás. Parecía solo y abandonado. Abrí la puerta, lo llevé hasta el hotel, cogí mi cepillo de dientes y saldé mi cuenta en recepción. Luego volví a ponerme al volante y salí a explorar.

Empecé enfrente del terreno vacío que estaba entre la cafetería y el Departamento del Sheriff. Desde allí continué doscientos metros hacia el sur, donde Main Street comenzaba a trazar una curva, conduciendo rápido pero no a una velocidad estúpida. Giré a la izquierda en la calle donde Deveraux había vivido de pequeña y avancé hasta su vieja casa, la cuarta a la derecha. Tiempo total transcurrido: cuarenta y cinco segundos.

Esquivé el charco de barro seco y avancé por la descuidada entrada para coches, pasé junto a la casa destartalada, crucé el jardín trasero, pasé junto al seto silvestre y llegué al caballete para ciervos. Giré a la izquierda, di marcha atrás, abrí maletero y salí.

Tiempo total transcurrido: un minuto y quince segundos.

Había árboles a mi izquierda y árboles a mi derecha y árboles delante de mí. Un lugar solitario, incluso a plena luz del día. Fingí sostener el peso de un cuerpo, cortar las correas de las muñecas, cortar las ataduras de los tobillos, cargarlo hasta el coche, meterlo en el maletero. Hice cuatro gestos más, como si sacara almohadillas imaginarias, correas, cinturones y pañuelos de dos muñecas y dos tobillos. Volví al caballete, levanté un barreño de sangre imaginario, lo llevé hasta el coche y lo coloqué en el maletero junto al cuerpo.

Cerré la tapa del maletero y me subí al asiento del conductor.

Tiempo total transcurrido: tres minutos y diez segundos.

Di marcha atrás, giré, recorrí la entrada para coches y me dirigí otra vez a Main Street. Conduje los mismos doscientos metros que había conducido antes y me detuve junto a la acera entre la ferretería y la farmacia. Justo a la entrada del callejón.

Tiempo total transcurrido: cuatro minutos y veinticinco segundos.

Más un minuto para dejar la sangre en el callejón.

Más otro minuto para dejar a Janice Chapman en el callejón.

Más quince segundos para volver al punto de partida.

Tiempo total transcurrido: seis minutos y cuarenta segundos.

Prácticamente nada.

Quizás el tiempo suficiente como para que alguien lo note, en una situación social, o quizás no.

Rebobiné mi reloj mental cuatro minutos y veinticinco segundos y conduje hacia el norte y luego hacia el este, hasta el cruce de tren. Detuve el coche allí arriba. Nuevo total: cuatro minutos y cincuenta y cinco segundos. Más un minuto para llevar a Rosemary McClatchy hasta la zanja, treinta segundos para volver al coche y veinte segundos para volver al punto de partida.

Tiempo total transcurrido: seis minutos y cuarenta y cinco segundos.

Un poco más, pero dentro del mismo rango.

No fui hasta el montón de grava donde habían dejado a Shawna Lindsay. No era necesario. Ese destino estaba en una categoría totalmente distinta. Era una excursión de veinte minutos. Era la única excepción a la regla de tener que apresurarse. Por lo tanto se había llevado a cabo en circunstancias distintas.

Sin compañía. Sin compromisos sociales. Con mucho tiempo disponible para recorrer con cautela calles oscuras de tierra entre cunetas, girar a la derecha, girar a la izquierda, concretar la tarea y después volver, igual de despacio y con la misma cautela.

Pero lo interesante del lugar de descanso final de Shawna Lindsay era el coche que la había llevado hasta allí. ¿Qué clase de vehículo podía cruzar dos veces esa zona sin llamar la atención ni ser objeto de comentarios? ¿Qué clase de coche tenía derecho de estar allí a esas horas de la noche?

Me quedé sentado en el Buick un rato y después lo aparqué en la puerta de la cafetería. Entré y compré un nuevo rollo de monedas de veinticinco centavos para hablar por teléfono. Primero intenté hablar con Neagley, y la encontré en su puesto.

—Hoy has llegado tarde al trabajo —dije.

—Pero no muy tarde —dijo ella— Estoy aquí desde hace media hora.

—Lamento que hayas tenido que coger un autobús.

—Está bien —dijo ella.

Viajar en transporte público era duro para Neagley. Demasiadas oportunidades de contacto humano involuntario.

—¿Has recibido un mensaje de Stan Lowrey? —pregunté.

—Sí, y ya te he localizado el nombre.

—¿En media hora?

—Me temo que fue fácil. Paul Evers murió hace un año.

—¿Cómo?

—Nada dramático. Fue un accidente. Un helicóptero se estrelló en Lejeune. Salió en el periódico, de hecho. Un Sea Hawk perdió una pala de rotor. Murieron dos pilotos y tres pasajeros, uno de los cuales era Evers.

—Vale, plan B —dije—. El otro nombre que quiero encontrar es el de Alice Bouton. —Lo deletreé. Añadí—: Es civil desde hace cinco años. Dejó el Cuerpo de Marines con una baja deshonrosa. Así que será mejor que llames a Stan Lowrey. Él es mejor que tú para estas cosas.

—Lo único que tiene Lowrey que yo no tengo es un amigo en un banco.

—Exacto —dije—. Por eso tienes que llamarlo. Las corporaciones saben más de civiles que nosotros.

—¿Por qué estamos haciendo todo esto?

—Estoy verificando una historia.

—No, te estás agarrando de un clavo ardiendo. Eso es lo que estás haciendo.

—¿Tú crees?

—Elizabeth Deveraux es tan culpable como el pecado mismo, Reacher.

—¿Has visto el expediente?

—Solo las copias de papel de calco.

—En una situación como esta, hay que tirar la moneda —dije.

—¿A qué te refieres?

—Me refiero a que quizás fue ella, y quizás no. Aún no lo sabemos.

—Lo sabemos, Reacher.

—No con certeza.

—Me alegro de que no tengas coche —dijo Neagley.

Colgué con ella y todavía no me había alejado del teléfono cuando volvió a sonar en la pared, con la primera buena noticia del día.

SETENTA Y SIETE

Era Munro, y me quería decir que se había tomado un café. En concreto, me quería decir que había hablado con el mayordomo que le había llevado el café. La conversación había sido acerca de los festejos del día que tenían por delante, y Munro dijo que los mayordomos creían que iban a estar muy ocupados hasta después de la cena, pero nada más, porque la cantina iba a estar vacía toda la noche, porque la última vez que el senador había visitado la base había recibido a todos en el pueblo, en el Brannan's, porque políticamente parecía más auténtico, y sin duda iba a hacer lo mismo esta vez.

—De acuerdo —dije—. Eso es bueno. Después de todo, Riley acudirá a mí. Y también su padre. ¿Hasta qué hora es la cena?

—Está previsto que termine a las ocho, según el mayordomo.

—De acuerdo —repetí—. Seguro que padre e hijo saldrán juntos de la base. Quiero que los sigas desde que salgan por la puerta. Pero de manera discreta. ¿Puedes hacerlo?

—¿Tú podrías?

—Probablemente.

—¿Entonces qué te hace dudar de mí?

—Un escepticismo innato, supongo —respondí—. Estate atento hasta las ocho, y usa este número de teléfono para contactar conmigo si lo necesitas. Estaré entrando y saliendo de la cafetería todo el día.

—De acuerdo —dijo Munro—. Luego te veo. Pero que tú me veas a mí es una cuestión completamente distinta.

Colgué con Munro y le pedí a la camarera que contestara el teléfono por mí si volvía a sonar. Le dije que anotara en su libreta de los pedidos los nombres de las personas que llamasen. Luego todo era cuestión de esperar. A que llegara información, los encuentros cara a cara, las conclusiones determinantes. Salí a la acera de Main Street y me quedé allí quieto, bajo la luz del sol. Al otro lado de la calle el de la tienda de camisas hacía lo mismo. Se tomaba un descanso y respiraba aire fresco. A mi izquierda dos viejos estaban sentados en un banco delante de la farmacia, cuatro manos apiladas en dos bastones entre dos pares de rodillas. Más allá de nosotros cuatro, el pueblo estaba vacío. Tranquilo, en silencio, sin tráfico.

Todo en calma.

Hasta que apareció el escuadrón de matones de Kelham.

Eran cuatro en total. Eran la versión local de Kelham de Intermediación con el Senado, supuse, preparando el terreno como un equipo de avanzada del Servicio Secreto lo prepararía antes de una visita presidencial. Salieron por la boca del callejón por detrás de los viejos sentados en el banco. Supuse que acababan de hablar con los hermanos Brannan y que les habían avisado lo que iba a suceder esa noche. Quizás habían resuelto algunas cuestiones con respecto a la cuenta del bar. Si así fuera, les deseaba a los hermanos Brannan la mejor de las suertes. Supuse que cobrarle una factura a un despacho del Senado debía ser una experiencia larga y frustrante.

Los cuatro eran oficiales. Dos tenientes, un capitán y un teniente coronel al mando. El teniente coronel tenía más de cincuenta años y estaba gordo. Era esa clase de oficial de carrera blando que parece ridículo cuando lleva el uniforme de combate. Como un civil en una fiesta de disfraces elegante. Se detuvo en la acera y apoyó las manos en las caderas. Miró alrededor. Me vio. Yo también llevaba uniforme de combate. A simple vista, era uno de los suyos. Le dijo algo por encima del hombro a un teniente que estaba a sus espaldas. Yo estaba demasiado lejos como para oírle, pero le leí los labios. Dijo: *Dile a ese hombre que mueva su culo hasta aquí inmediatamente.* Supuse que quería saber por qué no estaba en la base, preparándome para participar al cien por cien en la celebración.

El teniente no tenía una vista como la mía. Anduvo la mayor parte del trayecto cargado de cierto lenguaje corporal, que cambió rápidamente cuando estuvo lo bastante cerca como para leer la insignia con mi rango. Se detuvo a un respetuoso metro y medio de distancia e hizo el saludo militar y dijo:

—Señor, el coronel quiere hablar con usted.

Normalmente trato bien a los tenientes. Yo mismo había sido teniente no hacía tanto tiempo. Pero en ese momento no estaba para tonterías. Por lo que simplemente asentí y dije:

—De acuerdo, muchacho, dígale que se acerque.

—Señor, creo que él preferiría que usted fuera hasta allí —dijo él.

—Debe estar confundiéndome con alguien al que le importa lo que él prefiera.

El chico se puso un poco pálido, pestañeó dos veces, dio media vuelta y se fue. Debió de invertir el tiempo del paseo en traducir mi respuesta a unos términos aceptables, porque no hubo una explosión instantánea. En vez de eso el coronel hizo una pausa y después empezó a caminar hacia donde estaba yo. Me devolvió el saludo y preguntó:

—¿Lo conozco, comandante?

—Eso depende de en cuántos problemas usted haya estado metido, coronel —le respondí—. ¿Lo han arrestado alguna vez?

—Usted es el otro policía militar —dijo—. Usted es el homólogo del comandante Munro.

—O él el mío —respondí—. En cualquier caso, estoy seguro de que los dos le deseamos que tenga un gran día.

—¿Por qué sigue aquí?

—¿Por qué no iba a estarlo?

—Me informaron de que ya estaba todo resuelto.

—Todo estará resuelto cuando yo lo diga. Así es como funciona el trabajo policial.

—¿Cuándo recibió órdenes por última vez?

—Hace algunos días —dije—. Las recibí del coronel John James Frazer desde el Pentágono, creo.

—Frazer ha muerto.

—Estoy seguro de que su sustituto tendrá nuevas órdenes para mí a su debido tiempo.

—Podría llevar semanas nombrar a un sustituto.

—Entonces supongo que estoy atascado aquí.

Silencio.

Después el gordo dijo:

—Bueno, esta noche no deje que le vean. ¿Entendido? El senador no debe ver a nadie del Departamento de Investigación Criminal. No tiene que haber nada que le recuerde las sospechas recientes. Nada. ¿Está claro?

—Solicitud anotada.

—Es más que una solicitud.

—Lo que le sigue a una solicitud es una orden. Pero usted no está en mi cadena de mando.

El tipo ensayó una respuesta, pero al final no dijo nada. Simplemente dio media vuelta y volvió caminando hasta donde estaban sus compañeros. Justo en ese momento escuché que sonaba el teléfono de la cafetería, muy débilmente a través de la puerta, y llegué a cogerlo tan solo un paso antes que la camarera.

SETENTA Y OCHO

Era Frances Neagley, desde su despacho en el D. C. Dijo:

—Al parecer, Bouton es un apellido muy poco común.

—¿Stan Lowrey te ha pedido que me digas eso? —le pregunté.

—No, Stan quiere saber si ella tiene algún parentesco con Jim Bouton, el pitcher de béisbol. Cosa que probablemente sea así, aunque sea lejano, dado lo poco habitual que es el apellido. Por el contrario, mi conclusión está basada en una hora de trabajo consistente, que no dio como resultado a ningún Bouton, y mucho menos a una Alice Bouton. Habiendo dicho esto, en este preciso momento solo puedo buscar en las bases de datos del Cuerpo de Marines información de los últimos tres años, por lo que de todos modos no podría localizarla, y si se fue con una baja deshonrosa probablemente no consiguió el tipo de trabajo o fuente de ingresos que me permitiría encontrarla en otros lugares.

—Probablemente vive en un parque de caravanas —dije—. Lejos de Pendleton. El sur de California es demasiado caro. Se debe haber mudado.

—Estoy esperando una respuesta de alguien del FBI. Y de un colega del comando de personal del Cuerpo de Marines, por la historia antigua. Y Stan está molestando a su amigo banquero, por las cuestiones civiles. Aunque podría no tener cuenta bancaria. Si es que vive en un parque de caravanas. Sea como sea, quería hacerte saber que estamos en ello, eso es todo. Más tarde tendremos más información.

—¿Cuánto más tarde?

—Esta noche, espero.

—Antes de las ocho estaría bien.

—Haré todo lo que pueda.

Colgué el teléfono y decidí quedarme en la cafetería, para comer.

Inevitablemente Deveraux entró menos de diez minutos más tarde, buscando también su comida y posiblemente buscándome a mí. Cruzó la puerta e hizo una pausa frente a la ventana, con la luz a sus espaldas. Su pelo se encendió como una aureola. Su camisa se transparentaba un poco. Podía ver la forma de su cintura. O por lo menos intuirla. Porque ya la conocía. Podía ver la curva de su pecho.

Vio que la miraba y empezó a caminar hacia mí, y yo empujé la silla de enfrente unos centímetros para afuera. Se sentó y trajo con ella la luz que le perseguía. Sonrió y dijo:

—¿Cómo ha ido tu mañana?

—No, ¿cómo ha ido la tuya? —pregunté yo.

—Atareada —respondió.

—¿Algún avance?

—¿Con qué?

—Con tus tres homicidios sin resolver.

—Parece que el ejército ha resuelto esos homicidios —dijo—. Y me encantaría hacer algo al respecto en cuanto el ejército comparta su información.

No dije nada.

—¿Qué? —dijo ella.

—No pareces muy interesada en averiguar quién lo hizo, eso es todo.

—¿Cómo podría estar interesada?

—El ejército dice que fue un civil.

—Lo entiendo.

—¿Sabes quién ha sido?

—¿Qué?

—¿Sabes quién ha sido?

—¿Estás diciendo que lo sé?

—Estoy diciendo que sé cómo funcionan estas cosas —dije—. Hay personas a las que sencillamente no puedes arrestar. La señora Lindsay sería una, por ejemplo. Supongamos que hubiera elegido otro camino, hubiese conseguido armas y hubiese disparado a alguien. No la habrías arrestado por eso.

—¿Qué estás insinuando?

—Estoy diciendo que en todos los pueblos hay personas a las que el sheriff no va a arrestar.

Se quedó un momento callada.

—Quizás —dijo—. El viejo Clancy podría llegar a ser uno. Pero no ha degollado a nadie. Y arrestaría a cualquier otra persona, fuera quien fuera.

—De acuerdo —dije.

—Quizás crees que no soy buena en lo que hago.

No dije nada.

—O quizás crees que mi momento ha pasado porque en esta ciudad no hay crímenes.

—Sé que hay crímenes aquí —dije—. Sé que siempre ha habido. Estoy seguro de que tu padre vio cosas que yo ni siquiera puedo imaginarme.

—¿Pero?

—Aquí no se hacen investigaciones. Y nunca se hicieron. Apuesto a que noventa y nueve veces de cada cien tu padre sabía exactamente quién hizo qué, hasta los últimos detalles. Si podía hacer algo al respecto ya era otro tema. Y apuesto a que ese caso de entre los cien en el que no sabía quién lo hizo se quedó sin resolver.

—Estás diciendo que soy una mala investigadora.

—Estoy diciendo que ser sheriff del condado no es un trabajo de investigador. Necesita otras habilidades. Toda clase de cosas relacionadas con la comunidad. Y tú eres buena en eso. Para las otras cosas tienes a un detective. Pero ahora mismo no tienes ningún detective.

—¿Alguna otra cosa, antes de que pidamos?

—Solo una —dije.

—¿Cuál?

—Dímelo de nuevo. Nunca has salido con Reed Riley, ¿verdad?

—Reacher, ¿qué es esto?

—Una pregunta.

—No, nunca he salido con Reed Riley.

—¿Estás segura?

—Reacher, por favor.

—¿Lo estás?

—Ni siquiera sabía que estaba aquí. Ya te lo dije.

—De acuerdo —dije—. Pidamos.

Estaba enfadada conmigo, obviamente, pero también tenía hambre. Tenía más hambre que enfado, claramente, porque se quedó en la mesa. Cambiar de mesa no habría sido suficiente. Tendría que haber salido del local enfadada, y no estaba preparada para hacer eso con el estómago vacío.

Pidió pastel de pollo, por supuesto.

Yo pedí un sándwich de queso tostado.

—Hay cosas que no me estás diciendo —dijo ella.

—¿Tú crees? —dije yo.

—Sabes quién es el responsable.

No dije nada.

—Lo sabes, ¿no es así? Sabes quién es. Así que todo esto no se trata de que yo supiera quién es. Se trata de que tú sabes quién es.

No dije nada.

—¿Quién es?

No contesté.

—¿Estás diciendo que es alguien a quien no he arrestado? ¿A quién no arrestaría? No tiene sentido. O sea, obviamente es una gran idea para el ejército echarle la culpa a alguien que saben que nunca será arrestado. Lo comprendo. Porque si no hay arresto, no se pueden presentar cargos, no hay indagación, no hay juicio y no hay veredicto. Por lo tanto, no hay hechos. Así que todos pueden marcharse y vivir felices por siempre. ¿Pero cómo puede saber el ejército a quién yo nunca arrestaría? Persona que, por cierto, no existe. Todo esto es una locura.

—No sé quién es —dije—. No con seguridad. No todavía.

SETENTA Y NUEVE

Terminamos la comida sin decir mucho más. Después pedimos tarta. De melocotón, naturalmente. Y café. Le pregunté:

—¿Te fue a ver el escuadrón de relaciones públicas de Kelham?

Ella asintió:

—Justo antes de que saliera a comer.

—Así que sabes lo que va a suceder esta noche.

—A las ocho —dijo—. Todo el mundo a portarse bien.

—¿Estás de acuerdo con eso?

—Saben cuáles son las reglas. Si las siguen, no les causaré ningún problema.

Entonces sonó el teléfono. Deveraux se dio la vuelta bruscamente y lo miró, como si nunca lo hubiera escuchado sonar. Cosa que era posible. Dije:

—Es para mí.

Fui hasta allí y atendí. Era Munro. Dijo:

—Tengo la información del traslado, si te interesa. Reed Riley ya no tiene coche, como bien sabes, por lo que usará uno prestado de la base, de color verde aceituna. Irá con su padre como único pasajero. Los encargados de la flota automovilística recibieron la orden de tener el coche listo a las ocho en punto exactas.

—Gracias —dije—. Es bueno saberlo. ¿Hay una hora estimada de regreso a la base?

—Esta noche la hora límite son las once. No es oficial, se dijo por lo bajo, pero así va a suceder. Tomarse unas cuantas cervezas es algo auténtico. Demasiadas es indecoroso. Esa es la idea. Así que la gente se estará yendo del pueblo a partir de las diez y media. El avión del senador tiene planeado salir a medianoche.

—Es bueno saberlo —repetí—. Gracias. ¿Ya ha llegado?

—Hace veinte minutos, en un Lear del Ejército.

—¿La celebración ha comenzado?

—Arranca en una hora, más o menos.

—¿Me traerías las notas que tomaste en tu investigación?

—¿Para qué?

—Quiero comprobar algunas cosas. ¿Me las traerías a la cafetería en cuanto parezca que el senador va a quedarse en el mismo lugar durante diez minutos?

Munro accedió, así que colgué el teléfono y regresé a la mesa, pero para entonces Deveraux ya se estaba levantando para irse. Dijo:

—Lo lamento, tengo que volver a trabajar. Tengo muchas cosas que hacer. Tengo que resolver tres homicidios.

Después me apartó y salió por la puerta.

Esperar. Parte del tiempo lo pasé dando un paseo. Di la vuelta por el edificio del Departamento del Sheriff y entré en el área de tierra batida detrás de Main Street desde arriba. A mi izquierda, las vías del tren estaban en silencio. A mi derecha, las tiendas y los bares estaban abiertos, pero sin clientes. En los bares trabajaba el personal de limpieza, todas mujeres negras de más de cuarenta años, todas inclinadas sobre fregonas y baldes, todas supervisadas por propietarios ansiosos plenamente conscientes de que un senador de los Estados Unidos iba a pasar por allí y que incluso podía llegar a entrar. Brannan's estaba recibiendo más atención que la mayoría. Estaban cambiando de sitio las mesas y las sillas, llenando las heladeras, sacando la basura. Incluso estaban limpiando las ventanas.

Al otro lado del callejón, enfrente de Brannan's, no había ningún movimiento en la oficina de préstamo. Shawna Lindsay había trabajado allí antes de morir, y evidentemente había sido remplazada por otra mujer joven, menos hermosa pero probablemente igual de buena para los números. Estaba sentada en un taburete detrás de un mostrador, con un cartel luminoso de

Western Union sobre su cabeza. Tenía que hacer tiempo, así que entré sin pensarlo. La mujer levantó la vista cuando se abrió la puerta y sonrió como si le alegrara verme. Quizás era el primer cliente del día.

Le pregunté cómo funcionaba el sistema, y después de un breve intercambio entendí que podía llamar por teléfono a mi banco y pedir que me enviaran dinero a cualquiera de sus oficinas en Estados Unidos. Necesitaría una clave para el banco, y un documento o la misma clave para la oficina. Recordad que estábamos en 1997. Entonces las cosas todavía eran bastante informales. Yo sabía que cerca del Pentágono había un montón de bancos, porque treinta mil personas en el mismo sitio era un gran mercado para explotar. Decidí que cuando estuviera de nuevo en el D. C. trasladaría mi cuenta a uno de esos bancos, pediría su número de teléfono y registraría una clave. Por si acaso.

Le di las gracias a la joven y seguí mi camino hacia el local de al lado, que era una armería. Compré municiones de repuesto para mi Beretta, Parabellum nueve milímetros, en una caja de veinte, y un cargador de repuesto en el que meter quince. Comprobé que fuera el correcto y que funcionara, y así fue. Muchas de las personas que no comprueban su equipo nuevo siguen aún con vida, pero seguramente no todas. Remplacé la bala que le había insertado en la cabeza al enano flacucho y me guardé el arma en un bolsillo y el cargador nuevo y las cuatro balas sueltas en el otro.

Y con eso se terminaron mis compras. No necesitaba un equipo de música de segunda mano ni tampoco repuestos de coche. Por lo que recorrí el zigzag del callejón de Janice Chapman y regresé a la cafetería. Me encontré con la camarera en la puerta y me dijo que no había recibido llamadas para mí. Me quedé allí un segundo, indeciso, y después descolgué el teléfono, eché una moneda de veinticinco y llamé al conmutador del Departamento del Tesoro. El mismo número que había marcado desde el viejo teléfono amarillo en la cocina de los Lindsay. Atendió la misma mujer. Elegante y de mediana edad.

—¿En qué puedo ayudarle? —preguntó.

—Con el despacho de Joe Reacher, por favor —dije.

Oí el mismo chasquido y el mismo repique que la otra vez, y me enfrenté al mismo minuto de aire hueco. Después la joven, que casi seguro llevaba una falda escocesa y un jersey blanco, atendió y dijo:

—Despacho del señor Reacher.

—¿Está el señor Reacher? —pregunté.

Reconoció mi voz de inmediato, probablemente porque era igual a la de Joe. Dijo:

—No, lo siento, aún no ha regresado. Creo que sigue en Georgia. Eso espero, al menos.

—Suena preocupada —dije.

—Estoy preocupada, un poco.

—No lo esté —dije—. Joe es un hombre grande. Se las puede arreglar con lo que sea que Georgia tenga para él. Creo que ni siquiera es alérgico a los cacahuetes.

Después colgué, fui hasta el fondo del local y me senté en la última mesa para dos. Y me quedé allí sentado, simplemente, esperando a Munro, contando los minutos mentalmente.

Munro llegó más o menos según lo prometido, una hora después de que habláramos por teléfono, más cinco minutos de trayecto en coche. Aparcó junto a la acera un coche sin identificar, entró y me encontró a oscuras al fondo del salón. Se desabrochó el botón del pecho de la chaqueta y sacó la libreta negra fina que yo le había visto antes. La apoyó en la mesa y dijo:

—Quédatela. No hay ninguna otra persona que la vaya a querer. Nadie le está reservando un lugar permanente en el Archivo Nacional.

Asentí:

—Un coronel me acaba de decir que no tiene que haber nada que recuerde las sospechas recientes.

Munro asintió a su vez:

—Acabo de escuchar el mismo discurso. Y ese tipo está muy enfadado contigo, por cierto. ¿Lo has ofendido de alguna manera?

—Eso espero.

—Está redactando un informe para Garber.

—Nunca sobra papel higiénico.

—Y copias para repartir por todas partes. Vas a ser famoso.

Me miró un segundo a los ojos, tal vez con un poco de pesar, y después volvió a su coche. Abrí la libretita negra y empecé a leer.

OCHENTA

La letra de Munro era apretada, pulcra y meticulosa. Llenaba alrededor de cincuenta pequeñas páginas. Su método era registrar dos o tres conversaciones cada vez, y después las resumía antes de pasar a las dos o tres siguientes. De ese modo tanto su material en bruto como sus conclusiones se conservaban al lado, las últimas para que fuera más fácil de consultar y lo primero para confirmar lo último. Un sistema circular, seguro, diligente y minucioso. Era un buen policía. La fotografía de Reed Riley seguía en la libreta, calzada contra el lomo después de la última nota y antes de la primera página en blanco. Me di cuenta de que la había estado utilizando como señalador.

El foco de las cincuenta páginas era Janice May Chapman. Desde el principio había salido a la luz que ella y Reed Riley habían salido juntos. No porque Riley hubiera dicho algo sobre ella. O sobre cualquier otra cosa. Había llamado a un abogado en el primer momento y había restringido sus respuestas a nombre, rango y número. Lo que no suponía un gran problema para un investigador del nivel de Munro. Había hablado con todos los hombres de la Compañía Bravo y había sonsacado los hechos de los momentos en los que estaban desprevenidos y de situaciones a las que no prestaban atención. Había extraído fragmentos de cosas mencionadas al pasar, los había juntado y con eso había armado un relato sólido y fiable.

Los hombres de Riley habían hablado de él de un modo que yo había escuchado antes muchas veces. Era demasiado joven como para ser una leyenda y no tenía la experiencia suficiente como para ser una estrella, pero tenía el carisma de una persona famosa, en parte por su padre y en parte por su propia personalidad. Pero no era alguien querido. Las conversaciones tal como estaban registradas eran leales a más no poder, pero era una lealtad institucional, no personal, todo filtrado por el tradicional odio de cualquier soldado hacia la policía militar. Nadie tenía nada malo que decir sobre él, pero tampoco nada bueno. Leyendo entre líneas lo que se decía y lo que no, vi que Riley era un presumido y un fantasma, que era impaciente, imprudente, negligente, y que estaba sobrado de privilegios. Lo que no suponía un gran problema en un entorno de baja temperatura como Kosovo, pero si hubiese pertenecido a una generación anterior y hubiese estado en Vietnam le habrían disparado accidentalmente por la espalda o le habría explotado una granada defectuosa el primer día. Sin duda. Hombres mejores que Riley habían sufrido ese destino.

Estaba claro que antes de Chapman había salido con Shawna Lindsay. Los habían visto juntos muchas veces. Y antes de Lindsay había salido con Rosemary McClatchy. También los habían visto juntos muchas veces, en los bares, en la cafetería, dando vueltas en el Chevy azul del 57. En las notas de Munro había un leve tufillo a testosterona vieja, dado que todos los jóvenes del pueblo habían disfrutado contando que el jefazo se había tirado una tras otra a todas las mujeres más guapas del pueblo, como si nada, pim pam pum, gracias, señora.

Y, según la Compañía Bravo, esa prestigiosa seguidilla había comenzado con Elizabeth Deveraux. En Kelham todos la conocían, por una visita de cortesía que había hecho al comienzo de la misión. Por aquel entonces el entrenamiento era intenso y no había habido salidas de permiso ni tiempo libre, pero el jefazo se había escapado de noche y se había quedado con el premio. Ese triunfo había sido revelado una noche durante la primera campaña de la Compañía Bravo en Kosovo, mientras bebían unas copas alrededor de una fogata. Una vez más, podía oír la conversación casi como si hubiera estado allí, llena de risas satisfechas porque el resto de los soldados regulares del escuadrón 75 creía que Deveraux era lesbiana, y porque los muchachos de la Compañía Bravo sabían en secreto que no era así, por su jefazo, su macho alfa y su irresistible manera de ser. No les gustaba, pero lo admiraban. Personalidad, y carisma. Y también hormonas, supuse.

En la libreta no había nada más de interés. Me quedé un rato mirando de nuevo la foto de Riley, y después me lo guardé todo en el bolsillo del pecho de la chaqueta y me dediqué otra vez a esperar.

El resto de la tarde fue largo e improductivo. Pasaban las horas, no llamaba ni aparecía nadie y el pueblo permanecía en calma. En un momento escuché el leve ruido de los disparos de algún ejercicio de entrenamiento que llegaba desde el este, y supuse que la celebración en Kelham marchaba a las mil maravillas. De vez en cuando tomaba una taza de café y comía una porción de tarta, pero la mayor parte del tiempo estaba en un estado semivegetativo, respirando lento, ahorrando energía, como hibernando. Llegaron y se fueron algunos lugareños, solos o en parejas, y a las seis en punto entraron Jonathan y Hunter Brannan para pedir una cena temprana y alimentarse bien antes de su ajetreada noche, lo que me pareció sabio. Otras dos o tres personas que asumí que eran los propietarios de los otros bares hicieron lo mismo, y algunas personas más, que asumí que eran su personal de limpieza, hicieron una parada allí antes de volver a sus casas. A las siete en punto cayó la noche sobre Main Street al otro lado de la ventana, y a las siete y media llegaron los dueños del hotel en busca de su comida, ella con su libro, él con su periódico.

Un minuto más tarde llamó por teléfono Stan Lowrey, y la noche comenzó a desenredarse.

OCHENTA Y UNO

Lowrey empezó disculpándose por la extrema tardanza de su aviso, y después dijo que acababa de recibir noticias de un amigo policía militar de Fort Benning en Georgia, que era la base del Regimiento Ranger 75. Aparentemente un teniente coronel de su otro destacamento en Kelham había llamado y les había dicho a sus jefes que seguía habiendo en el escenario local dos comandantes del Departamento de Investigaciones Criminales, uno en la misma base y otro en el pueblo, este último una molestia mayúscula, y como sus jefes estaban decididos a que el senador Riley no se encontrara con ningún obstáculo para pasar un buen rato, habían despachado un escuadrón de niñeros para mantener callados a dichos comandantes del Departamento de Investigaciones durante el tiempo que le quedara a la visita del senador. Por si acaso. Lowrey dijo que el escuadrón había partido de Benning hacía un rato, y que por lo tanto ya podría haber llegado a Kelham.

—¿Policías militares? —dije—. No se meterán conmigo.

—No son policías militares —dijo Lowrey—. Son rangers comunes. Tipos duros de verdad.

—¿Cuántos?

—Seis —dijo Lowrey—. Tres para ti y tres para Munro, supongo.

—¿Qué tienen permitido hacer?

—No lo sé. ¿Qué se necesita para mantenerte callado?

—Más de tres rangers —dije. Inspeccioné la calle por la ventana y no vi que se moviera nada. Ni vehículos ni peatones. Dije—: No te preocupes por mí, Stan. El que me preocupa es Munro. Necesito dos pares de manos esta noche. Si lo retienen, todo va a ser más difícil.

—Y lo retendrán —dijo Lowrey—. Probablemente a ti también. Lo que se dice es que estos tipos no bromean.

—¿Lo llamarías y le darías el mismo aviso? —pregunté—. Si es que todavía no lo cogieron. —Recité el número del cuartel de oficiales en el que estaba Munro, y escuché cómo raspaba el lápiz contra la papel mientras Lowrey lo anotaba. Después pregunté—: ¿Tu amigo banquero ya ha localizado a Alice Bouton?

—Negativo —dijo Lowrey—. Ha estado todo el día ocupado. Pero Neagley sigue trabajando en eso.

—Llámala y dile que deje de holgazanear y me consiga la información. Dile que si cuando llama estoy ocupado con los rangers está autorizada a dejarle el mensaje a la camarera.

—De acuerdo, y buena suerte —dijo Lowrey, y colgó.

Salí a la acera y miré la calle hacia ambos lados. No pasaba nada. Supuse que los rangers me buscarían primero en uno de los bares. Probablemente en el Brannan's. Si mi plan fuera montar problemas, estaría allí. Por lo que me di la vuelta por el callejón en zigzag e inspeccioné la zona de tierra, sin salir de las sombras.

Efectivamente, había un Humvee aparcado allí, grande y verde y evidente. Supuse que el plan era arrastrarme hasta él, meterme en la parte de atrás, llevarme a Kelham y encerrarme en una habitación con Munro. Después nos harían esperar hasta que el Lear del senador partiera a medianoche, nos dejarían salir de nuevo, y se disculparían muy sinceramente por el malentendido.

Todos tienen un plan hasta que les dan un puñetazo en la boca.

Me asomé por la esquina del bar Brannan's y miré por la ventana. Estaba reluciente. Las mesas y las sillas estaban cuidadosamente dispuestas alrededor de un punto específico que asumí que lo ocuparían el senador y su hijo. Los acólitos se sentarían cerca, y había mucho más espacio en el que podían permanecer de pie los que no estuvieran tan bien conectados. Jonathan y Hunter Brannan estaban al otro lado de la barra, y parecían bien descansados y bien alimentados después de su cena temprana.

Tres tipos en uniforme de combate hablaban con ellos.

Los tres eran rangers, todos de tamaño considerable y ninguno un novato. Uno era un sargento y dos especialistas. Sus uniformes estaban muy usados, y sus botas estaban limpias pero gastadas. Tenían caras inexpresivas, bronceadas y con arrugas. Eran militares profesionales, lisa y llanamente. Que era una expresión bastante tonta, porque los militares profesionales eran toda clase de cosas, pero ninguna lisa y ninguna llana. Pero en realidad no importaba lo que fueran dos de ellos, porque el que estaba al mando era el sargento. Y nunca había conocido a un sargento que no tuviese más que claro que en la jerarquía había dieciocho rangos por encima del suyo, hasta llegar al comandante en jefe, y que todos ganaban más dinero que él a cambio de tomar decisiones políticas.

En otras palabras: hiciera lo que hiciera un sargento, había dieciocho grupos de gente listos, dispuestos y esperando para criticarlo.

Me volví a adentrar en las sombras y me dirigí de nuevo hacia la cafetería.

En la cafetería seguía habiendo tres clientes, la pareja del Toussaint's y el tipo con el traje claro que ya había visto antes una vez incluidos. Tres era un buen número, pero no un gran número. Por otra parte, la demografía era casi perfecta. Gente de negocios de la localidad, ciudadanos fiables, maduros, fáciles de indignar. Y estaba garantizado que los dueños del hotel se quedarían por lo menos unas cuantas horas, lo que era bueno, porque es posible que necesitara unas cuantas horas, dependiendo de los avances de Neagley.

Crucé la puerta, me detuve junto al teléfono y la camarera me miró y negó con la cabeza para decirme que no había habido llamadas. Abrí la guía telefónica y busqué el número del bar Brannan's, y después puse una moneda de veinticinco y marqué. Atendió uno de los hermanos Brannan y dije:

—Pásame con el sargento.

Asistí a un segundo de sorpresa e incertidumbre, y después oí cómo giraba el teléfono sobre la barra, el ruido mínimo de las uñas y el golpe de las palmas cuando el auricular pasaba de una mano a la otra. Después una voz dijo:

—¿Quién es?

—Soy la persona que estáis buscando —dije—. Estoy en la cafetería.

No hubo respuesta.

—Esta es la parte en la que usted quiere tapar el micrófono con la mano el tiempo suficiente como para preguntarle a los camareros dónde está la cafetería, así puede enviar a sus hombres a comprobarlo mientras usted sigue hablando conmigo para mantenerme en la línea. Pero le ahorraré el problema. La cafetería está más o menos veinte metros al oeste de donde están ustedes y más o menos cincuenta metros hacia el norte. Envíe a uno de ellos por el callejón que está a su izquierda y al otro en sentido contrario a las agujas del reloj por el aparcamiento y rodeando el edificio del Departamento del Sheriff. Usted puede venir personalmente por la puerta de la cocina, que debería estar bastante cerca del lugar en el que aparcaron la furgoneta. De ese modo me tendrán cubierto en todas las direcciones. Pero no se preocupe. No me voy a ningún lado. Los esperaré aquí mismo. Me encontrarán en una mesa del fondo.

Después colgué y fui hasta la mesa para cuatro que estaba más atrás.

OCHENTA Y DOS

El sargento fue el primero en llegar. Menor distancia, mayor inversión. Entró despacio y con cuidado por la puerta de la cocina y la soltó para que se cerrara sola a sus espaldas. Levanté la mano en señal de saludo. Estaba a poco más de dos metros de él. Después uno de los especialistas entró por delante. Desde el callejón, supuse. La segunda distancia más corta. Un minuto más tarde el segundo especialista estaba allí, un poco agitado. Mayor distancia, más prisa.

Se quedaron quietos, bloqueando el pasillo, dos a mi derecha y uno a mi izquierda.

—Siéntense —dije—. Por favor.

El sargento dijo:

—Tenemos la orden de llevarlo a Kelham.

—Eso no va a suceder, sargento —respondí.

No hubo respuesta.

Mi reloj mental marcaba las ocho menos cuarto.

—La situación es la siguiente, compañeros —dije—. Sacarme de aquí contra mi voluntad implicaría bastante conmoción física. Haciendo un cálculo aproximado romperíamos al menos tres o cuatro mesas y sillas. También podría haber algunas lesiones. Y la camarera supondrá que somos parte de la Compañía Bravo. Porque ahora mismo ninguna otra persona de Kelham tiene permiso para salir. Créanme, ella les presta atención a esas cosas, porque sus ingresos dependen de eso. Y sabe que en el Brannan's están esperando la llegada del comandante de la Compañía Bravo en cualquier momento. Por lo que para ella sería completamente natural dar media vuelta e ir hasta allí a quejarse. Y para hacer eso casi con seguridad tendría que interrumpir un momento de intimidad entre padre e hijo. Lo cual sería una gran vergüenza para todos los implicados, especialmente para ustedes.

No hubo respuesta.

—Siéntense —dije.

Se sentaron. Pero no donde yo quería que lo hicieran. No eran tontos. Ese era el problema con un ejército de voluntarios. Había criterios de selección. Yo estaba en una silla junto al pasillo en mi mesa para cuatro, mirando hacia la puerta delantera. Si se hubieran sentado conmigo en la misma mesa, yo habría tenido libertad de movimiento. Pero no se sentaron en la misma mesa. El sargento se sentó en frente de mí, pero los especialistas se sentaron al otro lado del pasillo, uno a cada lado de una mesa para dos. Colocaron las sillas en diagonal, uno listo para intervenir si yo hacía algún movimiento en una dirección, el otro listo si me movía en la otra.

—Deberían probar la tarta —dije—. Es realmente muy buena.

—Nada de tarta —dijo el sargento.

—Va a ser mejor que pidan algo. Si no, la camarera podría echarlos por estar aquí sin consumir. Y si se niegan a irse, sabe a quién llamar.

No hubo respuesta.

—Hay más personas aquí —dije—. Y ustedes no pueden permitirse llamar la atención.

Punto muerto.

Diez minutos para las ocho.

El teléfono junto a la puerta seguía en silencio.

La camarera se acercó y el sargento se encogió de hombros y pidió tres trozos de tarta y tres cafés. Entraron dos personas más por la puerta delantera, ambos civiles, una era una mujer joven con un vestido muy bonito, el otro un hombre joven con vaqueros y cazadora deportiva. Se sentaron en una mesa para dos, a tres de distancia de los especialistas y justo enfrente de los dueños del hotel. No parecían el tipo de gente que llama directamente al diputado que los representa por un poco de caos en un espacio público, pero cuantas más personas hubiera en el salón, mejor.

El sargento dijo:

—No tenemos inconveniente en estar toda la noche aquí sentados, de ser necesario.

—Es bueno saberlo —dije—. Yo me voy a quedar aquí sentado hasta que suene el teléfono, y después me voy a ir.

—Lo siento, pero no puedo permitir que se comunique con nadie. Esas son mis órdenes.

No dije nada.

—Y no puedo dejarlo ir. A no ser que acceda a venir con nosotros a Kelham.

—¿No acabamos de tener esa conversación? —dije.

No hubo respuesta.

El teléfono no sonaba.

Cinco minutos para las ocho.

A las ocho el tipo del traje claro pagó su cuenta y se fue, y la dueña del hotel pasó una página del libro. No pasó nada más. El teléfono siguió en silencio. A las ocho y cinco empecé a escuchar ruido fuera, en la parte de atrás, el sonido de los coches y de los neumáticos que crujían, y sentí un cambio en el clima nocturno, como si aumentara la presión a medida que la Compañía Bravo empezaba a llegar al pueblo, primero de uno en uno y de dos en dos, después a decenas. Asumí que Reed Riley había encabezado la comitiva en su coche prestado, con su padre en el asiento del acompañante. Asumí que en ese momento el viejo Riley estaba posicionado en la puerta del Brannan's, saludando a los hombres de su hijo, invitándolos a pasar, sonriendo como un idiota.

Los tres rangers que me tenían encerrado habían comido sus tartas de uno en uno, con los otros dos siempre alertas y vigilantes. Eran bastante buenos. Para nada los peores que hubiese visto en mi vida. La camarera retiró sus platos. Parecía intuir lo que estaba sucediendo. Cada vez que pasaba a nuestro lado me miraba preocupada. Estaba claro de qué lado estaba. A mí me conocía y a ellos no. Yo le había dado propina muchas veces y ellos no, ni siquiera una vez.

Fuera el ruido seguía aumentando.

El teléfono no sonaba.

Me pasé los minutos siguientes pensando en su Humvee. Sabía que como todos los Humvee del mundo tendría un gran motor diésel de General Motors, y sabía que como todos los Humvee del mundo tendría una caja de cambios automática de tres velocidades, y sabía que como todos los Humvee del mundo pesaría un poco más de cuatro toneladas, lo que le permitiría alcanzar los cien kilómetros por hora, como máximo. Sabía que no era la velocidad de un coche de carreras, pero sabía que era quince veces más rápido que caminar, y sabía que eso era bueno.

Esperé.

Entonces, justo pasadas las ocho y media, sucedieron tres cosas. La primera fue desafortunada y la segunda, sin precedentes, y la tercera fue, por lo tanto, extraña.

Primero la pareja joven se fue. La chica del vestido bonito y el chico con la cazadora deportiva. Él dejó dinero en la mesa, se levantaron a la vez y salieron cogidos de la mano, lo suficientemente rápido como para dar a entender que el siguiente compromiso en su agenda no era asistir a una sesión de oración nocturna.

Segundo, se fueron los dueños del hotel. Ella cerró su libro, él plegó su periódico, se levantaron y salieron caminando despacio. De vuelta al trabajo, presumiblemente. Mucho más temprano que cualquiera de las veces anteriores. Sin ninguna razón aparente, salvo quizás la repentina intuición absurda de que el viejo Riley cancelaría la partida del Lear y decidiría dormir en el pueblo.

En ese momento la camarera estaba en la cocina, así que en el salón solo había cuatro personas: yo y mis tres niñeros.

El sargento sonrió y dijo:

—Ya solo estamos nosotros.

No contesté.

—No hay ninguna persona más.

No contesté.

—Y no me parece que la camarera sea de las que ponen quejas —dijo—. No realmente. Sabe que este lugar podría terminar fácilmente en una lista negra. Durante un mes. O dos. O el tiempo que haga falta para que pase a depender de la asistencia social.

Estaba inclinado hacia adelante desde el otro lado de la mesa. Más cerca de mí que antes. Mirándome directamente. Sus dos hombres estaban inclinados hacia adelante a lo ancho del pasillo, los codos en las rodillas, las manos sueltas, los pies bien plantados, observándome.

Entonces sucedió la última de las tres cosas.

Sonó el teléfono.

OCHENTA Y TRES

Los tres rangers eran buenos. Muy buenos. El teléfono era tradicional, de los viejos, y tenía dentro una gran campanilla de metal que sonaba durante todo un segundo y a la que luego se le añadía una reverberación que tardaba otro lento segundo en apagarse, tras lo cual la secuencia se repetía hasta que alguien atendiera la llamada o hasta que la persona que llamaba se diera por vencida. Un sonido anticuado y reconfortante, conocido en todo el mundo desde hacía cien años. Pero en esa ocasión los tres rangers ya estaban en movimiento antes de que el primer tono hubiera llegado a la mitad. El que estaba a mi izquierda se puso de pie inmediatamente, se me abalanzó por la espalda, puso sus grandes manos sobre mis hombros, me empujó hacia abajo en mi silla y tiró de mí hacia atrás para mantenerme en una posición ineficaz y débil. El sargento, que estaba frente a mí, se inclinó inmediatamente más hacia delante, me sujetó las muñecas y las apretó contra la mesa con las palmas de las manos. El tercero se levantó de su silla, cerró los puños y bloqueó el pasillo, listo para golpearme donde pudiese si hacía algún movimiento.

Un buen trabajo.

No ofrecí resistencia alguna.

Permanecí sentado.

Todos tenían un plan, yo incluido.

El teléfono seguía sonando.

Tres tonos más tarde la camarera salió de la cocina. Hizo una pausa, nos miró y después pasó al lado del ranger que estaba en el pasillo y se dirigió hacia el teléfono. Lo cogió, escuchó, dirigió la vista hacia donde yo estaba y empezó a hablar, mirándome todo el tiempo, como si le estuviera describiendo a alguien el aprieto en el que me encontraba.

A Frances Neagley, supuse.

O tuve la esperanza de que así fuera.

La camarera escuchó de nuevo durante un momento y después se colocó el teléfono como para sostenerlo entre la oreja y el hombro y sacó su libreta para los pedidos y su bolígrafo. Empezó a escribir. Y siguió escribiendo. Parecía un ensayo. Siguió en una segunda página. El tipo que estaba detrás de mí seguía empujando. El sargento mantenía mis muñecas agarradas. El tercero se acercó. La camarera movía la boca mientras se concentraba en anotar palabras con las que no estaba familiarizada. Después paró de escribir, repasó lo que había anotado, y tragó una vez y pestañeó dos veces como si la siguiente parte de su tarea fuera a ser difícil.

Colgó el teléfono. Arrancó las dos páginas escritas y las sujetó como si estuvieran calientes. Dio un paso hacia donde estábamos. El tipo que estaba detrás de mí me sacó el peso de los hombros. El sargento me soltó las muñecas. El tercero se sentó de nuevo.

La camarera recorrió todo el pasillo hasta llegar a nuestro pequeño grupo. Ahora ella era la quinta participante. Puso una de las hojas encima de la otra, comprobó los cuellos de las chaquetas de los tres hombres y miró al sargento. El que estaba a cargo.

—Tengo un mensaje en dos partes para usted, señor —dijo la camarera.

El tipo asintió y ella empezó a leer. Dijo:

—Primero, sea quien sea, debería dejar marchar a este hombre inmediatamente, por su propio bien y por el del ejército, porque, segundo, sea quien sea, tenga las órdenes que tenga y piense lo que piense en esta ocasión, es probable que él tenga razón y que usted esté equivocado. El mensaje lo envía un sargento de su mismo rango, que solo está pensando en su interés y en el interés del ejército.

Silencio.

El sargento dijo:

—Recibido.

Nada más.

Neagley, pensé. *Buen intento.*

Después la camarera se inclinó hacia delante, apoyó boca abajo en la mesa la segunda hoja escrita y la deslizó hacia mí, de manera rápida y natural, al igual que había deslizado antes un millón de cuentas de la cafetería. La retuve debajo de la palma de mi mano izquierda y dejé la derecha preparada.

Nadie se movió.

La camarera se quedó quieta un segundo, y después volvió a la cocina.

Con la yema del pulgar izquierdo levanté la parte de arriba de la hoja, como una persona jugando al póker, y leí los dos primeros renglones de mi mensaje. Trece palabras. La primera era una preposición en latín. Típico de Neagley. *Per.* Que en este contexto significaba *según.* Las siguientes doce palabras eran *el Comando de Personal del Cuerpo de Marines de los Estados Unidos.* Lo cual significaba que la información que contenía el resto de la nota era de primera mano. Sería fiable. Sería concluyente. Sería oro puro.

Sería suficiente para mí.

Dejé que la parte de arriba de la hoja cayera de nuevo sobre la mesa. Abrí el pulgar y los dos primeros dedos, los junté y doblé la nota con una sola mano, con la cara en blanco hacia fuera y el mensaje hacia dentro. Repasé la doblez con la uña del pulgar derecho y me guardé la nota en el bolsillo superior derecho de la chaqueta, detrás de la libreta negra de Munro, debajo de mi identificador.

Diez minutos para las nueve de la noche.

Miré al sargento ranger y dije:

—Vale, usted gana. Vamos a Kelham.

OCHENTA Y CUATRO

Salimos por la cocina, en fila, y usamos la puerta trasera de la cafetería, porque esa era la ruta más rápida para regresar al Humvee. El sargento iba adelante. Yo estaba encerrado entre los dos especialistas. Uno me apoyaba la mano en la espalda y me empujaba, y el otro agarraba la parte de adelante de la chaqueta, y tiraba de mí. El aire de la noche llegaba limpio, ni caliente ni frío. La zona de tierra batida estaba llena de coches aparcados. Había gente cincuenta metros a mi izquierda, todos hombres, todos de uniforme, todos tranquilos y con su mejor conducta, todos reunidos más o menos en semicírculo frente al Brannan's, como una aureola viviente detrás de la cabeza de un santo, o como una multitud desordenada viendo una pelea. La mayoría tenía botellas de cerveza en la mano, probablemente compradas en otro lado y llevadas hasta allí para estar cerca de la atracción principal. Supuse que el senador estaba disfrutando mucho de la atención que recibía, y supuse que su hijo fingía no estar disfrutándola tanto.

El Humvee parecía anchísimo y enorme entre los vehículos normales. Lo que era cierto. Al lado, aparcado a una distancia respetuosa, había un sedán verde liso sin identificar. El coche que le habían prestado a Reed Riley, supuse, segundo en la explanada y aparcado junto a la furgoneta para realzar su imagen de tipo duro. Puro instinto para un político.

El sargento aminoró el paso y el resto de nosotros nos apretamos detrás de él, y después retomamos la marcha siguiendo un nuevo vector, derecho hacia la furgoneta, ni rápido ni despacio. Nadie nos prestó atención. Éramos tan solo cuatro siluetas oscuras, y todos los demás estaban mirando hacia otra parte.

El Humvee no estaba cerrado con llave. El sargento abrió la puerta trasera de la izquierda y los especialistas se cerraron a mis espaldas y no me dejaron más alternativa que subirme. El interior olía a tela y sudor. El sargento esperó hasta que los especialistas estuvieran dentro, uno en el asiento del acompañante y el otro junto a mí en la parte de atrás, al otro lado del ancho túnel de transmisión, ambos mirándome y vigilándome atentamente, y después se sentó en el asiento del conductor, apretó el botón y encendió el motor, que se reguló durante un segundo con un fuerte ruido. El sargento se acomodó en su asiento y se preparó para partir. Encendió los faros delanteros. Metió primera. Empezó a avanzar sobre un terreno irregular y de manera un poco imprecisa, a baja velocidad. Se dirigió al norte, hacia la carretera que llevaba a Kelham, pasando junto a las hileras de coches aparcados y por la parte de atrás del Departamento del Sheriff. Miró por el retrovisor por pura costumbre, y después miró hacia la izquierda y se preparó para girar a la derecha treinta metros más adelante.

—¿Para qué están entrenados? —le pregunté.

—Sistema de defensa aérea portátil —dijo él.

—¿No para hacer trabajo policial?

—No.

—Me he dado cuenta —dije—. No me han registrado. Deberían haberlo hecho.

Saqué mi Beretta con la mano derecha. Me estiré hacia delante y le cogí del cuello de la chaqueta con la mano izquierda, apretando lo suficiente como para estrangularlo. Tiré de él hacia atrás con fuerza contra su asiento. Le clavé el cañón del arma contra la parte de atrás de su hombro derecho, justo por encima de la axila. Los Humvees son bastante robustos, también los armazones de sus asientos. Lo tenía atrapado contra un objeto imposible de mover. No se iba a ir a ningún lado. Ni siquiera iba a poder respirar, a no ser que yo lo dejase.

—Quedémonos todos sentados quietos y mantengamos la calma —dije.

Todos obedecieron, debido al lugar donde tenía apoyada el arma. En la oreja o en el cuello no habría funcionado. No habrían creído que estuviera preparado para matarlo. No a un militar, por desesperado que yo estuviera. Pero una herida no fatal en la carne blanda a la derecha de su omóplato era plausible. Y terrible. Habría terminado con su carrera. Habría terminado con su vida tal como la conocía, sin nada por delante más que dolores atroces, controles de discapacidad y utensilios domésticos para zurdos.

Solté el cuello de su chaqueta uno o dos centímetros pero lo mantuve apretado contra el respaldo del asiento.

—Gira a la izquierda —dije.

Giró a la izquierda, por la carretera que iba en dirección este-oeste.

—Sigue avanzando —dije.

Siguió avanzando, por el túnel recto que atravesaba los árboles, alejándose de Kelham hacia Memphis.

—Más rápido —dije.

Aceleró, y poco después la furgoneta se sacudía a casi cien kilómetros por hora. Y entonces entramos en el reino de la simple aritmética. Eran las nueve de la noche, la carretera tenía sesenta y cinco kilómetros de largo y las posibilidades de que nos cruzáramos con algo de tráfico eran bajas. Calculé que con un recorrido de treinta minutos, de cincuenta kilómetros, todas nuestras necesidades quedarían satisfechas.

—Sigue —dije.

Y el tipo siguió.

Treinta minutos más tarde estábamos en un punto sin ninguna característica en particular cincuenta kilómetros al oeste de Carter Crossing y quizás a unos quince kilómetros de la carretera secundaria que llevaba a Memphis. Dije:

—Vale, ya estamos bastante lejos. Paremos aquí.

Yo seguía tirando del cuello de su chaqueta hacia un lado y empujando hacia el otro con el arma, y el tipo sacó el pie del acelerador, llevó el coche hacia el lateral de la carretera y frenó. Puso la palanca de cambios en parking, sacó las manos del volante y se quedó sentado como si supiera lo que venía a continuación. Quizás sabía, y quizás no. Giré la cabeza, miré al que tenía al lado y dije:

—Quítate las botas.

Y en ese momento todos supieron lo que venía a continuación, y hubo una pausa, como si se estuviera preparando un motín, pero esperé hasta que el que tenía al lado se encogió de hombros y se echó hacia delante para llevar a cabo su tarea.

—Ahora los calcetines —dije.

Se los sacó, hizo una pelota con cada uno y los guardó en las botas, como buen soldado.

—Ahora la chaqueta —dije.

Se sacó la chaqueta.

—Ahora los pantalones —dije.

Hubo otra pausa muy, muy larga, pero luego el tipo levantó el culo del asiento y se bajó los pantalones. Miré al que iba de copiloto y dije:

—Tú también, las mismas cuatro cosas.

Se puso a hacerlo enseguida, y después le obligué a ayudar a su sargento. No iba a permitir que se echara hacia delante y se apartara de mí. No en ese momento. Cuando terminaron miré de nuevo al que tenía al lado y dije:

—Ahora bájate de la furgoneta y camina veinte pasos hacia delante.

—Más te vale que no nos encontremos de nuevo, Reacher —dijo el sargento.

—No, espero que sí nos encontremos —dije—. Porque después de reflexionar mucho estoy seguro de que querrás agradecerme que no te haya lastimado. Cosa que podría haber hecho, maldito aficionado inútil.

No hubo respuesta.

—Bájate de la furgoneta —repetí.

Al minuto los tres estaban de pie en la carretera, dentro del haz de luz de los faros delanteros, descalzos, sin pantalones, solo con camiseta y calzoncillos. Estaban a cincuenta kilómetros de donde querían estar, lo que en la mejor de las circunstancias suponía una caminata de siete u ocho horas, y nadie definiría estar descalzo en una carretera rural como la mejor de las circunstancias. E incluso si por algún milagro pasaba algún coche, no tenían ninguna oportunidad de que los llevaran.

Ninguna oportunidad. Nadie en su sano juicio se detendría en la oscuridad para recoger a tres hombres sin pantalones que están haciendo señas agitadamente en medio de la nada.

Me pasé al asiento del conductor, di marcha atrás durante cien metros y después di media vuelta y empecé a volver por donde habíamos venido, sin más compañía que el ruido del motor y el olor agrio de las botas y los calcetines. Mi reloj mental marcaba las nueve y media, y calculé que si reducir la carga permitía que el Humvee alcanzara los ciento cinco kilómetros por hora, podría estar de nuevo en Carter Crossing a las diez y tres minutos.

OCHENTA Y CINCO

Al final el gran General Motors diésel me llevó a un poco más de ciento cinco kilómetros por hora, y dos minutos antes de las diez frené, escondí la furgoneta entre los últimos árboles y caminé lo que quedaba del recorrido. Un hombre a pie es mucho más sigiloso que un vehículo militar de cuatro toneladas, y la seguridad es siempre la mejor política.

Pero no había nada de lo que esconderse. Main Street estaba tranquila. No había nada más que ver que la luz en la ventana de la cafetería, mi Buick prestado y el Caprice de Deveraux aparcado delante. Supuse que Deveraux estaba vigilando a medias la situación, sin preocuparse demasiado. La presencia del senador prácticamente garantizaba una noche tranquila y atípica.

Seguí por la carretera que llevaba a Kelham, evité Main Street y di la vuelta por detrás trazando un radio amplio y prudente. Me mantuve escondido detrás de la última hilera de coches aparcados y caminé hasta quedar a la altura del Brannan's. El grupo grande de gente que estaba en la puerta seguía allí. Alcanzaba a ver unos cincuenta tipos agrupados en el mismo semicírculo que había visto antes. Y más allá veía una gran cantidad de personas dentro del bar, algunas de pie y otras, supuse, sentadas en las mesas que estaban más adentro del salón, aunque no las veía directamente. Me acerqué, pasando de lado entre coches aparcados y pick-ups. El barullo era más fuerte a cada paso que daba. Pero no mucho más fuerte. El ruido estaba en un nivel mucho más bajo, amable y contenido de lo que lo habría estado cualquier otra noche. Todos con su mejor conducta.

Crucé un carril despejado entre la primera fila de coches y la segunda, pasé sin dificultad entre un Cadillac de veinte años de antigüedad y una GMC Jimmy destartalada y una voz suave a mi lado dijo:

—Hola, Reacher.

Me di la vuelta y vi a Munro apoyado contra el extremo más alejado de la Jimmy, estratégicamente entre las sombras, prácticamente invisible, relajado, paciente y atento.

—Hola, Munro —dije—. Me alegro de verte. Aunque debo confesar que creí que no lo haría.

—Lo mismo digo —dijo.

—¿Te ha llamado Stan Lowrey?

Asintió:

—Pero un poco tarde.

—¿Tres tipos?

Asintió de nuevo:

—Morteristas del regimiento 75.

—¿Dónde están ahora?

—Atados con cables de teléfono, amordazados con sus propias camisetas, encerrados en mi habitación.

—Buen trabajo —dije.

Y era un buen trabajo. Uno contra tres, sin previo aviso, por sorpresa, pero aun así un resultado satisfactorio. Estaba impresionado. Munro no era tonto. Eso estaba claro.

—¿Qué te ha tocado a ti? —preguntó.

—Una dotación antiaérea.

—¿Dónde están?

—Caminando de regreso desde la mitad del camino a Memphis sin zapatos ni pantalones.

Sonrió, dientes blancos en la oscuridad. Dijo:

—Espero que nunca me destinen a Benning.

—¿Riley está en el bar? —pregunté.

—Fue el primero en llegar, con su padre. Están oficiando de grandes anfitriones. La cuenta ya debe ir por los trescientos dólares.

—¿Sigue en pie el toque de queda para volver?

Asintió:

—Pero van a salir todos en el último minuto. Sabes cómo es. Se ha creado un buen ambiente, y nadie querrá ser el primero en marcharse.

—De acuerdo —dije—. Tu tarea es asegurarte de que Riley sea el último en irse. Necesito que sea el último coche que se vaya de aquí. Y no uno o dos segundos después. Por lo menos un minuto. Haz lo que tengas que hacer para que sea así, ¿de acuerdo? Dependo de eso.

Con cualquier otra persona la conversación habría seguido y habría esbozado algunas alternativas para lograr ese objetivo, como sugerencias, cualquier cosa, desde pincharle un neumático hasta pedirle un autógrafo al viejo Riley, pero para entonces ya me había dado cuenta de que Munro no necesitaba ayuda. Se le ocurrirían las mismas cosas que a mí, y quizás algunas más.

—Entendido —dijo.

—Y después tu tarea es estar con Elizabeth Deveraux. Necesito que la tengas todo el tiempo a la vista. En la cafetería, o donde sea. De nuevo, como sea necesario.

—Entendido —repitió—. Ahora mismo, casualmente, está en la cafetería.

—Haz que se quede allí —dije—. No dejes que salga a vigilar los coches esta noche. Dile que con el senador alrededor, todo el mundo se comportará como corresponde.

—Ella ya lo sabe. Les dio la noche libre a sus ayudantes.

—Es bueno saberlo —dije—. Buena suerte. Y gracias.

Pasé de nuevo entre el Cadillac y la Jimmy, crucé el carril despejado, pasé por delante de la última hilera de coches y me fui de la explanada por el mismo camino por el que había venido. Cinco minutos después estaba justo al otro lado del cruce de tren, escondido entre los árboles a un lado de la carretera que iba hacia Kelham, esperando de nuevo.

La estimación de Munro sobre el ambiente que se había creado era correcta. Nadie se fue a las diez y media, debido a la extraña dinámica que rodeaba al senador. Yo había visto cosas similares en otras ocasiones. Estaba seguro de que nadie de la

Compañía Bravo le mearía por encima si estuviese ardiendo, pero todos parecían fascinados por su exótica presencia, y sin duda todos tenían en mente las instrucciones del comandante de la base. *Sed amable con el senador. Mostrad algo de respeto.* Por lo que nadie se fue temprano. Nadie se quería ir de primero. Nadie quería llamar la atención. Por lo que dieron las diez y media sin que hubiese movimiento en la carretera. Ninguna clase de movimiento.

Al igual que a las diez y treinta y cinco.

Once menos veinte, lo mismo.

A las once menos cuarto la presa se rompió y empezaron a salir en masa.

Escuché el ruido, que fue como una versión amortiguada de una división blindada poniéndose en marcha, y vi el humo de los tubos de escape y los haces de los faros delanteros entrecruzándose a lo lejos a medida que empezaban a ubicarse para salir de la explanada. Las luces giraron hacia donde yo estaba en una cadena interminable y treinta segundos después el primer coche cruzó las vías dando un golpe y pasó de largo a toda velocidad. Lo siguieron todos los demás, uno detrás de otro, demasiados como para contarlos, todos solo unos metros por detrás del que les precedía, como coches de carreras en la recta de un autódromo. Los motores rugían y resoplaban, los neumáticos gastados traqueteaban sobre los raíles y me llegó el olor penetrante y dulce de la gasolina sin plomo. Vi el Cadillac viejo y la furgoneta GMC entre los cuales había pasado, y vi Chevys y Dodges y Fords y Plymouths y Jeeps y Chryslers, sedanes y pick-ups, cuatro por cuatro, cupés y convertibles de dos plazas. Seguían llegando, en una corriente ininterrumpida, de vuelta a la base, aliviados, pletóricos, con el deber cumplido.

Diez minutos más tarde la corriente comenzó a menguar, los espacios entre los coches empezaron a estirarse y a lo lejos vi cómo salían los rezagados. La última docena de vehículos tardó un minuto entero en pasar junto a mí. Ninguno era un coche oficial verde. El último en pasar fue un Pontiac maltratado y abollado. Observé cómo se acercaba. *En cuanto pase por aquí, te aseguro que estamos solos*, había dicho Deveraux. Luego el viejo Pontiac cruzó las vías dando unos golpes suaves con sus neumáticos blandos y después despareció.

Salí de entre los árboles, miré hacia el este y vi cómo unas diminutas luces traseras rojas desaparecían en la oscuridad. El ruido se apagó detrás de las luces y el humo del tubo de escape se dispersó. Me di la vuelta hacia el otro lado y justo entonces, a lo lejos, vi que se encendían unos faros delanteros. Vi cómo su haz de luz barría y rebotaba, de un lado al otro, hacia arriba y hacia abajo. Vi cómo marcaban el rumbo hacia el norte, saliendo de la explanada, y después los vi barrer hacia donde estaba yo y rebotar dos veces más cuando las ruedas traseras salían de la tierra y subían al asfalto.

Mi reloj mental marcaba un minuto para las once.

Caminé hacia el oeste, otra vez sobre el cruce de tren, diez metros en dirección al pueblo, y después me detuve, me puse en el medio de la carretera y levanté la mano bien alto, con la palma hacia afuera, como un agente de tráfico.

OCHENTA Y SEIS

Los faros me detectaron a unos cien metros de distancia. Sentí la luz caliente en mi rostro y en la palma de mi mano y supe que Reed Riley podía verme. Lo escuché levantar el pie del acelerador y reducir la velocidad. Pura costumbre. Los soldados de infantería pasan mucho tiempo en coches, y muchos de sus viajes los permiten o los dirigen o de algún modo los interrumpen tipos en uniforme de combate que les hacen señas para que avancen, para que vayan a la izquierda o a la derecha, o para que se detengan temporalmente.

Yo me quedé donde estaba, con la mano todavía en alto, y el coche oficial verde se detuvo con el parachoques delantero a un metro de mis rodillas. Para entonces mi línea de visión estaba muy por encima de los faros delanteros, y podía ver a Riley y a su padre tras el parabrisas. Ninguno de los dos parecía sorprendido ni molesto. Ambos estaban preparados para perder un minuto en un asunto rutinario. Riley estaba igual que en su fotografía, y su padre era una versión más madura de él, un poco más delgado, con la nariz y las orejas un poco más grandes, un poco más acicalado y presentable. Estaba vestido como un tarado, como todos los políticos de visita que había visto en mi vida. Tenía puesta una chaqueta Ike color caqui y una camisa formal sin corbata. La chaqueta tenía una insignia del Senado de los Estados Unidos, como si esa rama segura y aislada de la legislatura fuera una unidad de combate.

Me acerqué a la puerta de Reed Riley y él bajó la ventanilla. La expresión de su cara comenzó siendo una pero cambió cuando vio las hojas de roble en mi cuello. Dijo:

—¿Señor?

No respondí. Di un paso más, abrí la puerta trasera y me subí detrás de él. Cerré la puerta, me moví hasta el centro del asiento y los dos giraron y estiraron el cuello para verme.

—¿Señor? —repitió Riley.

—¿Qué está pasando aquí? —preguntó su padre.

—Cambio de planes —respondí.

Podía oler la cerveza en su aliento y el humo y el sudor en su ropa.

—Tengo que coger un avión —dijo el senador.

—A medianoche —dije—. Nadie lo buscará antes de esa hora.

—¿Qué demonios significa eso? ¿Sabe quién soy yo?

—Sí —dije—. Sé quién es.

—¿Qué es lo que quiere?

—Obediencia instantánea —dije.

Saqué la Beretta por segunda vez en la noche, rápido, ágil, como un mago. En un momento mi mano estaba vacía y al siguiente estaba cargada de acero opaco. Le quité el seguro, con un sonido breve pero funesto en medio del silencio.

El senador dijo:

—Está cometiendo un grave error, joven. En este mismo momento acaba de terminarse su carrera militar. Que la situación se ponga aún peor es algo que depende totalmente de usted.

—Silencio —dije.

Me incliné hacia delante y sujeté el cuello de la chaqueta de Reed Riley, tal como había hecho con el sargento de Benning. Pero esta vez le apoyé el cañón del arma en el hueco de detrás de la oreja. Carne blanda, sin huesos. El tamaño justo.

—Siga conduciendo —dije—. Muy despacio. Gire a la izquierda en el cruce. Siga por las vías.

—¿Qué? —dijo Reed Riley.

—Ya me ha oído.

—Pero viene el tren.

—A medianoche —dije—. Ahora póngase en marcha, soldado.

Era una tarea difícil. Instintivamente intentó inclinarse hacia delante por encima del volante para poder ver mejor. Pero yo no se lo permití. Lo tenía sujetado con fuerza contra el asiento, tirando y empujando. Pero aun así se las arregló bien. Avanzó y giró el volante con fuerza y se movió lentamente y en diagonal hacia la pendiente. Enderezó el coche y sintió cómo su neumático delantero derecho golpeaba el surco del pavimento. Avanzó más, en línea recta, y el borde del asfalto cayó por debajo de nosotros. Los neumáticos de la derecha quedaron sobre el raíl. Las ruedas de la izquierda estaban más abajo en los durmientes. Un buen trabajo. Tan bueno como el de Deveraux.

—No es la primera vez que hace esto —dije.

No contestó.

Avanzamos, más lento que si hubiéramos estado caminando, totalmente inclinados, con el lateral derecho del coche arriba y deslizándose sin inconvenientes, y el izquierdo abajo, subiendo y bajando por los durmientes como un barco en medio de un oleaje. Pasamos el viejo tanque de agua, avanzamos diez metros más y luego dije:

—Frene.

—¿Aquí?

—Es un buen lugar —dije.

Frenó con cuidado y el coche se detuvo, bien alineado, todavía inclinado. Yo le seguía agarrando el cuello de la chaqueta y mantenía el arma en el mismo lugar. Delante de mí, a través del parabrisas, las vías corrían rectas hacia el norte hasta un punto de fuga muy lejano, como finas rayas plateadas a la luz de la luna.

—Capitán —dije—, abra todas las ventanillas con su mano izquierda.

—¿Por qué?

—Porque ustedes dos ya apestan. Y solo se va a poner peor, créanme.

Ridley tanteó a ciegas con los dedos. Primero bajó la ventanilla de su padre, después la mía, después la otra de atrás.

Un aire fresco nocturno entró con la brisa.

—Senador, muévase y apague las luces —dije.

Le llevó un segundo encontrar el mando, pero lo hizo.

—Ahora apague el motor y deme la llave —dije.

—Pero estamos aparcados en la vía del tren —dijo.

—Estoy al tanto.

—¿Sabe quién soy yo?

—Ya me lo ha preguntado antes. Y le contesté. Ahora haga lo que le he pedido. ¿O primero tengo que contribuir a su campaña? En ese caso, por favor considere como mi contribución el hecho de que no le dispare a su hijo en la rodilla.

El viejo hizo un ruido con la garganta, un ruido que ya había oído una o dos veces antes, cuando alguien se daba cuenta de que las bromas no eran bromas, cuando una situación desventurada pasaba de mal a peor, cuando una pesadilla resultaba ser una realidad del mundo de la vigilia. Se inclinó hacia un lado, giró la llave, la sacó y me la dio.

—Tírela en el asiento trasero —dije.

Lo hizo, cayó a mi lado y se deslizó hacia abajo en el asiento por la inclinación del coche.

—Ahora los dos llévense las manos a la cabeza —dije.

El senador lo hizo primero, y yo alejé la Beretta para que su hijo le siguiera. Le solté el cuello de la chaqueta, me apoyé en el respaldo del asiento y dije:

—¿Cuál es la velocidad de salida de una Beretta M9?

—No tengo ni idea —dijo el senador.

—Pero su hijo debería saberlo. Invertimos mucho tiempo y dinero en su entrenamiento.

—No me acuerdo —dijo Riley.

—Cerca de cuatrocientos metros por segundo —dije—. Y su médula espinal está más o menos a un metro de mí. Por lo que más o menos dos milésimas de segundo después de que alguno de ustedes mueva un músculo estarán muertos o lisiados. ¿Lo han entendido?

No hubo respuesta.

—Necesito que contesten —dije.

—Lo hemos entendido —dijo Riley.

—¿Qué es lo que quiere? —dijo su padre.

—Una confirmación —dije—. Quiero asegurarme de que estoy entendiendo bien las cosas.

OCHENTA Y SIETE

Cogí la llave del coche y me la guardé en el bolsillo. Abrí bien la pierna izquierda y afirmé el pie y me puse cómodo en el asiento inclinado. Dije:

—Capitán, usted mintió a sus hombres sobre lo de salir con la sheriff Deveraux, ¿no es así?

El padre de Riley dijo:

—¿Qué fundamentos tiene para interrogarnos?

—Cuarenta y nueve minutos —dije—. Después llega el tren.

—¿Está loco?

—Estoy un poco molesto, eso es todo.

—Hijo, no le digas nada a este hombre —dijo el senador.

—Capitán, responda a mi pregunta —dije yo.

—Sí, mentí sobre lo de Deveraux —dijo Riley.

—¿Por qué?

—Estrategia de mando —dijo—. A mis hombres les gusta admirarme.

—Senador, ¿por qué trasladaron a la Compañía Alfa y a la Compañía Bravo de Benning a Kelham?

El viejo resopló un momento, intentando convencerse de que tenía que mantenerse firme, pero al final dijo:

—Era políticamente conveniente. Mississippi siempre está pidiendo dinero a los demás estados. O robándoselo.

—¿No fue por Audrey Shaw? ¿No fue porque usted creía que su hijo se merecía un regalito para celebrar su nuevo puesto al frente de la Compañía Bravo?

—Eso es ridículo.

—Pero ha pasado.

—Fue una coincidencia.

—Mentira.

—De acuerdo, fue un beneficio adicional. Pensé que podía ser divertido. Pero nada más. Las decisiones de esa magnitud no se basan en trivialidades.

—Capitán, hábleme de Rosemary McClatchy —dije.

—Salimos juntos, nos separamos —dijo Riley.

—¿Estaba embarazada?

—Si estaba embarazada, nunca me dijo nada.

—¿Ella se quería casar?

—Vamos, comandante, usted sabe que cualquiera de ellas se casaría con cualquiera de nosotros.

—¿Cómo era ella?

—Insegura —dijo—. Me sacaba de mis casillas.

—¿Cómo se sintió usted cuando la mataron?

—Mal —dijo—. Fue horrible lo que le sucedió.

—Ahora hábleme de Shawna Lindsay.

Pero en ese momento el senador decidió que ya habían tragado toda la mierda que estaban dispuestos a tragar. Se giró para increparme y después recordó que se suponía que no tenía que moverse, y entonces giró otra vez hacia delante rebotando como una estúpida yegua vieja contra una valla eléctrica. Miró hacia delante y respiró agitado. Su hijo no se movió. Se estaban tragando un poco de mierda, sí. Principalmente la parte de nueve milímetros de ancho. Treinta y cinco centésimas de pulgada, contantes y sonantes. Un poco más pequeña que un calibre 38, mucho más grande que un calibre 25. Esa era la mierda que se estaban tragando.

El viejo Riley respiró hondo de nuevo.

—Creo que ese asunto ya se ha resuelto —dijo—. La chica Lindsay. Y la otra.

—Capitán, cuénteme lo de las mujeres muertas en Kosovo —dije.

—No hay mujeres muertas en Kosovo —dijo su padre.

—¿En serio? —dije—. ¿Cómo, viven para siempre?

—Obviamente no viven para siempre.

—¿Todas mueren mientras duermen?

—Eran mujeres de Kosovo y sucedió en Kosovo. Es un asunto local. Lo mismo que esto es un asunto local, aquí, ahora. Una persona local ha sido identificada. El ejército no está bajo sospecha. Eso fue lo que celebramos esta noche. Debería haber venido. El éxito es algo de lo que hay que alegrarse. Ojalá lo entendiera más gente.

—Capitán, ¿qué edad tiene? —pregunté.

—Veintiocho años —respondió Riley.

—Senador, ¿cómo se sentiría usted si su hijo a los treinta y tres años siguiera siendo capitán? —dije.

—No estaría para nada contento —dijo el viejo.

—¿Por qué?

—Representaría un fracaso. Nadie se queda cinco años en el mismo rango. Tendría que ser un idiota.

—Ese fue el primer error que cometieron.

—¿Qué?

—Ya me ha oído.

—¿A qué se refiere con *cometieron*? ¿Quiénes?

—¿Tiene abuelo?

—Lo he tenido, hace mucho tiempo.

—Yo también. Era mi querido abuelo. Pero por supuesto también era el querido abuelo de muchos otros chicos. Éramos unos diez, creo. Cuatro familias distintas. Siempre me sorprendía, aunque sabía que era así.

—¿De qué demonios está hablando?

—Pasa lo mismo con la Oficina de Intermediación con el Senado. Estamos nosotros, están los altos mandos en Washington y está usted. Como un abuelo. Pero usted también es el abuelo del Cuerpo de Marines. Y ellos tienen sus propios intermediarios. Probablemente son mucho mejores que los nuestros. Probablemente están dispuestos a hacer lo que haga falta. Por lo que les pidió ayuda a ellos. Pero cometieron unos cuantos errores.

—He leído el informe. No hubo ningún error.

—¿Cinco años en el mismo rango? Deveraux no es la clase de persona que pasa cinco años en el mismo rango. Como usted dijo, hay que ser un idiota. Y Deveraux no es ninguna idiota. Supongo que hace cinco años ella era oficial técnico jefe de grado 3. Supongo que desde ese momento ascendió dos veces. Pero sus hombres del Cuerpo de Marines fueron y escribieron *oficial técnico jefe de grado 5* en un expediente que se suponía que lo habían redactado hace cinco años. Usaron una foto vieja pero no corrigieron el rango con el que se había retirado. Eso fue un error. Tenían demasiada prisa.

—¿Prisa?

—Janice Chapman era blanca. Por fin había una que la gente se iba a tomar en serio. Y estaba relacionada con usted. No había tiempo que perder.

—¿De qué está hablando?

—Todo esto tuvo que ver con la prisa. Trabajaron como locos, y nos fastidiaron con el acceso para ganar algo de tiempo. Consiguieron terminarlo el domingo antes de comer. El expediente estaba completo. La noticia llegó con el helicóptero en vuelo. Así que volvió vacío. Pero esperaron hasta el martes antes de someterlo a escrutinio público. Al principio encontré a esa decisión una explicación bastante egoísta. Pensé que había sido porque el domingo yo estaba aquí pero el martes no. Pero el motivo no fue ese. Necesitaban dos días para envejecer el expediente. Ese fue el motivo. Tenían que desgastarlo y dejarle algunas marcas.

—¿Está diciendo que ese expediente era falso?

—Lo sé, está impresionado. Quizás usted lo sabe desde hace nueve meses, o seis, o quizás desde hace una semana, pero ahora lo sabemos todos.

—¿Saber qué? —preguntó Reed Riley.

Giré la cabeza hacia él. Él también miraba hacia delante, pero sabía que le estaba hablando. Dije:

—Quizás Rosemary McClatchy era insegura porque lo único que tenía era su belleza, por lo que quizás se puso celosa, y quizás entonces a usted se le ocurrió la idea de la mujer vengativa. Además estaba embarazada, y usted ya había investigado a la sheriff de la localidad, porque eso es lo que hace un comandante de compañía ambicioso, y para usted era más fácil que para la mayoría, por sus conexiones, por lo que sabía de su padre y de la casa vacía. Y además usted es un maldito enfermo, por lo que llevó a la pobre Rosemary McClatchy allí y la mató.

No hubo respuesta.

—Y le gustó—dije.

No hubo respuesta.

—Así que volvió a hacerlo. Y mejoró. Nada de dejarlas tiradas en la cuneta junto a la vía del tren. Estaba preparado para algo más atrevido. Tal vez algo más adecuado. Tal vez Shawna Lindsay también fantaseaba con casarse, y quizás estaba hablando de vivir juntos en una casita, así que la tiró en una obra. Usted podía conducir por ese barrio siempre que quisiera. Siempre ha sido así. El jefazo, al acecho, en su viejo coche azul. Parte del escenario.

—Me separé de Shawna muchas semanas antes de que muriese —dijo—. ¿Cómo explica eso?

—Si les pide volver, vienen corriendo, ¿no?

No hubo respuesta.

—Y a Janice Chapman la eliminó por el mismo motivo —dije—. Y tal vez esa noche se propuso un pequeño desafío extra. A la tercera va la vencida. En la variedad está el gusto. Tal vez les dijo a los muchachos que iba al baño, pero se escapó y tardó el tiempo que se tarda en echar una meada. Yo calcularía que lo hizo en seis minutos y cuarenta segundos. Lo cual no es plausible. No en el caso de Deveraux. Ahí es donde la teoría alternativa empieza a tambalearse. ¿Nadie pensó en su complexión física? Ella no podría levantar a una mujer adulta de un caballete para ciervos. No podría cargar su cadáver hasta el coche.

—El expediente es auténtico —dijo el senador Riley.

—Empezó con los pies en la tierra —dije—. A alguien se le ocurrió una pequeña historia. Una mujer celosa, un brazo roto. Cuatrocientos dólares que desaparecieron. Era bastante sutil. El lector sacaría sus propias conclusiones. Pero después alguien se acobardó. Ya no querían que fuera sutil. Querían una luz roja parpadeante. Así que hizo que lo reescribieran para incluir un coche. Después habló por teléfono con su hijo y le dijo que pusiera su coche en las vías del tren.

—Eso es un disparate.

—No había ninguna otra razón detrás de lo del coche. Lo del coche no tenía sentido. No cumplía ninguna función más allá de hacer que todo se cerrara sobre Deveraux en cuanto alguien abriera el expediente.

—El expediente es auténtico.

—Han llegado demasiado lejos con las personas muertas. James Dyer, quizás. Nos lo podríamos haber creído. Era un oficial de alto rango. Quizás no estaba en el mejor estado de salud. ¿Pero Paul Evers? Demasiado conveniente. Como si tuviesen miedo de que la gente hiciera preguntas. Los muertos no pueden contestar. Lo que nos lleva a Alice Bouton. ¿Ella también va a estar muerta? ¿O va a seguir con vida? Y de ser así, ¿qué nos diría si le preguntásemos acerca de su brazo roto?

—El expediente es completamente auténtico, Reacher.

—¿Sabe leer, senador? Si es así, léame lo que pone aquí.

Saqué del bolsillo el papel doblado de la cafetería y lo tiré sobre su regazo.

—No tengo permitido moverme —dijo.

—Puede coger el papel —dije.

Lo cogió. Le tembló en la mano. Miró el dorso. Miró el frente. Lo giró para dejarlo en la posición correcta. Cogió aire. Preguntó:

—¿Usted lo ha leído? ¿Sabe lo que pone?

—No, no lo he mirado —dije—. No necesito saberlo. Sea lo que sea, ya tengo información suficiente para arrestarlos.

Dudó.

—Pero no invente nada —dije—. Lo leeré inmediatamente después de usted, solo para verificarlo.

Cogió aire.

Leyó en voz alta:

—*Per* el Comando de Personal del Cuerpo de Marines de los Estados Unidos.

Se detuvo.

Dijo:

—Necesito saber que esto no es material clasificado.

—¿Importa eso?

—Usted no tiene autorización para acceder a material clasificado. Tampoco mi hijo.

—No es material clasificado —dije—. Siga leyendo.

—*Per* el Comando de Personal del Cuerpo de Marines de los Estados Unidos no hubo una marine llamada Alice Bouton.

Sonreí.

—Se la inventaron —dije—. No existió. Un trabajo muy descuidado. Me hace preguntarme si yo no estaba equivocado. Quizás usted diluyó la sutileza en dos etapas distintas. Y quizás el coche llegó primero. Quizás fue Alice Bouton lo que incluyó en el último momento. Sin tiempo suficiente como para robar una verdadera identidad.

El viejo Riley dijo:

—Había que proteger al Ejército. Tiene que entenderlo.

—Lo que pierde el Ejército lo gana el Cuerpo de Marines. Y usted también es el abuelo de los Marines, por lo que profesionalmente no le importó lo más mínimo. Solo estaba protegiendo a su hijo.

—Podría haber sido cualquier integrante de su unidad. Lo habríamos hecho por cualquiera.

—Mentira —dije—. Ha habido una cantidad de corrupción impresionante. Todo esto ha sido algo excepcional. Sin precedentes. Ha sido todo por ustedes dos y por nadie más.

No hubo respuesta.

—Por cierto, soy yo el que está protegiendo al Ejército —dije.

No quería dispararles, obviamente. No porque al forense fuera a quedarle mucho que examinar, pero un hombre precavido no corre riesgos innecesarios. Así que solté el arma en el asiento al lado, llevé la mano derecha abierta hacia el frente, la apoyé en la parte de atrás de la cabeza del senador, la sacudí hacia delante y la hice rebotar contra el salpicadero. Fuerte. El brazo de un ser humano puede lanzar una pelota de béisbol a ciento sesenta kilómetros por hora, por lo que podría estar cerca de los cincuenta kilómetros por hora con una cabeza humana. Y se dice que si uno no se pone el cinturón de seguridad un impacto a cincuenta kilómetros por hora puede ser mortal. No es que yo necesitara que el senador muriera. Solo necesitaba que estuviese fuera de combate durante un minuto y medio.

Moví la mano derecha y la puse debajo del mentón de Reed Riley. Se sacó las manos de la cabeza y las bajó para agarrarme la muñeca, y yo las remplacé con mi propia mano izquierda, abierta, presionando hacia abajo desde la parte alta de su cabeza. Tirar y empujar, arriba y abajo, mano izquierda y mano derecha, como una prensa. Le estaba aplastando la cabeza. Después deslicé la mano derecha por su marcado mentón hasta apoyar en él el talón de mi palma y se la apreté sobre su boca. Su piel era como lija fina. Se había afeitado por la mañana temprano, y ya era cerca de medianoche. Deslicé mi mano izquierda por su frente hasta que el talón quedó justo por debajo de la línea del nacimiento del pelo. Estiré los dedos hacia abajo y le sujeté la nariz con el índice y el pulgar.

Y después todo quedó en manos de la naturaleza humana.

Pensó que se estaba ahogando. Primero intentó morderme la palma de la mano, pero no podía abrir la boca. Yo estaba apretando con mucha fuerza. Lo músculos de la mandíbula son fuertes, pero solo para cerrarse. Abrirse nunca fue una prioridad evolutiva. Lo esperé. Se agarró a mis manos. Lo esperé. Se sacudió en el asiento y golpeó los talones contra el suelo. Lo esperé. Arqueó la espalda. Lo esperé. Estiró la cabeza hacia arriba en mi dirección.

Cambié el agarre, giré con fuerza y le rompí el cuello.

Era un movimiento que había aprendido de Leon Garber. Quizás él lo había visto en algún lado. Quizás lo había hecho en algún lado. Era capaz de hacerlo. La parte de la sofocación lo vuelve fácil. Siempre estiran la cabeza hacia arriba. Una especie de instinto equivocado. Ellos solos dejan el cuello a tu disposición. Garber decía que nunca falla, y a mí nunca me ha fallado.

Funcionó de nuevo un minuto después, con el senador. Era más débil, pero su cara estaba resbalosa por la sangre que le caía de la nariz, que se le había roto contra el salpicadero, por lo que el esfuerzo invertido fue más o menos el mismo.

OCHENTA Y OCHO

Salí del coche a las once y veintiocho exactas. El tren estaba cincuenta y un kilómetros más al sur. Quizás cruzando por debajo de la Ruta 78 al este de Tupelo. Cerré la puerta pero dejé todas las ventanillas abiertas. Tiré la llave sobre el regazo de Reed Riley. Me di la vuelta.

Y percibí una silueta a mi izquierda.

Y otra a mi derecha.

Buenos movimientos por parte de alguien. Yo tenía la Beretta, y podía dispararle a uno o al otro, pero no a los dos. Demasiado traslado lateral entre un disparo y el siguiente.

Esperé.

Entonces habló la silueta que estaba a mi derecha.

—¿Reacher? —dijo ella.

—¿Deveraux? —dije yo.

La silueta que estaba a mi izquierda dijo:

—Y Munro.

—¿Qué demonios estáis haciendo aquí? —dije.

Se acercaron a mí, y yo traté de alejarlos del coche. Dije:

—¿Por qué estáis aquí?

—¿Realmente creíste que le iba a permitir retenerme en la cafetería? —dijo Deveraux.

—Me hubiese gustado que fuera así —dije—. No quería que ninguno escuchara nada de esto.

—Le pediste a Riley que abriera las ventanillas. Sí querías que lo escucháramos.

—No, quería aire fresco. No sabía que estabais ahí.

—¿Por qué no lo deberíamos haber escuchado?

—No quería que supieras lo que decían acerca de ti. Y quería que Munro volviera a Alemania con la conciencia tranquila.

—Siempre tengo la conciencia tranquila —dijo Munro.

—Pero es más fácil hacerse el tonto si realmente no sabes la respuesta.

—Nunca tuve problemas con hacerme el tonto. De hecho, algunas personas piensan que lo soy.

—Me alegra haber escuchado lo que decían de mí —dijo Deveraux.

Once y treinta y uno. El tren estaba cuarenta y seis kilómetros al sur. Nos alejamos caminando, por los durmientes, entre los raíles, dejando a nuestras espaldas el coche oficial verde liso y sus pasajeros. Pasamos junto al viejo tanque de agua y llegamos al cruce. Giramos hacia el oeste. Cuarenta metros más allá, en el arcén, estaba aparcado el coche patrulla de Deveraux. Munro no quiso subir. Dijo que iría caminando hasta el Brannan's, donde había dejado un coche que había tomado prestado. Dijo que tenía que regresar a Kelham lo antes posible para arreglar las cosas con los morteristas capturados, y que luego quería dormir porque se despertaba muy temprano a la mañana siguiente. Nos dimos la mano de manera bastante formal y le agradecí sinceramente su ayuda. Después se fue, y a los diez pasos desapareció en la oscuridad.

Deveraux me llevó de nuevo a Main Street y aparcó en la puerta del hotel. Once y treinta y seis de la noche. El tren estaba a treinta y ocho kilómetros de distancia.

—Ya he dejado mi habitación —dije.

—Yo sigo teniendo la mía —respondió ella.

—Primero tengo que hacer una llamada.

Usamos el despacho que estaba detrás del mostrador de recepción. Dejé un billete de un dólar en el escritorio y marqué el número del despacho de Garber. Quizás seguía estando intervenido, quizás no. No me importaba. Me atendió un teniente. Dijo que era la persona más antigua de los que estaban de guardia. Dijo que de hecho era el único que estaba de guardia. La dotación nocturna. Le pregunté si tenía lápiz y papel a mano. Dijo que sí. Le dije que le iba a dictar algo, que se preparara. Le dije que marcara como urgente el resultado y que lo pusiera bien a la vista sobre el escritorio de Garber, para su inmediata atención a primera hora de la mañana.

—¿Preparado? —le pregunté.

Dijo que sí.

Empecé:

—Avanzada la noche de ayer tuvo lugar una tragedia en el tranquilo pueblo de Carter Crossing, Mississippi, cuando un tren arrolló un coche que transportaba al senador de los Estados Unidos Carlton Riley. El coche lo conducía el hijo del senador, el capitán del Ejército de los Estados Unidos Reed Riley, que estaba destinado en las cercanías, en Fort Kelham, Mississippi. El senador Riley, de Missouri, era el presidente del Comité de Servicios Armados del Senado, y el capitán Riley, descrito por el ejército como una estrella en ascenso, estaba al mando de una unidad de infantería desplegada con regularidad en misiones muy delicadas. Ambos murieron en el accidente de manera instantánea. La sheriff del condado de Carter, Elizabeth Deveraux, confirmó que los conductores de la localidad suelen intentar cruzar las vías antes de que pase el tren, con el objetivo de evitar una espera larga e incómoda, y se cree que el capitán Riley, recientemente destinado a la zona y de espíritu intrépido, simplemente calculó mal su aproximación al cruce.

Hice una pausa.

—Anotado —dijo el teniente en el auricular.

—Segundo párrafo —continué—. El senador y su hijo estaban regresando a Fort Kelham después de ayudar con el pueblo cercano en la celebración de la exitosa resolución de la sheriff Deveraux en lo concerniente a una investigación de homicidios locales. La ola de asesinatos había durado nueve meses y las cinco víctimas incluían a tres mujeres locales de entre veinte y treinta años, un adolescente del pueblo y un periodista de la cercana ciudad de Oxford, en Mississippi. El responsable de las cinco muertes, de sexo masculino, es descrito como un miembro de un grupo paramilitar y como un supremacista blanco del vecino estado de Tennessee, y fue abatido por la policía local días antes esta misma semana, en una zona boscosa cerca de Fort Kelham, mientras se resistía al arresto.

—Anotado —dijo de nuevo el teniente.

—Empiece a pasarlo a máquina —dije, y colgué.

Once y cuarenta y dos de la noche. El tren estaba a veintinueve kilómetros de distancia.

La habitación diecisiete era tan sencilla como la veintiuno. Deveraux no había hecho ningún amago de personalizarla. Usaba dos maletas destartaladas abiertas para guardar la ropa, de la barra de la cortina colgaba un uniforme de repuesto y había un libro en la mesilla de noche. Eso era todo.

Nos sentamos en su cama uno al lado del otro, un poco conmocionados por los hechos recientes, y ella dijo:

—Has hecho todo lo que has podido. Se ha hecho justicia en todas partes y el ejército no ha sufrido ningún daño. Eres un buen militar.

—Estoy seguro de que encontrarán algo de lo que quejarse —dije.

—Pero estoy decepcionada con el Cuerpo de Marines. No deberían haber cooperado. Me apuñalaron por la espalda.

—En realidad no —dije—. Intentaron hacer lo mejor posible. Estaban bajo mucha presión. Fingieron que estaban colaborando, pero enviaron muchos mensajes en clave. ¿Dos personas muertas y una inventada? ¿Lo que hicieron con tu rango? Esos errores tienen que ser deliberados. Lo hicieron para que el expediente no pudiera resistir mucho. Y lo mismo Garber. Despotricaba en tu contra, pero en realidad estaba interpretando un papel. Estaba performando la que se suponía que era la reacción esperada. Me estaba retando a pensar.

—¿Creíste lo que decía el expediente, cuando lo viste por primera vez?

—¿Respuesta sincera?

—Eso es lo que espero de ti.

—No lo rechacé instantáneamente. Me llevó algunas horas.

—Eso es lento para tus estándares.

—Mucho —dije.

—Me hiciste toda clase de preguntas raras.

—Lo sé —dije—. Lo siento.

Silencio.

El tren estaba a veinticuatro kilómetros de distancia.

Ella dijo:

—No lo sientas. Yo misma me lo podría haber creído.

La respuesta fue muy amable por su parte. Se inclinó hacia mí y me besó. Me lavé los últimos restos de la sangre seca de Carlton Riley que me quedaban en las manos y después hicimos el amor por sexta vez. Funcionó perfectamente. La habitación empezó a sacudirse justo a tiempo, el vaso del estante del baño empezó a tintinear, el suelo tembló, la puerta de la habitación crujió, nuestros zapatos saltaron y se movieron, y su cama se sacudió, rebotó y recorrió un espacio mínimo. Después de todo eso escuché un sonido como de platillos al chocar, muy breve, suave y distante, como una explosión metálica instantánea, como moléculas reducidas a átomos, y entonces el tren de medianoche desapareció.

Más tarde nos duchamos juntos, después me vestí y me preparé para regresar a mi destino, a afrontar las consecuencias. Deveraux sonrió con valentía y me dijo que pasara por allí cuando estuviera cerca, y yo sonreí con valentía y le dije que lo haría. Salí del hotel, caminé hasta la silenciosa cafetería, me subí al Buick prestado y me dirigí hacia el este, pasé por la impresionante entrada de Fort Kelham y seguí hacia Alabama y luego hacia el norte, sin tráfico, de noche todo el camino, y llegué a la base antes del amanecer.

Me escondí, dormí cuatro horas y cuando salí de mi dormitorio descubrí que lo que le había dictado apresuradamente a la dotación nocturna de Garber había sido adoptado casi palabra por palabra por el ejército como la versión oficial de los hechos. En todas partes el tono era bajo y respetuoso. Se hablaba de una medalla póstuma por Servicio Distinguido para Reed Riley, como reconocimiento al tiempo que había pasado en un país extranjero no especificado, y su padre iba a recibir un servicio conmemorativo en una importante iglesia del D. C. la semana siguiente, como reconocimiento a quién sabe qué.

Yo no recibí ni medalla ni servicio conmemorativo. Lo que recibí fue media hora con Leon Garber. Enseguida me dijo que las noticias no eran buenas. El oficial de carrera gordo del escuadrón de relaciones públicas de Kelham había producido el daño. Su llamada a Benning había rebotado por distintos lugares, sobre todo hacia arriba, en un muy mal momento, y le había seguido un informe escrito, y como resultado de ambas cosas yo estaba en una lista de separación involuntaria. Garber dijo que, dadas las circunstancias, con un poco de trabajo podría estar otra vez en el ruedo. Sin duda alguna. Podría pedir un precio por mi silencio. Él negociaría el trato con gusto.

Después se quedó callado.

—¿Qué? —dije.

—Pero no viviría una vida que valga la pena —dijo él—. Ya nunca le van a ascender. Seguiría siendo comandante, aunque cumpla cien años. Lo destinarían a un depósito en Nueva Jersey. Puede salir de la lista de separación, pero nunca saldrá de la lista negra. Así funciona el ejército. Usted lo sabe.

—Le salvé el culo al ejército.

—Y el ejército lo recordará cada vez que lo vea.

—Tengo un Corazón Púrpura y una Estrella de Plata.

—¿Pero qué ha hecho por mí últimamente?

El ordenanza de Garber me dio un papel en el que se explicaba el procedimiento. Lo podía realizar personalmente en el Pentágono o lo podía realizar por carta. Así que volví al Buick y me dirigí hacia el D. C. De cualquier forma, tenía que devolverle el coche a Neagley. Llegué media hora antes de que cerraran los bancos, escogí uno al azar y trasladé allí mi cuenta. Me dieron a elegir entre un horno eléctrico y un reproductor de CD. No me llevé ninguna de las dos cosas, pero les pedí su número de teléfono y registré una clave.

Después me dirigí al Pentágono. Decidí entrar por la entrada principal y cuando estaba a mitad de camino de la puerta me detuve. La gente seguía avanzando a mi alrededor, sin prestar atención. No quería entrar. Le pedí un bolígrafo a un transeúnte impaciente, firmé mi formulario y lo metí en un buzón. Después crucé el cementerio y atravesé la puerta principal para salir a la maraña de calles que había entre el cementerio y el río.

Tenía treinta y seis años, era ciudadano de un país que prácticamente no había visto, y había lugares a los que ir y cosas que hacer. Había ciudades y había campos. Había montañas y había valles. Había ríos. Había museos, y música, y hoteles, y clubs, y cafeterías, y bares, y autobuses. Había campos de batalla y lugares de nacimiento, leyendas y caminos. Había compañía si la quería, y si no la quería, había soledad.

Elegí una calle al azar, apoyé un pie en la acera y otro en la carretera, levanté el brazo y me puse a hace autostop.

OTROS TÍTULOS DE

LEE CHILD

EN BLATT & RÍOS

SIN FALLOS

JR #6

Se acerca el invierno y a Jack Reacher lo buscan desde el corazón mismo del poder: el Servicio Secreto de los Estados Unidos lo necesita. La misión es tan secreta como urgente, y el más mínimo fallo puede poner en riesgo la democracia más sólida del planeta.

Entre pistas ambiguas, profundas desconfianzas y la presencia fantasmal de su hermano, Reacher deberá afinar al extremo sus sentidos y mantener su cabeza despejada –si su corazón se lo permite– para investigar las intrigas de Washington y de las fuerzas de seguridad. Una milésima de segundo puede resultar fatal, y de él y de su hábil colega Neagley dependerá el éxito de la misión.

Fiel a su estilo, Reacher deberá garantizar la seguridad del vicepresidente electo, descubrir el foco del peligro y responder a las agresiones *sin fallos*.

472 páginas
ISBN: 978-84-125803-3-4

MAÑANA NO ESTÁS
JR #13

Dos de la mañana en el metro de Nueva York, primera década del siglo XXI. En la ciudad está vivo el recuerdo del ataque a las Torres Gemelas. Jack Reacher y cinco pasajeros en un vagón. Algo no va bien con uno de ellos: cumple con todos los requisitos para ser un terrorista suicida. Reacher se los sabe de memoria y va a entrar en acción antes de que sea demasiado tarde. El reflejo de una guerra en el territorio menos pensado.
Así empieza a desenredarse la trama de *Mañana no estás*. Infalible, incluso cuando se equivoca, Reacher va siguiendo las hebras del terrorismo islámico, el Pentágono, la carrera de un prometedor candidato a senador, rodeado por la policía y todas las fuerzas de seguridad en una ciudad, la capital del mundo, asolada por las amenazas y por la paranoia.

486 páginas

ISBN: 978-84-121808-3-1

ESCUELA NOCTURNA

JR #21

Es 1996 y Jack Reacher todavía está en el ejército. El día empieza bien para él: por la mañana le dan una medalla. Sin embargo, al llegar la tarde lo mandan de vuelta al colegio.

En el aula se encuentra con un agente del FBI y un analista de la CIA. Los tres son oficiales de alto nivel. Los tres acaban de obtener reconocimiento por haber prestado un servicio extraordinario a los Estados Unidos. Y los tres se preguntan qué diablos están haciendo allí.

Al otro lado del océano, en Hamburgo, Alemania, entre los restos de la recién acabada Guerra Fría, un nuevo enemigo está tramando algo grande. Y hay un americano involucrado.

Acompañado de su fiel sargento Neagley, Reacher deberá lidiar con enemigos propios y ajenos, cargando sobre sus hombros, una vez más, el futuro de la humanidad.

424 páginas
ISBN: 978-84-124302-4-0

LUNA AZUL

JR #24

Una vez cada cierto tiempo, la luna llena aparece dos veces en un mismo mes. Ese evento astronómico poco habitual se conoce como "luna azul".
Reacher está en un autobús, ocupándose de sus propios asuntos, sin ningún lugar en particular a donde ir y con todo el tiempo del mundo para llegar allí. La próxima parada es una ciudad cualquiera, de medio millón de habitantes, dividida por una avenida principal en la que a cada lado operan bandas criminales rivales. Una cosa lleva a la otra y, de repente, Reacher se ve involucrado en una sangrienta guerra territorial que le obliga a ir un paso por delante de usureros, matones y asesinos. La posibilidad de éxito es remota. Las probabilidades juegan en su contra. Pero Reacher dirá: "Una vez por cada luna azul las cosas salen bien".

408 páginas

ISBN: 978-84-121808-9-3

EL HÉROE

¿Qué es un héroe? En su primer libro de no ficción, Lee Child se propone responder esta pregunta. Para hacerlo se remonta al Neolítico, más de seis mil años atrás, y sigue su rastro hasta la cultura contemporánea, estableciendo ingeniosas conexiones y deteniéndose en los cambios de los significados de las palabras y sus usos. Tan audaz y agudo como en sus novelas, Child compone un ensayo lúcido y argumentado sobre la figura del héroe y el concepto de ficción.

Como corolario, en este libro se agrega "Sobre Jack Reacher", un texto en el que narra y expone las condiciones autobiográficas que le llevaron a crear a su personaje, un héroe moderno del que son fanáticos millones de lectores en todo el mundo.

116 páginas

ISBN: 978-84-123270-8-3

Esta primera edición de
EL ASUNTO
de
LEE CHILD
se terminó de imprimir
en el mes de agosto de 2023
en los talleres de Kadmos
Salamanca, España.